LES MIRAGES DE

TERRE SAINTE

LES MIRAGES DE TERRE SAINTE

De

Anaïs GUIRAUD

© EXPLORA Éditions, 2022
149 avenue du Maine, 75014 Paris

Tous droits de reproduction, de traduction et d'adaptation réservés pour tous pays.

ISBN : 9782492659300

Dépôt légal : Janvier 2022

Réalisation de la couverture : Caroline Mertz

Illustrations intérieures : @roncedor

À mes grands-parents.

À ma nièce, Lina, à mes neveux, Naël et Elvio.

Puisse ce roman être un pont entre vos générations.

PROLOGUE

Saint-Jean-d'Acre, 10 décembre 1250

Le visage dissimulé par un capuchon noir, l'homme contemplait la mer du haut des remparts de la cité. La vue y était toujours aussi impressionnante, alors que le soleil commençait à décliner lentement.

Le flux et le reflux des vagues semblaient apaiser son âme. Il respira les effluves montant du port antique, les mêmes odeurs depuis des siècles, nées du mélange de la senteur salée de la mer, des épices et des feux.

Celle-ci était celle qui l'incommodait le plus. Elle lui rappelait trop la fureur du feu grégeois, lui donnant immédiatement la nausée et faisant remonter ses souvenirs à la surface. Aussi avait-il décidé de ne toucher que rarement à de la viande pour le moment, adoptant une frugalité qui seyait mieux à sa nouvelle condition.

En contrebas, le ballet des nefs et des caraques était incessant, immuable. Comme si pour ces pêcheurs, rien n'avait changé.

Mais lui savait que plus rien ne serait comme avant. Un jour prochain, Acre tomberait, il en avait la certitude.

Les coups de boutoir des infidèles auraient raison des croisés. Le nouveau Sultan, Ayback, se montrerait impitoyable pour mieux asseoir sa légitimité en tant que premier de la lignée des Mamelouks. Baybar l'y aiderait, le fameux capitaine s'étant révélé un stratège et un guerrier hors pair. Même les chevaliers du Temple demeureraient impuissants. Amputés de leurs meilleurs effectifs, ils allaient perdre leur royaume du levant.

Ils s'étaient révélés incapables d'empêcher les derniers événements catastrophiques pour la chrétienté d'Orient, ne pouvant faire face à la bêtise des hommes et à la vanité des nobles.

Il soupira. Tant de choses avaient été perdues, que de combats inutiles, d'efforts vains ! Il savait que si les états latins d'Orient vivaient leurs derniers instants, il n'en serait pas de même de l'Ordre. Déjà, il s'était tourné vers son fief de Chypre et ses terres d'Occident.

Des rumeurs d'immenses richesses qu'ils accumulaient dans leurs vastes commanderies, en France, en Occitanie, au Portugal couraient déjà dans toute la chrétienté.

Non vraiment, les Templiers tireraient leur épingle de ce jeu de dupes, une fois de plus.

Il ferma les yeux, comme pour s'imprégner une dernière fois du spectacle que lui offraient la ville et ce pays, cette terre qui avait forgé ce qu'il était devenu dans le sang et les larmes. Bientôt, il retrouverait les clairs rivages francs et sa nouvelle vie débuterait. Il avait hâte de quitter cet endroit.

Une ombre se glissa à son côté, le tirant de ses réflexions. Il ne se retourna même pas. Il s'agissait d'un jeune novice, qui dansa d'un pied sur l'autre avant de se déterminer à l'interpeller.

— Maistre ! Maistre Amaury ! Il faut y aller !

L'homme porta son regard sur les quais, distinguant dans la masse des bateaux de commerce, la silhouette de la grande nef franque. Il fit un geste de la main pour signifier qu'il avait compris.

— Hâtez-vous, Maistre ! reprit le garçon. Voilà plus d'une heure que je vous cherche ! Le comte de Poitiers est prêt à appareiller, il vous attend.

L'homme soupira et répondit d'une voix profonde.

— Je t'ai déjà dit de ne pas m'appeler Maistre, je n'en suis pas un.

Il fit un geste de la main et suivit à pas mesurés le novice qui dévalait les escaliers jusqu'à la grande cour carrée bordée de longues colonnades.

Il ne se retourna pas pour voir les feux de la tour des Mouches s'illuminer dans le couchant.

LIVRE PREMIER
DEUS VULT

« Ô fils de Dieu ! Après avoir promis à Dieu de maintenir la paix dans votre pays et d'aider fidèlement l'Église à conserver ses droits, et en tenant cette promesse plus vigoureusement que d'ordinaire, vous qui venez de profiter de la correction que Dieu vous envoie, vous allez pouvoir recevoir votre récompense en appliquant votre vaillance à une autre tâche. C'est une affaire qui concerne Dieu et qui vous regarde vous-même, et qui s'est révélée tout récemment. Il importe que, sans tarder, vous vous portiez au secours de vos frères qui habitent les pays d'Orient et qui déjà bien souvent ont réclamé votre aide. »

Prêche de la première croisade par Urbain II,
27 novembre 1095.

CHAPITRE I

Villiers, 6 juillet 1248

Le soleil brillait, baignant de rayons lumineux toutes les choses sur lesquelles son regard se posait.

Le printemps était là, et avec lui les couleurs, les senteurs de la nature reverdissant. Véritable élan de vie, la sève montait dans tous les êtres, végétaux, animaux, ou humains. Elle l'entourait de toute part, lui sautant au visage, comme si la nature tout entière voulait le narguer.

L'air était déjà tiède. Les femmes, servantes ou lavandières, passaient nonchalamment devant les hommes dans la cour du castel, balançant leurs hanches, dévoilant la blancheur laiteuse de leurs bras fermes. Les mèches de cheveux échappées de leurs coiffes virevoltaient dans le petit matin, se plaquant sur leurs tempes et leurs nuques, dessinant de petites arabesques au coin de leurs bouches vermeilles appelant aux baisers. Les paysans et gardes les regardaient passer, roulant leurs muscles sous leurs épaules, lançant des œillades à la volée dans l'espoir d'attirer l'attention de l'une d'elles pour la lutiner dans quelques coins sombres.

À son grand désarroi, Amaury était exclu de ce ballet. Il aurait souhaité que le matin soit gris, froid et pluvieux, pour ne rien regretter, pour emmener un souvenir ténu et peu chaleureux de son foyer, qu'il devait quitter pour une durée indéterminée.

En vérité, il ne savait pas s'il reverrait un jour le castel de son enfance. Il avait eu seize ans à l'automne précédent. Et, durant les rigueurs de l'hiver, son destin s'était joué. Il avait suffi pour cela d'une lettre portée par un messager à cheval aux doigts roidis par le froid des chemins pour faire basculer sa destinée.

Une missive, portant le sceau des Rochechouart, suivant la décision du Roi miraculeusement guéri.

Les grands du royaume se rendaient tous à l'appel de Louis IX en croisade pour le maintien des états latins d'Orient. Reprendre aux musulmans la Ville sainte de Jérusalem et étendre la protection du royaume franc aux pèlerins étaient devenues des missions prioritaires dont Louis brandissait l'étendard. Tous, par leurs propres moyens, étaient priés de rejoindre l'ost.

Les comtes de Rochechouart ne faisaient pas exception et avaient à leur tour sommé leurs vassaux de participer à cet effort de guerre en envoyant des membres de leurs mesnies[1] grossir les rangs de l'armée sainte.

Raymond André était trop vieux, trop affaibli par les ans et les malheurs qui l'avaient frappé. Arnaud, depuis deux ans déjà, lui succédait de fait à la tête de la châtellenie de Villiers, gérant des métairies et serfs. Il ne pouvait être question de priver leur père de cet appui et de son héritier. Restait donc Amaury, jeune, vigoureux et surtout second dans l'ordre de succession selon la loi salique. Il ne pouvait donc espérer grand-chose de Villiers désormais. Pour leur père, cette croisade tombait à pic. Son cadet, une fois adoubé par leur suzerain, pourrait peut-être trouver matière à gagner des terres là-bas, outre-mer, et faire ainsi son trou tout en étendant le nom des Villiers et leur possession dans le royaume de Jérusalem. S'il n'y parvenait pas, il y gagnerait au moins des titres et la gloire d'avoir combattu pour le roi et l'honneur de leur maison. Ou bien il y trouverait une mort glorieuse. En tout cas, son destin était tracé et il n'y avait plus qu'à s'en remettre à Dieu.

Les deux frères ne le voyaient pas d'un aussi bon œil. Inséparables depuis toujours, soudés comme des aimants depuis la mort de leur mère, ils n'avaient jamais été séparés de plus de 100 pas.

Arnaud, en futur seigneur de Villiers, se tenait, raide sur les marches de l'escalier d'honneur, ses yeux verts fixés sur son frère, des mèches de ses cheveux blonds et bouclés voletant dans la brise.

---

1   Famille, au sens large de personnes liées par le sang.

Il regardait le jeune garçon avec un mélange de fierté et d'angoisse. Amaury était monté sur un fier cheval gris pommelé, son paquetage à l'arrière contenant l'épée donnée par leur père.

Arnaud se demanda ce qu'il allait advenir de lui.

Les hommes qui l'entouraient, vêtus de broignes et de tabards aux couleurs de leur seigneurie, avaient plus l'air de mercenaires que de chevaliers, mais formeraient au moins une escorte solide qui le protégerait. Celui qui dirigeait cet équipage, un homme trapu aux cheveux noirs comme la suie et au teint olivâtre, semblait le plus mal commode des trois. Il avait tout du sbire hispanique, embauché pour la circonstance. Un vrai rabatteur.

Ces guerriers veilleraient-ils sur son frère ?

Par la suite, Amaury serait sûrement à la merci des combattants arabes, de leurs sabres recourbés et de leur habileté redoutable. Qui le protégerait désormais, si ce n'était point son aîné ?

Arnaud avait du mal à le laisser partir. Amaury était encore si jeune ! Il le voyait renifler, retenant ses larmes du mieux qu'il pouvait.

Leur père n'avait rien voulu entendre, trop heureux de trouver pour son cadet meilleure issue que le monastère.

Bénéficiant de deux héritiers mâles puisqu'il ne s'était jamais remarié, cela ne le gênait en rien d'en sacrifier un pour la gloire. Arnaud, qui connaissait la nature profonde de son frère, un doux rêveur toujours plongé dans les contes, les légendes et les épopées, craignait pour sa vie. Amaury avait toujours su mieux tenir un livre qu'une épée.

Le jeune frère gardait la tête basse. Son visage aux traits encore enfantins était encadré de cheveux châtains, coupés au niveau des épaules. Ses yeux, d'une couleur plus foncée que celle d'Arnaud, rappelaient l'eau des fontaines anciennes, moussues. Son corps, fin, mais nerveux, était enveloppé d'une cotte épaisse et de chausses en cuir souple, d'un surcot aux armes de la maison de Villiers. Un grand mantel à capuchon complétait l'ensemble, couvrant tant ses épaules qu'il ne tarderait pas à suffoquer dessous.

Il partait pour une terre étrangère ou rien ne pouvait être commun à ce qu'il connaissait : ni les paysages, ni la nourriture, ni les visages.

Rien à quoi son regard pourrait se rattraper. Seulement des souvenirs.

Il emportait peu d'effets personnels. Tout au creux de ses chausses, en plus de ses lettres de noblesse et de son sceau personnel, il avait toutefois gardé une chose plus précieuse que tout le reste. Une mèche de cheveux, blonde et légèrement bouclée. Sa mère.

Dieu, Amaury n'aurait su dire à cet instant à quel point il haïssait son père.

Celui-ci l'éloignait, peut-être définitivement, non seulement de son foyer, le seul endroit qu'il eut connu à ce jour, mais aussi de l'amour de sa vie ! Du haut de ses seize ans, il était persuadé de ne plus jamais ressentir ça. Il se sentait le cœur brisé, le vague à l'âme. Il aurait voulu dans l'instant se jeter à bas de son cheval, crier, hurler qu'il n'irait pas en Terre sainte, qu'il restait là, que c'était son bon droit.

Mais les silhouettes hautes et cuirassées des mercenaires des Rochechouart, leurs lances dont les fers brillaient dans le soleil matinal, leurs puissantes épées et masses d'arme au côté, le dissuadaient quelque peu de s'adonner à une telle scène. Ils lui feraient sûrement payer un pareil comportement, peu digne d'un jeune seigneur tout au long de leur voyage. L'équipage devait descendre à présent dans le Languedoc et rejoindre, aux marches du comté de Provence, l'ost du roi à Aigues-Mortes. Depuis la forteresse des sables, ils prendraient la mer jusqu'en Terre sainte, si Dieu le voulait.

Au sommet des marches, la grande silhouette d'Enguerrand, ses cheveux grisonnants tombant sur son haut front, contemplait son élève avec le cœur lourd de chagrin. Le maître d'armes espérait lui avoir enseigné toutes les techniques de combat indispensables, mais aussi lui avoir donné les clés qui lui permettraient de se sortir de toutes les situations, d'analyser et de comprendre la dureté du monde auquel il allait être confronté. Il avait les larmes aux yeux en regardant partir cet enfant si délicat dont il avait la charge jusqu'alors.

Son père, dont le dos se courbait chaque jour un peu plus, descendit les deux dernières marches les séparant.

— Mon fils, comme je t'envie. Tu vas voir la face glorieuse de notre très bon Roi. Et la mer, ce qui, paraît-il, est un spectacle à la fois beau et terrible. Porte haut les couleurs de Villiers, fais honneur à ta famille et à ton nom. Bas les infidèles et les barbares, pour Notre Seigneur Jésus-Christ, et défend son tombeau ! Protège les faibles et les pèlerins. Oui, fils, va. Reviens-nous couvert de gloire ou ne reviens pas.

Amaury garda la tête obstinément baissée et acquiesça de façon presque imperceptible.

Arnaud, lui, s'était raidi aux dernières paroles de son père. Quel peu de considération pour un fils si aimant et si droit ! Alors, il s'approcha lui aussi de son frère et posa sa main sur un de ses pieds, dont la botte en cuir était passée dans un étrier encore trop large.

— Va, mon frère, tous mes vœux t'accompagnent. Je sais que tu nous feras honneur, car je te connais. Je te promets d'attendre ton retour !

Amaury releva la tête pour contempler Arnaud. Ses paroles réchauffaient un peu le cœur du jeune garçon. Le sourire qu'il aimait, si franc, illuminait le beau visage de son frère bien aimé dans le matin. Amaury inclina la tête pour le remercier et planta ses yeux dans ceux de son aisné une dernière fois. Au moins, il y aurait toujours une personne à Villiers pour l'attendre.

Soudain, les oriflammes frémirent et les montures secouèrent leurs têtes dont les imposants harnachements tintèrent. Les cavaliers en avaient assez de ces effusions et le capitaine semblait impatient de se mettre en chemin.

Le départ était proche. Le soleil lança de nouveau ses feux sur les écus et les bannières. Les épées sonnèrent aux côtés des guerriers. Les chevaux s'ébrouèrent et se dirigèrent au trot, soulevant de petits nuages de poussière dans la cour du castel. La lourde herse de la porte principale se souleva en grinçant pour ouvrir le passage.

Amaury fit faire un demi-tour à son destrier et suivit les quatre soldats. Passant sous la voûte de pierre de l'entrée du château, son regard fut attiré par un éclair doré. À gauche, dans une fine chainse de couleur claire, se tenait Aude.

Mains nouées sur son corsage, ses grands yeux bleu-gris remplis de larmes, elle voyait partir son aimé. Le cœur d'Amaury fit un bond dans sa poitrine. Aude était venue le saluer ! Elle l'aimait donc ! Il lui avait fait porter un petit message la veille au soir, mais c'était oublier un peu vite qu'Aude ne savait pas lire… Peut-être, une amie ou le prêtre l'y avait aidé.

Un pincement au creux de son ventre le saisit fortement, car il réalisa qu'il ne la reverrait sans doute jamais. Il sentit les larmes affluer dans ses yeux.

Aude suivit du regard le bref défilé. Amaury, silencieux et blême au milieu d'eux, ne semblait plus appartenir à la jeune femme. Il était déjà loin, comme disparu.

Une larme roula sur la joue tendre et rose de la jeune fille, qui agita sa petite main alors que le garçon disparaissait à sa vue pour toujours.

Amaury disait adieu à tout. Au castel de son enfance avec son petit habit de lierre, aux chemins parcourus tant de fois à pied ou à cheval avec son frère et Enguerrand.

En descendant vers le sud, ils dépassèrent la vieille croix qui surmontait une sculpture de bélier en granit, très usée. Amaury la connaissait bien. Elle était là depuis des années, peut-être même avant que les Villiers prennent possession de ces terres.

Elle signalait l'entrée sur le domaine de la châtellenie. Au-delà se tenaient les métairies et les fermages appartenant à sa mesnie. C'était comme une borne qui marquait son départ pour des lieux inconnus. Le cheval gris dépassa la sculpture moussue et la route s'élargissant, les soldats s'égaillèrent et leur attroupement se délita.

Amaury piqua sa monture et quitta les terres de Villiers au galop.

*

Leur petit équipage devait passer rapidement par les monts d'Auvergne, afin d'atteindre Saint-Flour où devait les joindre un parent des Rochechouart, Eudes du Val.

Amaury avait appris du capitaine de leur compagnie, qui se faisait appeler Don Sanche et se disait aragonais, qu'il serait attaché, en tant qu'écuyer, à ce chevalier. De là, ils gagneraient Langogne, pour une bénédiction auprès de l'évêque et un hommage à la mystérieuse vierge noire qu'abritait l'église Saint Gervais et Saint Protais.

La protection de la vierge ne serait pas de trop sur le chemin périlleux qui les mènerait à Aigues-Mortes puis au sein de la flotte de l'ost en Terre sainte.

Amaury chevauchait au petit trot entre ses compagnons de route, par un temps clair et chaud. Des lambeaux de nuages traînaient dans le ciel printanier.

Les monts étaient couverts d'une herbe émeraude, leurs mamelons ressemblant de loin aux vagues d'une mer pétrifiée dans le temps et l'espace.

Les défilés et vallées profondes se succédaient, verdoyant dans le soleil de printemps.

Parfois, ils apercevaient d'immenses concrétions basaltiques qui élevaient leurs pointes noires en des formes fantastiques, à la beauté singulière. Ils évitaient soigneusement de s'en approcher. Cheminée de fée et autres roches levées étaient habitées par des esprits facétieux ou vengeurs et le soir venu, leurs reliefs étranges abritaient les sabbats de sorcières et des cultes satan6iques.

Après Murat, village que des orgues de pierre impressionnantes surplombaient, le paysage changea.

Ils abordèrent les plaines de l'Aubrac qui devançaient Saint-Flour.

Les monts du Cantal et leurs douces courbes verdoyantes cédèrent la place aux champs ondoyants des hauts plateaux. L'horizon sembla s'ouvrir tout d'un coup devant eux et ne pas connaître de fin. Le ciel et la terre s'unissaient en une étreinte millénaire.

Ils rencontraient de nombreux troupeaux de belles vaches à la robe claire et aux longs cils soyeux.

Impassibles, elles regardaient passer les futurs croisés, broutant tranquillement l'herbe grasse des prairies d'altitude, parsemées de gentiane, d'orchis et d'aconit aux branches fleuries.

Des tourbières et marécages creusaient çà et là des taches sombres dans la verdure des champs.

Le terrain plat cédait parfois sous une hêtraie ou quelques affleurements de roche noire qui rompait la monotonie du paysage. Amaury devait se retenir pour ne pas somnoler au soleil de midi tant la route était uniforme.

Un matin, le chemin se mit à descendre lentement vers un cours d'eau qui serpentait au fond d'une riche vallée.

Le capitaine désigna la rivière :

— C'est l'Anders. En le suivant, nous arriverons tout droit à Saint-Flour. De toute façon, il n'y a qu'au bas de la ville que l'on peut le traverser, par le pont de la recluse.

— Le pont de la recluse ? questionna Amaury.

L'autre haussa les épaules.

— Tu comprendras quand on y sera. Si nous nous hâtons, nous y serons en fin d'après-midi et nous pourrons dormir sur des paillasses propres !

Amaury continua de s'interroger au long du chemin sur ce qui l'attendait.

Ainsi que l'avait annoncé le capitaine, la ville se dévoila dans la fin du jour.

Amaury en eut le souffle coupé. Depuis un éperon basaltique aux dimensions titanesques, Saint-Flour surplombait la ville basse et ses faubourgs de toute sa splendeur. Amaury songea que de là-haut, on devait avoir une vue exceptionnelle sur les plateaux et la vallée.

On y distinguait d'importantes fortifications percées de plusieurs portes et le clocher d'une église aux proportions immenses. Construite en pierres noires, comme beaucoup dans le pays, la basilique avait été consacrée par Urbain II. C'était, avec Notre Dame du Puy, l'une des plus imposantes de toute l'Auvergne. Elle conservait les reliques de l'évêque Florus, le saint qui avait évangélisé la région et donné son nom à la ville.

Saint-Flour était un lieu doté d'une aura mystique, au croisement des méridiens et à équidistance des pôles de la terre. Les initiés savaient que les forces telluriques titanesques qui s'étaient déchaînées dans des temps immémoriaux y avaient sculpté un décor unique, lui conférant des propriétés extraordinaires.

La rivière impétueuse qui coulait à ses pieds rendait le paysage idyllique dans les feux de l'après-midi. La petite troupe suivit le cours de l'Anders et les faubourgs de la ville se dessinèrent petit à petit autour d'eux. L'impétueux cours d'eau avait attiré de nombreux paysans, commerçants et artisans. De beaux moulins à aubes agrémentaient les berges, alimentant tout le pays en farine.

Sur l'un des affluents de la rivière, le Resonnet, le commerce des peaux et du tannage du cuir florissait et assurait à la cité des revenus substantiels et une prospérité croissante. Ils croisèrent nombre d'enfants jouant et courant dans les herbes hautes des rives, à la poursuite des grenouilles. Des femmes remontaient nonchalamment vers leurs habitations, les bras chargés de paniers remplis de linge propre et frais, qui avait séché longuement sur les prés. Il émanait un air de tranquillité et de calme, comme si la protection naturelle de la ville apportait à tous la certitude d'une vie paisible.

Juste au bas de la cité, un beau pont de pierre qui comportait cinq arches enjambait le cours d'eau comme l'avait annoncé Don Sanche.

En son milieu, Amaury remarqua un curieux petit édifice. On eût dit qu'une chapelle avait été érigée au centre, suspendue au-dessus des flots. Cette idée lui parut saugrenue, mais à mesure que l'équipage se rapprochait, il constata qu'il s'agissait en effet de quelque construction religieuse, mais de dimension trop modeste pour être une chapelle.

Le capitaine toucha son bras :

— Compagnons, pied-à-terre ! Nous allons entrer par l'octroi et nous trouver une auberge confortable en ville basse. Hé toi ! dit-il en désignant l'ouvrage à Amaury. Voilà le pont de la recluse !

Tenant leurs montures par la bride, les hommes franchirent le pont. Celui-ci était étrangement construit. En plus de la maisonnette en son milieu, il formait une sorte de dos-d'âne, qui empêchait de voir l'autre rive et laissait donc la surprise de la découverte au voyageur.

Amaury imita les cavaliers et flatta l'encolure de son cheval. Le destrier fourra son nez soyeux dans les mains gantées du jeune garçon, y cherchant une friandise. Amaury le repoussa doucement, distrait par ce qui ressemblait de plus en plus à un oratoire surmonté d'une croix.

Arrivé à son niveau, il s'aperçut qu'il s'agissait d'un réduit de quelques mètres carrés seulement. À sa grande surprise, il semblait totalement scellé, sans aucune porte du côté du pont ni de l'autre, qui de toute façon, surplombait le lit de la rivière.

Une unique fenestrelle grillagée donnait sur l'extérieur. On aurait plutôt dit une cellule de prison isolée qu'un oratoire.

Amaury s'approcha lentement de l'ouverture, mû par une curiosité que rien ne pouvait réprimer.

Soudain, il recula violemment, étouffant un cri dans son poing ganté.

Une main blanchâtre, fantomatique, aux longs ongles sales sortait à travers l'orifice, tendant vers son visage une écuelle en fer qui avait dû connaître des jours meilleurs.

Amaury manqua de tomber à la renverse et se rattrapa à l'encolure de son cheval, qui secoua la tête d'un air offensé.

Le garçon se tourna, pâle, vers ses comparses qui riaient à gorge déployée de sa frayeur.

Sanche leur fit signe de se calmer et s'approcha de lui pour lui asséner une grande claque dans le dos et le remettre d'aplomb.

— La recluse, jeune Maistre ! La voilà ! C'est une pieuse femme qui s'enferme volontairement dans ce réduit sur la rivière, jusqu'à sa mort. Par la force de ses prières et en vouant sa vie à Dieu, elle protège la ville de tous les fléaux.

Amaury le regarda, horrifié.

— Enfermée jusqu'à sa mort là-dedans ? Sans eau, sans feu ? Dans ce dénuement ? Et l'hiver, quand il gèle ? Et lorsque la rivière sort de son lit ? Comment peut-elle survivre ainsi ?

Les hommes avaient cessé de rire et semblaient soudain absorbés dans la contemplation de leurs chausses. Le capitaine regardait l'enfant d'un air dubitatif.

Il soupira.

— Tu n'as donc jamais entendu parler des reclus ? C'est pourtant chose courante. Eh bien oui, hiver comme été, elle reste dans cette cellule, sans possibilité d'en sortir, comme emmurée. Elle prie tout le jour et elle survit des oboles et de la charité des Sainflorains. Ils se montrent très généreux, reconnaissants du sacrifice qu'elle fait pour eux.

Amaury conservait son expression totalement incrédule. Il semblait incapable de comprendre.

Le capitaine poursuivit son explication.

— Ce sont des volontaires. Des orphelines, des veuves ou des jeunes femmes qui dédient leur vie au Seigneur et à la préservation des habitants de la ville. En se cloîtrant, elles contribuent à absoudre les péchés et la cité reste sainte. Elles la protègent aussi des calamités et des envahisseurs. Chaque fois qu'une recluse est enfermée, une belle fête est donnée, qui prend départ dans la basilique, jusqu'au réduit. Les familles des recluses sont couvertes de bienfaits, le sacrifice d'un des leurs apporte la prospérité. C'est vrai qu'elles ne survivent pas longtemps en général, mais c'est un grand honneur, tu sais.

Ces précisions ne semblèrent pas convaincre le jeune garçon, qui jeta un regard empli de pitié à la cellule, dans les ténèbres de laquelle la main avait fini par disparaître.

Sanche gratta sa longue barbe et se tourna vers les trois autres. Ils haussèrent les épaules.

Il poussa un nouveau soupir et, tirant la bride de son destrier, reprit.

— On a assez perdu de temps comme ça. Entrons, nous devons nous reposer un peu et vous rendre présentable. Demain, nous monterons jusqu'à la ville haute, le sieur Eudes du Val nous attend dans la maison d'un ami, à proximité de la basilique d'après les informations du Comte.

Amaury saisit à son tour la bride de son cheval. La tête basse, il suivit ses compagnons sans se retourner.

Saint-Flour comptait nombre de bonnes auberges. Au carrefour des routes de pèlerinages et ouvrant les portes vers le Languedoc, la cité accueillait de nombreux voyageurs, commerçants, ouvriers ainsi que paysans venus chercher du travail.

Le prieuré que les frères de Cluny y avaient implanté attirait aussi beaucoup de novices, ce qui accroissait encore le prestige de la ville.

Les cavaliers remontèrent une large rue pavée inclinée qui parcourait le centre de la ville basse. Bordée de grandes maisons, elle grouillait de monde à cette heure. Les gens rentraient chez eux depuis la rivière ou les champs environnants, fatigués par leur travail, mais la mine heureuse et satisfaite.

Il émanait de la bourgade un sentiment de calme, mais Amaury ne cessait de penser à la malheureuse enfermée, là-bas, seule, dans la pierre et l'humidité. Jamais elle ne retrouverait la chaleur d'un foyer.

Il songea soudain que sous cette apparente abondance se cachaient de bien lourds secrets et une hypocrisie muette. Combien ici se laissaient aller aux pires péchés, sachant qu'une pauvre âme se sacrifiait pour eux dans le silence, emmurée vivante pour leur salut ?

Il ne put réprimer un frisson en levant les yeux vers la masse noire des orgues de basaltes que surmontait la silhouette imposante de la basilique. Maintenant qu'il la voyait de plus près, elle lui semblait menaçante dans le jour déclinant.

La petite compagnie pénétra dans la large cour d'une auberge. Un jeune palefrenier prit les chevaux en charge contre quelques piécettes. Amaury lui glissa en cachette un denier d'argent de sa propre bourse afin de s'assurer que le sien serait bien traité. Il n'aimait pas voir quelqu'un d'autre s'occuper de sa bête. Déjà au château, il laissait rarement les laquais prendre soin de sa jument, Neva. Il regarda les chevaux pénétrer dans l'écurie avec un petit pincement au cœur. Il soupira. Cet étalon et ses effets étaient tout ce qui le reliait encore au castel de son enfance. Il se trouvait plus loin que jamais de son chez lui et la distance n'allait que croître.

Sanche le héla et il entra dans l'auberge à la suite de ses compères.

La salle était bruyante et sombre, les torchères dispensaient plus de fumée que de lumière.

Elle exhalait une odeur de gras trop cuit et de paille moisie. De nombreux camelots[2] et voyageurs s'y arrêtaient pour rejoindre les foires qui émaillaient le Cantal à la belle saison. Ils étaient attablés entre eux et chantaient quelques chansons de leur pays.

Amaury s'employa à suivre le capitaine comme son ombre, désireux de ne pas attirer l'attention. Celui-ci appela l'aubergiste, un homme grand et maigre au visage d'une pâleur maladive. Il considéra les nouveaux arrivants avec un air las et Sanche prit la parole.

— Le bon jour brave homme. Je vois que tu as de la pratique en abondance en ce moment.

Il haussa les épaules et émit un grognement qui se voulait une approbation.

— Te resterait-il de la place pour nous quatre ? Deux nuitées suffiront, je pense.

Amaury soupira discrètement. Seulement deux jours avec un véritable toit sur la tête… Les nuits à l'extérieur étaient encore fraîches,

---

2   Marchand ambulant fréquentant les foires et marchés pour vendre des marchandises et objets de peu de valeur.

surtout en altitude. Il en avait assez de grelotter à même le sol dans sa houppelande, autour d'un maigre feu.

L'homme dévisagea le capitaine et ses compagnons plus avant, s'abstenant toujours de répondre.

Exaspéré, Sanche lui mit un denier d'argent sous le nez, qu'il s'amusa à faire passer entre ses doigts. La face de l'aubergiste s'éclaira aussitôt d'une lueur avide.

— Nous sommes de bons clients, nous avons de quoi payer, je puis te l'assurer. Vois, le jouvenceau à mes côtés est un jeune seigneur que j'ai mené ici pour qu'il devienne écuyer d'un parent de son suzerain, un Rochechouart. Il sera reçu demain ou après-demain et nous partirons aussitôt. Tu pourras libérer la chambrée et la louer tout de suite.

L'aubergiste sembla ranimé par la perspective de monnaie sonnante et trébuchante.

— Bien sûr, bien sûr… il me reste une chambre, avec une paillasse fraîche pour le jeune noble et pour vous. Les autres pourront dormir à vos pieds, avec de bonnes couvertures. Il vous en coûtera seulement cinq deniers d'argent pour les deux nuitées.

Le capitaine fronça les sourcils à l'annonce du prix

— Cinq deniers pour une seule chambrée ? Ne me prendrais-tu point pour un coquebert [3] ? Je te préviens l'homme, je n'ai pas envie de plaisanter.

Le capitaine porta la main au pommeau de son épée pour signifier qu'il n'avait pas l'intention de se laisser voler comme ça.

L'homme se mit à trembler et leva les mains devant son visage

— Tout doux mon bon seigneur, c'est que… comme tu l'as dit, il y a abondance de pratique et toutes mes chambres sont occupées ! Mais si cela ne dérange point tes hommes de dormir par terre, je peux ramener le prix à trois deniers ! Trois deniers pour deux nuits, c'est une affaire ! Tu ne trouveras pas mieux en ville !

Voyant que Sanche ne baissait pas le regard, il ajouta.

— Je vous offre le repas pour ce soir ! C'est le moins que je puisse faire pour des gens de qualité tels que vous.

Le capitaine sourit d'un air satisfait.

— Ça va, montre-nous ton réduit, nous dînerons après.

---

3 Signifie idiot, naïf.

Le falot[4] remercia à grand renfort de révérences pathétiques qui firent pouffer Amaury.

Il appela ensuite une jeune jouvencelle qui devait ne pas avoir plus de quatorze ans, pour les mener à leur logis. La petite circulait habilement entre les tables, ignorant les propos salaces et les insultes que se lançaient les convives d'une table à l'autre. Amaury suivit le mouvement en la regardant. Elle n'avait que la peau sur les os et un vilain fichu couvrait ses cheveux dont on devinait, malgré tout, la blondeur. Ces pensées le menèrent vers Aude et une bouffée de mélancolie étreignit son cœur.

Depuis qu'il retrouvait la civilisation, tout le renvoyait à son castel. Il se reprit. Cela passerait sûrement avec le temps, quand ils descendraient plus au sud. Et puis, en tant qu'écuyer, il aurait enfin des tâches qui le distrairaient de ses sombres pensées.

Une fois installés, les quatre hommes mangèrent en silence. Amaury se sentait fourbu et n'aspirait qu'à gagner sa couche. Don Sanche lui avait commandé un baquet et il avait hâte de se décrasser et de s'étendre.

Le repas n'était pas mauvais. Un brouet de légumes accompagné de volailles rôties et d'un gruau de grains cuits qui vous remplissait bien le ventre.

Il constata que les hommes du capitaine semblaient agités, comme s'ils voulaient demander quelque chose à leur capitaine sans oser toutefois le formuler.

Sanche les ignora sciemment, jusqu'à ce que l'un des deux quémande la permission de s'absenter. Il les regarda d'un air mauvais et cracha par terre, avant de prendre la parole.

—Si vous voulez dépenser votre solde avec des ribaudes, grand bien vous fasse ! Mais je vous préviens, si jamais vous commettez le moindre méfait ou vous trouvez liés de près ou de loin à quelques scélérateries, je laisserai la justice du prieur s'occuper de vous sans lever le petit doigt ! Et ne vous avisez pas de nous réveiller en rentrant !

Les deux hommes rirent et se poussèrent du coude, semblant ignorer les menaces de leur chef.

Ils les quittèrent dès le repas achevé et disparurent dans l'obscurité.

Sanche haussa les épaules devant l'air interrogateur d'Amaury.

---

4 Personne insignifiante.

— Pourquoi ne pas simplement leur interdire de sortir, si vous désapprouvez ?

— Les hommes sont ainsi, surtout les soudards de cette espèce. Si je suis trop strict, ils me le feront payer tôt ou tard, soit en désertant soit en m'égorgeant dans quelque défilé. Tout est une question d'équilibre. En les laissant faire, mais en leur posant des limites, ils me respectent et restent de bonne humeur. Et puis ils n'auront plus de distraction avant que nous atteignions Langogne, ce qui nous prendra au moins trois jours de chevauchée. Même là-bas, je ne suis pas certain que ton chevalier les y autorise, nous y allons pour être bénis, pas pour pécher ! Et ensuite, s'ils décident de rejoindre les rangs de l'ost pour la croisade, c'en sera fini au moins jusqu'en Terre sainte.

Le capitaine finit lentement son gobelet et le posa sur la table.

— Bien, mon petit Messire, si tu as fini ton assiette, c'est l'heure de te nettoyer de bas en haut !

Amaury acquiesça. Don Sanche appela la serveuse et celle-ci apparut promptement devant eux. D'un signe de tête, il lui enjoignit de la suivre.

Amaury suivit docilement la jeune fille, impatient de se laver et de se coucher.

Une fois entré dans le baquet fumant, il se sentit déjà mieux. La fatigue du voyage semblait se dissoudre dans l'eau. Il n'arrivait même pas au tiers de celui-ci et il devrait encore passer bien des nuits avant d'atteindre la Terre sainte. Quant au parent des Rochechouart, à quoi pouvait-il bien ressembler ?

Amaury imaginait tous les chevaliers de façon identique : des êtres guerriers, mais pieux qui, comme ceux des chansons de geste qu'il affectionnait tant, défendaient veuves et orphelins ou s'engageaient dans des quêtes spirituelles qui les dépassaient parfois. Celui-là ne pouvait faire exception à la règle.

Sanche lui ferait sûrement porter quelques missives pour qu'il les reçoive au plus tôt.

Devenir chevalier et perdre la vie au combat, sur une terre lointaine, pour la gloire de l'Église et du Roi lui paraissait la meilleure, et à vrai dire, la seule façon de vivre en ce monde.

Il sursauta lorsque la jeune fille lui versa un baquet d'eau sur le crâne. Elle entreprit ensuite de l'étriller avec une brosse de crin si dure qu'il crut qu'on lui écorchait la peau. Elle enduisit ses cheveux de savon et les frotta avec une vigueur surprenante pour ses petites mains.

Enfin, elle paracheva son œuvre en lui déversant derechef un seau d'eau sur la tête, froide cette fois-ci. La chair de poule couvrit les bras du garçon et il suffoqua un bref instant avant d'appuyer sa nuque au baquet.

Il ferma les yeux pour signifier qu'il souhaitait profiter encore un peu de la chaleur du bain et l'enfant quitta la pièce pour le laisser se détendre.

Après ses ablutions, Amaury retrouva Don Sanche dans la chambrée. Les hommes n'étaient pas rentrés et le capitaine fumait tranquillement une pipe. Le jeune homme s'allongea sur sa paillasse, légèrement surélevée pour éviter la vermine. Après plusieurs jours à la belle étoile, elle lui sembla une couche de roi.

Il contempla le guerrier barbu à ces côtés. Il ne savait pas trop quoi penser de lui. Un mercenaire, c'était sûr, mais un homme d'honneur apparemment et plein de bon sens.

— Sanche, vous êtes déjà allé en Terre sainte ?

Don Sanche fronça ses sourcils broussailleux.

— Non, mon jeune prince et je n'en ai pas très envie ! Il paraît que les Maures sont de redoutables guerriers et qu'ils sont sans pitié. Ils tiennent une grande partie de la mer intérieure et ont fait de la piraterie une spécialité. Il se murmure qu'ils enlèvent les femmes sur leurs barcasses pour les mener dans leurs bazars, loin à l'est, et les vendre au plus offrant. Ils se battent très durement, mais surtout ce sont des mécréants, des chiens du diable !

Il s'aperçut que le jeune garçon affichait une mine terrorisée et se ravisa.

— Enfin, c'est ce qu'on en dit, après tout je n'y suis jamais allé moi-même, qui suis-je pour juger ? Chasse cela de ton esprit pour le moment et dors !

Sur ces paroles, le capitaine se tourna vers le mur opposé, le drap de laine remonté sur ses épaules.

Quelques minutes plus tard, Amaury l'entendit ronfler. Il croisa ses mains sous sa nuque et contempla le plafond. La rumeur de la salle parvenait jusqu'à la chambre, mais arrivait étouffée, atténuée. Amaury éprouvait une sensation de bien-être dans la paillasse chaude et peu à peu, une douce torpeur le gagna et il sombra dans un sommeil profond.

*

Quand Amaury s'éveilla, il était seul. Il se frotta les yeux. Il se sentait étrangement fourbu et une boule plombait son estomac.

Il remarqua que le soleil était déjà haut. Il espérait que Sanche avait reçu une réponse de son futur maître et qu'il allait bientôt le rencontrer.

Il sauta au bas du lit et s'habilla promptement avant de descendre l'escalier pour rejoindre la salle de l'auberge.

Celle-ci se vidait à cette heure. Dans un coin, attablé devant plusieurs bols de soupes fumants et de grandes tranches de pain, il avisa ses compagnons.

Les deux découcheurs présentaient un visage chiffonné. Comme souvent, les traits de Don Sanche ne laissaient paraître aucune émotion.

Ce dernier leur souhaita le bonjour et le capitaine fit immédiatement signe à l'aubergiste pour que celui-ci porte à manger à Amaury.

Le garçon s'assit auprès des hommes, les salua et s'adressa au mercenaire :

— Des nouvelles pour moi ? Le chevalier a-t-il écrit qu'il nous recevrait bientôt ?

— Non, aucune réponse. Je me suis renseigné pendant que vous dormiez encore et le parent des Rochechouart, qui se nomme Eudes du Val, est bien arrivé en ville. On l'y a vu récemment et il loge chez une connaissance, un riche marchand. Il est informé de notre présence, et je lui ai fait porter la missive. Il ne devrait pas tarder à nous répondre. Enfin, j'espère...

À ces derniers mots, Amaury ressentit une curieuse sensation et son estomac se contracta de nouveau.

— Pourquoi cette hésitation ? Vous en doutez ? Mon futur maître a forcément besoin de son écuyer, il devrait nous recevoir rapidement, n'est-ce pas ?

Sanche renifla pendant que l'aubergiste déposait le repas.

— À dire vrai, j'ai entendu des rumeurs sur le sire du Val avant notre départ... Tous s'accordent à dire qu'ils le trouvent peu aimable et assez fainéant. J'imagine que c'est dû à sa jeunesse, il a à peine trois ans de plus que vous. Mais le sceau de son oncle devrait lui rappeler ses devoirs et si ce n'est pas le cas, nous nous présenterons au prieuré directement.

Amaury fit la moue. Il n'aimait pas ces racontars sur un chevalier qu'il ne connaissait même pas et qui serait bientôt son tuteur.

— Attendons un peu, il a peut-être des affaires importantes à régler ici, à Saint-Flour. Il nous contactera forcément.

Sanche haussa les épaules et le laissa manger.

Quand Amaury eut terminé son plat, il s'essuya la bouche d'un revers de manche et regarda la salle d'un air pensif.

Ces rêveries intérieures le ramenèrent au château de Villiers, à son père, à Enguerrand et à Arnaud et par là même, à Aude. Il ressentit un pincement au cœur en songeant à la jeune fille et une bouffée de mélancolie l'assaillit.

Sanche remarqua son air de chien battu et fit cesser les rires.

— Allons, mon garçon, il ne faut pas te laisser abattre par quelques racontars. Demain est un autre jour !

Le reste de la journée s'écoula lentement. Ils entreprirent de se promener dans la ville basse, en évitant toutefois le pont de la recluse, et retournèrent patienter à l'auberge au milieu l'après-midi. Aucune missive ne les y attendait.

Le soir, Amaury se coucha, un peu déprimé. Il avait espéré que sitôt le chevalier averti, il les convoquerait immédiatement et qu'ils se mettraient en route sans tarder. Les rumeurs dont Sanche s'était fait l'écho renforçaient ses maux de ventre et le sommeil ne le trouva pas avant longtemps.

*

Le lendemain, on tambourina à la porte de bonne heure. L'aubergiste les informa qu'un messager était arrivé et demandait aux voyageurs de se présenter dans une demeure de la ville haute après le déjeuner.

Amaury sentit son cœur s'accélérer dans sa poitrine. Enfin, il allait rencontrer le chevalier qu'il devrait servir un temps avant d'être à son tour adoubé.

La matinée passa rapidement. Amaury revêtit sa tunique propre et son tabard aux armes de Villiers, en essayant de se figurer son futur maître. Quoi que les ragots laissassent supposer, il était apparenté à Aimery VII, le comte de Rochechouart. Il ne pouvait pas être foncièrement mauvais.

La noblesse de son lignage devait forcément influencer sa façon d'être. Et puis après tout, tout le monde avait des défauts.

Il avait beau tenter de se convaincre, son estomac restait obstinément noué, comme si un pressentiment désagréable ne voulait pas le quitter.

À l'heure dite, le petit équipage se présenta devant une maison cossue, construite dans cette pierre noire et poreuse que l'on voyait partout dans le pays.

Une femme ronde et avenante les fit patienter dans une sorte d'antichambre dont les murs étaient tendus de tissus aux teintes chaudes.

Après plusieurs minutes, la dame réapparut et invita Amaury et Sanche à se rendre à l'étage. Les lames de bois de l'escalier craquaient sous leur poids et Amaury en éprouva une sensation désagréable, sans pouvoir l'expliquer.

Là, dans une grande salle ornée d'un lit surélevé et garni d'une table pour manger, nonchalamment assis sur un faudesteuil[5] recouvert de fourrures épaisses, se tenait le chevalier Eudes du Val.

Eudes était un homme d'une beauté à la fois surprenante et dérangeante. La perfection des traits de son visage blanc contrastait avec son attitude dégingandée, son air fier et méprisant. Ses lèvres

---

5 Siège pliable en forme de X ne possédant ni dossier ni bras. Les montants sont en métal ou en bois, l'assise en cuir ou en tissu.

s'étiraient en un rictus de dégoût. Ses yeux, clairs et perçants comme ceux d'un faucon, roulaient désagréablement vers le ciel dès que quelque chose l'agaçait. En réalité, tout agaçait Eudes, sauf sa propre personne.

Il se leva souplement. Il était de haute taille et ses jambes étaient musclées. Quelque chose dans sa façon de se tenir renforçait cette impression de nonchalance.

Il s'approcha d'Amaury sans un regard pour Sanche qui s'inclinait devant lui. Il prit la parole, d'une voix agréable, aux accents traînants.

— Voilà donc le jeune homme que mon oncle confie à mes bons soins. Tu n'as pas l'air très costaud… quel âge as-tu ?

— J'ai seize ans, Messire. Merci de…

Il n'eut pas le temps de finir sa phrase, Eudes le coupa d'un mouvement de main agacé.

— Suffit, suffit ! Tu auras tout le loisir de me conter ton histoire en chemin. Réglons d'abord les détails.

Il se tourna vers le capitaine avec un air dédaigneux.

— Vous êtes Don Sanche, je suppose ? Mon oncle m'a indiqué que vous récupéreriez le garçon. Il est un peu jeune pour être adoubé prochainement, non ?

Sanche le regarda droit dans les yeux

— La croisade nécessite de nombreux bras, Messire. Je vous assure qu'il conviendra parfaitement.

— J'en jugerai par moi-même… capitaine. Bien ! Nous devons nous rendre à Langogne, c'est bien ça ? Je ne vois pas pourquoi mon oncle nous envoie dans ce trou perdu… Nous aurions eu meilleure affaire de nous faire remettre la croix ici, à Saint-Flour où j'ai de très bonnes relations… il balaya la chambre d'un mouvement du bras, un sourire satisfait aux lèvres. Ou encore au Puy. Enfin, le comte Aimery a des idées parfois saugrenues.

Amaury vit Sanche serrer les poings. L'homme avait beau être un aventurier, il possédait un sens de l'honneur aigu et n'aimait pas que l'on parle ainsi de son maître.

Eudes s'adressa de nouveau à Amaury.

— Tu as pris tes affaires ?

La question surprit le jeune garçon, qui secoua la tête.

— Non ? Sanche, vous irez les lui chercher, il restera avec moi jusqu'à ce que nous quittions Saint-Flour, dans cette superbe demeure. Tu dormiras bien mieux ici qu'à l'auberge, tu verras !

À la fin de sa phrase, il passa une main dans les cheveux d'Amaury.

Surpris, le garçon se retint de reculer. Même son père ne s'était jamais permis de toucher la tête de ses fils. Arnaud s'y autorisait parfois, mais c'était son frère aîné et ils étaient alors enfants. Cet excès de familiarité le gêna profondément. Il vit que Sanche affichait une expression semblable, mais le capitaine ne dit pas un mot.

— Qu'est-ce que vous attendez ? Allez chercher ses affaires et ramenez-les. Je vais l'entretenir de ses devoirs en tant qu'écuyer pendant ce temps, les nobles règles, les arts guerriers, tout ce qu'un chevalier doit savoir !

Il effectua de nouveau un geste agacé de la main en direction de Sanche, qui murmura un « bien Messire » entre ses dents, s'inclina et se retira.

Dès que l'homme eut disparu derrière la porte, Eudes regagna son faudesteuil et s'y affala. Il détaillait Amaury de la tête aux pieds avec une telle insistance que le garçon se sentit gêné.

— D'où viens-tu déjà, toi ?

— De la châtellenie de Villiers, c'est proche de la ville de Limoges...

— Cesse donc de jacasser, je t'ai dit !

Il avait haussé le ton et Amaury eut l'impression de recevoir un soufflet.

L'angoisse qui montait en lui depuis plusieurs jours à l'évocation du chevalier se trouvait justifiée. Ce dernier était tel qu'on l'avait décrit à Sanche : arrogant. Amaury eut envie de prendre ses jambes à son cou et de quitter cette maison pour toujours.

— Apporte-moi du raisin, veux-tu ? l'interpella Eudes.

Le garçon songea que le chevalier confondait écuyer et page, mais ne voulant pas le froisser dans ces premiers instants, il s'exécuta et s'approcha de la vaste table en bois ou était posé une aiguière[6] et un plat comprenant des pommes, des fruits secs et une belle grappe de muscat.

---

6   Récipient à pied, doté d'une anse et d'un bec destiné à contenir de l'eau et à la servir.

Amaury avisa une coupelle, y déposa la grappe et la porta à son maître. Celui-ci s'en saisit trop brutalement et Amaury la lâcha, répandant son contenu sur le parquet.

Eudes fulmina.

— Imbécile ! Empoté ! Allez, ramasse !

Cette fois, Amaury releva la tête

— Je vais ramasser bien volontiers Messire, mais ne me parlez pas ainsi. Je suis votre écuyer, je dois devenir chevalier et ne suis pas là pour vous servir de page.

Il avait parlé franchement, mais sans animosité. Le visage d'Eudes arbora une expression furieuse. Ses yeux s'étrécirent et il se leva brusquement.

— Comment ? Tu répliques ? Toi, le petit Amaury de je ne sais où, tu oses tenir tête à un parent de la maison de Rochechouart ?

Ce faisant, il avança vers Amaury, le dominant de sa haute taille. Celui-ci recula, mais acculé, il sentit bientôt ses jambes buter dans les pieds de la table.

Alors, vif comme un serpent, Eudes le saisit à la gorge des deux mains et serra son cou si violemment qu'Amaury ne parvint plus à respirer. Il l'arracha du sol par sa seule force et le souleva pour qu'il puisse le regarder dans les yeux.

— Écoute-moi bien, à partir d'aujourd'hui, tu m'appartiens ! Tu entends ? Tu fais ce que je te dis sans protester. Je ne veux pas qu'un mot sorte de ta bouche, sauf si je te le demande. Tu m'obéis et tout ira bien. Si tu désobéis ou que tu parles de quoi que ce soit à qui que ce soit…

Il le lâcha brutalement et Amaury tomba sur le sol en suffoquant, massant sa gorge en toussant.

— Je te tue.

La vue brouillée par les sanglots qui montaient, le pharynx douloureux, Amaury leva les yeux vers son maître et acquiesça péniblement.

Eudes afficha un sourire satisfait.

— Voilà qui est mieux.

Il le saisit par le col pour le remettre debout et se rassit.

— Ramasse.

La mort dans l'âme, Amaury s'exécuta. De grosses larmes roulaient silencieusement sur ses joues tendres.

Son voyage débutait sous de bien mauvais auspices.

CHAPITRE II

De Langogne à Aigues-Mortes

Amaury rassembla les pans de son mantel sur ses épaules transies et soupira. Un air froid était descendu des montagnes vers les plateaux de Margeride, contrastant avec la chaleur des derniers jours.

Un hématome, violacé et douloureux, s'épanouissait sur sa joue droite, souvenir cuisant du mécontentement d'Eudes à la façon dont il avait sellé son cheval.

Il patientait à l'entrée de l'église Saint Protais et Saint Gervais de Langogne, dans l'attente du chevalier qui était en retard. Il avait eu le temps de détailler toutes les sculptures du portail richement orné.

Il claquait des dents dans le vent coulis. Cela faisait quelques jours seulement qu'il se trouvait au service d'Eudes et il en avait déjà assez. Le chevalier le décevait, sa personnalité ne reflétait en rien des valeurs courtoises. Celui-ci le traitait tel un vulgaire valet et non comme un écuyer et parfois si durement qu'il se sentait moins qu'un chien.

Les larmes lui montèrent aux yeux et il les ravala vivement.

Dieu le soumettait à une bien cruelle épreuve en le mettant sous la coupe d'un aussi méchant individu. Il perdait ses illusions de jeune garçon. Il avait espéré que son maître serait un homme bien né, honorable, et bien-disant.

Il soupira en regardant le ciel au-dessus de lui. Il restait bas et lourd, à l'image de ses pensées. La pluie ne tarderait plus à le crever comme une vieille outre.

Les premières gouttes épaisses s'écrasèrent sur son visage et le jeune garçon hésita. Eudes le châtierait sans doute pour être entré sans l'attendre, mais mieux valait un coup de pied au derrière que d'attraper une fluxion de poitrine en restant sous l'orage. Il se décida et s'abrita dans l'édifice sacré.

Celui-ci était plutôt sombre. D'ordinaire, les étroites fenêtres dispensaient une chiche lumière, mais avec le temps qu'il faisait, elles ne laissaient plus passer le moindre rai. Quelques cierges répandaient un peu de chaleur et de clarté.

Amaury se signa et balaya l'eau qui ruisselait sur son visage d'un revers de main.

Il effectua deux génuflexions devant le chœur. Au fond de la nef principale, un grand christ de bois noir le regardait tristement. Amaury avait le sentiment que le fils de Dieu devinait tout de sa peine.

Le garçon avança doucement, les yeux levés vers le plafond. Celui-ci était orné de fresques imagées et richement colorées.

Des représentations des saints auxquels le lieu était dédié surgissaient çà et là. Leur vie et faits illustres s'étalaient comme dans un livre d'heures.

Juste au-dessus du maître autel, un jugement dernier était dépeint avec force détail et une violence crue qui écrasait le croyant qui levait les yeux vers les dessins. Des démons noirs aux pieds fourchus précipitaient des pécheurs dans de grandes marmites sous lesquelles les langues d'un feu infernal dansaient furieusement. Leurs visages déformés par la souffrance trahissaient la plus grande terreur. Nus, ils joignaient leurs mains dans une ultime supplication que les suppôts de Satan ignoraient.

Un peu plus loin, deux immenses anges aux ailes immaculées et aux vêtements sombres triaient les bons des mauvais croyants, envoyant sans ménagement les pêcheurs vers un tartara de flammes rouges. Les expressions des personnages semblaient si réelles qu'Amaury ne put retenir un frisson.

Absorbé dans la contemplation des fresques, il n'entendit pas les pas résonner derrière lui.

Soudain, une main se posa sur son épaule et il sursauta violemment. Il se retourna en fermant un œil, persuadé qu'il s'agissait d'Eudes et qu'un châtiment allait s'abattre sur lui.

Mais à la place du chevalier, un homme à la carrure impressionnante se tenait devant lui, le cheveu grisonnant, le visage mangé d'une épaisse barbe. Ses yeux perçants le regardaient d'un air amusé. Il était vêtu d'une longue tunique blanche, ornée d'une grande croix latine écarlate sur le côté.

— Mille excuses mon jeune ami, je t'ai fait peur ?

Sa voix calme et profonde résonna dans le silence du petit édifice. Amaury secoua la tête et porta la main à son cœur emballé. L'homme lui sourit.

— Je vois que tu contemples cette superbe fresque ? Impressionnant, n'est-ce pas ? Surtout pour ceux qui ne regardent pas au-delà du dessin.

Amaury ne comprenait pas ce que le chevalier voulait dire, mais désireux de ne pas contrarier un inconnu, qui semblait noble de surcroît, il acquiesça lentement.

L'homme reprit :

— Que peux-tu dire des deux saints à qui cette église est dédiée ? En avais-tu déjà entendu parler ?

— Non, Messire, je ne les connais point. Là d'où je viens, la collégiale était consacrée à Saint-Étienne et à Notre-Dame.

— Ah, la noble dame. On la trouve partout ici. Tu ignores donc qui sont ces deux braves martyrs ? Je vais te conter leur histoire, tu verras qu'elle est singulière et très instructive. Tout chevalier de la foi devrait la connaître.

L'homme se lança dans la genèse des deux frères qui vivaient sous le règne de l'un des plus cruels empereurs romains, Néron. Il lui raconta leur martyre et la miraculeuse découverte de leurs reliques par saint Ambroise, auquel les deux opprimés étaient apparus lors d'une extase.

— Vois-tu, ces deux saints comptent beaucoup pour mon ordre, termina-t-il. Ils dévoilent les vérités cachées et confirment l'importance d'être accompagné d'un frère pour faire face à l'adversité. C'est pourquoi nous, templiers, leur avons dédié une église dans notre commanderie de Gisors et aussi au carreau du temple, à Paris. J'aime les retrouver sur mon passage et ne manque pas de venir les saluer. Tu ne seras pas surpris d'apprendre qu'à leur image, nous allons toujours par deux. Deux est un chiffre important, autant que trois et sept. Mais je m'arrête là, je ne peux pas t'en révéler davantage.

Amaury se demanda pourquoi diable cet homme, qui se prétendait templier, pouvait bien lui raconter tout cela s'il n'en avait pas véritablement le droit. Il n'avait compris qu'une phrase sur deux et retenait simplement que les Milites Christi[7] allaient par paire, mais que celui-ci était étrangement seul.

Il se demanda s'il n'était pas un peu dérangé malgré sa visible érudition quand celui-ci reprit.

— Cette église cache un autre mystère. Une statue de la mère de Jésus très particulière, cela tu dois le savoir.

Amaury acquiesça, prenant enfin la parole.

— Oui Messire, une vierge noire. Nous venons ici avec mon… maître, le chevalier Eudes du Val, nous faire bénir afin que notre voyage jusqu'en Terre sainte se passe sans encombre.

— Que voilà une sage décision… Le chemin vers l'Outre-mer[8] n'est pas exempt de dangers, tu peux me croire ! Une bénédiction ne sera pas de trop. Les vierges noires sont très anciennes. Dans ce pays par exemple, on en trouve beaucoup.

— Savez-vous pourquoi il y en a plus dans cette région qu'ailleurs dans le royaume ?

— Des peuples païens ont longtemps vécu sur ces terres. Ces statues apparaissent souvent dans des circonstances étranges, comme par miracle. Par exemple, un paysan en découvre une sous le soc de sa charrue en brisant quelques colonnes antiques enfouies. Ou bien c'est une jeune fille qui en déniche une dans le tronc d'un arbre creux. Le peuple la ramène vers l'Église la plus proche, mais à la faveur de la nuit, elle revient à l'endroit de sa découverte. Ce petit jeu étrange dure jusqu'à ce que l'on érige une chapelle en son honneur à l'endroit de sa découverte. Elle ne bouge alors plus, satisfaite. C'est curieux, tu ne trouves pas ?

Amaury ne savait que dire, mais les propos du Templier avaient fini par piquer son intérêt. Cette histoire de statue facétieuse lui rappelait certains lais et contes de son enfance. On aurait dit une légende tout

---

[7] Soldats du Christ. Le véritable nom des templiers était « Pauvres chevaliers du Christ et du temple de Salomon ».

[8] À l'époque, l'on ne désignait pas les états latins d'orient comme la Terre sainte, cette appellation est venue plus tard. Je l'utilise pour des raisons de commodités et de compréhension.

droit sortie de la Geste des chevaliers de la Table ronde. Cela le fascinait.

L'homme vit l'expression avide de son visage et sourit d'un air amusé.

— Celle-ci est spéciale, un cadeau prestigieux fait à la ville de Langogne, une ville très importante pour nous, frères templiers, puisqu'elle nous a donné un Grand Maître. La statue est moins connue que sa cousine du Puy, qu'elle rappelle beaucoup et attise la curiosité. Elles se ressemblent toutes, plus ou moins, comme si un seul et même artisan les avait sculptées et qu'il avait pris un modèle unique... As-tu entendu parler de l'Égypte, mon garçon ?

Amaury fronça les sourcils devant ce changement soudain de sujet qui le prenait au dépourvu et ânonna le peu qu'il savait.

— L'Égypte est un pays situé au-delà de la *mare nostrum*, rempli de sarrasins, proche de la Terre sainte que nous partons libérer.

Le chevalier éclata d'un rire bref.

— C'est peu de choses, mais suffisant pour un jeune chevalier, je suppose. Si jamais tu parviens jusque là-bas, tu pourras y voir certaines statues très semblables à nos vierges noires.

— Mais Messire, je croyais que ce pays était entièrement musulman ? Il y a donc des chrétiens en Égypte ?

— Mon garçon, tu apprendras beaucoup au long de ton voyage, et premièrement que les chrétiens sont partout et nombreux. Il existe en Égypte une très ancienne communauté de chrétiens, que l'Église romaine feint d'ignorer. Mais les statues dont je parle proviennent du passé antique de ce pays, un passé très riche. Tu verras par toi-même. Je n'ai plus beaucoup de temps. J'étais simplement passé prier un peu. Comment t'appelles-tu ?

Un bruit résonna dans le silence de l'édifice, qui fit se retourner Amaury. Il murmura.

— Amaury, je m'appelle Amaury de Villiers, Messire. Et vous ?

Il n'entendit pas de réponse. Il se tourna alors vers le templier, mais celui-ci était parti. Amaury fit la moue. Quel homme étrange qui disparaissait aussi rapidement qu'il était arrivé !

Il avança vers la chapelle où se trouvait la vierge noire quand un violent soufflet s'abattit à l'arrière de son crâne.

Eudes était apparu à ses côtés, l'air courroucé. Amaury se demandait s'il advenait que d'autres expressions se peignent sur son visage anguleux.

— Tu ne m'as pas attendu à l'entrée de l'église et j'ai dû te chercher. Regardez-moi cet ahuri !

Il s'adressait à Sanche, qui était resté deux pas derrière et contemplait la scène avec désapprobation.

Eudes réajusta son gant de cuir et jeta un œil à la ronde. Il poursuivit.

— Elle est bien modeste cette église, je ne comprends pas pourquoi mon oncle ne nous a pas envoyés au Puy. Cela aurait été bien plus prestigieux d'y recevoir la bénédiction de l'évêque.

— Que le plus grand parmi vous soit comme le plus petit et celui qui gouverne comme celui qui sert. Car quel est le plus grand, celui qui est à table, ou celui qui sert ? N'est-ce pas celui qui est à table ? Et moi, cependant, je suis au milieu de vous comme celui qui sert.

Le verset de l'évangile de Saint-Luc tomba d'une voix de stentor dans le silence de l'édifice religieux. À l'autre extrémité de la nef se tenait un homme d'une stature imposante, portant l'habit du seigneur prieur, suivi d'un novice qui détenait plusieurs morceaux d'étoffe.

Eudes ravala un peu sa morgue et afficha son sourire le plus hypocrite.

— Messire prieur ! Loin de moi l'idée de dénigrer votre charmante église !

Le prieur se rapprocha avec un air circonspect. Il les regarda longuement sans rien dire.

Amaury arborait une mine de contrition appropriée, mais à l'intérieur, il jubilait. Le père abbé avait remis Eudes à sa place et d'une belle façon !

Celui-ci leur fit signe de le suivre jusqu'à la petite chapelle où la vierge noire était conservée. Là, dans une niche aménagée dans le mur, se trouvait une statuette de bois foncé à peine éclairée par quelques cierges de cire blanche.

Amaury la regarda attentivement. C'était, à dire vrai, une figurine grossièrement taillée. On devinait, plus qu'on ne la voyait, la vierge assise accueillant l'Enfant Jésus dans son giron. Elle paraissait faite d'un bloc, sans contours définis. Les visages seuls ressortaient de l'ombre, empreints d'une puissance qui tranchait avec le reste. Le templier n'avait pas menti, elle était vraiment curieuse.

Le prieur se tourna vers eux et leur intima le silence.

Ils s'agenouillèrent à même les dalles froides, Eudes devant Amaury en sa qualité de chevalier. Sanche resta en retrait, debout. Amaury comprit qu'il n'avait pas l'intention de prendre la croix et cela le peina.

Après quelques psalmodies, l'abbé éleva ses mains au-dessus de leurs têtes. De la même voix ferme, il prononça les paroles de bénédiction.

— Au nom du Père, du Fils et du Saint-Esprit, loué soit Dieu, père de Notre Seigneur Jésus Christ, qui nous a bénis, aux cieux, dans le Christ. Dieu tout puissant qui est la vie et la vérité, montre le chemin et protège ces hommes vaillants qui vont délivrer ton royaume et les reliques de ton saint fils. Maintenant, prenez le signe de la croix, dans un esprit de joie. En servant sa cause, lui qui a été crucifié pour nos péchés, vous gagnerez mille récompenses somptueuses. Allez, Dieu vous fera meilleurs.

Le saint homme empoigna ensuite des mains de son novice les morceaux d'étoffe, deux croix de tissu, qu'il bénit tour à tour avant de les tendre à Amaury et Eudes, désormais véritablement croisés.

Il conclut par un Notre Père et observa quelques minutes de recueillement devant l'étrange statue.

Amaury avait mal aux genoux sur le sol dur, mais se sentait tout de même mieux. Un fort sentiment de fierté mêlé de crainte l'envahissait. Il prenait conscience des obstacles et des dangers qu'il devait affronter pour accomplir son destin, à commencer par supporter son maître. Le blanc chemin était encore très long.

Le prieur leur fit signe de se relever et il s'apprêta à se retirer lorsqu'Eudes prit la parole.

— Mon père, soyez remercié pour toutes vos bénédictions, mais je dois vous demander quelque chose.

L'estomac d'Amaury se contracta à ces paroles lorsqu'il vit l'air étonné de Sanche. L'homme de foi regarda le chevalier sans laisser paraître aucune émotion, attendant la suite.

— Nous logeons ce soir dans une vilaine auberge. Je redoute ce genre d'endroit non pour moi-même, qui suis fort pieux, mais pour mon jeune écuyer. Il est encore si jeune, influençable. Je crains que la fréquentation des soudards et des ivrognes ne lui vaille rien. Si nous pouvions loger par charité avec vos bons moines, au prieuré, ce serait un grand honneur et vous sauveriez ce garçon de la débauche.

Eudes avait débité son discours avec le ton le plus mielleux possible. Amaury vit se peindre l'exaspération sur les traits de Sanche, qui désapprouvait visiblement la manœuvre.

Nul besoin d'être grand clerc pour comprendre la manigance d'Eudes. Le chevalier ne se préoccupait aucunement de la vertu du jeune homme, il savait pertinemment que l'abbaye hébergeait paumiers[9] et croisés gratuitement, ce qui lui permettrait d'économiser une nuitée d'auberge.

Amaury se sentit mal. Eudes réussissait à tout salir, même un moment aussi solennel que celui de la remise de leur croix.

Le prieur affichait une expression indéfinissable. Il inclina la tête et après un silence, répondit à Eudes.

— Il est tout à votre honneur de vous soucier de la moralité de votre écuyer et du salut de son âme. J'aurais volontiers accédé à votre requête si vous l'aviez formulé avant votre arrivée à Langogne. Or, la lettre que votre oncle m'a fait parvenir... Il tendit la main vers son novice qui sortit un parchemin roulé de sous les pans de son habit, duquel pendait le sceau de cire des Rochechouart... ne fait mention d'aucune nécessité de ce genre.

Eudes fit mine de protester, mais le prieur leva sa grosse main devant son visage pour lui intimer de garder le silence.

— Le prieuré accueille en ce moment de très nombreux pèlerins qui se joignent à la croisade. Ce sont de pauvres gens, bien moins généreusement dotés que vous, puisque votre oncle m'a expressément écrit de ne pas m'inquiéter à ce sujet.

Eudes grimaça. Son discours ne semblait pas prendre. Devant son air obstiné, le prieur continua calmement de sa belle voix grave.

— Messire, je me vois dans l'obligation de vous rappeler qu'il est de votre mission d'éduquer votre écuyer, en tant que chevalier et parrain. Un pauvre moine comme moi ne saurait se substituer à quelqu'un de votre rang. Sur ce, je vous prie de bien vouloir m'excuser, mais d'autres devoirs m'appellent et je ne puis converser plus longtemps avec vous. Allez dans la paix du Christ.

Mettant un terme à la discussion, il se signa, les bénit derechef, et se retira avec son novice qui trottinait derrière lui.

---

9   Ou Paulmier. Au Moyen Âge, le terme désigne les pèlerins, notamment se rendant à Jérusalem (littéralement pour en rapporter des Palmes et attester de la validité du pèlerinage).

Eudes haussa les épaules d'un air rageur et gagna la sortie à grandes enjambées.

Une pluie fine tombait à présent au-dehors. Ils rejoignirent en silence, l'auberge, située à l'entrée de Langogne, leurs capuchons rabattus sur leurs visages.

Une fois installés, ils s'attablèrent devant des bols de soupes fumantes qu'ils mangèrent sans un mot. Amaury se sentit soulagé, car il devait partager la chambrée de Sanche et de ses hommes pour la nuit, Eudes ayant son propre logement. Celui-ci ne décolérait pas, et Amaury n'avait pas envie qu'il se venge sur lui du refus du prieur.

Aussitôt la soupe engloutie, le chevalier commanda des tartines de pains de seigle et une volaille pour lui.

Il regarda ses compagnons d'un air méprisant et les quitta sans un mot.

Sanche cracha par terre dans la direction du chevalier.

Il se tourna vers Amaury. Le jeune garçon avait perdu sa mine enjouée des premiers jours. Il était devenu silencieux, tentant de se fondre dans le décor pour ne pas attirer les foudres de son maître. Sanche avait de la pitié pour lui. Il se jura de protéger l'adolescent pendant le voyage. Malheureusement, dès leur arrivée à Aigues-Mortes, il devrait se débrouiller seul.

*

Une nuit de sommeil ne suffit pas à calmer la mauvaise humeur d'Eudes. Lorsqu'Amaury frappa à la porte, celui-ci répondit par un grognement.

Il entra à pas de loup, tentant de se rendre le plus discret possible pendant qu'il préparait les paquetages en vue du départ.
La chambre se trouvait dans un désordre indescriptible. Eudes avait visiblement pour habitude d'abandonner ses vêtements et de manger à même le lit, à en croire les reliefs du dîner de la veille qui gisaient dans les draps. Le garçon eut pitié de la personne qui allait devoir nettoyer derrière lui.
Le chevalier ne le regardait même pas pendant qu'il l'aidait à se vêtir de sa brigandine de voyage et à préparer ses armes. Il s'adressa soudain à lui.
— As-tu vu ma ceinture ?
— Oui Messire, tenez, la voilà.
Il la lui tendit en gardant la tête baissée. Eudes la saisit sans mot dire.
Amaury soupira intérieurement et se remit à la tâche.
Sans crier gare, Eudes lui asséna vicieusement un coup dans le dos à l'aide du morceau de cuir. La morsure cinglante lui coupa le souffle. Il trébucha. Le chevalier lui hurla dessus.
— Tu ne peux donc rien faire sans tomber ? Dépêche-toi un peu, au lieu de lambiner, ou je te ferai à nouveau tâter mon ceinturon !
Amaury retint ses larmes. Le cuir lui avait déchiré la chair qui lui cuisait durement. Il continua de s'acquitter de sa besogne rapidement et en silence. Quand il eut terminé, il se retira plus silencieusement qu'une souris.
Il rejoignit ses compagnons qui attendaient dans la grande salle. Sanche remarqua ses yeux rougis et secoua la tête. Amaury leur demanda d'une voix éteinte de se tenir prêts au départ puis il sortit avec ses affaires et celles de son maître pour préparer les chevaux.
Eudes ne tarda pas à descendre les escaliers, un air furieux peint sur son beau visage.
Sanche se leva et s'approcha. Comme le chevalier faisait mine de ne pas l'avoir remarqué, il lui saisit vivement le bras.

Eudes éclata.

— Qu'est-ce qui vous prend ? Comment osez-vous me toucher ?

— Juste deux mots entre nous, Messire. Si vous frappez à nouveau ce garçon, c'est moi qui vous corrigerai, à l'aide de ces gaillards-là.

— Qu'est-ce que ce petit crétin est encore allé inventer ?

— Il n'a rien dit du tout.

Sanche resserra sa prise sur Eudes, qui grimaça sous la douleur.

— Cela prouve qu'il vous respecte, lui ! Pas besoin d'être augure pour comprendre d'où lui viennent ses hématomes. Je vous le répète, tout le temps du voyage, le garçon est sous ma protection et celle de mes hommes. Tenez-vous tranquille et tout ira bien.

Le capitaine relâcha son étreinte et Eudes frotta son poignet endolori. Il acquiesça faiblement, mais ses yeux lançaient des éclairs.

Il haussa les épaules et dépassa les soudards pour se diriger vers la cour de l'auberge, laissant le soin à Sanche, qui gardait la bourse, de régler les détails.

Amaury l'attendait en tenant les deux destriers par la bride. C'était ce qu'il préférait dans sa charge d'écuyer. S'occuper des chevaux lui donnait une agréable sensation d'utilité et il aimait le temps passé avec eux à les bouchonner.

Cela lui permettait de vivre des moments loin du chevalier, lui offrant une pause bienvenue.

Du Val fit le tour des bêtes pour vérifier leurs selles. Il regarda Amaury et esquissa un geste pour se saisir des liens. Instinctivement, le garçon se baissa pour éviter un coup. Eudes soupira d'agacement et lui ôta les rênes des mains en murmurant à nouveau une insulte qu'Amaury ne comprit pas.

Il était déjà suffisamment étonné de ne pas prendre une gifle. Il laissa le chevalier se mettre en selle et lui tendit son épée. Amaury enfourcha alors son propre cheval, après avoir vérifié qu'il n'avait rien oublié.

Sanche et ses hommes sortirent de l'auberge à leur tour. Le capitaine s'approcha, ajustant ses gants et ceignant sa masse d'armes au côté, pendant que l'un d'entre eux partait chercher les montures. Il s'adressa à ses deux compagnons.

— À partir d'ici, le chemin le plus court pour rejoindre Aigues-Mortes c'est de descendre par les monts des Cévennes, en suivant la via de Regordane[10]. Elle est pavée et nous y trouverons maints villages où nous reposer. Nous la prendrons à Puylaurent. Icelle nous mènera directement à Saint-Gilles, par Alès. De là, nous suivrons le Rhône jusqu'à Aigues-Mortes où nous attend votre oncle.

Eudes ne répondit que par un bref hochement de tête. Amaury le soupçonnait de désapprouver, mais de ne connaître aucun autre chemin sûr. Le chevalier demanda alors :

— Combien de temps pour joindre Aigues-Mortes si nous empruntons cette voie ?

— Sans forcer les chevaux, environ quatre jours.

— Fort bien ! Je ferai porter une missive à mon oncle lors de notre prochain arrêt, pour lui signifier notre arrivée.

Sanche afficha un petit air satisfait.

— Je m'en suis déjà chargé. Allons !

Il se saisit à son tour des rênes de sa monture et se hissa souplement sous le regard noir du chevalier du Val.

Amaury ne put retenir un discret sourire devant l'habile manœuvre du capitaine. Il craignait leur séparation future, sentant que dès que celui-ci aurait disparu son calvaire deviendrait quotidien.

Pour autant, il ne pouvait s'empêcher de souhaiter leur arrivée prochaine à Aigues-Mortes, pensant qu'en présence de son oncle et de l'ost, Eudes calmerait ses vilenies.

Il respira à pleins poumons. L'humidité de la veille se dissipait sous l'effet d'un vent de terre qui éparpillait les nuages en longs lambeaux d'un blanc laiteux.

L'espoir gonfla dans sa poitrine et il piqua sa monture pour suivre le capitaine qui ouvrait la marche.

Ils atteignirent Puylaurent en milieu d'après-midi. Le soleil dardait sur les contreforts cévenols et le temps était devenu plus chaud.

Ils n'avaient pas beaucoup progressé, Eudes ayant fait marquer à la petite troupe des arrêts fréquents. C'était tantôt son cheval qui boitait, tantôt un caillou dans sa botte. Il voulut ensuite boire, puis prendre une collation.

---

10 Dit aussi « chemin de Saint-Gilles » et aujourd'hui GR 700, est le tronçon cévenol de la route qui reliait l'Île-de-France au Bas Languedoc et à la Méditerranée au Moyen Âge, ou il était empruntées aussi bien par des marchands et pèlerins que par des chevaliers.

Le jeune écuyer se demandait si le chevalier ne faisait pas exprès, afin que Sanche arrive plus tard que prévu et soit désavoué par son oncle.

Il avait remarqué que le capitaine commençait à s'agacer de ce comportement puéril.

Puylaurent était un paisible hameau composé de quelques fermes éparses. Installées sur les rives de l'Allier, elles bénéficiaient d'un climat doux et d'un arrosage conséquent, bien que les hivers soient rudes à cette altitude.

Alors que le groupe s'apprêtait à traverser les lieux, Eudes s'arrêta à nouveau.

Sanche souffla bruyamment et se porta à son niveau.

— Que vous arrive-t-il, Messire ? Avez-vous encore soif ? Ou faim, peut-être ?

Eudes esquissa un sourire hypocrite.

— Un peu de tout cela, capitaine. J'estime que nous avons suffisamment chevauché pour aujourd'hui. Je suis las et mon cheval aussi. Nous devrions nous arrêter ici pour la nuit.

— Allons ! Vous n'y pensez pas ? Ce n'est même pas un village ! Nous ne trouverons nulle auberge pour nous accueillir.

— Je suis certain que les braves serfs nous offriront gîte et couvert pour une nuitée, surtout si nous leur baillons quelques piécettes. Nous ne sommes pas des malandrins, mais des croisés, après tout !

Il désigna d'un geste du menton la croix cousue sur son épaule.

— Ils pourraient même nous loger gratis !

— Il reste encore plusieurs heures de jour, nous avons le temps de chevaucher prestement et d'atteindre Genolhac, une fort belle ville. Nous trouverons tout ce qu'il nous faut. Vous serez mieux loti que chez de pauvres paysans, vous pouvez m'en croire. Hâtons-nous.

Eudes ne bougea pas d'un pouce. Il défiait Sanche du regard, sachant pertinemment que l'homme, au service de son oncle, ne pourrait pas le forcer à moins de le frapper. Si cela devait advenir, il en payerait sûrement cher les conséquences.

— Je vous le redis, Sanche, je souhaite que nous nous arrêtions dans ce hameau. Allez donc cogner à l'huis de la première de ces fermes et demandez qu'on nous héberge.

Il accompagna son discours d'un bâillement ostensible et descendit de sa monture pour aller s'asseoir sur une souche à l'ombre d'un grand chêne.

Sanche fulminait. Par la malepeste ! Il n'avait jamais rencontré dans sa longue carrière de chevalier plus égoïste. Mais ce n'était pas la peine de lui tenir tête pour des broutilles.

Il se jura que le lendemain il piquerait son destrier, et tant pis si le noble restait en arrière. Sa couardise aurait tôt fait de le décider à joindre la compagnie.

Il leva la main, signifiant aux hommes et à Amaury que l'on s'arrêtait pour aujourd'hui.

Le garçon soupira et flatta l'encolure des chevaux, tout en regardant ses compagnons solliciter les fermiers.

La fortune ne leur sourit qu'à la troisième ferme du hameau, où un paysan courtaud accepta leur requête. Amaury se sentit soulagé. Il avait un instant pensé que toutes les maisons refuseraient et qu'ils devraient dormir à la belle étoile.

Sur un signe de Sanche, il saisit les rênes des montures et s'approcha. C'était une large habitation de forme allongée, avec deux dépendances pour le grain et les bêtes, qui formaient ensemble une cour assez vaste. Elle était construite en murs de pierres sèches de faible hauteur et pourvue d'un toit de lauzes[11] savamment disposées.

La famille se nommait Barreil, comme le père l'avait confié à Sanche.

Ils avaient assez de place pour les loger, mais certains devraient dormir dans la bergerie.

Les hommes de Sanche acceptèrent volontiers.

Amaury, Sanche et Eudes coucheraient sur des paillasses près du foyer.

Eudes semblait ravi. Il offrait ses plus beaux sourires à la ronde, vantant ses origines et surtout son oncle, le puissant Aimery VII Comte de Rochechouart. Il ne manquerait pas de lui parler de l'hospitalité des braves gens de Puylaurent. Celui-ci les repayerait bien sûr au centuple.

Assis sur des bancs de bois qui encadraient une grande cheminée en pierre aménagée à même le mur, les autres le regardaient se donner en spectacle. Après tout, cela valait mieux que ces éclats de fureurs ou bouderies habituelles.

---

11   Pierre plate détachée par lits et utilisée comme toitures pour les bâtiments dans le sud-ouest et le centre de la France.

Quant au Barreil, sa femme, ses deux garçons et sa fille qu'Amaury jugeait plus jeune que lui, ils écoutaient les babillages du chevalier d'une oreille à la fois distraite et respectueuse.

Eudes ne fit pas non plus d'histoire pour le repas, composé d'un ragoût d'agneau et de légumes nouveaux qu'Amaury trouva délicieux.

Il se permit même un compliment à « dame Barreil » sur sa cuisine.

Tout semblait aller pour le mieux et Amaury songea qu'il allait vérifier si les chevaux avaient besoin de quelque chose. Ensuite, il se roulerait en boule sur sa paillasse et dormirait jusqu'au matin.

Le voyant se lever, Sanche lui tapota l'épaule pour lui signifier qu'il sortait lui aussi prendre l'air et fumer sa longue pipe.

Il accompagna le garçon jusqu'à l'étable que les montures partageaient avec un troupeau de brebis, deux ânes et un mulet.

Amaury resta silencieux. Il pensait bien que Sanche était en colère de s'être fait avoir par le chevalier, mais il n'osait pas lui parler. L'homme ne semblait pas non plus d'humeur bavarde.

Ils goûtèrent ensemble le calme de ce début de soirée.

Ne plus entendre les récriminations quasi permanentes d'Eudes les apaisait grandement.

Ils restèrent là, sur le seuil de la bergerie, respirant l'air frais du plateau sans échanger le moindre mot, profitant de leur présence muette, mais réconfortante.

Alors que Sanche éteignait sa pipe et qu'Amaury s'étirait dans le couchant, un cri venant du corps de ferme et un bruit de bagarre parvinrent à leurs oreilles.

Ils se précipitèrent à l'intérieur pour trouver Eudes aux prises avec les fils du père Barreil, les femmes recroquevillées sur l'un des bancs, la jeunette pleurant dans les bras de sa mère. Les hommes de Sanche tentaient de ramener le calme sans succès.

Le guerrier les interrompit en haussant la voix

— Holà ! Que se passe-t-il ici ? Avez-vous tous perdu l'esprit ?

Les hommes cessèrent de se battre, mais les deux garçons Barreil ne lâchèrent pas Eudes pour autant, lui lançant des regards hargneux.

Devant tant de colère, Sanche demanda aux adolescents d'expliquer ce soudain éclat.

Les deux jeunes gens restèrent muets, un air buté se peignant sur leurs visages. Le chevalier clignait des yeux en direction de Sanche pour qu'il le tire de ce mauvais pas.

En désespoir de cause, Sanche se tourna vers le père.

— Père Barreil, vous qui semblez garder votre raison, me direz-vous ce qui se passe ?

Le métayer le dévisagea quelques secondes, puis décida qu'il pouvait visiblement lui faire confiance.

— Il se passe que votre homme, là, votre chevalier, a pris ma fille pour une vile catin ! Elle allait chercher du bois et il s'est proposé galamment de l'aider. Nous avons laissé faire, avant que l'on entende ses cris ! Nous sommes sortis en courant pour le voir tenter de l'assaillir !

— Je comprends mieux, l'homme, merci. Peux-tu demander à tes garçons de lâcher le chevalier, je vais m'en occuper.

À regret, les deux jeunes relâchèrent leur emprise sur Eudes, qui fila immédiatement vers Sanche. Ces hommes l'encadrèrent de près, attendant la décision de leur chef.

Un air de lassitude profonde sur le visage, il se tourna vers lui.

— Eudes, avez-vous tenté de porter atteinte à l'honneur de cette damoiselle ?

Du Val renifla. Il commençait à retrouver toute sa morgue, maintenant qu'il n'était plus à la merci des deux garçons. Il haussa les épaules.

— Et quand bien même ? Je suis chevalier et j'appartiens à l'une des plus nobles familles de ce pays ! J'ai tous les droits ! J'ai souhaité flatter votre fille en lui faisant don de ma galanterie, bien mal m'en a pris ! Vous n'êtes pas en mesure de comprendre que c'est un honneur si j'ai daigné la regarder !

Amaury était abasourdi. À voir la tête du père Barreil et de ses fils, il n'était pas le seul.

Mais là où le garçon affichait un air désolé, les trois hommes fulminaient. Leurs yeux lançaient des éclairs dans la pénombre.

Ce n'était que grâce à la présence de Sanche et de ses guerriers qu'ils n'avaient pas lynchés l'arrogant seigneur de leurs mains.

Dans cet innommable gâchis, Sanche reprit la parole.

— Veuillez excuser le sieur du Val, c'est un malentendu. Je vous propose que nous en restions là, nous allons immédiatement quitter votre maisonnée et partir.

Le paysan répondit.

— J'accepte, car je vois que contrairement à ce rustre qui se prétend chevalier, vous êtes un homme de bon sens. Disparaissez vite, avant que je n'ameute les autres métairies pour le livrer à la justice du Bailli !

Sanche le remercia et ses compagnons d'armes sortirent Eudes de la chaumière sans aucun ménagement.

Celui-ci se mit à hurler qu'il en référerait à son oncle, qu'on ne chassait pas impunément un Rochechouart. Il promit mille calamités à la maisonnée et au hameau.

Amaury soupira. L'arrogance de son maître le sidérait. Par sa faute, ils perdaient une nuit de sommeil au chaud. Il s'inclina à son tour devant le père, qui leur avait, quelques heures avant, offert si aimablement le gîte et le couvert. Il adressa aux femmes un signe de tête contrit, tentant de racheter maigrement l'opinion qu'elles pouvaient avoir à présent des hommes de leur qualité.

Il songea que les agissements malheureux d'une seule personne pouvaient changer les choses en profondeur.

Nul doute que désormais les Barreil fermeraient leur porte à quiconque les solliciterait au soir et qu'ils recommanderaient à leurs pairs de faire de même. Par sa faute, Eudes condamnait pèlerins et voyageurs à dormir à la belle étoile, à la merci du froid et des bêtes sauvages.

Il sortit tristement de la maison et se dirigea vers la bergerie en traînant les pieds, Sanche sur ses talons.

Dehors, Eudes continuait de crier, injuriant les paysans. Amaury crut que l'un des guerriers allait finir par l'assommer pour qu'il se taise.

Ils n'en eurent pas le loisir. Sanche se précipita sur le chevalier et lui administra un soufflet magistral. Celui-ci manqua tomber à la renverse. Il regarda le capitaine d'un air assassin en se tenant la joue.

— Il suffit ! gronda Sanche. On nous chasse par votre faute et vous osez encore réclamer ? Ayez au moins la décence d'admettre vos erreurs qui nous coûtent ce soir non seulement du retard, mais une nuit à l'abri ! Je vous préviens, dès demain, ce sera à marche forcée et selon mon bon vouloir ! Si jamais je vous entends protester, vous plaindre, ou ne serait-ce qu'élever la voix, je vous abandonne sur place !

À ces mots, Eudes devint rouge de colère.

— Ça ne se passera pas comme ça, vil maraud ! Attendez un peu que nous soyons en présence de mon oncle !

— N'imaginez surtout pas que vos menaces me font peur ! Je m'expliquerais moi-même avec le comte et l'on verra bien lequel de nous deux il sera le plus enclin à croire ! À votre place, je ne parierais pas là-dessus ni ne m'amuserais à me traiter à nouveau de maraud… il sourit. Un accident est vite arrivé ! Maintenant, en route et en silence, nous devons trouver un bivouac correct avant que la nuit ne tombe complètement.

Sanche enfourcha sa monture avec colère.

Sans un regard pour le chevalier, Amaury monta également en selle et attendit que tout le monde fût prêt pour se mettre en route.

La nuit était presque noire à présent et la troupe s'ébranla dans les dernières lueurs du soir. Au loin, un loup poussa un hurlement lugubre.

Amaury se retourna pour voir les fils Barreil cracher par terre dans leur direction puis clore leur porte. Il suivit les hommes à regret et pensa à la douce chaleur du foyer qui leur échappait.

*

Après le coup d'éclat d'Eudes, le voyage se déroula sans autres péripéties. L'atmosphère restait pesante entre Sanche et le chevalier. Celui-ci avait cependant décidé de faire profil bas et ne cherchait pas à provoquer le guerrier.

À Alès où ils effectuèrent une courte halte, une missive du comte Aimery les attendait. Il avait bien reçu la lettre de Sanche, et leur mandait de le joindre finalement à Saint-Gilles où il les attendrait. De là, ils partiraient ensemble pour Aigues-Mortes, avec les membres de la famille de Rochechouart et leurs vassaux.

Jour après jour, le paysage changea sous les yeux d'Amaury. Lorsqu'ils eurent dépassé les hauts plateaux de Lozère et les contreforts des Cévennes, le chemin de Regordane les fit pénétrer dans les premières terres de Provence.

L'air devint plus chaud et la plaine alluviale du Rhône se dessina devant eux.

Les vignes alanguies sous le soleil, les garrigues broussailleuses et les essarts couverts d'oliveraies remplacèrent peu à peu les vallées verdoyantes.

Amaury, qui n'avait jamais contemplé que la verdeur fraîche de son Limousin natal, était subjugué par ces terres du sud, arides, mais généreuses.

L'horizon semblait infini dans cette plaine. Il percevait parfois dans le vent les effluves salés de la mer, toute proche à présent. La mer !

Il avait hâte de voir la Méditerranée, il ne parvenait pas à s'en faire une réelle idée. Son père lui avait dit que c'était un spectacle à la fois beau et terrifiant et il attendait cette rencontre avec un mélange d'excitation et d'appréhension.

Il ne pouvait plus renoncer maintenant, il allait bientôt aborder la première étape majeure de son long voyage.

Alors qu'ils atteignirent les faubourgs de la ville de Nîmes, une chose attira l'attention d'Amaury. Les voies pavées et les chemins étaient souvent bordés de ruines imposantes. Des colonnes cyclopéennes, brodées de feuilles d'acanthe[12], des statues de marbre

---

12 Les chapiteaux des colonnes grecques ou romaines d'époque tardive sont ornés de

sans membres, des blocs sculptés d'une finesse telle qu'il n'en avait jamais vus auparavant, jonchaient le sol.

Un soir, il interrogea Sanche à leur propos.

— Ce sont des traces du passé, mon garçon, les vestiges de demeures et de temples païens. Ne sais-tu pas que ces terres ont longtemps appartenu à l'Empire romain ?

Amaury secoua la tête. Le guerrier lui expliqua que ces territoires avaient été sous la domination d'un empire immense et glorieux, qui tenait alors toute la mer Méditerranée et même au-delà. Il dépeignit les Romains comme des personnes fières, redoutables et versées dans les arts les plus fins. Leur civilisation avait fondé bon nombre de villes en Languedoc, d'Arles à Narbonne en passant par Nîmes.

Des vestiges, parfois colossaux, parsemaient le paysage à l'image de l'immense aqueduc sur le Gardon ou des arènes-château de Nîmes et d'Arles.

L'histoire fascina Amaury, mais les restes de statues lui inspiraient une terreur sourde.

Qui sait ce que ces païens leur avaient insufflé à travers leurs faux Dieux ? N'y avait-il pas en ces représentations humaines si parfaites quelques maléfices anciens qui les rendaient dangereuses ?

Par une après-midi très chaude, somnolant sur sa monture, il rêva que celles-ci s'animaient dans la nuit et venaient le saisir pour l'étouffer dans leurs gigantesques bras marmoréens. Il faillit en tomber de cheval tellement sa terreur fut grande.

Sanche diagnostiqua un coup de chaleur qu'un peu d'eau et d'ombre soignèrent rapidement.

En dehors d'une hilarité incontrôlable chez Eudes qui se moqua de lui sur plusieurs lieues, ils arrivèrent sans encombre aux portes de la ville de Saint-Gilles.

---

reproduction des feuillés de cette plante vivace. On les appelle alors « chapiteaux corinthiens ».

*

Située entre la plaine caillouteuse de Nîmes au nord et sur les rives du petit Rhône au sud, Saint-Gilles était une ville prospère et puissante, la porte des étangs de Camargue.

La découverte des reliques de l'ermite Geli, dont elle tirait son nom, en faisait un des lieux de pèlerinage les plus prisés de toute la chrétienté. Son emplacement stratégique sur le chemin de Saint-Jacques-de-Compostelle et en bout de la via Régordane avait parachevé sa position de centre religieux et commercial.

La magnifique abbatiale accotée au monastère où étaient conservés les restes du Saint témoignait de la richesse de la ville.

Don Sanche raconta tout cela à Amaury alors que leur équipage franchissait la porte à péage.

De nombreux paumiers, reconnaissables à leurs bâtons et coquilles, se pressaient pour passer les murailles de la ville. Des chariots emplis de victuailles tentaient de joindre le port sur le petit Rhône.

De là, les nefs et les gabarres[13] gagneraient les grandes cités en aval du fleuve ou la mer pour de longues traversées. Les caupols[14] venant des étangs situés le long du littoral méditerranéen, à Melgueil notamment, apportaient sur le marché le sel, la denrée la plus précieuse.

On trouvait tous les produits du royaume franc à Saint-Gilles et même ceux provenant de lointains ailleurs : épices, fruits étranges, vins capiteux.

Après plusieurs jours d'une chevauchée sous tension, Amaury vit ses compagnons se détendre et retrouver un peu de leur bonne humeur habituelle. Mais le capitaine restait taciturne, sachant qu'il allait devoir rendre des comptes à son maître et qu'il n'était pas encore débarrassé du fardeau que représentait Eudes.

Le jeune garçon, lui, ressentait un pincement au cœur, car il allait bientôt devoir quitter la compagnie de Don Sanche. Au cours de ce

---

13 Bateau occitan traditionnel destiné au transport de marchandises.
14 Petit bateau à fond plat conçu expressément pour le transport du sel.

voyage, il avait appris à apprécier le mercenaire et à voir au-delà de son apparence première.

Il compara mentalement le guerrier avec son maître. Ils étaient les deux personnes les plus dissemblables qui puissent exister.

Un air buté et une allure âpre pouvaient dissimuler un homme au cœur juste, alors qu'un beau visage et une mise parfaite pouvaient camoufler un esprit vicieux.

Alors qu'ils mettaient pied à terre sur une petite placette à l'ombre de grands platanes, Sanche leur demanda d'attendre pendant qu'il se dirigeait vers une maison cossue, à pan de bois et fenêtres géminées. Closes de verrerie, elles démontraient la richesse du propriétaire de cette demeure.

Il en ressortit quelques minutes plus tard et fit signe à Eudes et Amaury de le rejoindre. Les hommes du capitaine les saluèrent de la main, leur voyage ensemble s'achevait ici. Amaury leur dit également au revoir et pénétra dans le logis à la suite de Sanche et Eudes.

C'était dans cette maison que les attendaient Aimery VII et sa suite.

Amaury sentit son estomac se nouer. Il allait enfin rencontrer son véritable suzerain, celui à l'origine de son aventure.

Derrière la lourde porte de bois se tenait une large cour que l'on n'aurait pas soupçonnée de l'extérieur. Elle était encadrée à droite d'une écurie qui accueillait plusieurs dizaines de chevaux et à gauche d'une sorte de forge permettant aux hôtes et aux propriétaires de fourbir armes et équipements.

Un puits en son milieu assurait un approvisionnement en eau fraîche. On accédait au logis proprement dit au fond de cette cour, par un escalier de pierre.

En haut de cet escalier, Amaury, dans le sillage d'Eudes, découvrit l'homme le mieux vêtu qui se puisse voir.

Aimery VII portait beau malgré son âge. De constitution robuste, c'était un guerrier reconnu, redoutable au corps à corps et habile au maniement de l'épée comme de la lance. Il possédait un cou épais, des épaules larges et des bras noueux, dignes d'un chevalier rompu aux exercices.

Il portait un magnifique mantel rebrodé des armoiries de sa famille, de gueule[15] et d'argent.

---

15 En héraldique, désigne la couleur rouge.

Par en dessous, il avait revêtu une brigandine[16] en cuir ornée des mêmes couleurs ainsi que des chausses de velours noir du plus bel effet. L'ensemble lui conférait une allure majestueuse et son visage paisible, mais déterminé, que couvrait une courte barbe grisonnante, renforçait encore cette impression.

À ses côtés se tenait son épouse, Alix de Rochechouart. Le jeune homme se sentit immédiatement subjugué.

C'était une femme d'une beauté exceptionnelle, alliée à, colportait-on, une grande force de caractère. Ses longs cheveux blond cendré étaient ramassés en deux tresses disposées en couronne sur le dessus de sa tête. Un gorget en voile fin protégeait sa peau des agressions du soleil du Midi. Sa robe verte et pourpre, elle aussi brodée de fils d'argent, épousait des courbes généreuses.

Il n'y avait nul troubadour dans le royaume qui ne loua sa piété et sa grande douceur.

Comme de nombreuses compagnes de croisés, au premier rang desquelles la reine Marguerite, qui n'avait pas hésité à accompagner son mari en outre-mer.

Elle était entourée d'un aréopage de jeunes femmes de haute et petite noblesse qu'elle patronnait et éduquait, le temps de leur trouver un bon parti.

Tout comme Aimery prenait ses écuyers dans sa famille et chez ses vassaux, elle offrait à ces filles une position de dame de compagnie enviable.

Aimery, proche de Robert d'Artois, le frère du roi, avait rendu immédiatement l'hommage lige à Louis, l'établissant en homme de confiance apprécié à la cour.

Il accueillit son neveu en ouvrant les bras, mais sans chaleur et sans accolade, ce qui surprit Amaury. Eudes n'avait cessé en effet de vanter tout au long de leur voyage les liens qui l'unissaient à son oncle.

— Eh bien, Eudes, vous voilà ! Vous avez réussi à nous joindre, et sans retard pour une fois. Je suppose que l'on doit ce quasi-miracle à Don Sanche.

Le capitaine en entendant son nom, se raidit puis s'inclina profondément devant le comte. Celui-ci lui fit un bref signe de tête, l'enjoignant à se relever. Eudes protesta mollement.

---

16 Protection en tissu ou cuir épais (souvent matelassé) couverte de plaques rivetées en faisant une armure légère, mais efficace.

— Ne soyez pas si dur, mon oncle, nous avons chevauché prestement afin de venir à votre rencontre.

— C'est heureux, dois-je vous rappeler que le Roi nous attend ? Vous vous croyez trop autorisé, de par notre parenté, à faire montre d'arrogance, le comte prononça ces mots avec un dédain visible, comme je vous l'ai déjà dit, si vous souhaitez mon estime, il vous faudra la gagner.

Amaury retint son souffle. Ainsi, Aimery de Rochechouart n'appréciait pas son neveu. Le chevalier prétendait tout le contraire. Il mentait sciemment sur ses relations avec son lignage, dans l'espoir d'obtenir le respect tant d'Amaury que de Sanche. Amaury comprenait qu'Aimery n'accordait à Eudes aucune démonstration de chaleur ou d'amitié juste pour rétablir la vérité sur les liens qui les unissaient.

Eudes s'inclina profondément devant son oncle et arbora ensuite un sourire radieux, destiné à sa tante. Dame Alix lui battait aussi froid que son époux, lui adressant qu'un vague signe de main. Le chevalier afficha une mine déconfite, déçu de ne pas autant attirer l'attention de la comtesse qu'il le désirait.

Celle-ci descendit quelques marches et Amaury put contempler de plus près la perfection de ses traits et la noblesse de son port de tête. Il faisait très chaud et une petite goutte de sueur longea la courbe parfaite de sa joue pour venir mourir à la commissure de ses lèvres purpurines.

Amaury se sentit rougir jusqu'aux oreilles alors qu'elle s'adressait à nouveau au chevalier du Val.

— Quel est donc ce damoiseau qui chevauche avec vous ?

Contre toute attente, c'est Aimery qui répondit en lieu et place de son neveu.

— C'est l'écuyer que je lui ai affecté, ma mie. C'est un jeune homme de l'une de nos mesnies, les de Villiers, au cœur de notre limousin. C'est le cadet de Raymond-Robert, que vous aviez rencontré à notre mariage, avant que sa dame, hélas, ne décède. Bon sang ne saurait mentir, il nous servira bien. N'est-ce pas, mon garçon ?

Amaury eut l'impression de se liquéfier lorsque le comte s'adressa à lui avec bienveillance. Il s'inclina et répondit d'une voix éraillée.

— Oui, Monseigneur.

Dame Alix lui adressa un sourire radieux. Amaury sentit une chaleur inonder son ventre et se courba derechef, espérant dissimuler ainsi son trouble.

Quand il releva la tête, ce fut pour croiser le regard mauvais d'Eudes. Il déglutit péniblement, y lisant une menace à peine voilée.

Aimery fit signe à Sanche de s'approcher et les deux hommes semblèrent partis pour s'entretenir longuement. Eudes gravit les marches quartes à quatre pour suivre sa tante et les jeunes filles qui l'entouraient.

Amaury se retrouva soudain étrangement seul. Il décida de se rendre d'abord aux écuries pour voir si les montures étaient bien traitées.

Les écuyers et pages de la maison en avaient bien pris soin et les avaient installés dans de larges stalles, avec foin et eau. Amaury caressa le chanfrein de son destrier. Après une semaine de chevauchée, il avait du mal à le quitter.

Au bout de plusieurs minutes, il comprit qu'il ne pouvait rien faire de plus, se saisit de ses affaires et de celles d'Eudes et retourna dans la vaste cour pavée.

Il faillit rentrer dans Sanche qui arrivait en sens inverse. L'homme sourit et lui donna une tape sur l'épaule.

— Jeune messire, nos chemins se séparent ici. Je vous laisse aux bons soins du comte Aimery, vous verrez, c'est quelqu'un de juste.

— Alors c'est vrai, vous ne nous accompagnez pas à Aigues-Mortes ?

— Non, ma mission était de vous ramener sain et sauf à Aimery, qui a besoin de moi dans ses terres. Ne vous inquiétez pas pour Eudes cependant, j'ai pris soin de m'entretenir avec le comte à son sujet. Il ne devrait pas s'en prendre plus à vous. Mais restez sur vos gardes.

Amaury devait afficher un air chagrin, car le capitaine crut bon d'ajouter :

— Vous partez outre-mer, vous serez bientôt fait chevalier, ne vous laissez pas aller à la sensiblerie ! Vous devez être vaillant et bien servir le comte et je suis sûr que vous y parviendrez. Qui sait, quand nous nous reverrons, ce sera à vous de m'apprendre des choses !

Il posa amicalement sa main sur le bras d'Amaury et le tapota gentiment. Amaury sourit doucement.

— Alors adieu, Capitaine.

—Adieu, Amaury.

Le garçon regarda Sanche quitter la demeure et en éprouva un pincement au cœur. Il avait appris à apprécier l'homme, dur, mais honorable, au long de ces quelques jours partagés avec lui.

Il regretterait sa présence rassurante.

Soudain, les cris d'Eudes lui parvinrent depuis la maison derrière lui. Il soupira. Il se doutait que le chevalier allait sûrement s'en prendre à lui de nouveau, malgré les avertissements du Capitaine. Aimery VII ne pouvait pas s'occuper de tout.

Il tourna les talons et se dirigea à pas traînant vers la source des hurlements.

CHAPITRE III
Aigues-Mortes, 15 juillet 1248

Les remparts de la cité fendaient le ciel azuréen. Ils n'étaient pas encore achevés, mais nul doute que l'enceinte serait une des plus impressionnantes du royaume de France.

    Les pierres blondes prenaient, en cette fin d'après-midi, une teinte ocre et semblaient flamber dans la plaine vide où les roseaux ployaient doucement sous la faible brise. L'eau des étangs exhalait une brume légère à l'odeur iodée, qui rappelait la mer toute proche.

    Tout autour, la campagne alluviale développait ses couleurs vives, du vert émeraude des plantes au bleu du ciel. Un vol de flamants roses déchira soudain l'azur d'un éclair pourpre. Les cris des sternes se perdaient dans le vent tiède qui balayait l'embouchure du Rhône.

    La nature était calme sous la chaleur écrasante du mois de juillet.

    À l'intérieur de l'enceinte, il en était tout autrement.

    Une foule dense emplissait les ruelles étroites menant à la place centrale. Camelots, pèlerins, seigneurs à cheval et leur suite d'écuyers et de pages, artisans et bourgeois se pressaient, se bousculaient, s'interpellaient indifféremment en langue d'oc ou d'oïl[17], selon leur origine. La ville était rapidement devenue un nœud commercial

---

17 Les deux langues parlées en France selon que l'on se trouvait au nord ou au sud.

florissant. Les investissements royaux avaient permis de faire émerger des marais ce morceau de civilisation entre Rhône et Camargue.

La proclamation de la septième croisade par Louis IX avait fait de la cité nouvelle la porte d'entrée vers le royaume franc d'Orient. Aigues-Mortes était devenu le lien ténu entre les deux territoires.

Avant, c'était une terre rude de marécages, appartenant aux pêcheurs, aux chevaux, aux taureaux et aux oiseaux. Elle était propriété de l'abbaye de Psalmodi qui tirait un substantiel revenu de la gabelle[18]. Il avait fallu toute la volonté d'un souverain pour qu'il en soit autrement.

Régulièrement, nefs et galères partaient pour l'Outre-mer, remontant le canal jusqu'au port maritime du Grau d'Aigues-Mortes.

Elles servaient autant aux rétablissements des positions du royaume chrétien d'orient qu'au commerce avec les pays du levant. Remplies d'hommes neufs chargés d'assurer la protection des pèlerins, elles revenaient les cales débordantes d'épices, de soieries et de ces vins capiteux, fort prisés des nobles.

Les petites maisons étroites se serraient les unes contre les autres à l'intérieur des remparts. Du haut de ceux-ci, on apercevait une succession de toits de tuiles orangées.

En se tournant vers l'est, on voyait la mer briller sous le soleil du Midi. Vers le nord, le long ruban du Rhône se séparait en une multitude de canaux et d'étendues saumâtres, avant de rejoindre la Méditerranée et de s'enfouir définitivement en elle.

Tout autour des fortifications, des camps et des bivouacs étaient installés pour accueillir les croisés et leur suite. La proximité des marais rendait l'attente difficile, les moustiques, seigneurs de ses eaux dormantes, harcelaient bêtes et gens.

Les plus riches familles logeaient à l'intérieur des murailles protectrices, au plus près du Roi. Très pieux, Louis ne pouvait demeurer loin de la chapelle de Notre Dame des sablons, consacrée pour l'occasion et dans laquelle il passait le tiers de son temps en prière. Cent mille hommes et quarante mille destriers embarqueraient sur les galères et les nefs à sa suite. C'était la plus grande armée en campagne que le monde chrétien ait jamais réunie.

L'ost était venu à l'appel de son roi et attendait pour se jeter sur les hordes infidèles.

---

18 Impôt appliqué sur l'exploitation, la vente et l'achat du sel

Amaury jouait des coudes pour ne pas perdre de vue ses suzerains dans la foule.

Il était enfin parvenu au mitan de son voyage en compagnie de la famille de Rochechouart qu'il avait rejoint avec Eudes trois jours plus tôt à Saint-Gilles. En tant qu'écuyer, il devait servir le chevalier en toutes ses demandes.

Et Eudes du Val avait de nombreuses exigences.

Il dépensait ses deniers pour des broutilles et Amaury avait dû quémander plusieurs fois auprès des autres valets de quoi entretenir son équipement ou nourrir les chevaux. Il en éprouvait une grande honte.

Il reçut une bourrade dans le dos qui faillit le faire trébucher sur le jeune homme devant lui. Alors qu'il s'excusait, Eudes le héla du haut de son destrier.

— Allons ! Amaury, hâte-toi !

Il se pencha pour donner un nouveau coup de pied au garçon, lorsqu'une masse imposante se posta à sa hauteur, montée sur un étalon bai couvert des couleurs de sa maison :

— Cesse de malmener ce garçon, Eudes, et tiens ton assise en selle, on dirait une jouvencelle !

Son ton était empreint d'un mépris contenu.

— Cher oncle, larmoya l'autre, mon écuyer y met de la mauvaise volonté, il me fait honte.

Une belle voix s'éleva, claire et forte, au côté d'Aimery.

— Ne crois pas que nous ignorons que tu traites fort mal ton écuyer. Il suffit à présent. Passe encore que tu sois un bâtard, mais tâche au moins de ne pas nous embarrasser en présence du Roi.

Eudes rougit jusqu'aux oreilles.

——Ma dame… Quels mots durs vous avez pour votre neveu ! Vous savez que je suis votre obligé, je n'aspire qu'à vous servir, comme me l'a demandé ma pauvre mère.

Alix, sur son palefroi blanc, le tança vertement.

— C'est bien parce que ma sœur t'a enfanté d'on ne sait qui que tu te trouves ici aujourd'hui ! C'est là ton seul mérite !

Ses yeux pers auraient foudroyé le cavalier sur place s'ils avaient été ceux d'une déesse de l'antiquité.

Amaury remercia intérieurement le comte et la comtesse. Le garçon admirait Aimery VII, bien qu'il ne le connaisse que depuis peu et comme beaucoup de jeunes gens, nourrissait un tendre sentiment pour la belle dame Alix, qui avait, pour lui, des œillades plus douces.

Il se ramena à la hauteur de son maître. S'il éprouvait de la reconnaissance lorsque celui-ci se faisait réprimander, il savait que plus tard, ce serait lui qui payerait cher cette saillie.

Le cortège de la famille de Rochechouart parvint enfin à la porte est.

La dame et son seigneur logeaient en ville, mais l'époux délaissait la petite demeure de pierre, préférant rester au camp avec ses chevaliers et vassaux.

Ils abandonnèrent la belle au seuil de la maison et la foule s'étant une peu dispersée, sortirent au petit trot vers le champ où s'élevaient les tentes de l'ost.

Amaury accompagna Eudes sous la toile. Il l'aida à ôter ses chausses et son haubert et déposa son écu et ses armes dans un grand coffre. Il se retourna le plus lentement du monde, tentant de se fondre dans le décor. Eudes s'affala sur sa couche et le regarda étrangement.

— Donne-moi à boire, j'ai grand'soif !

Amaury se saisit d'une aiguière contenant du vin coupé d'eau et servit Eudes. Celui-ci porta la coupe à ses lèvres, la vida d'un trait puis après un silence, sans crier gare, la jeta à la tête de son écuyer.

Celui-ci se protégea vivement avec ses avant-bras, mais le tranchant de la coupe l'atteignit à l'arcade sourcilière, qui se fendit et se mit instantanément à saigner, l'aveuglant à moitié. Eudes se leva pour lui asséner un coup de pied dans l'estomac qui le plia en deux. Il tomba à genoux dans la poussière.

Ce fut ensuite une pluie de coups qui s'abattit sur le jeune garçon. Eudes s'acharnait sur lui avec une rage muette.

Amaury sentit le goût métallique du sang envahir sa bouche. Il se recroquevilla sur lui-même, attendant que l'orage passe. Enfin, Eudes se calma. Il cracha par terre.

— Ne me force plus jamais à m'humilier devant ma parentèle... Je sors pour la journée, je t'ai assez vu.

Il remit de l'ordre dans sa tenue, lissa sa chevelure et quitta la tente.

Amaury, la respiration courte, attendit que le bruit des pas de son maître s'éloigne. Il se redressa péniblement. Le sang gouttait de sa plaie et collait des mèches de cheveux sur son visage. Il entreprit de ramasser l'aiguillére et la coupe, épongeant comme il pouvait le liquide répandu sur le sable tassé qui recouvrait le sol avant de sortir à son tour.

Le plein soleil l'étourdit, il sentit qu'il allait se trouver mal, mais se reprit. Il devait se rendre aux écuries pour s'occuper des bêtes. La chaleur l'accablait.

De petits nuages de poussière se soulevaient à chacun de ses pas. Les bannières et oriflammes pendaient mollement aux mâts des tentes, sans qu'aucun souffle de vent ne vienne les animer.

Les étendues dormantes qui entouraient la cité étaient trop saumâtres pour être consommées et porteuses de fièvre. On avait creusé çà et là des puits pour disposer d'eau fraîche. Amaury se dirigea vers l'un d'eux.

Il en tira un seau et rinça abondamment son visage. Le sang coagulé nettoyé, la plaie se remit à suinter. Il compressa la coupure jusqu'à ce que cela s'arrête. C'était superficiel, mais cela prendrait quelques jours pour disparaître. Il espérait simplement éviter de croiser Aimery, qui se mettrait à nouveau en colère contre Eudes, qui se vengerait à son tour sur lui.

Il se sentait fourbu. Ses côtes le faisaient souffrir, il devait avoir quelques contusions. Il releva la manche de sa chainse et s'aperçut que son bras droit était couvert de bleus. Il soupira et rabattit vivement son vêtement.

D'autres jeunes gens, écuyers comme lui, approchaient et il ne voulait pas être vu en train de s'apitoyer sur lui-même pour quelques hématomes. Il se redressa en les croisant et afficha un grand sourire. Ils contemplèrent son visage tuméfié avec surprise. L'un d'eux esquissa un geste pour le retenir, mais Amaury continua son chemin sans se retourner. Le garçon le suivit des yeux et secoua la tête, l'air peiné.

Amaury s'éclipsa en direction des longs bâtiments de bois élevés pour l'occasion sur un champ au sud-est des remparts, qui abritaient les chevaux des seigneurs et de la cour. Eudes disposait d'un étalon pour le combat, d'un palefroi pour les parades et le voyage et il y avait la monture d'Amaury.

Il bouchonna les bêtes et leur parla doucement. Il aimait beaucoup leur compagnie et retrouver son brave destrier lui procurait un sentiment de bien-être et de nostalgie. Il avait parcouru toutes ses lieues avec lui et s'embarquerait bientôt à son côté sur les navires pour la Terre sainte. Le cheval s'ébroua. Amaury sourit et sortit d'une de ses poches une petite pomme racornie, qu'il tendit à l'animal.

Il entreprit de le brosser ainsi que le palefroi pour ôter la poussière et le sable qui ternissait leur poil.

Amaury ne savait pas ce qui l'attendait, mais espérait que ses suzerains, qui semblaient lui prêter attention, l'adouberaient rapidement pour qu'il soit libéré d'Eudes.

En ces temps où tant d'hommes allaient mourir au combat, un chevalier de plus ne serait pas de trop.

Grâce à l'entraînement d'Enguerrand, il maniait bien l'épée et la lance et se débrouillait à l'arc, même s'il ne possédait pas l'habileté d'Arnaud.

Arnaud… Tudieu, que son frère pouvait lui manquer !

Il achevait de donner son picotin au destrier d'Eudes lorsqu'il sentit une présence derrière lui. Il se retourna vivement. Dans le contre-jour de la stalle, un homme massif lui faisait face, le visage dans l'ombre.

— Tu es Amaury de Villiers ?

Son accent du Midi roulait comme un torrent de cailloux. Amaury déglutit et acquiesça lentement.

— À la bonne heure ! Je me nomme Guilhem Montserrat, maître d'épée. Je me suis mis au service de l'ost, après avoir appartenu au comte d'Artois et plusieurs de ses vassaux. À partir d'aujourd'hui et sur ordre d'Aimery de Rochechouart qui vient de me mander, tu seras sous ma responsabilité. J'ai pour consigne de t'aider à parfaire ton habileté au maniement des armes, jusqu'à ton adoubement prochain.

Le jeune garçon sentit son cœur bondir dans sa poitrine.

Mais son visage s'assombrit et il s'avança dans la lumière. Il contempla le visage de Guilhem. Une immense balafre blanchâtre courait le long de sa joue droite et des cicatrices plus petites striaient son front comme autant de vaguelettes sur une mer agitée.

Ses yeux étaient noirs comme le jais, le tout encadré d'une abondante chevelure grise, dont les longues boucles retombaient de tout côté. Un chapeau à large bord complétait l'ensemble, lui donnant un air indéfinissable, mélange de crapule et de noblesse.

Le spadassin afficha une mine interrogative en contemplant le jeune garçon qui n'avait que la peau sur les os. Il avisa son arcade fendue.

Amaury osa enfin parler

— Je suis pour le moment attaché à Eudes du Val, parent de la maison de Rochechouart en tant qu'écuyer. Je ne peux pas quitter son service comme ça…

Ces mots moururent dans un souffle.

Guilhem devina que le garçon était à bout de force. Et qu'il avait peur. Pas étonnant avec un tel chaperon.

Il en avait tant vu, de ces garçons, petits nobliaux, cadets de grandes familles, qui finissaient entre les griffes de tourmenteurs bouffis d'orgueil, aux exigences aussi élevées que les gages donnés étaient maigres. Lorsqu'ils ne s'en prenaient pas à la vertu de ces jeunes gens…

Il secoua la tête et rassura l'adolescent.

— Tu n'as pas à te préoccuper de ça. Sire Aimery, Dieu l'ait en sa sainte garde, en a décidé et ce n'est pas une vague parentèle qui changera cela. N'hésite pas à me rapporter si ce maroufle porte encore la main sur toi, Mordious ! Je me chargerai de le châtier.

Amaury ouvrit la bouche, mais Guilhem lui intima le silence.

— Je sais ce que tu vas dire. Tu es tombé, tu as pris un coup de sabot, tu t'es lardé toi-même avec un coutel en coupant un morceau de pain et autre baliverne. Je sais bien moi ce qu'il en est et tu n'as plus à te préoccuper de cela. Tu vas aller chercher tes effets et venir avec moi dans le quartier où résident les jeunes de l'ost. Tu dormiras là-bas dès ce soir, sous ma protection.

Amaury n'arrivait pas à croire à sa chance. Il craignait d'avoir affaire à nouveau à la vengeance d'Eudes. La présence rassurante du guerrier ne parvenait pas à le soulager de ce sentiment diffus et il s'aperçut qu'Eudes avait réussi à faire de lui un couard. Il serra les poings.

Il regarda Guilhem droit dans les yeux. L'homme se gratta le menton :

— Tu veux que je t'accompagne ?

— Non. Il redressa les épaules. J'irai moi-même. Seul. Je garde bien mon cheval, n'est-ce pas ?

Guilhem sourit.

— Ce destrier t'appartient, pas question de t'en séparer, sois tranquille. Il vient avec nous !

Le jeune garçon hocha la tête et quitta promptement les écuries. Guilhem le regarda s'éloigner et entreprit de le suivre à bonne distance.

Amaury trouva la tente de son maître toujours déserte. Son devoir accompli envers les animaux, il estimait en avoir suffisamment fait. Ce n'était pas de sa faute, Eudes devrait bien se plier aux volontés de son oncle. Il se mit à rassembler ses effets à toute vitesse. Mantel, vêtements et surtout son armure et l'épée confiée par son père. Il la serra brièvement contre lui. Il retira rapidement sa chainse sale qu'il fourra dans un de ses sacs, et revêtit sa dernière cotte propre et son bliaud, qui portait les armoiries de Villiers.

Il jeta les bourses en travers de son épaule et s'apprêta à quitter la tente.

La silhouette menaçante d'Eudes se tenait sous la tenture de l'entrée. Son visage contracté et ses poings serrés traduisaient sa colère. Il regarda le garçon avec mépris.

— Que fais-tu ?

Amaury respira profondément.

— Je m'en vais. Sur ordre d'Aimery, mon vrai suzerain, je rejoins le gros de l'ost pour parfaire mon éducation de chevalier. Je serais adoubé avant notre départ, mon temps à vos côtés est terminé.

— Tu n'iras nulle part ! Eudes hurlait, le visage déformé par la colère. Tu es mon écuyer, tu es à mon service et il est hors de question que tu disparaisses !

Il criait comme un dément, ses poings brandis. Amaury eut soudain pitié pour le jeune homme en perpétuelle quête de reconnaissance, méprisé par ses pairs. Il allait devoir l'affronter. Il ne lui devait plus rien à présent. Bientôt il serait chevalier, il ne devait pas s'abandonner à la crainte. Lentement, il déposa ses affaires à terre et se tint devant Eudes, tête haute.

— Je pars, dit-il simplement. Et rien de ce que vous pourrez dire ou me faire n'y changera rien. Je ne suis pas votre prisonnier, sire, je suis votre écuyer. Je ne suis pas non plus votre esclave, je viens d'une noble lignée et je ne vous laisserai pas plus longtemps salir le nom de mes ancêtres en me traitant si durement. Nous allons devoir affronter les infidèles, je ne peux pas rester avec un maître qui ne m'enseigne que les coups bas.

D'abord stupéfait par l'audace du garçon, Eudes éclata d'un rire mauvais.

— Noble ? Noble, toi ? Ta famille n'est rien d'autre qu'une horde de rats vivant dans un trou perdu et moisi. Moi ? Je suis parent des Rochechouart, j'en vaux mille comme toi !

— Peut-être. Mais moi au moins, je sais qui est mon père !

Eudes se mit à trembler des pieds à la tête, serrant ses poings encore plus fort.

Fulminant, il se jeta sur Amaury. Le garçon esquiva souplement la charge en pivotant sur ses jambes.

Eudes rata sa cible, chutant dans la poussière. Amaury attendit qu'il se relevât et lui fit face à nouveau. Ce n'était pas son genre d'attaquer un homme à terre. Il avait eu peu d'occasions de s'entraîner depuis son arrivée, quelques passes avec d'autres écuyers, un peu d'exercice à la quintaine, du lancer de javeline sur des ballots de pailles. Mais les travaux de peine avaient fini par sculpter les muscles de ses bras et de ses jambes. Malgré sa maigreur, il était jeune et en pleine santé. Il n'avait cependant affronté personne au corps à corps depuis Arnaud. Les fois où Eudes l'avait massacré, il n'avait pas le droit de rendre les coups, mais cette fois-ci, ce serait différent.

Eudes se remit péniblement sur ses jambes. Amaury savait qu'il n'était pas très endurant et se lassait vite. S'il esquivait encore quelques assauts, il cesserait sûrement.

L'homme se jeta de nouveau sur le garçon. Celui-ci évita l'attaque derechef, mais Eudes ne perdit pas l'équilibre. Par chance, Amaury avait changé de côté et le poing rageur le manqua de peu. Eudes avait compris son petit manège, il allait devoir l'affronter directement. Il plaça ses mains en avant, dansant sur ses jambes. Eudes grogna et tenta de le frapper. Cette fois, Amaury ne se défila pas. Il para avec son avant-bras gauche et du droit asséna un violent coup à l'estomac du chevalier. Le choc le fit reculer en se tenant les côtes, de la bile glissant hors de ses lèvres. Il darda sur Amaury un regard fou de rage.

— Tu as osé... tu as osé lever la main sur moi ! hurla-t-il.

Amaury restait calme, dressé devant lui. Eudes se jeta à nouveau sur lui. Amaury recula, mais il ne fut pas suffisamment rapide.

Le chevalier lui donna un coup de pied qui l'atteignit à la cuisse et le fit se replier. Profitant de l'ouverture, Eudes lança sa jambe droite et faucha le garçon qui tomba au sol sur le dos. Il tenta de se relever, mais son adversaire fut immédiatement sur lui, son bras pesant sur sa gorge. Amaury voyait ses traits enragés, sentait sa respiration haletante et son haleine viciée sur son visage. Il se débattit, s'efforçant de lui asséner un coup de genou bien placé, mais l'autre, bien plus grand et plus lourd, serra sa prise.

Amaury commença à manquer d'air. Il lui cracha à la figure, mais cela n'eut pas pour effet de le faire reculer. Il sut qu'Eudes allait le tuer. Sa vue se brouilla. Sa respiration se fit sifflante. Les larmes lui montèrent aux yeux alors qu'il essayait désespérément de se dégager de l'étreinte mortelle.

Soudain, la pression se relâcha d'un coup. Sans comprendre, il chercha l'air et l'avala goulûment en roulant sur le côté en toussant.

Enfin en se redressant, il découvrit Guilhem tenant la pointe de son épée contre la nuque d'Eudes, à genou devant lui.

Amaury se massa la gorge et le regarda avec reconnaissance. Il se releva péniblement et épousseta ses vêtements. Guilhem parla.

— Amaury, prends donc tes affaires et rejoins-moi. Je trouvais que tu étais bien long, j'ai décidé de passer voir si tout allait bien. Bien m'en a pris, visiblement.

Eudes, son visage écarlate, le contemplait avec rage. Cela ne semblait nullement impressionner Guilhem.

Amaury se rua sur ses effets et rejoignit promptement son protecteur.

Celui-ci retira alors l'arme de la nuque du damoiseau. Il s'adressa à lui.

— À la demande d'Aimery VII, Sa Majesté a consenti à ce que je prenne en charge l'éducation de ce jeune garçon jusqu'à notre départ. Il sera adoubé avec les autres écuyers et viendra grossir les rangs de l'armée de notre très saint Roi, en tant que chevalier de France. Quiconque s'oppose à cela s'oppose au Roi et je n'aimerais pas être à la place de celui qui se met en travers des volontés de Louis.

Eudes pâlit. Guilhem continua, de sa voix tranquille qui ressemblait à un torrent de montagne.

— Si l'on me rapporte que le moindre mal advient à ce garçon, je t'en tiendrai pour seul et unique responsable et en informerai ton suzerain. Est-ce clair ?

Le chevalier déglutit. Amaury voyait sa pomme d'Adam faire de rapides va-et-vient sur son cou saillant. Il acquiesça imperceptiblement. La crainte se lisait dans ses yeux.

Le visage de Guilhem reprit son expression de jovialité habituelle

— Bien ! C'est donc réglé ! Allons, Amaury, nous avons assez perdu de temps comme ça et j'aimerais te montrer quelques passes avant la nuit.

Il plaça une main protectrice sur l'épaule de l'écuyer et tous les deux quittèrent la tente sans un regard en arrière.

Ils ne virent pas Eudes s'affaisser sur le sol et se mettre à sangloter dans la poussière.

*

Amaury suivit Guilhem, en proie à des sentiments contradictoires. Il se sentait soulagé et heureux d'enfin être délivré d'Eudes, mais une impression diffuse de crainte lui restait fichée dans la gorge.

Il avait toujours peur, peur que l'on revienne le chercher, que le comte Aimery change d'avis devant un caprice du chevalier.

Guilhem le regarda. Les pensées du garçon se lisaient sur son visage comme les lignes d'un psautier. Il allait devoir s'endurcir s'il voulait intégrer définitivement les rangs de la chevalerie.

La guerre et le maniement des armes n'étaient pas les seuls dangers qui guettaient le garçon. Les intrigues, les manigances politiques et les bassesses du monde nécessitaient un esprit aiguisé et une volonté de fer.

Le maître d'armes sourit, du bon pouvait certainement sortir de cette jeune tête.

Ils parvinrent à une grande tente qui abritait une dizaine de paillasses.

La plupart étaient vides à cette heure, tout le monde étant à l'exercice.

Guilhem désigna une des couches à Amaury. Il était flanqué d'un coffre de bois et d'une petite étagère.

Le chevalier le regarda.

— Pose tes effets ici et suis-moi. Nous allons nous rendre chez le mire[19]. Cette estafilade m'a l'air vilaine.

Amaury porta la main à son arcade sourcilière sur laquelle le sang coagulé avait formé une croûte épaisse. Il hésitait. Dans sa campagne, les médecins n'avaient pas bonne réputation. On s'en allait plus volontiers quérir le guérisseur, des plantes valant plus que les remèdes des disciples de Galien[20]. Guilhem lui fit comprendre qu'il n'avait pas le choix.

Il déposa ses affaires et suivit l'homme à travers le campement.

Amaury ne s'était jamais trouvé aussi près de la tente royale.

---

19 Apothicaire, médecin.
20 Médecin grec de l'antiquité, qui soigna plusieurs empereurs et dont la doctrine, basée sur les éléments et les humeurs du corps, était encore très suivie au Moyen Âge.

D'un magnifique tissu bleu rebrodé de fleur de lys, elle semblait immense. Les étendards du royaume et de Saint-Denis décoraient son sommet. Il s'imagina tous les barons et prud'hommes réunis aux côtés du roi, en train de prendre des décisions cruciales sous cet auvent de toile. Un sentiment de fierté mêlé de respect monta en lui alors qu'il rejoignait Guilhem devant la tente du médecin.

Le mire était un homme dans la fleur de l'âge, dont le crâne chauve luisait dans la pénombre. Il examina la blessure d'Amaury et y appliqua un onguent poisseux qui sentait fort le camphre et la lavande. Amaury fronça le nez, mais se laissa faire docilement.

Alors que le médecin finissait son office, il remarqua un point bleu sur le bras du jeune homme. Il adressa un regard interrogateur à Guilhem, qui opina du chef.

— Veux-tu bien retirer ta chainse, mon garçon ?

Amaury soupira. Il n'éprouvait aucune envie à dévoiler ses blessures, la honte le rongeait encore. Le mire insista et il finit par relever sa tunique, dévoilant son torse couvert d'ecchymoses.

Le médecin siffla entre ses dents et Guilhem étouffa un juron dans sa barbe.

Le docteur palpa le corps d'Amaury, qui grimaça de douleur. Quand il en eut terminé, il s'adressa à Guilhem sur un ton de reproche.

— Ce garçon a au moins deux côtes fêlées. Je ne sais ce qui lui est arrivé et ne veux pas le savoir, mais je t'interdis de le faire lutter contre ses congénères pendant une lune. Il faut que les os se ressoudent et cela prend du temps. Les onguents que je vais lui donner apaiseront ses douleurs. Tu m'entends bien, Guilhem !

Il se tourna vers Amaury avec plus de bienveillance.

—Et toi, garçon, évite de te battre ! Ce sont là des façons de serfs, vous êtes tous promis à un noble destin alors calmez vos ardeurs.

Il lui tendit deux pots qui exhalaient une forte odeur de purin.

Guilhem acquiesça en silence et ils quittèrent la tente.

Ils parcoururent quelques mètres pour parvenir au terrain plat où s'exerçaient chevaliers et écuyers. Amaury contempla les passes d'armes et les joutes avec envie.

Guilhem prit alors la parole.

— Mordious, heureusement qu'Aimery t'a sorti des griffes de cet imbécile. Je ne sais pas ce que tu en penses, mais j'estime pour ma part que trois jours de repos complet devraient te suffire. Pendant ce temps, tu m'observeras donner des instructions aux autres et tu étudieras les positions. Quelques coups n'ont jamais tué un chevalier après tout. Qu'en dis-tu ? Je ne te force à rien bien entendu.

Amaury, dont les yeux brillaient de convoitise en caressant les tranchants des épées qui luisaient au soleil, acquiesça de toutes ses forces.

Guilhem éclata d'un rire tonitruant et lui adressa un grand clin d'œil.

— Alors c'est entendu, bienvenu dans l'ost, mon jeune ami !

*

Amaury dormait profondément, sa poitrine découverte se soulevant doucement. Il profitait de cet instant de repos, car le lendemain il devrait passer la journée en dévotion dans la chapelle avec les autres jeunes garçons qui seraient adoubés.

Guilhem lui avait gentiment laissé sa tente pour la nuit. Il devait se rendre auprès du roi à la requête du comte d'Artois. Il n'avait quand même pas osé prendre la couche du guerrier et s'était confortablement installé sur la seconde paillasse. Le simple fait de ne pas subir les ronflements de ses camarades avait suffi à ce qu'il plonge dans un sommeil profond.

Il reposait ainsi, à moitié nu, dans la touffeur de la nuit.

Il n'entendit pas le panneau se soulever. Une brise saline pénétra la tente. Il n'entendit pas non plus les pas feutrés qui s'approchaient de lui dans son sommeil.

Ce fut le reflet des flammes du petit calhel[21] sur son front qui l'éveilla.

Il ouvrit les yeux et distingua dans la pénombre une silhouette souple qui le contemplait. De longs cheveux encadraient un beau visage blanc. Il reconnut Dame Alix et se redressa vivement, pris de stupeur.

Il fit mine de se lever, mais elle posa une main fraîche sur son avant-bras pour qu'il reste allongé. Elle souriait doucement.

— Ma dame… murmura-t-il.

Elle appuya un doigt sur ses lèvres, sans cesser de sourire. Amaury se demanda alors s'il n'était pas tout simplement en plein songe.

Qu'une dame d'une telle qualité fasse irruption en pleine nuit à son chevet était plus qu'improbable. Qu'il s'agisse de l'épousée de son suzerain, une femme dont tous louaient la retenue et la discrétion confinait au rêve, un rêve magnifique.

Elle se releva pour poser le calhel un peu plus loin sur une table et revint s'asseoir auprès d'Amaury.

Il contempla son allure gracieuse et lorsque la faible lueur des flammes éclaira son vêtement, il constata qu'elle ne portait rien d'autre qu'une fine chainse de cotonnade blanche sous son châle brodé. À son

---

21 Lampe à huile typiquement languedocienne, en métal.

grand dam, la tunique, transparente, laissait entrevoir la douceur de ses formes.

Il esquissa un mouvement de recul. Il ne rêvait visiblement pas. Il se pensait incapable d'imaginer de tels détails. Alix de Rochechouart s'assit souplement sur le bord de la couche.

Amaury pouvait contempler les traits réguliers de son visage. De petites ridules pointaient autour de ses yeux d'un bleu clair. Elle se débarrassa de l'étole qui couvrait ses épaules, qui coula à terre dans un froissement d'étoffe et se pencha vers Amaury.

Fasciné, il n'esquissa pas le moindre geste lorsqu'elle posa soudain ses lèvres de velours contre les siennes. Des mèches de cheveux balayaient ses joues. Il sentait son parfum, un mélange puissant de jasmin et de musc. Sa langue s'insinua entre les lèvres d'Amaury qui répondit à ce baiser sans même y réfléchir.

Il réalisa ce qu'il était en train de se passer lorsque les mains d'Alix commencèrent à glisser le long de son torse nu. Il sentit que son corps réagissait déjà aux caresses de sa suzeraine. La femme de son seigneur.

Il s'écarta et lui attrapa les poignets le plus délicatement possible.

— Ma dame, non. Je vous en prie.

Elle sourit.

— Ne t'inquiète pas, je suis restée des plus discrètes et j'ai posté mes suivantes à l'entrée. Mon seigneur est dans la tente du comte d'Artois, nous sommes tranquilles pour un moment.

Elle fit mine de se pencher à nouveau vers lui et Amaury se leva brusquement.

— Je vous en prie, répéta-t-il.

Alix le regarda d'un air dubitatif.

— Mais enfin, ne sois pas idiot. Puisque je te dis que nous ne risquons rien ! Allons, reviens ici et profitons du temps qu'il nous reste.

Elle tapotait la litière de sa main blanche, d'un geste qu'on adressait à un enfant capricieux.

Amaury soupira, elle n'avait visiblement pas l'intention de le laisser tranquille.

— Ma dame, je serai adoubé après-demain, je dois me reposer et demeurer intact, consacré à la prière…

Il essayait de trouver des prétextes pour qu'elle quitte la tente, tout en restant le plus respectueux possible. Surtout, vu son inexpérience, il ne pensait pas pouvoir résister à des assauts plus insistants.

Alix esquissa un petit rire discret en pointant du doigt son bas ventre renflé.
— Ton corps plein de sève réagit déjà. Tu en as envie et tu le sais. Cela te détendra avant cette cérémonie. Aussi, tu n'arriveras pas innocent à la guerre. Imagine que tu succombes, loin de tes terres, sur le sable dur du désert. Tu auras au moins connu l'amour dans les bras d'une grande dame de France.

Amaury fixa Dame Alix d'un air décontenancé. Bien qu'elle lui inspirât un profond désir, il n'appréciait pas la façon dont elle se jouait de lui. Elle cherchait à lui faire commettre un crime contre son seigneur, profitant de la faiblesse de sa chair, de sa jeunesse. Elle semblait surtout certaine qu'il allait succomber et cela le vexait profondément.

Il recula encore, jusqu'à toucher le tissu de la tente, et respira un grand coup.
— Je ne puis. Si cela vient aux oreilles du comte, vous serez peut-être épargnée, mais moi, je serai condamné au gibet.

Elle secoua sa belle tête
— Amaury, je ne te savais pas couard à ce point, toi qui as durement battu Eudes. Je t'ai regardé t'entraîner, tu parais si mûr à présent, plus que les autres garçons de ton âge. Tu t'es développé ces derniers temps. Tous l'ont remarqué et Guilhem chante tellement tes louanges que tu finiras par attirer l'attention des plus grands.

Elle prit un ton doucereux.
— Je pourrais même t'y aider, si tu veux. Le comte d'Artois, frère du roi, est un de mes amis. Je peux lui parler en bien de toi.

Ces arguments étaient plus que persuasifs, mais Amaury s'éloigna d'elle encore d'un pas. Elle s'énerva.
— Allons Amaury… Est-ce que passer ne serait-ce qu'une heure dans mes bras ne vaut pas de courir un tel risque ?

Elle jouait avec le pan de sa chemise qui dévoilait à présent la naissance de ses seins.

Elle se releva et lui fit face et planta son regard dans le sien. Elle posa ses mains délicates sur ses épaules musclées et l'attira à elle, plaquant son corps longiligne contre le sien.

Amaury sentait la douceur de sa peau parfaite. Il savait que c'était mal. Il ne voulait pas qu'elle brise en lui toute résistance. Il souhaitait rester fidèle à son suzerain, au roi, à la chevalerie.

Alix était à présent tout contre lui, il humait à nouveau son parfum, percevait son corps brûlant à travers l'étoffe si mince...

Dans un sursaut, il la repoussa brusquement, d'un mouvement si sec qu'elle faillit trébucher.

— Ma dame. Vous êtes fort belle. La plus belle des dames de la cour à mes yeux. Et je vous aime. Mais jamais je ne permettrai que l'on remette en cause mon honneur et mon dévouement à mes suzerains. Je ne suis rien pour vous, vous m'oublierez facilement.

Alix arrondissait la bouche pour protester, mais Amaury enchaîna pour ne pas perdre le fil de ses pensées.

— Je me souviendrai toujours qu'à l'aube de mon adoubement, j'ai manqué à mes devoirs. En vérité, je préfère mourir plutôt que nuire à mon suzerain en profitant des égarements de son épousée.

Elle recula comme s'il l'avait frappée. Un air furieux déforma ses traits fins. Elle pointa un doigt accusateur sur lui.

— Comment oses-tu m'éconduire ? Moi, Alix de Rochechouart ! Est-ce là le remerciement pour t'avoir tiré de ta triste condition ? Quand je pense que j'ai tant insisté auprès de mon époux pour que l'on te soustraie à Eudes... Ingrat !

La femme douce et séduisante avait laissé la place à une furie.

— Fort bien, inconscient ! Sois bien certain qu'à compter de ce jour, ce ne sera pas les mamelouks, les infidèles et les autres chevaliers, tes ennemis les plus acharnés, mais moi, Alix de Rochechouart !

Elle ramassa son châle d'un mouvement plein de colère. Le feu dansait dans ses yeux. Elle se sentait humiliée de recevoir la leçon d'un écuyer, pas même encore un chevalier ! C'était inadmissible. Elle saurait s'en souvenir.

Elle quitta la tente vivement, non sans un dernier regard empreint de courroux.

Amaury poussa un soupir et prit sa tête entre ses mains. Il n'avait pas manqué à son suzerain, mais c'était tout comme, puisque sa dame le détestait... et elle se vengerait sûrement d'un tel affront ! Mordieu, il n'y avait rien de pire qu'une femme en colère, Guilhem le lui avait assez répété, alors, une femme humiliée...

Eudes d'abord, à présent Alix... Décidément, la famille de Rochechouart avait juré la perte d'Amaury de Villiers ! Il allait devoir rester sur ses gardes. Il aurait voulu quitter Aigues-Mortes tout de suite et prendre la mer. Il serait sûrement séparé de ses suzerains au moins pendant la traversée. Cela apaiserait peut-être les esprits trop échauffés.

Il se jeta en travers de la couche et contempla le ciel de tente. La nuit était encore profonde, il tendit l'oreille, mais ne perçut rien d'autre que la rumeur habituelle du camp. Seul, le petit calhel fumait sur la desserte, vestige du passage de dame Alix, témoin d'un mauvais rêve.

Quelques minutes après, il dormait à nouveau.

*

Dans sa tente, assise dans un large faudesteuil aux anses sculptées, Alix fulminait. En chemise, cheveux défaits, on eût dit une de ces déesses païennes aux yeux vengeurs, pouvant foudroyer sur place de simples mortels.

Jamais de toute sa vie on n'avait osé lui dire non.

Son mariage avec Aimery, bien que politique, était un mariage heureux. Les deux êtres, jetés ensemble par la puissance de leur famille, s'entendaient bien. Aimery était un homme attentionné, pour qui le respect des valeurs chevaleresques passait avant tout. Il avait à cœur de protéger son nom et sa famille. Leur richesse les mettait à l'abri de nombreux malheurs et leurs amitiés politiques en faisaient une des familles les plus importantes de tout le royaume.

Alix et lui étaient donc liés par des sentiments, sinon amoureux, au moins de respect mutuel et même une certaine tendresse. Plusieurs beaux enfants étaient venus sceller cette alliance de raison.

Mais la comtesse était jeune, très belle et pleine de santé. Elle attirait facilement les hommes galants et les hommages des chevaliers qui gravitaient autour de la cour des Rochechouart de Mortemart. Les trouvères chantaient sa beauté dans toutes les cours de France et de Navarre, à grand renfort de vers passionnés.

Elle avait le pouvoir, d'une simple œillade, de porter un homme aux nues ou de le condamner à une mort certaine.

Et ce petit Amaury, ce damoiseau, osait la rejeter, refuser ses avances et la laisser s'humilier devant lui ?

Alix ruminait ces sombres pensées pendant que sa dame de compagnie lui portait une tisane. Elle regarda le liquide doré tournoyer dans son gobelet de métal, scintillant à la lueur des lampes en terre cuite.

Il allait voir, cet avorton, ce qu'il en coûtait de se mettre en travers des désirs d'Alix de Rochechouart.

Elle ne savait pour le moment ni quand ni comment elle se vengerait de lui, mais une chose était sûre : jamais elle ne le laisserait s'en tirer à si bon compte.

*

Guilhem sortit de la tente et s'étira longuement. Il avait besoin d'air frais après cette nuit quasiment blanche. Il constata amèrement qu'à son âge, sans six heures de sommeil, il ne valait rien. Il se sentait terriblement fatigué.

La lumière rose de l'aurore pointait à peine au-dessus des marais à l'est, elle ne tarderait pas à embraser le ciel, gage d'une journée encore chaude.

Il avisa du coin de l'œil que des pages s'agitaient et se dirigeaient vers le pavillon royal qu'il venait de quitter, les bras chargés de victuailles et de boissons.

Cette vue le rasséréna quelque peu et il se dit qu'il pouvait bien se sustenter avant de retourner prendre un peu de repos.

Il pénétra à nouveau dans la tente. Les barons et prud'hommes devisaient en attendant que les laquais achèvent de disposer toute la nourriture.

Une fois fait, le roi se leva et attira à lui une coupe remplie de raisin, produit des vignes qui poussaient en ces terres sableuses. Il fit signe à ses gens et tous commencèrent à se servir. Guilhem avait besoin de quelque chose de plus solide dans l'estomac que du raisin frais. Il se saisit d'une grande tranche de pain bis, sur laquelle il étala une bonne quantité de caillé de brebis avec son coutel. Il dévora sa tartine d'un bel appétit, ce qui lui valut le regard réprobateur de quelques barons.

Le guerrier, rompu à ce genre de situation, s'en moquait éperdument. Il poursuivit son repas par une coupe de vin clairet et plusieurs morceaux de délicieux melon. L'on mangeait en silence.

Quand ce fut fini, Louis étendit les mains et s'adressa à son conseil.

— Mes beaux amis, c'est donc entendu, nous embarquerons d'ici huit journées pleines. Tous nos vassaux devraient être arrivés d'ici là. Pour ceux, comme Joinville ou mon frère le comte de Poitiers, qui n'ont pu nous joindre à temps, ils effectueront la traversée jusqu'à Chypre par leur propre moyen et prendront la mer à la roche de Marseille. Nous les retrouverons là-bas, si Dieu le veut. Rassemblez vos gens et vos biens. Je compte aussi sur vous pour faire chevalier tous vos écuyers et novices avant le départ. Nous devons absolument disposer d'autant de bras que nécessaire, est-ce bien entendu ? Allez, et faites ce que je commande.

Tous acquiescèrent aux propos du roi et il les enjoignit à se retirer. Il allait de son côté, comme à son habitude, regagner Notre-Dame-des-Sablons pour y prier une bonne partie de la matinée, laissant l'ost se préparer au départ.

Guilhem salua les barons, dont Aimery VII et ce diable de Robert d'Artois, avant de s'en aller promptement retrouver son lit.

Sous sa propre tente, Amaury dormait toujours sur sa couche.

Il remarqua un calhel qui était posé sur la petite table de bois. Il était certain de ne pas l'y avoir vu la veille.

Le métal était encore chaud et Guilhem se dit qu'il allait devoir rappeler à Amaury qu'on ne laissait pas allumé des cierges ou des lampes la nuit.

Il le contempla un instant, sa respiration régulière, ses traits paisibles.

Le garçon vivait ses derniers moments d'insouciance. Même si la vie l'avait déjà quelque peu écorché, ce n'était rien face à ce qui l'attendait.

Guilhem bâilla et s'allongea sur sa paillasse. Il enleva ses chausses et sa brigandine. Il disposait d'une à deux heures de sommeil devant lui avant que le camp ne s'éveille tout à fait. Il rabattit son immuable chapeau sur ses yeux. Au bout de quelques minutes, des ronflements sonores s'élevaient dans la tente.

Une heure et demie plus tard, les rumeurs du cantonnement parvinrent à ses oreilles. Il s'étira et se redressa sur sa couche en se grattant la tête. Il se leva, saisit une chemise en coton propre dans son coffre et l'enfila, avant de se laver le visage bruyamment.

Il en était à attacher sa grosse ceinture de cuir quand Amaury se dressa tout ensommeillé.

— Le bonjour, Guilhem. Le salua-t-il en bâillant.

Le maître d'armes se retourna et le contempla d'un air qui se voulait sévère.

— Bonjour Amaury ! Qu'est-ce que c'est que cette tête chiffonnée ? Tu ne vas pas me faire croire que tu as mal dormi tout de même ? À propos, combien de fois t'ai-je dit de ne pas laisser une lampe allumée sous une tente ? C'est dangereux, tout le camp partirait en fumée par ta faute !

Devant la mine déconfite de son apprenti, il s'approcha de lui, avec un regard interrogateur.

— Qu'y a-t-il, mon garçon ? Ça ne va pas ?

Amaury secoua la tête. Il savait qu'il pouvait faire confiance au maître d'armes. Il lui conta donc d'une traite sa mésaventure nocturne avec dame Alix de Rochechouart.

Quand il eut terminé, le guerrier ne put s'empêcher d'éclater de rire, à un point tel que des larmes lui montèrent aux yeux.

Amaury fit la moue. Il détestait ne pas être pris au sérieux.

— Guilhem ! Ce n'est pas drôle !

Enfin, lorsque son hilarité cessa, Guilhem lui tapa sur l'épaule.

— Excuse-moi mon jeune ami, mais t'imaginer en train d'éconduire une des plus belles dames du royaume, c'est à se tordre de rire.

— Je pensais obtenir de vous des conseils ou au moins quelques soutiens !

Il croisa rageusement les bras sur son torse. Guilhem sourit plus doucement.

— Tu ne devrais pas trop t'en inquiéter, tu sais. Les femmes changent souvent d'humeur. Alix ne doit pas faire exception. Elle ruminera l'affaire un temps, mais elle oubliera tout cela bien vite. Elle a d'autres choses à penser et toi aussi ! Dois-je te rappeler que nous sommes à la veille de ton adoubement ? Allons, dépêche-toi de te préparer, que je te conduise en ville avec tes camarades.

Amaury acquiesça. Guilhem avait raison. Il devait se concentrer sur la cérémonie.

Il se leva et procéda à ses ablutions. Il enfila les vêtements de la veille, ce qui importait peu puisque dans quelques heures on lui donnerait de quoi se vêtir conformément à la tradition.

Une fois prêt, il accompagna le maître d'armes vers la longue tente ou deux autres écuyers attendaient. Les trois jeunes gens suivirent Guilhem en silence jusqu'au centre de la cité fortifiée ou se trouvaient une vaste place.

Amaury tentait de retenir les gargouillements de son ventre, mais c'était peine perdue. Il devait jeûner jusqu'au lendemain, donc autant s'y habituer.

Le groupe franchit les douves et se présenta à l'entrée du castel. On les fit pénétrer dans la salle d'armes, longue et ovale, qu'ils traversèrent pour monter, par un escalier très étroit, au premier étage dans une pièce assez large. Aucun meuble ne venait la décorer, en dehors de quelques escabelles[22] et d'une cheminée monumentale.

Guilhem leur fit signe d'attendre debout et les laissa seuls.

Quatre hommes pénétrèrent dans la salle par une petite porte. Ils portaient un grand baquet de bois vide.

Ils se retirèrent sans adresser un mot aux jeunes gens et revinrent ensuite en procession, les bras chargés de seaux pleins d'une eau très chaude, qu'ils versèrent bruyamment dans le bassin.

Une légère vapeur envahit la pièce, accompagnée d'une douce odeur de lavande.

Enfin, on vida le dernier seau et l'on jeta également dans l'eau une grosse poignée de sel. Leur bain de purification était prêt. On fit signe au premier garçon, plus grand qu'Amaury d'une bonne tête, et celui-ci enleva ses vêtements. Il entra prudemment dans le baquet. Il resta debout, sur un pied, hésitant à plonger son corps dans le liquide brûlant. Amaury se retint de rire. Il ressemblait à l'un de ces oiseaux roses et immenses qui peuplaient le delta, fouillant la vase des étangs de leur bec.

Enfin, quand le garçon se fut habitué, il entra tout à fait dans le bassin en respirant bruyamment. L'homme derrière lui s'empara d'une brosse de crin et entreprit de le frotter vigoureusement à l'aide de savon noir. Après ce régime, le garçon sortit de la baignoire et on lui déversa un baquet sur la tête. Vu les cris aigus qu'il poussa, Amaury devina que cette fois l'eau était froide.

Des serviettes patientaient, posées sur une escabelle et son camarade s'en saisit pour se sécher et dissimuler sa nudité.

Le domestique signifia à Amaury d'approcher. Celui-ci prit donc son bain de la même façon et alla rejoindre son compère, pendant que le troisième écuyer finissait ses ablutions rituelles.

Une fois fait, l'homme revint en portant trois longues chainses de lin blanc.

Les trois garçons se vêtirent et attendirent à nouveau en silence, tâchant de rester concentrés tout en anticipant la suite des événements. L'angoisse commençait doucement à gagner leurs entrailles.

Guilhem pénétra dans la pièce et vint les chercher. Sans leur adresser un mot, il les conduisit à travers la rue principale de la ville sous les regards curieux de la foule, jusqu'à l'église.

---

22 Petite échelle double pouvant servir de siège.

On avait érigé Notre-Dame des sablons en même temps que la cité. Elle était sombre et presque vide.

Guilhem poussa les jeunes gens devant lui jusqu'à une petite chapelle afin qu'ils se mettent en prière pour la journée. Ils devaient faire pénitence de leur ancienne vie. Après quelques heures, le prêtre entendrait leurs confessions, avant qu'ils ne continuent leur oraison toute la nuit.

Les heures jeûnées parurent interminables à Amaury.

Le sol dallé de l'église meurtrissait ses genoux. Son esprit était en proie à des pensées tourbillonnantes qu'il ne parvenait pas à fixer et à chasser.

Il respira donc amplement, comme Guilhem le lui avait enseigné.

Les heures paraissaient s'étirer longuement dans la chaleur étouffante qui régnait dans le petit édifice. Amaury glissait de temps à autre un coup d'œil en biais à ses camarades. Ceux-ci semblaient plus concentrés, mais il se doutait qu'ils se trouvaient dans le même état que lui.

Enfin, le jour déclina derrière les vitraux et la lumière commença à baisser. Le prêtre les entendit en confession comme convenu. Amaury n'avoua pas grand-chose. Il estimait que les longues heures douloureuses passées au côté d'Eudes lui avaient en quelque sorte fait gagner sa rédemption. Il se posa la question de l'épisode avec dame Alix. Pouvait-il réellement faire confiance à l'ecclésiastique pour conserver le secret sur une affaire qui mettait en cause une des plus grandes nobles du royaume, amie du frère du Roi ? Il décida de garder cela sous silence, par précaution.

Après sa confession, Amaury eut du mal à se concentrer sur ses prières. Le déroulement de la journée suivante l'obsédait. Il tournait et retournait dans sa tête les moments de la cérémonie à venir, jusqu'à ne ressentir qu'un immense vide. Il crut qu'il avait tout oublié, que sa mémoire s'effaçait comme des traces de pas sous la pluie. La peur le saisit et il se força à reprendre le fil de sa pénitence.

Enfin, après d'interminables heures et alors que ces genoux allaient finir en sang, l'aurore déchira le ciel d'une lueur rose. La lumière entra doucement dans la petite église, lançant des éclats colorés à travers les vitraux, promesse d'une renaissance annoncée.

Dans quelques heures, Amaury de Villiers serait fait chevalier.

*

Les trois jeunes hommes retournèrent au château. On leur avait fait revêtir une tunique rouge par-dessus leurs chainses blanches, représentant le sang qu'ils verseraient pour le roi et l'église. Le leur ou celui de leurs ennemis.

Celle-ci était recouverte d'un bliaud noir, symbolisant la mort qu'il ne devrait pas hésiter à donner ni avoir peur de recevoir. Leur taille était ceinte et leur épée pendait à leur côté, cette épée qui à elle seule incarnait toute leur vie future.

Guilhem les dirigea vers l'église à nouveau. Cette fois, elle était remplie de monde. Une foule se massait à l'extérieur de l'édifice, trop petit pour accueillir toutes les personnes présentes qui souhaitaient assister à l'événement.

Les trois garçons étaient désormais le centre de l'attention. Amaury n'aimait pas cela et avait hâte que toute cette cérémonie soit terminée. Il se sentait fatigué et tendu. Il aurait tant voulu que les célébrations ne soient pas publiques, mais les membres de la chevalerie devaient témoigner de la réussite des nouveaux entrants lors de leur adoubement. C'était la tradition.

Amaury tenta de garder son calme. Il respira à nouveau, se concentrant pour ne pas trébucher sur l'un des pavés inégaux.

Ils assistèrent à la messe assis devant l'assemblée. Amaury remarqua le comte Aimery auprès de Guilhem, dans son armure étincelante. Il constata avec horreur la présence d'Eudes, en retrait, au côté de Dame Alix. À cette vue, le sang quitta son visage et son estomac se contracta violemment. Il crut qu'il allait vomir et se concentra sur l'office pour oublier son malaise.

Lorsqu'elle prit fin, les trois garçons s'avancèrent l'un après l'autre vers l'autel ou le prêtre les attendait. Tour à tour, il bénit les épées et les leur rendit. Amaury jura de défendre la religion chrétienne, son honneur, celui de son suzerain et du roi. Il promit également de soutenir toutes justes causes, au premier rang desquelles la libération de la sainte cité de Jérusalem.

Enfin, le moment qu'Amaury attendait depuis des semaines arriva. Il se tourna vers le comte Aimery, qui lui adressa un très discret signe de tête. L'écuyer s'avança et s'agenouilla devant son parrain, tête baissée.

Celui-ci, sans prononcer un seul mot, le frappa d'un coup sec sur la nuque en lui donnant la collée. Ce geste ancestral signifiait son acceptation dans la confrérie des chevaliers de France. Désormais, Amaury devrait agir avec vaillance, prouesse et largesse. Il se releva et contempla le visage fier d'Aimery VII.

Suivant des yeux un mouvement, il aperçut aux côtés du comte une silhouette vêtue d'une simple chemise blanche recouverte d'une tunique d'un bleu profond. Elle était décorée de fleurs de lys. Ses traits, empreints de bienveillance, étaient d'une grande noblesse qui frappèrent Amaury. Ce n'est que lorsqu'il remarqua le délicat cercle d'or ciselé rehaussé de joyaux qui entourait sa tête qu'Amaury reconnut le roi.

Il sentit que son cœur allait exploser dans sa poitrine. Le roi Louis en personne assistait à son adoubement.

Aimery VII de Rochechouart lui remit son équipement complet, qu'Amaury couva du regard avec bonheur. Il discerna sur son écu les armoiries de Villiers, barré d'azur sur argent, au bélier de sable. Il manqua verser des larmes de reconnaissance devant la bonté du comte Aimery.

Après que les deux autres eussent à leur tour été adoubés par leurs parrains respectifs, tous gagnèrent l'extérieur et joignirent une vaste arène qui se dressait sur le sable au pied des fortifications.

Les jeunes chevaliers, vêtus de leurs armures, allaient prouver devant tous leur vaillance en assaillant une quintaine[23].

Amaury éprouva la difficulté de se mouvoir une fois la cuirasse revêtue. Il devait s'habituer à ce poids sur ses épaules.

Fort heureusement, il avait répété cet exercice des centaines de fois. Il s'acquitta de sa tâche avec brio, dirigeant son destrier avec aisance et transperçant le mannequin de paille tant à l'épée qu'à la lance sous les acclamations de la foule.

Il entreprit un dernier tour d'honneur dans la poussière de l'arène. Il se sentait plus fort que jamais, hors de portée d'Eudes et d'Alix qui lui jetaient des regards noirs depuis les sièges couverts de grands dais blancs.

---

23 Ou « joute du sarrasin ». Jeu d'adresse destiné à l'entraînement des chevaliers, consistant à percuter le bouclier d'un mannequin, fixé à un mât rotatif.

Amaury ne leur prêta aucune attention, savourant chaque minute de ce moment, savourant la fierté d'avoir franchi cette étape.

*

25 août 1248, Aigues-Mortes

Ce vingt-cinq août était un jour parfait pour embarquer. Il faisait beau et le vent s'était enfin levé le matin. Une petite brise fraîche qui s'était transformée dès sextes, en un joli mistral.

Elle gonflait allégrement les voiles des nefs et des galées alignées le long du port. On remarquait plusieurs magnifiques embarcations. La Bénite, le bateau de Jean de Dreux attirait tous les regards. Elle pouvait contenir plus de cent hommes avec leurs chevaux et leurs équipements.
C'était un spectacle grandiose que de voir soudain sortir de la ville le roi Louis, son frère Artois et tout leur aréopage.
Amaury lorgnait du coin de l'œil l'embarquement de la nef royale. Le roi et ses proches montèrent les premiers, tout équipés et sanglés. Leurs superbes armures de vermeil et d'argent scintillaient sous le soleil du Midi et ils ressemblaient aux chevaliers des contes, tout auréolés de la gloire de Dieu. Puis, les clercs portant l'étendard de Saint-Denis les imitèrent.
Lorsqu'ils disparurent à la vue, les pairs de France et les prud'hommes ainsi que tous les nobles membres de la cour embarquèrent à leur tour sur leurs propres vaisseaux.
Il allait suivre Guilhem, quand un grand mouvement de voile blanc, pareil à d'immenses oiseaux de mer, attira son attention.
Il cilla et se figea.
Il agrippa le bras de Guilhem qui devisait avec d'autres compagnons et le serra. Le maître d'armes se retourna, l'air courroucé, mais constatant la face blême du jeune chevalier, il l'interrogea :
— Mordieu, Amaury, tout va bien ? Ne me dis pas que tu as changé d'avis ?
Il regarda le maître marinier et allait éclater de rire lorsque la voix douloureuse du jeune homme l'interrompit.
— Les femmes... Les femmes nous accompagnent outre-mer ?
Guilhem haussa ses sourcils broussailleux.

— Bien entendu qu'elles viennent ! Et celle du Roi en premier, tu peux m'encroire ! Notre douce reine Marguerite est bien trop heureuse de s'éloigner de sa belle-mère. Blanche de Castille reste en France pour administrer le royaume, ce sera l'occasion d'un peu d'intimité bien méritée !

Il s'esclaffa de bon cœur avec ses compagnons. Tous connaissaient la jalousie de Blanche pour son fils et les difficultés de sa pauvre bru. L'hilarité du maître d'armes cessa en découvrant l'air contrarié d'Amaury.

Il fixait les quatre dames de compagnie qui montaient à la suite de la reine.

Guilhem le regarda.

— C'est à cause de Dame Alix ? Ne t'inquiète pas, tu auras peu d'occasions de la croiser. Elle restera avec l'aréopage de Sa Majesté et à terre, tu ne la verras pas se mêler au commun de la troupe. Et puis, le temps que durera le voyage, elle t'aura déjà oublié et certainement remplacé ! Ne te crois pas irrésistible, mon jeune ami !

Amaury haussa les épaules. Il aurait bien voulu en être aussi sûr, mais le visage courroucé d'Alix, cette nuit-là dans sa tente, le hantait encore.

Il savait qu'il avait fait le bon choix, mais se doutait qu'il devrait payer un jour ou l'autre l'affront qu'elle avait subi. Il déglutit péniblement, se remémorant les histoires de chevaleries de son enfance où la belle dame sans merci se vengeait de ses amants... Il aurait préféré partir pour la Terre sainte sans cette épée de Damoclès au-dessus de la tête.

Il embarqua sur la nef en suivant Guilhem.

Le navire, qui lui avait semblé immense depuis le quai, avait l'air d'avoir rétréci. Le pont était encombré d'objets de toute sorte, bancs, tonneaux, coffres. Quelques chevaux attendaient qu'on les descende à la cale avec les autres animaux, piaffant nerveusement et tirant sur leurs brides.

Le cœur d'Amaury se serra en pensant à son brave destrier qui allait devoir subir cette traversée interminable sans voir l'extérieur.

Comment les chevaliers et leurs entourages allaient-ils tous tenir, pendant des jours, sur cet esquif en bois avec la mer pour seul horizon ? Son courage l'abandonna à cette idée.

Quand enfin tous furent embarqués, le maître marinier fit sceller les portes. Les marins s'agitaient en tous sens. Le capitaine haussa le ton et demanda à tous s'ils étaient parés.

Les matelots répondirent d'une seule voix.

— Oui, Sire, que les prêtres s'avancent !

Les deux clercs du bord, accompagnés de leurs jeunes novices, s'approchèrent alors pour bénir le navire de la proue à la poupe. Ils entamèrent un *Veni creator spiritu* que les chevaliers reprirent en cœur, priant avec ferveur pour que Dieu les protège des périls du voyage, des tempêtes, des récifs et des pirates.

Les prières finies, il hurla :

— Faites voile ! De par Dieu !

Les voiles, libérées de leurs entraves, se gonflèrent sous le vent qui soufflait gentiment et le navire s'ébranla.

Les bateaux se suivaient de près et les mariniers devaient manœuvrer habilement afin que ceux-ci ne se fracassent pas les uns contre les autres. Ils devaient aussi éviter les abords du chenal qui conduisait vers le grau d'Aigues-Mortes, d'où ils pourraient enfin prendre la mer.

Amaury voyait s'éloigner les remparts lentement. Il ne cessait de regarder par-dessus le bastingage, espérant apercevoir la mer à tout instant.

Pour le moment, ce n'était que marécage et étangs à perte de vue. La chaleur augmentait petit à petit et il se protégea les yeux à l'aide de ses mains. Le soleil dardait ses rayons éblouissants et Amaury observa les marins aménager plusieurs coins d'ombre sur le pont, tendant de grands dais de tissus clairs pour abriter les passagers.

Sentant la brise salée caresser son visage, il profitait du paysage qui défilait doucement devant lui. Le bateau s'emplissait de rumeurs. L'équipage s'affairait. Les chevaliers devisaient entre eux de leur destination prochaine, les pages tentaient de contenir les divers animaux montés à bord en plus des chevaux et les prêtres continuaient à psalmodier des prières pour la réussite de cette entreprise phénoménale. Amaury s'efforçait de se couper de toute cette agitation, mais ne parvenait pas à s'en détacher pour retrouver son calme intérieur.

Il bouillait d'impatience à l'idée de contempler la *mare nostrum*.

Après un certain temps, le chenal s'élargit. Les nefs commencèrent à prendre de la distance les unes par rapport aux autres. Des vaguelettes d'eau verte vinrent frapper la coque et enfin, l'horizon s'ouvrit sur une immense étendue dont Amaury ne voyait nullement la fin.

La Méditerranée brillait sous le soleil ardent, déroulant son tapis émeraude à perte de vue. Le vent l'avait rendue légèrement moutonnante, une écume blanche et douce ourlait sa surface.

Le spectacle impressionna le tout jeune chevalier. Il sentit la peur lui étreindre les entrailles à l'idée de devoir passer autant de temps sur cette immensité mouvante, instable. Le navire lui apparut soudain plus fragile qu'une feuille ballottée dans les remous d'un torrent de montagne. Il frissonna.

Les marins venaient de défaire tout à fait les voiles qui claquèrent dans le vent et la vitesse de la nef augmenta. De grands oiseaux blancs accompagnaient les bateaux, leurs cris stridents perçant l'azur sans nuages. Amaury se retourna, cherchant Guilhem des yeux. Posté près de la proue, le maître d'armes devisait en compagnie d'un autre homme qu'Amaury ne connaissait pas.

Il se dirigea vers eux d'un pas mal assuré. La petite houle qui permettait au vaisseau d'avancer le faisait tanguer, menaçant de le jeter à terre à chaque enjambée. Il parvint à s'accrocher au bastingage et à rejoindre Guilhem.

Celui-ci le regarda venir en souriant.

— Alors, chevalier de Villiers ! Te voilà enfin sur l'eau que tu voulais tant voir. Le spectacle te plaît ?

Amaury déglutit lentement. Sa bouche s'était curieusement asséchée. Il commençait à ressentir un étrange malaise qui montait doucement en lui, mais tenta de chasser cette impression en respirant l'air frais. Il regardait s'éloigner les terres, le littoral devenant petit à petit une mince bande à l'horizon. Ils ne seraient bientôt plus entourés que de cette eau salée et de la flotte de l'ost.

— Mon père avait raison, c'est à la fois beau et terrible... Je me demande comment nous allons supporter de vivre dans un espace aussi réduit, presque les uns sur les autres, pendant autant de jours... Savez-vous combien de temps, exactement ?

Amaury se tenait fermement au bois du navire. Il éprouvait une très désagréable sensation comme s'il allait basculer vers l'avant à tout moment. Une sueur glacée commença à couler le long de son échine et cela ne le rassura pas.

Le chevalier placé au côté de Guilhem répondit d'une voix aimable.

— Avec l'aide de Notre Seigneur, pas plus d'une vingtaine de jours. Nous passerons sur les îles italiennes et grecques, sans jamais trop nous éloigner des côtes, pour éviter les pirates barbaresques. Nous devrions d'ailleurs apercevoir les rivages de Corse et de Sardaigne d'ici après-demain.

—Pense, intervint Guilhem, que nos prédécesseurs mettaient plus d'une année avant d'atteindre Jérusalem, en passant par Constantinople.

— Exact, reprit Hébrard. Nous ferons escale sur l'île de Chypre, juste en face de la terre sainte. Maintenant qu'elle appartient aux Lusignan, elle constitue une excellente tête de pont.

—Vingt jours sur ces esquifs… Amaury trouvait que c'était déjà suffisamment long.

— Notre bon roi a commandé ces bateaux dans les terres du nord, en Écosse et en Norvège. Ce sont des navires d'une qualité remarquable, vous n'avez pas à vous préoccuper, reprit le chevalier. Mais je m'excuse, Messire de Villiers, je ne me suis pas présenté. Je me nomme Hébrard de Pépieux.

C'était un jeune homme du sud, à peine plus âgé qu'Amaury. On l'avait adoubé deux ans avant lui. Il paraissait d'une constitution très solide et possédait un torse si développé que ses muscles saillaient sous sa chainse, menaçant de la faire céder à chaque mouvement un peu brusque. Son visage et ses yeux doux, ourlés de longs cils, contrastaient fortement avec sa carrure de taureau. Il était très brun et ses membres étaient recouverts de poils drus, presque noirs.

Amaury remercia le chevalier et le salua en s'inclinant. En relevant la tête toutefois, son malaise s'accentua. Son estomac semblait la proie des mêmes remous que la mer sur laquelle il se tenait. Il se demandait s'il n'avait pas attrapé quelques fièvres. Hébrard remarqua son trouble.

— Vous êtes pâle, Messire, est-ce que tout va bien ?

Amaury éprouvait des difficultés à ouvrir la bouche. Il acquiesça, portant la main à son ventre. Le chevalier de Pépieux hocha la tête comme s'il comprenait de quoi il retournait.

— J'ai bien peur que vous ne soyez atteint du mal de la mer. C'est un mal très connu des gens qui parcourent l'océan. Ne vous inquiétez pas, c'est désagréable, mais rien de sérieux. Voulez-vous que je nous fasse porter un peu d'eau ?

Amaury acquiesça de nouveau, son estomac ne cessait de le tourmenter. Il s'appuya plus fort au bois du pont, la tête au-dessus des vagues, respirant à grandes goulées comme si l'air pouvait chasser le trouble qui montait de plus en plus.

Il s'aperçut alors qu'ils se trouvaient désormais en pleine mer. Les terres avaient disparu à la vue, mais l'on percevait encore leur chaleur. En dehors des autres galères de la flotte royale, il ne voyait plus trace de civilisation humaine. La peur le saisit.

Alors qu'un page leur portait des gobelets, Amaury but à petite gorgée et ce fut la fin.

Il se pencha en avant pour enfin rendre tripes et boyaux à l'eau. Il se sentait si mal qu'il glissa le long du garde-corps, sans force.

Guilhem le regarda d'un air concerné. Amaury ne semblait pas être le seul en proie à cet étrange malaise. Plusieurs autres chevaliers avaient déjà restitué leur repas par-dessus les bords et deux prêtres étaient allongés sur des bancs de nage dans un état à peu près semblable.

— Par Dieu, mon pauvre Amaury, quel manque de veine ! Je ne sais pas pourquoi certains sont si sensibles au roulis, quand d'autres, comme Hébrard et moi, n'en souffrent aucunement malgré plusieurs voyages. Ne t'inquiète donc pas, nous allons t'installer à la cale pour que tu te sentes plus à l'aise.

À l'évocation du ventre de bois de la nef, privé d'air et de lumière, Amaury protesta de la main.

— Ne me laissez pas descendre, Guilhem, je vous en prie ! Je crois que cela aggraverait mon mal. Je préfère rester ici, au moins le vent me baigne le visage et cela m'apaise un peu.

Guilhem haussa les épaules et acquiesça. Le sire de Pépieux l'aida aimablement à transporter le jeune homme malade sur l'un des nombreux bancs de nage pour qu'il profite de l'ombre et soit moins exposé à la chaleur. Le maître d'armes alla quérir le mire et le chevalier demeura auprès d'Amaury, lui parlant doucement du voyage.

Amaury réalisa qu'il s'était embarqué sans vraiment s'inquiéter du déroulement du périple. Son service auprès d'Eudes et son adoubement avaient occupé son esprit, de sorte qu'il avait suivi l'ost sans plus de questions, puisque c'était ce que l'on attendait de lui. Même Guilhem s'était gardé de lui confier les diverses étapes du trajet. Il se maudit de sa naïveté.

Il apprit que leur première escale se tiendrait certainement dans quelques ports génois afin de se ravitailler et qu'ensuite ils ne s'arrêteraient plus avant de voir les rivages de Chypre.

On lui expliqua que les conseillers du roi avaient eu toute la peine du monde à contraindre Louis à cette étape. Celui-ci n'avait cédé que parce que les tempêtes de l'hiver risqueraient d'anéantir la flotte et tous les efforts entrepris.

Celle-ci était très imposante. Outre les bateaux qui transportaient les hommes, certaines nefs étaient uniquement dédiées au ravitaillement, leurs ventres rebondis, pleins de nourriture, d'eau, de vins et de salaisons. En tout, plus de cent cinquante vaisseaux couvraient la mer. Personne n'aurait l'audace d'attaquer les bâtiments, qui se protégeaient les uns les autres par leur nombre.

La traversée parut durer des années pour Amaury. Son mal lui laissait peu de répit. Alors que les autres semblaient se remettre lentement et s'habituer au balancement du navire, Amaury restait languissant.

Il parvenait à avaler les liquides, mais les aliments solides ne passaient pas.

Guilhem et Hébrard le soutenaient du mieux qu'ils pouvaient, mais demeuraient impuissants devant sa maladie. Le mire même ne disposait pas de remède et Amaury devait simplement endurer et attendre. Il quittait peu le banc de nage, même lorsque la pluie tombait dru ou que de grands vents soufflaient, rabattant l'écume sur le pont.

Ne pouvant s'alimenter correctement, il maigrissait à vue d'œil. Guilhem espérait qu'il se refasse une santé à terre, sinon il éprouverait des difficultés à participer aux combats.

Ils devisaient longuement tous les trois, surtout le soir lorsque la chaleur se faisait moins cruelle et que le zéphyr s'apaisait. Le bateau tanguait moins et Amaury se sentait mieux.

Le plus souvent, les deux jeunes hommes écoutaient les récits de guerre de Guilhem, qui parlait surtout de la croisade contre les Albigeois, ces hérétiques maudits, à laquelle il avait contribué aux côtés du père du Roi. Il leur raconta l'interminable siège d'Avignon et la prise du Languedoc, mais également le sacre de Louis, alors âgé de douze ans, à Reims. Les deux chevaliers buvaient ses paroles et Guilhem n'était pas avare d'histoires, persuadé que cette instruction comptait autant que celle des armes.

Les journées s'écoulaient avec une lenteur sans nom, mais les deux garçons se soutenaient mutuellement et tentaient de s'occuper. Lorsqu'il le pouvait, Amaury effectuait quelques pas le long du pont au bras d'Hébrard, mais ils en avaient rapidement fait le tour. Le plus souvent, Amaury le regardait s'exercer avec Guilhem et les autres. Il aurait tout donné pour ne faire ne serait-ce que quelques passes à l'épée ! Il se sentait inutile et même Guilhem avait du mal à le tirer de sa mélancolie.

Il advint qu'un jour, au large de la Grèce, une nouvelle leur parvint depuis la nef royale. La flotte ralentit et de petits esquifs établirent une navette entre les navires pour porter les messages.

Amaury attendit sagement que Guilhem vienne le trouver pour lui expliquer ce qu'il se passait. Il se redressa péniblement pour l'écouter.

— La fièvre s'est déclenchée sur une des nefs, on nous demande de surveiller et de mettre en quarantaine toutes personnes qui présenteraient les symptômes. Plusieurs hommes sont déjà morts.

À ces mots, Amaury pâlit encore davantage.

— Rassure-toi, lui dit Hébrard, qui les avait rejoints. Guilhem et moi avons témoigné du fait que tu étais souffrant depuis le début de notre voyage et que cela n'a rien à voir avec la maladie. Le Mire l'a confirmé, tu ne crains rien.

Amaury s'allongea à nouveau en remerciant Dieu de lui avoir donné de si bons compagnons.

Guilhem soupira et continua.

— La nef sur laquelle la fièvre s'est déclenchée et qui est mise en quarantaine... C'est celle sur laquelle Eudes a embarqué.

Amaury secoua la tête d'un air navré. Guilhem attendait sûrement qu'il sourie à cette nouvelle, mais il ne parvenait pas à s'en réjouir. Lui-même malade et enfermé sur ce bateau, il ne pouvait que compatir au sort du chevalier. Celui-ci s'était mal conduit et c'était sans doute un juste châtiment s'il se trouvait atteint, mais Amaury avait eu tout le temps du monde pour penser à leur relation. Eudes était un bâtard, en mal de reconnaissance. Il avait peut-être souffert dans son enfance et serait toujours marqué du sceau de sa naissance. C'était une tache qui ne s'effacerait jamais.

La jalousie, la peur et le mépris avec lequel sa famille le traitait avaient rongé son âme. Il n'avait pas supporté de se voir adjoindre un écuyer de plus noble lignage que le sien. Perdu dans ses pensées, Amaury remarqua soudain l'air interrogatif d'Hébrard. Il entreprit de lui raconter son apprentissage en tant qu'écuyer du chevalier du Val ainsi que leur voyage jusqu'à Aigues-Mortes.

— Ce chevalier dont parle Guilhem a été, quelques semaines à peine, mon parrain. Mais son empreinte s'est durablement imprimée dans ma chair.

Il conta les méfaits du neveu des Rochechouart, les humiliations et les raclées que lui avait infligées le chevalier.

Hébrard siffla entre ses dents.

— Par la vierge ! Mon pauvre Amaury, quelle histoire ! Si celui-là meurt, on ne pourra pas dire qu'on le regrettera.

Il adressa un clin d'œil à son ami. Amaury acquiesça, mais il en doutait quelque peu, finalement. Son compagnon se leva pour leur chercher à boire, le laissant à ses considérations.

Au bout d'une vingtaine de jours, la flotte parvint enfin en vue des terres de Chypre.

LIVRE DEUXIÈME
L'ORIENT ET LA CROIX

*« Seignor, sachiés : qui or ne s'en ira
en cele terre ou Dex fu mors et vis,
et qui la crois d'Outremer ne penra,
a paines mais ira en Paradis.
Qui a en soi pitié ne ramembrance
au haut Seignor doit querre sa venjance
et delivrer sa terre et son païs.
Tuit li mauvés demorront par deça
qui n'aiment Dieu, bien, ne honor, ne prise »*
*« Seigneurs, sachez : qui or ne s'en ira
En cette terre où Dieu fut mort et vif,
Et qui la croix d'outre-mer ne prendra,
À dure peine ira en paradis,
Qui n'a en soi pitié ni souvenance,
Au haut Seigneur doit chercher sa vengeance,
Et délivrer sa terre et son pays.
Tous les mauvais resteront à l'arrière
Qui, n'aimant Dieu, ne l'honorent, ni ne le prient. »*

Chant de la Croisade par Thibaut IV, roi de Navarre et Comte de Champagne.

CHAPITRE I

Limassol, Chypre, 17 septembre 1248

Les fiers remparts du château de Limassol se dressèrent devant les nefs du roi. Les embarcations ressemblèrent soudain à de petits jouets comme l'on en donne aux enfants.

Un air chaud soufflait de la terre, charriant les remugles de la ville : bois brûlé, chair calcinée, poussière, épices des marchés et excréments des bêtes.

Amaury respira doucement. Enfin, son calvaire allait cesser dès qu'il aurait posé le pied sur le sol de Chypre.

Les navires du Roi de France se postèrent à quelques encablures du port, trop nombreux pour y pénétrer, et on lança les canots à la mer. Un ballet perpétuel entre les bateaux et la terre prit place, afin d'établir le camp du roi sur les plages chypriotes.

Deux ans avant l'arrivée de l'ost, les émissaires du roi avaient déjà reçu l'ordre d'effectuer des provisions afin que les francs ne manquent de rien une fois parvenu à Chypre. Les gens de la famille Lusignan[24] les y avaient aidés, de sorte que l'armée disposait de grandes réserves de blés et d'orge.

Cette astuce avait permis de réduire l'encombrement sur les nefs.

---

[24] La maison de Lusignan est une dynastie noble poitevine, qui règne sur Chypre après la chute de Jérusalem. D'après la légende, la famille descendrait de la fée Mélusine.

Guilhem soutenait Amaury avec le concours d'Hébrard pour qu'il puisse débarquer. Ses jambes ne le portaient plus et il parvint tout juste à monter dans une barque à fond plat pour gagner la terre ferme.

Quand il foula enfin le sable blond de la plage, il remercia Dieu de l'avoir préservé. Henri de Lusigan avait accordé au Roi de France d'immenses champs en bord de mer pour y établir ses celliers et ses gens. Lui-même, la reine et leurs proches seraient tous logés dans le château et les dépendances d'Henri, à Limassol.

La ville avait prospéré sous le règne des Lusignan. Sa position idéale, pays latin en face de la Terre sainte, en faisait une plaque tournante du commerce et des pèlerinages. Paumiers, chevaliers francs, Templiers et mercenaires arpentaient la cité en recherche d'un bateau pour joindre Acre, Constantinople ou les rivages de Syrie.

L'orient restait encore à découvrir et les états, instables, se faisaient et se défaisaient. C'était un temps pour les aventuriers, ceux qui trouvaient à louer leur force ou leur intelligence politique pouvaient, du jour au lendemain, se retrouver à la tête d'un royaume qu'ils se forgeaient eux-mêmes.

Amaury se sentait loin de ses rêves de grandeurs, simplement heureux de rejoindre la terre ferme et de pouvoir dormir sur un lit qui ne bougeait pas en permanence.

Il lui fallut toutefois deux jours entiers pour recommencer à manger normalement. Peu après le débarquement, il osa enfin questionner Guilhem sur le sort d'Eudes et de Dame Alix. Le soldat lui adressa un sourire rassurant. De ce qu'il savait, Alix et le comte Aimery logeaient au château avec la suite du Roi. Jamais celle-ci n'évoquait son nom. La dame semblait avoir tiré un trait sur l'incident ou avait trouvé un autre objet de distraction. Il se murmurait que l'impératrice Marie viendrait certainement à Chypre depuis Constantinople, et cette visite absorbait toute l'attention de la cour.

Quant à Eudes, il ne tourmenterait plus le jeune homme.

Amaury fronça les sourcils, car il avait peine à le croire et Guilhem lui annonça la mort d'Eudes du Val pendant la traversée, visiblement de cette mauvaise fièvre qui avait assailli sa nef, provoquant le pourrissement de ses dents. Amaury éprouva des sentiments étranges à cette annonce.

Un poids tombait de ses épaules et paradoxalement il éprouvait de la peine pour l'odieux chevalier. Malgré son caractère exécrable et tout ce que celui-ci lui avait fait subir, cela restait son premier maître. Il ne lui avait pas enseigné grand-chose, mais il ne méritait pas de mourir de façon si atroce, sans pouvoir racheter ses péchés lors des batailles pour la Terre sainte. Qu'avait fait Amaury pour l'aider, finalement ?

C'était son devoir d'écuyer de seconder son maître. Certes, il avait fui pour préserver sa propre vie, mais il avait aussi abandonné le chevalier à son sort. Une inhabituelle nostalgie l'envahit pendant quelques jours et Guilhem le trouva souvent languissant sur sa couche ou déambulant sur les chemins poussiéreux du campement. Le jeune chevalier songea à son frère et entreprit d'écrire une lettre à Arnaud, au moins pour lui dire qu'il était bien parvenu jusqu'à Chypre.

Quelques semaines plus tard, alors qu'il avait recommencé à s'exercer à l'épée pour regagner sa masse musculaire en vue des batailles qui se préparaient, il aperçut Hébrard de Pépieux venir à lui.

Il s'arrêta, passa un linge humide sur son visage et son torse nu couverts de sueur et le salua.

— Le bonjour, Hébrard !

— Le bonjour, Amaury, je vois que tu vas mieux.

Les deux hommes se donnèrent une accolade fraternelle. Hébrard s'était occupé d'Amaury avec une grande dévotion, presque comme son frère pendant toute la traversée. Une amitié solide s'était naturellement forgée entre les deux jeunes hommes qui s'accordaient une grande confiance réciproque.

Amaury lui rendit son sourire.

—Maintenant que je ne suis plus sur cette maudite mer, je vais beaucoup mieux. J'ai même retrouvé l'appétit !

Hébrard éclata d'un rire bref.

— Guilhem m'a confié que tu dévorais tes repas comme un loup affamé ! Si tu continues comme ça, tu auras tôt fait de vider les celliers du Roi !

Les deux garçons éclatèrent de rire et Amaury suggéra d'effectuer quelques passes en guise d'entraînement. Hébrard ne refusait jamais les exercices et se débarrassa promptement de ses vêtements pour se mettre torse nu. Ainsi dénudé jusqu'aux hanches et l'épée à la main, le chevalier en imposait. Amaury vit les regards à la fois admiratifs et craintifs des paysans se porter sur son ami. Hébrard ne semblait pas en faire de cas ni ne tirer aucune vanité de sa constitution. Amaury aimait cette simplicité chez son ami et ne l'en admirait que plus.

Les champs où était situé le camp du roi étaient au bord de la mer, hors de la ville proprement dite, mais longés par plusieurs routes qui convergeaient vers Limassol. De petits villages blancs émaillaient les collines environnantes, couvertes d'une végétation rase et sèche, d'où émergeaient de longs cyprès sombres. Les coteaux se couvraient parfois de chèvres agiles qui seules étaient capables de brouter dans ces garrigues, avalant même les épineux.

Des falaises de calcaire blanc se jetaient dans la mer et il y régnait la plupart du temps une chaleur accablante.

Les oliviers et les figuiers poussaient allégrement dans les essarts et la terre donnait de magnifiques agrumes gorgés de soleil : oranges, citrons et mandarines.

Amaury n'avait jamais vu de tels fruits auparavant et s'était pris de passion pour les oranges juteuses et fraîches, apaisant la soif par ces chaleurs torrides.

Les deux hommes s'entraînèrent plusieurs heures jusqu'à être recouverts de poussière et de sueur.

Ils cessèrent alors et se retirèrent pour se changer.

Ils revêtirent de grandes tuniques de cotonnade pour être plus à l'aise. Le jour commençait à décliner aussi Hébrard proposa à Amaury d'aller prendre un peu de repos en bord de mer. Ils pourraient profiter de l'air frais qui montait des flots le soir et éviter les nuées de moustiques qui assaillaient hommes et bêtes au crépuscule.

Ils rejoignirent la plage où, sous quelques maigres arbres, des habitants tendaient de longs draps et servaient de la viande grillée sur des tapis à même le sol, à la façon des Orientaux.

Les deux chevaliers trouvaient les côtes de mouton délicieuses. Elles étaient servies avec une bouillie de pois assaisonnée d'épice, très goûteuse. On y offrait aussi un vin couleur rubis, capiteux et rond, très renommé à Chypre.

Là, assis sous ses voiles dansants et au doux son des vagues frappant les roches blanchies en contrebas, Hébrard confia à son ami qu'il partait pour l'Arménie dans une semaine.

Amaury manqua s'étouffer.

— Comment cela, tu pars pour l'Arménie ? Et la Terre sainte ? Et l'Égypte ?

Et moi ? pensa-t-il en son for intérieur. Hébrard était son unique compagnon sur cette terre totalement nouvelle.

Si celui-ci les abandonnait, il se retrouverait seul. Il y avait bien Guilhem, mais le maître d'armes était souvent accaparé par ses devoirs auprès du comte et Amaury le voyait peu.

Son malaise pendant la traversée ne lui avait pas permis de lier connaissance avec d'autres jeunes chevaliers en dehors d'Hébrard.

— J'ai ouï dire que le roi d'Arménie embauche de nombreux hommes d'armes de tout bord dans sa lutte contre le sultan d'Iconium. Ceux qui le joignent ont la possibilité de faire fortune. L'ost va hiverner ici à Chypre pendant des mois. Nous ne ferons rien d'autre que nous entraîner, boire ou de nous oublier entre les cuisses des ribaudes. Vu la taille de Limassol, nous en aurons vite fait le tour ! Je ne désire pas rester à languir indéfiniment sur cette plage, j'ai besoin de mouvement, d'aventure ! Je veux en profiter, parcourir l'orient. Si je peux par la même occasion gagner un nom et de l'argent, je ne vois pas pourquoi je m'en priverais !

Il éclata d'un rire bref, mais Amaury ne partageait pas son enthousiasme.

— Le roi Louis, d'après ce que Guilhem m'a dit, se serait bien passé de cet arrêt forcé. Mais ses barons lui conseillent d'attendre l'arrivée des hommes qui lui manquent, dont son frère, Alphonse de Poitiers et la flotte des Templiers, enferrée dans le conflit entre Génois et Pisans. Ce n'est pas juste pour son bon plaisir.

Hébrard balaya la réflexion d'un revers de main, comme si ces considérations politiques ne le concernaient pas. Amaury insista.

— Tu t'es tout de même engagé dans l'Ost, comme moi. Quand tu as pris la croix, tu as fait toi aussi le serment de libérer Jérusalem, de te battre contre les infidèles. Tu ne peux pas y renoncer ainsi, sur un coup de tête !

— Je n'y renonce pas vraiment et j'ai longtemps réfléchi. Le roi d'Arménie est un roi chrétien. En luttant contre les troupes du sultan d'Iconium, je respecterai mon engagement en causant du tort à ces païens ! En plus, l'Arménie est voisine de la principauté d'Antioche, j'aurai tôt fait de joindre la Terre sainte, si je le souhaite.

— Certes… tu as raison sur ce point, mais notre roi ? Y as-tu songé ?

Hébrard arbora une mine sérieuse.

— Oui bien sûr. Je ne l'abandonne pas vraiment en allant aider un de ses plus importants alliés dans ces pays barbares… Et puis, si tout va bien, je serai revenu avant même que l'ost n'appareille pour

Damiette. Nous sommes plusieurs à tenter l'aventure, je suis loin d'être le seul à ne pas supporter l'inactivité. Tu devrais y penser aussi, Amaury, tu te débrouilles bien. Tu pourrais te couvrir d'honneur et acquérir des terres.

Amaury porta son regard sur la grève où la mer venait doucement mourir.

Il n'avait aucune envie de s'éloigner du roi pour courir quelques hasards dans un autre pays inconnu pour un souverain dont il n'avait jamais entendu parler. Il ne voulait cependant pas froisser son ami et lui dit qu'il allait y réfléchir.

Deux semaines plus tard, il assistait, sur les quais ensoleillés du port de Limassol, au départ d'une nef remplie d'hommes appareillant pour l'Arménie.

Hébrard se tenait parmi eux, souriant de toutes ses dents. Les deux hommes se serrèrent amicalement dans leurs bras. Amaury regarda le chevalier monter dans le navire la gorge nouée. Il eut l'impression qu'il lui faisait réellement ses adieux, qu'Hébrard ne reviendrait pas avant que l'ost parte pour Damiette.

Le temps donna raison à Amaury, peu des chevaliers partis courir la fortune en Arménie revinrent au roi.

*

Après le départ d'Hébrard, le temps s'étira lentement pour Amaury. L'automne était arrivé à Chypre et un soleil tiède enveloppait le pays.

Les gens du roi de France prenaient goût à l'oisiveté et Amaury n'y échappait pas. Il se sentait apathique, dormait longtemps le matin, avant de s'exercer quelques heures puis cesser quasiment toute autre activité pour la journée.

Il se promenait aux abords du camp, joignait ensuite le port ou la cour pour quelques nouvelles du monde ou pour discuter un peu avec Guilhem.

Le chevalier n'avait pas intégré de groupe après le départ d'Hébrard. Il bavardait avec ses voisins de tentes où les jeunes chevaliers qui s'entraînaient avec lui, mais cela demeurait superficiel. Ils avaient peu de nouvelles à s'échanger.

Amaury chercha à savoir auprès des commerçants agglutinés près des quais ce qu'il se passait en Arménie. Mais en dehors des rumeurs de bataille contre les hommes du sultan d'Iconium, il n'obtint pas plus d'indications. Il avait vaguement espéré que quelqu'un lui parle d'Hébrard, des hauts faits que celui-ci aurait accomplis, de terres dont il se serait rendu maître. Mais rien.

Un soir, Guilhem vint le trouver sur la plage. Amaury avait conservé cette habitude de dîner sur le sable, à l'ombre des grands dais blancs et sur les tapis d'Orient moelleux, en mémoire des instants vécus avec son ami.

Guilhem s'installa et commanda à boire. Amaury l'accueillit avec un sourire chaleureux, heureux de pouvoir partager avec lui plus que deux phrases dans la cour du castel.

Le maître d'armes semblait fatigué. De larges cernes noirs ourlaient ses yeux, vieillissant ses traits. Il respira profondément et but d'un trait la coupe de vin qu'on lui tendait avant d'en recommander une aussi sec.

Amaury et lui devisèrent quelques minutes, le jeune homme s'enquérant des dernières rumeurs concernant l'ost et le départ pour l'Égypte.

Guilhem lui confia que l'on n'avait toujours aucune nouvelle d'Alphonse de Poitiers. De plus, l'hiver allait venir et l'on ne pourrait traverser en raison des tempêtes et des grands vents qui balayaient la région en cette saison.

Amaury soupira. Il se plaignit à Guilhem sur son ennui et son manque d'activité. Le spadassin lui adressa alors un drôle de sourire.

— J'ai peut-être une solution pour toi. Le comte d'Artois va tenir une réunion demain soir avec quelques fidèles, dont le comte Aimery. Celui-ci a requis ta présence, tu viendras avec moi.

— Le comte exige ma présence ? Sais-tu pourquoi ?

Amaury avait un mauvais pressentiment. Malgré son désœuvrement, il n'éprouvait aucune envie de croiser Alix en se rendant au castel des Lusignan.

Devinant son trouble, Guilhem tenta de le rassurer.

— Tu penses à Dame Alix ? N'ait crainte, les femmes ne sont pas conviées et sortent peu de leurs appartements. Elle sera sûrement occupée avec les autres auprès de la reine. De toute façon, tu es mandé par ton suzerain, tu n'as pas vraiment le choix.

Amaury acquiesça d'un air résigné.

— Fort bien.

— Je passerai te prendre demain soir au camp. Au fait, pense à mieux te vêtir. Je sais que c'est agréable de porter ces longues tuniques sous cette chaleur, mais j'ai peur qu'Artois ne le voie pas de la même façon !

Il s'esclaffa et Amaury joignit son rire à celui du maître d'armes. Ils dînèrent ensemble et rentrèrent tout de suite après.

*

Artois arpentait sa chambrée de long en large. Il faisait les cent pas entre le lit couvert de voilages blancs qui protégeaient le dormeur de la chaleur et des insectes, et l'étroite fenêtre qui s'ouvrait sur les jardins du château des Lusignan.

Les orangers et les citronniers balançaient doucement leurs feuilles d'un vert brillant que caressait un soleil radieux. De petits passereaux voletaient, frôlant les heaumes des soldats de faction, lançant leurs trilles dans l'air chaud de la fin d'après-midi.

— Messire, vous allez me donner le tournis, cessez de vous tourmenter ainsi et dites-moi ce qui vous préoccupe.

La voix mélodieuse d'Alix de Rochechouart fit se retourner l'ombrageux frère du roi. Il poussa un grand soupir et vint la rejoindre, s'asseyant sur la couche.

Elle posa une main délicate sur son bras nu et papillonna légèrement des yeux. La soie de sa tunique glissa, dévoilant une épaule à la peau laiteuse qui appelait la caresse. Artois la regarda. Quelle pitié qu'une si belle et douce femme soit la propriété d'un vieux barbon ! Il saisit une mèche de ses longs cheveux blonds et la ramena derrière une de ses oreilles.

— Ces Templiers, que j'abhorre, sont en train de préparer quelque traîtrise dans l'ombre. Ils ont déjà convaincu mon frère de mettre le cap sur l'Égypte au lieu de porter le fer directement à Jérusalem ! Nous aurions pu reprendre Ascalon immédiatement, cela nous aurait permis de dominer la côte et la mer. Mais leur grand maître a persuadé Louis qu'il était plus prudent de faire pression sur les Ayyoubides en attaquant leur fief principal. C'est une curieuse manœuvre, c'est pourquoi je les soupçonne de fomenter quelques diableries dont ils ont le secret.

Alix pencha la tête.

— Faites-les espionner. Comme cela, vous saurez ce qu'ils préparent.

— Ce n'est pas si simple ! Les Templiers bénéficient de très nombreux alliés ici, nous sommes sur leurs terres. Chypre appartenait encore à eux seuls il y a peu… De plus… J'ai appris que Sonnac avait mandé Baudoin de Sabran depuis les commanderies de France. C'est un malin, il démasquera vite tout mouchard qu'on lui enverra.

Un mince sourire s'étira sur les lèvres de velours d'Alix.

— Et si votre espion ne savait pas qu'il est espion ? S'il accompagnait ce Templier, sur votre ordre, en toute bonne foi ? Ce Baudoin n'aurait aucune raison de le soupçonner, pas plus que le grand maître.

Artois haussa vivement les épaules. Depuis quand les dames se mêlaient de politique ?

— Je ne connais aucun chevalier suffisamment naïf pour croire que nous l'envoyons en Terre sainte par pure bonté d'âme !

Alix émit un rire délicat, cristallin.

— Moi, j'en connais un. Aimery l'a adoubé avant de partir pour Chypre. C'est un enfant mal dégrossi, de petite noblesse du limousin. Je peux vous assurer qu'il sera tellement ravi de se voir confier une aussi prestigieuse mission qu'il ne posera aucune question !

Artois considéra la belle jeune femme d'un œil nouveau.

— Vraiment, ma mie ? Et qui donc est ce garçon ?

Alix jubila intérieurement.

Elle secoua ses cheveux, approcha son visage blanc tout près de celui d'Artois et souffla doucement.

— Il se nomme Amaury de Villiers...

*

Le lendemain soir, Amaury se tenait debout, dans une grande salle du castel de Limassol. Celles-ci conservaient la fraîcheur et Amaury se félicita secrètement d'avoir revêtu ses chausses de cuir et son tabard de croisé par-dessus sa chainse.

Guilhem demeurait à ses côtés. À l'extrémité de la pièce, contemplant la vue à travers une des étroites fenêtres, un autre chevalier leur tournait le dos. Amaury se pencha légèrement pour tenter de mieux l'apercevoir.

La silhouette lui rappelait vaguement quelque chose, mais il ne parvint pas à se remémorer quoi. Le jeune chevalier avisa la grande croix latine rouge sur le tabard de couleur claire et comprit qu'il s'agissait d'un Templier.

Cela n'avait rien de très étonnant puisque Chypre avait longtemps appartenu à l'Ordre, qui y possédait encore des maisons. Amaury se demanda ce qui l'amenait à traiter avec les comtes d'Artois et de Rochechouart.

Ses pensées furent brusquement interrompues par l'entrée dans la salle des trois nobles seigneurs. Le jeune homme reconnut immédiatement Aimery VII et le souvenir ému de son adoubement lui revint.

Il n'avait qu'entraperçu le frère du roi lors de l'embarquement à Aigues-Mortes et nota immédiatement que les deux hommes ne se ressemblaient pas.

Là où il émanait de Louis une aura de sainteté et de noblesse, Robert arborait en tout temps une expression belliqueuse. Ses yeux, enfoncés dans son visage, lui donnaient l'air d'un rapace qui va fondre sur sa proie. Deux épais sourcils broussailleux et une fine moustache qui encadrait des lèvres pincées venaient renforcer son air de perpétuelle agressivité.

Jamais il ne retirait son haubert ni son tabard aux armes de la maison de France et de son comté, comme s'il était toujours sur le point de livrer bataille.

Amaury songea tout de suite à Eudes du Val en le voyant, malgré leurs différences physiques marquées. Un frisson courut le long de sa nuque.

À leur côté se tenait un prud'homme qu'Amaury ne connaissait pas. Jeune, grand, fin, il possédait une très noble allure. Son sourire aimable et sa mise simple lui donnaient une apparence agréable. Il plut immédiatement à Amaury.

Amaury et Guilhem s'inclinèrent profondément devant le frère du Roi et les deux autres.

Les trois autres leur rendirent leur salut et Artois leur fit signe de s'asseoir autour de la table qui était dressée dans la pièce.

Ils s'exécutèrent, de même que le Templier qui s'était enfin retourné.

Amaury se rappela en un instant où il l'avait déjà vu.

Cela remontait à plusieurs mois maintenant, mais il avait conservé un souvenir vivace de cette étrange rencontre. C'était le Templier qu'il avait croisé à Langogne, dans cette église qui abritait une si curieuse statue de la vierge !

Que signifiait la présence de ce membre de l'Ordre à Limassol ? Amaury tenta de se remémorer leur brève conversation, mais seules des phrases sibyllines sur les symboles émaillant l'édifice lui revenaient à l'esprit. Il ne se rappelait pas que le frère du Temple eut évoqué la croisade. Ce fut Robert d'Artois qui commença, présentant les personnes convoquées.

Amaury fut étonné d'apprendre que le jeune comte qui lui avait fait si bonne impression était en réalité Messire Jean de Joinville, membre de la plus haute noblesse de Champagne.

Il ouvrit grand ses oreilles quand Robert d'Artois en vint au mystérieux chevalier.

— Je suis également honoré de compter parmi cette modeste assemblée Baudoin de Sabran, mandé expressément par messire de Sonnac à Chypre pour y joindre ses frères de Famagouste et conseiller le Roi dans son entreprise. J'estime que Louis est suffisamment entouré de fidèles barons, mais il a pensé que l'expérience du Temple en Terre sainte servirait l'ost.

Robert d'Artois parlait d'un air assuré et quelque peu méprisant, une hostilité non dissimulée contre l'Ordre émaillant ses propos.

Pour le reste, il regardait à peine Guilhem et encore moins Amaury. Ce dernier était terriblement gêné au milieu de cette assemblée de seigneurs et de prud'hommes.

Artois poursuivit.

— Comme vous le savez, mon frère a décidé de suivre les conseils du temple, du sire de Sonnac et du grand maître de Chypre. Nous ferons donc voile non pas vers la Terre sainte et Jérusalem, mais vers l'Égypte et plus précisément Damiette. Plusieurs prud'hommes, dont moi, sommes contre cette idée.

— Je la trouve pour ma part raisonnable, dit Joinville en prenant la parole pour la première fois. La croisade des barons menée par Thibault de Champagne a, hélas, échoué et tous ici s'en souviennent. Tenir compte de la situation politique en Terre sainte paraît plus sage, de même que profiter des divisions des Ayyoubides pour fondre sur l'Égypte et les priver de leur capitale. L'Égypte est une terre chrétienne, elle mérite d'être libérée autant que la Terre sainte.

Robert sembla fort peu goûter cette interruption et grinça des dents.

— Vous avez bien appris votre catéchisme à ce que je vois, Joinville ! grinça-t-il.

Amaury tentait de comprendre du mieux qu'il pouvait ses considérations diplomatiques, qui ne l'éclairaient pas plus sur la raison de sa présence ici.

Ce fut le Templier qui prit ensuite la parole.

— Le sire de Joinville parle sagement. Les Ayyoubides, au premier rang desquels leur Sultan, Al Salih Ayyub, tentent d'assiéger Alep et de récupérer la Syrie dans une guerre fratricide. Leurs divisions feront notre aubaine. Le gros des troupes étant occupé au loin, nous pourrons facilement conquérir l'Égypte. Une fois coupé de leurs principales villes, ils n'auront d'autres choix que de négocier une trêve, plus longue cette fois que celle de Frédéric II et comprenant la restitution de tous les états latins et surtout, de Jérusalem.

À ces mots, les yeux de Baudoin se mirent à briller. Non de convoitise, mais d'un espoir immense.

Tous les frères de l'Ordre n'aspiraient qu'à un seul et unique rêve, reprendre Jérusalem et pouvoir à nouveau entrer dans leur temple originel, accolé au palais de Salomon.

On murmurait çà et là que les pauvres chevaliers du Christ souhaitaient plus que tout recouvrer leur maison première, sous laquelle ils auraient enfoui des trésors fabuleux et dissimulés des secrets terribles et sacrés. La protection des pèlerins avait depuis longtemps cessé d'être la priorité de l'Ordre. Certaines mauvaises langues n'hésitaient même plus à avancer que cette tâche, à l'origine de la création des *milites christi*, n'était qu'un leurre.

Artois poursuivit.

— Il n'est plus temps de parlementer sans fin, le roi de France a pris sa décision. Nous attendrons donc la fin de l'hiver pour nous lancer à la conquête de l'Égypte. Si je vous ai conviés ce soir, c'est parce qu'il m'a entretenu d'une nouvelle d'importance et m'a mandé afin de m'en occuper. Le frère de Sabran est chargé d'une mission secrète pour son Ordre.

Un silence de plomb s'abattit sur la salle.

Si le Templier fut irrité d'être exposé et mis en cause de la sorte, il n'en laissa rien paraître.

Joinville en revanche baissa légèrement la tête. Il semblait plus attristé que choqué par cette révélation, sans doute n'approuvait-il pas les méthodes d'Artois.

Amaury resta muet de surprise. Comment d'aussi nobles chevaliers, des plus hautes maisons de France et des Ordres les plus puissants, pouvaient-ils parler d'affaires secrètes en présence d'un novice ? Incapable de démêler le pourquoi du comment, il préféra continuer d'observer la scène sans rien dire.

Baudoin prit la parole et sa voix calme s'éleva dans le silence de la salle de pierre.

— Notre grand maître m'a en effet chargé d'une mission. Je dois me rendre en Terre sainte au plus vite. Je ne suis pas autorisé à en parler à quiconque.

Le visage d'Artois se crispa et il devient écarlate.

— Le roi m'a ordonné de faire lumière sur cette affaire, vous allez donc me dire immédiatement de quoi il s'agit !

Les veines de son cou fort gonflaient sous la colère et ses poings fermés menaçaient de s'abattre sur le premier venu qui le contredirait. Baudoin regarda le comte dans les yeux, impassible.

— Sire, je vous le répète, il ne m'appartient nullement de révéler, même au roi, la teneur de ma mission.

Artois éclata.

— Vous dressez-vous contre l'autorité royale ?

— Je ne dois fidélité qu'à mon Ordre.

Le Templier conservait un calme olympien devant la colère grandissante du comte d'Artois. Robert fulminait, il était plus habitué à ce qu'on lui obéisse plutôt qu'à ce qu'on lui tienne tête. Il fit mine de quitter la table quand Aimery leva la main pour demander la parole. Il s'exprima d'une voix claire et assurée.

— Messires, ne nous emportons point. Il n'est plus temps de nous quereller entre nous. Ne prenons pas exemple sur ces infidèles qui se dressent les uns contre les autres. Unissons plutôt nos forces et nos intelligences. Je crois avoir une solution satisfaisante pour tous.

À ces paroles, Artois se rassit et d'un geste de la main enjoignit le comte à développer son propos.

Joinville, qui semblait plus diplomate, approuva du chef.

— Fort bien, continua Aimery. Nous comprenons que la mission dont le frère de Sabran est investi en Terre sainte peut avoir quelques implications pour l'ost et pour l'avenir de la croisade. L'Ordre doit souffrir que Louis s'y intéresse et souhaite être informé, ne pouvant risquer un échec. D'un autre côté, nous entendons aussi que le sire de Sabran ne peut faillir à ses supérieurs en dévoilant le but de son voyage. Dans ce cas, je suggère que le royaume de France apporte son aide au sire de Sabran en lui octroyant vivres, navires, armes ou autres biens dont il aurait besoin dans la réalisation de celle-ci.

Baudoin s'inclina.

— Comte, je vous remercie et accepte volontiers l'assistance que vous me proposez, à condition que tout cela reste secret.

Aimery leva de nouveau la main devant son visage pour signifier qu'il n'en avait pas terminé.

— En échange de notre discrétion et de notre magnanimité, l'ordre et le sire de Sabran souffriront qu'un chevalier franc l'accompagne en Terre sainte tandis que l'ost demeure en hivernage à Limassol.

Cette fois, le Templier accusa le coup. Sa figure si imperturbable afficha un bref instant sa surprise. Il se reprit bien vite. Baudoin était rompu à ce type de négociations.

Ne jamais laisser voir à l'ennemi une faiblesse, c'était là le secret d'une longue vie dans ces contrées lointaines.

— Puis-je savoir quel chevalier le roi a désigné pour m'accompagner dans mon voyage, la chose semblant convenue avant même que je gagne cette table ?

Artois affichait un sourire satisfait alors qu'Aimery se levait lentement.

— Bien sûr, il est d'ailleurs présent. Je dois dire que son nom a fait l'unanimité lorsque je l'ai recommandé. Il s'agit du chevalier Amaury de Villiers.

Amaury manqua s'étouffer avec sa propre salive en entendant son nom. On l'expédiait en Terre sainte au côté d'un Templier pour représenter le roi. Et la providence voulait que ce soit justement celui qu'il avait déjà croisé par le passé.

Il se leva maladroitement. Raide comme un piquet, il s'inclina devant le comte, ne sachant s'il devait le remercier pour cette marque de confiance ou se mettre à protester pour refuser.

Il se redressa et attendit le verdict du Templier qui le détaillait de la tête aux pieds, sans émettre un seul commentaire. Lorsque leurs regards se croisèrent, il sourit mystérieusement. Avait-il reconnu dans ce jeune chevalier l'enfançon craintif de Langogne ?

Il salua et répondit enfin.

— Ainsi soit-il et que Dieu nous assiste.

*

Les trois nobles se levèrent, saluèrent l'assemblée prestement et quittèrent la salle.

Seul Joinville adressa un sourire à Amaury.
Celui-ci était abasourdi par ce qui venait de se passer. Sans comprendre pourquoi, il allait désormais devoir se rendre en Terre sainte pour assurer une mission dont il ignorait tout.
Baudoin s'approcha alors des deux chevaliers. Parent d'une grande maison provençale, il portait la croix depuis quinze ans et parcourait les états latins d'orient pour le compte de son Ordre. C'était un homme massif. Une barbe poivre et sel mangeait un visage aux yeux clairs et perçants. Il émanait de lui une force tranquille, une assurance et en même temps une bienveillance telle qu'Amaury n'en avait jamais ressenti.
Ses souvenirs de Langogne demeuraient flous, mais il avait reconnu le Templier grâce à son attitude et à sa carrure.
Il lui sourit.
— La divine fortune semble décidée à nous réunir mon jeune ami. Je n'ai pas eu l'occasion de me présenter la dernière fois, je m'en excuse. J'étais un peu pressé.
Amaury secoua la tête pour exprimer qu'il ne lui en tenait aucune rigueur.
Il reporta son regard sur Guilhem et continua.
— Si j'ai compris, vous êtes le maître d'armes de ce garçon ? Pensez-vous qu'il a les qualités requises pour m'accompagner ? La Terre sainte est loin d'être exempte de dangers.
Guilhem fixa le Templier dans les yeux. Il avait à cœur de défendre son ancien élève ;
— Amaury est bon élément. Intelligent, fin et sensible. Il a fait preuve d'assiduité dans son enseignement et ses entraînements. Le comte Aimery VII l'a lui-même adoubé, gage de sa valeur.
— Aimery l'a adoubé ? Mais n'avait-il pas déjà un parrain ?
Amaury sentit ses joues s'enflammer. Le Templier possédait une excellente mémoire, il avait retenu des choses sur lui alors qu'ils n'avaient échangé que quelques mots !
Guilhem répondit le plus simplement du monde.

— C'est vrai oui, c'était un parent de la maison de Rochechouart, mais il est mort, hélas.

— Vous m'en voyez bien désolé. Bien, puisque tu dois me suivre dans cette entreprise, Amaury, je vais te donner quelques petites indications sur notre voyage prochain. Nous joindrons Jaffa, notre forteresse en premier. Je quitterai demain Limassol pour Famagouste, je dois informer mes frères des derniers événements et recueillir leurs sentiments et conseils avant la traversée. Cela ne devrait pas me prendre plus de trois jours. Attends mon retour et prépare-toi, je ne veux pas perdre de temps. Je te demande la plus grande discrétion. Ne parle à personne de ton départ prochain. Quand je reviendrai à Limassol, je te ferai mander.

Le jeune chevalier ouvrit la bouche pour la première fois.

— Bien messire, je ferai selon vos instructions.

Baudoin sourit. Amaury se dit que chevaucher au côté d'un tel guerrier serait agréable, car il émanait de lui quelque chose de franc et de rassurant. Il apprendrait sûrement des tas de choses.

— À la bonne heure ! Je vous laisse, que Saint-Michel veille sur vous !

Il tourna les talons et les deux hommes le regardèrent quitter la salle avant de faire de même et de prendre la direction du campement.

Il faisait nuit à présent, une nuit douce et fraîche. Un petit vent venu de la mer soufflait agréablement, amenant une humidité saline dans les airs. Amaury se sentait bien. Il éprouvait une certaine fierté que ses seigneurs lui fassent confiance et ce vent semblait le pousser vers de nouvelles aventures.

Guilhem gardait la mine grave et, une fois parvenus, devant sa tente, Amaury lui demanda pourquoi il conservait un visage aussi sérieux.

Le maître d'armes le fixa étrangement et lui livra enfin ce qu'il avait sur le cœur.

— Je vois bien ton enthousiasme à l'idée de cette mission Amaury et je le comprends. C'est une chance unique pour toi de faire tes preuves. Mais quelque chose me déplait dans cette affaire. Tu as bien observé Artois, c'est un roué[25]. Lui et Aimery sont très proches.

— Je crois que c'est justement grâce à cette proximité que le comte s'est autorisé à proposer mon nom, je ne trouve pas cela étrange.

---

25 Malin, rusé, sans scrupule.

— Sans vouloir te vexer mon garçon, ne penses-tu pas qu'il y a dans l'entourage des deux comtes des chevaliers bien plus aguerris que toi, qui auraient mieux convenu pour une mission d'une telle importance ? Ce soudain intérêt ne te semble pas curieux ? Après tout, tu es un petit noble de province, comme des centaines d'autres dans l'ost…

La remarque de Guilhem piqua Amaury au vif. Il avait conscience de sa jeunesse et de son inexpérience, mais les deux seigneurs y avaient peut-être vu des atouts pour cette mission précise ?

— Je crois que tu réfléchis trop, Guilhem. Un bon chevalier doit agir quand ses suzerains lui en donnent l'ordre et leur obéir en toutes circonstances. Les deux comtes n'ont peut-être pas voulu se départir d'hommes trop précieux à la bataille. Ou bien Aimery cherche à racheter par ce geste la dette contractée par son neveu à mon égard. Dois-je te rappeler ce qu'Eudes m'a fait subir ?

Guilhem haussa les épaules, pas totalement convaincu.

— Tu parles vrai, ton suzerain doit avoir ses raisons, qu'il ne m'appartient pas de discuter. Idem pour Artois. Je ne te demanderai qu'une chose, méfie-toi, Amaury. Crois-en mon expérience, les allégeances changent rapidement au gré des intrigues des puissants… Bonsoir à toi.

Amaury regarda l'homme s'éloigner dans la nuit. Il se voûtait et il lui sembla soudain vieux. Se pouvait-il que Guilhem éprouve de la jalousie à ce qu'Amaury soit choisi pour cette mission ?

Le garçon chassa bien vite cette pensée de son esprit. Il ne pouvait pas mettre la loyauté de Guilhem en doute. Il était venu le tirer des mains d'Eudes et lui avait enseigné tant de choses.

Il s'inquiétait sûrement pour rien. Après le départ d'Hébrad, il était peut-être désolé de voir l'un de ses élèves le quitter à nouveau.

Il respira d'un grand coup l'air salé, qui lui paraissait avoir une saveur nouvelle sous la langue, un goût de promesse et de terre inconnue.

*

Commanderie de Famagouste
Chypre, janvier 1249

Baudoin écoutait Sonnac avec attention. Le grand maître avait voyagé jusqu'à Famagouste en toute discrétion, car le temple n'avait pas encore officiellement joint la croisade.

— Tu iras à Jaffa en premier.

Il parlait d'une voix ferme et pleine qui résonnait sous les voûtes de la salle où se tenait l'assemblée des frères, en présence du commandeur de la place forte de Famagouste. Tous réunis en un cercle, assis sur des escabelles ou debout, ils contemplaient les pavés noir et blanc qui recouvraient le sol.

— Là-bas, un émissaire de l'épouse du sultan, Shajar Al Durr, te contactera directement. Je ne peux le recevoir moi-même, cela éveillerait trop les soupçons des ennemis du sultan comme des nôtres. Tu prendras ensuite la route pour me joindre à Saint-Jean d'Acre. Nos frères pèsent toujours le pour et le contre de notre entrée dans cette entreprise. Nous croyons fermement que l'usage de la seule force sera inutile. Mais les circonstances actuelles, les divisions entre les Ayyoubides et la menace mamelouke nous font espérer qu'un accord reste possible entre chrétiens et musulmans. Une trêve plus importante encore que celle de Frédéric II. Nous sommes peut-être, plus que jamais auparavant, près de récupérer Jérusalem, et ce de façon durable.

Un long murmure parcourut la salle à ces mots. Les chevaliers du temple sentaient qu'ils avaient là une opportunité de réaliser leur souhait le plus cher.

Sonnac reprit.

— C'est sûrement aussi notre dernière chance. Si cette croisade échoue, nous pourrions ne jamais recouvrer nos possessions du royaume de Jérusalem. Cela signifie perdre à jamais notre maison. Et avec elle…

Il marqua une pause pour que chaque frère présent saisisse la gravité de l'instant.

— Notre raison d'exister.

Les murmures s'intensifièrent et des récriminations fusèrent. Le commandeur de Famagouste tapa trois fois dans ses mains pour ramener le calme.

— Frère Baudoin, je te dis cela pour que tu prennes conscience de l'importance de ta mission, pas seulement pour le roi de France ou les états latins d'outre-mer, mais surtout pour l'Ordre.

Baudoin inclina respectueusement la tête.

— Je tenterai tout mon possible pour m'en montrer digne.

— Quand tu me joindras à Acre, nous établirons un plan pour atteindre Louis afin de lui exposer nos arguments. Tu dois récupérer et conserver cette missive, elle seule pourra nous permettre de convaincre le roi. Mais nous devons faire vite. La lettre doit nous parvenir avant le départ de l'ost pour l'Égypte. Nous avons réussi la première étape et persuadé Louis de porter le fer au cœur des possessions Ayyoubides, contre l'avis de ses conseillers. Cela me rend confiant pour la suite. Baudoin, as-tu des questions ?

— Oui, maître. Premièrement, lequel de nos frères m'assistera pour mener à bien cette tâche difficile ?

Sonnac balaya l'interrogation d'un revers de main.

— Aucun.

Un murmure de mécontentement parcourut derechef les rangs des Templiers. Accomplir cette mission seul était impossible et totalement contraire aux règles.

Sonnac éleva la voix au-dessus des protestations.

— C'est un Teutonique[26] qui se joindra à toi.

Un silence surpris se fit immédiatement.

— Celui-ci est également investi d'une mission. Nos Ordres réfléchissent à un rapprochement potentiel depuis longtemps, sur les terres d'orient. Récupérer Jérusalem est également crucial pour eux. Comme vous le savez, nos rivalités avec les hospitaliers ne cessent d'augmenter, ils cherchent à nous nuire par tous les moyens. Une alliance avec les teutoniques renforcerait nos deux Ordres. C'est pourquoi frère Friedrich Von Honenheim, qui arrive des états centraux de Poméranie et a passé de très nombreuses années en Terre

---

26 La maison de l'hôpital des Allemands de Sainte-Marie-de-Jérusalem, plus connu sous le nom d'ordre des Chevaliers teutoniques ou de maison des chevaliers de l'hôpital de Sainte-Marie-des-Teutoniques à Jérusalem est un ordre militaire chrétien apparu au Moyen Âge, fondé à Acre par des pèlerins germaniques.

sainte, t'accompagnera. Il t'attend déjà à Limassol et te trouvera dès ton retour. C'est un proche du grand maître. Autre chose ?

— Oui. Le frère du roi, Robert d'Artois, ne semble pas nous faire confiance. C'est un homme belliqueux qui, à mon humble avis, s'opposera à toute solution diplomatique. Il m'a habilement imposé un de ses chevaliers. Un jeune homme nommé Amaury de Villiers, qui doit m'accompagner en Terre sainte. J'ai dit que je devais recevoir l'assentiment de mes pairs avant d'accepter, mais je crains que nous n'ayons pas le choix.

Sonnac regarda l'assemblée silencieuse.

— Je ne vois pas comment un jeune chevalier inexpérimenté pourrait faire échouer la mission de deux croisés aguerris. Artois doit simplement y voir une façon de nous espionner et de nous ralentir. À vous, frère, de ne pas vous laisser déborder. Je n'y vois aucun inconvénient pour ma part. Qu'en pensent nos frères ?

Personne ne semblait s'opposer à la venue d'Amaury en Terre sainte. Le commandeur de Famagouste leva une main pour prendre la parole.

— Je n'y vois pas non plus d'inconvénients. J'y vois même un atout. Si Baudoin a le temps d'instruire, ne serait-ce qu'un peu, ce garçon aux règles de notre Ordre, il pourrait se retourner contre son maître et joindre le temple. Il nous aidera donc à convaincre le roi et nous bénéficierons d'un espion proche de la maison d'Artois. Cela ferait une recrue de choix. Je sais que les Villiers possèdent de belles terres en Limousin. Cet aspect ne me semble pas devoir être négligé.

Les Templiers présents approuvèrent les paroles de leur commandeur, qui afficha un sourire satisfait.

Sonnac acquiesça également.

— Bien ! S'il n'y a plus de questions concernant la mission de frère Baudoin et son organisation, alors prions pour sa réussite !

— Amen !

Les voix des frères réunis cette nuit se répercutèrent sur les pierres et les arcs en plein cintre, au milieu des cierges qui brûlaient autour d'une immense croix de bois noir.

Non nobis, domine, non nobis, sed nomini in tuo da gloriam...

*

Trois jours plus tard, Baudoin était de retour à Limassol. Il évita soigneusement de se présenter au palais.

Par chance, la visite à Limassol de l'impératrice de Constantinople, Marie de Brienne, venue plaider la cause de son mari auprès du roi de France, accaparait toute l'attention. Personne à la cour ou parmi les barons ne remarqua son retour.

La nuit venue, il se glissa hors les murs pour aller quérir Amaury.

Celui-ci avait respecté les consignes et avait préparé son paquetage et son destrier. Il avait continué ses entraînements de façon consciencieuse, dans l'éventualité de combats prochains en terre infidèle.

Il avait conservé cette mission par-devers lui comme indiqué et ne l'avait même plus évoquée avec Guilhem.

Ils se rencontraient presque quotidiennement pour dîner sur la plage, en regardant la mer turquoise lécher les falaises claires sans jamais en parler à nouveau. Pourtant, Amaury aurait bien voulu se confier au maître d'armes sur ses doutes et ses peurs, mais leur dernière conversation et les réserves que celui-ci avait émises le dissuadaient.

C'était bien ainsi. Guilhem ne semblait pas désireux de discuter du sujet. Ils évoquaient entre eux le choix de l'Égypte, l'influence du Temple sur le roi et l'arrivée de l'impératrice qui occupait beaucoup la cour.

Ce soir-là, Amaury venait de quitter Guilhem et se dirigeait vers le camp. Dans les ombres qui tombaient sur le sentier, près de margelles d'un puits très fréquenté par les paysans la journée, il aperçut une silhouette massive et familière.

Il reconnut immédiatement le Templier. Sans ôter sa capuche, ce dernier lui fit signe d'approcher.

— Bonsoir, Amaury, je passais pour t'informer de mon retour. Je voulais te dire de te tenir prêt pour un départ prochain. De ton côté, tu n'as parlé à personne de la mission ?

Amaury acquiesça en silence.

— Bien. Le grand maître accepte que tu m'accompagnes sans difficulté. Je dois régler quelques affaires ici auparavant. Je te ferai porter un message et nous quitterons l'île immédiatement. Tiens-toi prêt.

Baudoin salua brièvement le jeune homme et s'en alla. Celui-ci le regarda s'éloigner dans la nuit, si discrètement que quelques minutes après, il se demanda s'il n'avait pas rêvé sa présence.

Il s'étira et soupira. Ces derniers jours, l'excitation du départ prochain avait remplacé l'ennui de l'attente interminable. À présent, son impatience grandissait. Malheureusement, avant de parvenir en Terre sainte, il allait devoir traverser le bras de mer entre Chypre et Jaffa. Son estomac se soulevait à cette simple idée de devoir affronter la houle. Malgré le climat doux, l'hiver s'était installé.

Il avait entendu que des vents violents avaient drossé les navires de l'impératrice sur Acre, de sorte qu'elle s'était retrouvée quasiment sans bagages une fois arrivée à Chypre. Allongé sur sa couche, il frissonna à l'idée des bateaux pris dans la tempête, secoués comme de vulgaires fétus de paille sur l'immensité bleue déchaînée. Il se tourna sur le côté pour tenter de s'endormir, mais le sommeil le fuyait. Ses pensées vagabondes le menèrent à Guilhem. Aurait-il le temps de dire au revoir au maître d'armes ? De lever ce doute désagréable qui s'était insinué en lui lors de leur dernière conversation sur ce sujet ?

Il y avait vu d'abord de la jalousie, mais Guilhem voulait peut-être seulement le protéger, comme un père le ferait avec son fils. C'était un peu exagéré, il était chevalier et il approchait de ses dix-sept ans tout de même, mais l'amitié du guerrier lui réchauffait le cœur. Il ne pouvait pas partir sans lui dire adieu. Il se retourna à nouveau, soupira, incapable de s'endormir.

L'aube le trouva enfin assoupi dans un sommeil sans rêves.

Il décida de se lever de bonne heure malgré sa nuit courte et une fois ses rapides ablutions effectuées, se dirigea vers le château dans l'espoir d'y rencontrer Guilhem et de s'expliquer avec lui.

Il patienta longuement aux abords de la forteresse et la matinée était déjà très avancée quand il y eut finalement du mouvement à la porte. Il déchanta bien vite. L'aréopage qui sortait du castel des Lusignan était composé d'une escouade de gardes chypriotes et orientaux qui devançaient des dames fort élégantes.

Amaury n'eut que le temps de se précipiter derrière une colonne pour s'y dissimuler avant de croiser les nobles femmes.

Il crut comprendre que l'impératrice de Constantinople se trouvait parmi elles, habillée d'une robe de taffetas rouge rebrodée de fourrure.

La reine Marguerite l'accompagnait, son air modeste forçant l'admiration. Derrière venaient les épouses des barons et des chevaliers et au milieu d'elles, Amaury reconnut la chevelure d'or d'Alix de Rochechouart.

Il se fit le plus petit possible. Il avait fini par oublier sa suzeraine et sa nocturne visite. Tout cela remontait maintenant à plusieurs mois et Guilhem avait beau répéter que la dame était certainement passée à autre chose, Amaury préférait rester prudent.

Il observa la troupe s'éloigner du castel et se diriger vers le port, pour y profiter de l'air frais et doux.

Une grande main s'abattit violemment sur son épaule et Amaury retint un cri en se retournant vivement. Guilhem se tenait derrière lui, un sourire moqueur sur le visage.

— Alors Amaury, tu espionnes les dames ? Tu as de la chance que ce soit moi qui te tombe dessus, si c'était l'un des barons, tu aurais passé un bien mauvais moment.

Amaury rougit jusqu'aux oreilles.

— Je n'espionnais pas, Guilhem ! s'exclama-t-il. Je me suis caché pour ne pas croiser Dame Alix, elle accompagnait la reine et l'impératrice.

Guilhem reprit d'un ton moqueur.

— Eh bien, si tu te dissimules à la vue des dames, que vas-tu faire face aux mamelouks qui fondront sur toi l'arme au poing ?

Le chevalier haussa les épaules.

— Les mamelouks me font bien moins peur que les dames de la cour, je l'avoue sans peine. Mais brisons-la[27], je te cherchais, Guilhem. Le Templier est revenu.

— Ah oui ? Il fait preuve d'une grande discrétion, je n'en ai pas entendu parler et j'ai pourtant des yeux partout. Tu voulais donc me voir, je ne saisis pas bien pourquoi, nous dînons ensemble presque tous les soirs !

— Guilhem… soupira Amaury, je ne sais quand je vais partir et je souhaitais absolument te saluer avant et surtout te remercier.

Le maître d'armes lui adressa un sourire franc et posa sa main sur le bras du jeune homme.

— Ce n'est pas la peine de me dire merci, Amaury. Ça a été un plaisir de voyager à tes côtés et de t'enseigner, tu as toujours été

---

27 Cessons ce discours, cette dispute.

appliqué et dévoué, je n'ai pas de doute sur le fait que tu réussiras dans ta mission.

— Mais l'autre soir... tu n'avais pas l'air persuadé de mon futur succès.

Le visage du guerrier redevint grave.

— Amaury, tu es encore si jeune, même si tu es un homme à présent. Je persiste à penser que l'on t'a nommé pour une raison peu claire. Tout ce que je te demande, c'est de rester sur tes gardes. Ne va pas te fourrer dans quelques guet-apens. Fais ce qu'on te dit et reviens vite me voir !

Amaury acquiesça et baissa la tête humblement.

— Merci, Guilhem, je te promets d'observer la plus grande prudence. Nous nous retrouverons certainement en Égypte et nous nous battrons enfin côte à côte.

Guilhem approuva puis donna une accolade chaleureuse au jeune homme :

— Alors, adieu, Amaury, va et fais-nous honneur.

C'était la seconde fois qu'on demandait à Amaury de faire honneur à sa famille, à son nom ou à l'ost. C'était son père qui avait prononcé ces mots en premier, au pied du castel de son enfance. Tout cela semblait si loin. Il tenta de se souvenir des paroles d'Arnaud, mais sa mémoire commençait déjà à lui faire défaut. Quand il pensait à lui, le visage de son bien aimé frère lui apparaissait comme flou. Il s'admonesta intérieurement, il aurait dû lui écrire plus souvent dans ces moments d'oisiveté.

Maintenant qu'il devait à nouveau prendre la mer, il se demanda s'il reverrait un jour le castel de son enfance.

*

Une journée entière s'écoula avant qu'un garçon chypriote, nu-pied et morveux, vînt à sa rencontre. Amaury brossait son cheval dans les écuries et l'enfançon le surprit.

Sans un mot, celui-ci lui remit une tablette de cire, puis s'enfuit à toute jambe vers les champs, bousculant les chèvres et soulevant un nuage de poussière.

Amaury contempla la planchette. Elle était composée de deux battants de bois et fermée par un lien de cuir. Un cachet de cire intact, sur lequel apparaissait le verso du sceau du Temple, les deux chevaliers sur un même destrier, en ornait le devant. C'était habile, il suffisait de faire fondre la cire pour la réutiliser ou effacer le message si l'on ne voulait pas qu'il tombe entre de mauvaises mains.

Cela venait de Baudoin. Le croisé lui demandait de le joindre, dès que le soleil serait couché, non au port de Limassol, mais sur une petite plage située au sud-est de la ville.

Amaury tourna en rond toute la journée n'attendant qu'une chose, prendre la route. Il se sentait terriblement excité, même si la peur des flots le tenait toujours. Par chance, le vent s'était un peu calmé, lui faisant espérer une traversée tranquille. Il avait beaucoup prié pour cela et s'était surtout mis à jeûner en escomptant que son estomac vide le laisserait en paix.

Lorsque l'astre du jour jeta ses derniers feux derrière la mer et qu'un croissant de lune claire se leva dans le ciel, il sortit discrètement du camp. Une fois sur le chemin, il monta en selle et se dirigea au petit trot vers la plage indiquée par Baudoin. Il mit environ trente minutes à rejoindre l'endroit.

Une sente escarpée descendait vers une crique assez large, en contrebas de falaises blanches. D'immenses rochers qui s'étaient détachés de ces falaises dans des temps immémoriaux affleuraient. Ils encadraient le rivage, protégeant la grève des vents violents et la dissimulant aux regards. Dans l'obscurité, on eût dit des monstres marins assoupis. Le jeune homme apprécia la solitude du lieu et la sagacité de Baudoin. Il n'y avait pas plus discret pour prendre la mer sans se faire repérer.

Amaury plissa les yeux. Il vit, amarré à quelques encablures de l'étendue sableuse, à proximité de ces étranges rochers, une embarcation qui lui parut bien petite. Sur la plage même, une large barque de bois l'attendait. Il distinguait des silhouettes s'agiter autour de celle-ci. Il conduisit prudemment son cheval sur l'étroit chemin et parvint sur la plage. Il descendit de son destrier et poursuivit sur la grève humide.

Il sentait déjà son estomac se soulever au bruit du ressac et une sueur âcre commença à perler sur son front. Les douloureux souvenirs de la traversée depuis la France lui revinrent. Il se reprit en se disant que ce serait bien moins long cette fois-ci. Tout au plus quelques jours de torture.

Il repéra rapidement la haute silhouette de Baudoin qui se découpait dans la nuit, son tabard blanc à croix rouge reflétant la lueur argentée de la lune.

À ses côtés se tenait une ombre imposante et trapue. Elle était tellement sombre qu'Amaury ne vit d'abord rien qu'une masse se mouvant comme si elle était façonnée d'un seul bloc.

Au fur et à mesure qu'il avançait, il s'aperçut qu'il s'agissait d'un autre chevalier. Légèrement plus petit que Baudoin, sa carrure était impressionnante. Il semblait lui aussi porter un vêtement blanc et le jeune homme en déduisit que cela devait être un second membre de l'Ordre. Il se souvint que les Templiers n'allaient jamais seul.

Amaury s'approchait lentement, ses pieds s'enfonçant dans le sable humide. Le croisé inconnu fut le premier à le voir. Il tapota l'épaule de Baudoin, qui se retourna. Le Templier lui sourit sous la lune et lui donna une accolade.

— Tu es venu, mon jeune ami ! Parfait ! Laisse-moi te présenter le frère qui nous accompagnera. Friedrich Von Honenheim, je te présente Amaury de Villiers, chevalier de France et vassal du comte d'Artois.

L'homme imposant s'avança vers Amaury. Il lui saisit l'avant-bras et le serra fortement. Il avait une poigne d'acier et Amaury grimaça en lui rendant son salut appuyé. Il s'exprimait avec une voix rauque et un accent guttural venu du nord.

— Bienvenue, Amaury.

Le garçon nota alors que le tabard du croisé comportait une croix pattée différente, de couleur sombre. Baudoin vit son regard et sourit.

— Friedrich est un frère de l'Ordre Teutonique, il arrive de Poméranie. Nos grands maîtres respectifs ont pensé qu'unir nos forces pour ce qui nous attend serait judicieux. Les chevaliers Teutoniques poursuivent aussi leurs propres objectifs, mais cela ne nous empêche pas de nous entraider.

Friedrich approuva en opinant lentement de la tête. Ses traits simples étaient marqués de profondes rides qui traçaient leurs sillons sur son front et au coin de ses yeux. Sa chevelure était légèrement plus foncée que celle d'Amaury et retombait en une longue tresse dans son dos. On n'y apercevait aucun cheveu blanc. Amaury n'arrivait pas à donner un âge au germain. Il voyait bien que le guerrier corpulent devait être depuis des années au service de son Ordre dans ces terres si éloignées des siennes. Il ne parvenait pas à deviner depuis combien de temps il avait quitté les plaines de Poméranie pour le désert oriental.

Amaury se dit qu'ils formaient un bien étrange trio. Baudoin avait insisté sur les divergences entre Templiers et Teutoniques, comme pour anticiper de futurs désaccords. Lui-même était présenté en tant qu'homme du comte d'Artois, mais ignorait pourquoi on l'avait désigné pour les accompagner. Il espérait simplement que leurs différences ne se ressentiraient pas au fil du voyage et que les deux croisés se comporteraient en aussi bons camarades que Guilhem ou Hébrard.

Baudoin s'adressa au batelier et le cheval d'Amaury prit la mer en premier vers la galée amarrée à quelques encablures. En voyant son destrier voguer sur les flots, Amaury eut un premier vertige.

Il se raccrocha au bras de Baudoin qui lui lança un regard interrogatif.

— Je suis désolé… Je ne supporte pas les traversées, expliqua-t-il tout penaud. Dès que je pose le pied sur la moindre barcasse, la tête me tourne et je me retrouve bientôt à vider le contenu de mon estomac dans l'océan.

Baudoin lui adressa un sourire contrit, mais la révélation de cette faiblesse fit hurler de rire Friedrich. Amaury fut vexé par cette attitude, mais ne pipa mot.

Baudoin tapota le dos de son compagnon pour lui signifier de contrôler son hilarité et parla à Amaury.

— C'est dommage pour toi que tu subisses cet inconfort, malheureusement nous ne pouvons pas faire autrement, aussi prends toutes les dispositions que tu pourras pour te sentir le moins mal possible. Je sais que tu n'es pas le seul à souffrir de cet étrange trouble. Rassure-toi, la traversée pour Jaffa sera beaucoup moins longue que celle qui t'a menée jusqu'ici.

Amaury le remercia. Friedrich avait fini de rire et essuyait quelques larmes aux coins de ses yeux. Il le regarda avec un petit sourire et lui envoya une grande tape dans le dos qui faillit le faire trébucher la tête la première dans le sable.

— Ce n'est pas grave, jeune franc ! Lui dit-il avec son accent qui roulait comme le tonnerre. Lorsque tu seras allé sur les eaux aussi longtemps que Baudoin et moi, tu n'éprouveras plus rien. Tu es encore trop tendre, un vrai damoiseau !

Amaury se sentit à nouveau piqué. On désignait par le surnom de « damoiseau » les novices qui mettaient pour la première fois les pieds en Terre sainte, leur peau rose et leurs armes brillantes indiquant qu'ils n'avaient jamais vu ni désert ni combats.

Il n'eut pas le temps de ruminer, Friedrich lui asséna une seconde claque qui le fit basculer vers la barque.

Une fois les trois compagnons à bord, elle se dirigea vers leur bateau à la vitesse de ses rames sur les eaux mouvantes.

La galée, bien que petite, paraissait très robuste. C'était l'un de ces navires de commerce qui sillonnaient la Méditerranée depuis l'antiquité même. Gréée de voiles latines, elle avançait rapidement et sûrement sur la mer intérieure, transportant aussi bien des épices, soieries et vins capiteux en provenance de Gênes, Venise, Marseille que des chevaliers en mission secrète.

Amaury monta à bord de la galée par une échelle de corde. La mer était calme sous les reflets argentés de la lune. Il respira doucement, tentant de ne pas se laisser envahir par l'angoisse de ne plus sentir la terre sous ses pieds.

À l'amarre, le bateau bougeait peu, mais cela ne l'empêchait pas de commencer à ressentir les premiers effets de son mal de mer. Il sut que cette traversée ne lui procurerait aucun repos.

Il s'assit immédiatement à l'écart sur un banc de nage, cédant le soin à ses deux compagnons de régler les derniers détails.

Une fois le navire prêt, ils firent voile vers le plein sud, longeant les côtes escarpées de l'île. Les falaises blanches creusées de grottes millénaires descendaient dans la mer, dessinant un décor irréel dans la nuit opaline.

Au point du jour, ils dépassèrent un grand promontoire rocheux où Chypre s'abîmait dans la Méditerranée.

Le capitaine le nomma le « cap du faucon » et les avertit qu'ils entraient en pleine mer. Ils virent les rivages de l'île s'éloigner petit à petit dans l'aurore rose.

L'estomac d'Amaury le taquinait furieusement depuis la veille, mais il avait réussi jusqu'à présent à se contenir. Une sueur glacée coulait le long de son échine et il prenait garde de se tenir éloigné de Friedrich. L'une des passions du Teutonique était de mastiquer quelque chose de comestible en permanence.

Quand le soleil d'hiver se leva tout à fait, un vent de nordet souffla dans les voiles et le bateau prit de l'allure.

Baudoin vint s'asseoir un moment auprès d'Amaury pour lui tenir compagnie et lui porter de l'eau. Celui-ci le remercia d'un sourire contrit.

— N'aie crainte, ami, nous ne devrions pas mettre plus de trois jours à atteindre notre bonne ville de Jaffa. Les prochains rivages que tu contempleras seront les rivages de Terre sainte !

Amaury buvait à petites gorgées, tentant d'imaginer cette terre sacrée. Il se remémora ses passages préférés de la Bible, quand il la lisait avec Arnaud. La venue au monde à Bethléem, dans cette étable si modeste, le baptême dans le Jourdain, les noces de Cana et les prêches miraculeux sur le lac de Tibériade. Il croyait que la Palestine était bénie, nourrie des bienfaits du seigneur.

— Comment est-ce, sire Baudoin ? La terre de notre seigneur Jésus ?

— Tu peux m'appeler Baudoin, je ne suis qu'un humble pécheur parmi les pécheurs. La Terre sainte est magnifique, mon garçon et tous les lieux t'y parleront de Dieu. Mais les luttes fratricides entre barons orientaux, croisés et sarrasins la minent de toute part. Les combats, hélas, s'y produisent bien trop souvent. Je me suis parfois demandé si Dieu, dans son éternelle sagesse, n'aurait pas pu faire de cet endroit un sanctuaire pour tous, sans distinction de religion ou d'origine.

— Il a sans doute ses raisons... intervint Friedrich doctement.

— Mais les infidèles nous ont volé la Terre sainte ! Ils ont repris Jérusalem honteusement ! s'insurgea Amaury.

Le Templier soupira.

— Tout n'est pas si simple, mon garçon. Jérusalem aussi est sacrée pour les musulmans, une ville importante pour leur prophète. Ne t'es-tu jamais posé la question ? Peut-être n'avons-nous pas su garder Jérusalem ? Méritons-nous de la récupérer ? Et que dire des Hébreux qui étaient maîtres de cette terre depuis des temps immémoriaux, comme la bible nous l'enseigne ? Nous qui avons notre maison et notre origine dans le sein même du palais du roi Salomon, nous connaissons tout cela.

Amaury l'écoutait attentivement, mais avait du mal à comprendre où le Templier voulait en venir. Les infidèles n'étaient-ils pas les ennemis ? Que lui importait qu'ils aient leur lieu sacré à Jérusalem ? La seule vraie religion était celle de Christ et du pape et ils devaient la défendre.

Baudoin remarqua la perplexité se peindre sur les traits d'Amaury. Il continua.

— Tu es si jeune… Tu apprendras bien des choses, mais en premier écoute bien cela : rien n'est jamais entièrement noir ou blanc. Regarde, pas même nos tabards ! Et si tu étais apprenti, tu saurais que pareillement, le pavé de nos temples est noir et blanc. Jésus était juif, mon jeune ami. N'oublie jamais cela avant de maltraiter l'un d'entre eux.

Amaury protesta :

— Mais les juifs ont tué le christ !

— Je vois que les exhortations imbéciles d'Innocent III [28] parviennent jusqu'au fin fond du Limousin pour s'insinuer dans les têtes naïves ! C'est grande pitié. Oui, je pourrais t'apprendre d'autres choses encore sur la véritable nature de Jésus, sur sa famille, sur la Terre sainte et ses secrets…

Friedrich, voyant que la conversation s'enflammait, s'était rapproché d'eux

— Baudoin ! Sa voix rauque claqua dans le vent. Ce jeune homme n'est pas un initié et il appartient au roi. Je ne crois pas qu'il soit judicieux de l'enseigner sur ce genre d'affaires aujourd'hui.

— Tu dis vrai, frère, je me suis laissé emporter. Pardonne-moi.

Il se leva

---

[28] Dès 1199, le pape Innocent III a développé la lutte contre les hérésies, qu'il s'agisse des cathares, des bogomiles ou même des juifs, qu'il assimile à des « aberrations de la foi ». Plusieurs de ces textes viseront à circonscrire fortement les droits des juifs et à les considérer comme « soumis » aux chrétiens.

—Quant à toi, Amaury, tu pourras constater les choses par toi-même. La Terre sainte n'est pas une terre promise, loin de là. Nous en reparlerons.

Amaury protesta.

— Vous m'en avez trop dit ou pas assez frère Baudoin ! Que suis-je censé penser à présent ?

— S'il plaît à Dieu, la connaissance viendra à toi et le chemin que tu prendras te donnera ce dont tu as besoin. Friedrich a raison, ce n'est pas à moi de te dévoiler tout cela. Chaque chose en son temps et pour le moment je vais aller me reposer !

Il quitta le jeune homme, plongé dans des abîmes de perplexité. Amaury se remémora leur conversation nébuleuse à Langogne, dans cette chapelle grise et froide. Le Templier semblait avoir un don pour éveiller sa curiosité, puis le laisser seul à la merci de ses doutes.

La discussion avait frustré Amaury, il se sentait agacé. Il en avait oublié ses bonnes résolutions intérieures de méditation, son mal de mer lui revint en force. Il s'accouda au bastingage, très pâle, la tête penchée sur les flots et resta là, comme s'il attendait quelques châtiments divins.

En réponse à ses prières, vers le milieu de l'après-midi, le ciel s'obscurcit. Le vent forcit, obligeant les marins à réduire la voilure. La galée tanguait de plus en plus sous l'effet de la houle et de grosses gouttes ne tardèrent pas à venir s'écraser sur le bois du pont.

La pluie se mit à tomber dru et Amaury se réfugia sous le banc de nage. Son mal de mer empirait avec le mouvement du bateau, à tel point qu'il se mit à réciter une prière pour le salut de son âme, persuadé qu'il ne passerait pas la nuit. Il pensa à Jonas avalé par le Léviathan au large de Jaffa et se dit qu'il allait peut-être subir le même sort.

Il préférait en cet instant mourir plutôt que de continuer à sentir son corps ballotter de la sorte. Il avait l'impression que son cœur allait lui sortir par la gorge à tout moment et roula sur le côté. Il vomit de la bile, aussitôt balayée par la pluie qui avait redoublé.

Les vagues devinrent plus violentes et Baudoin se porta auprès de lui pour l'attirer vers la cale. Il refusa avec les dernières forces qui lui restaient, expliquant qu'il ne pouvait supporter quelque chose au-dessus de lui, hormis Dieu qui déciderait de son sort.

Le Templier comprit et enroula une corde autour des hanches du garçon, tout en l'arrimant fortement au banc de nage pour qu'il ne passât pas par-dessus bord.

Les marins luttèrent toute la nuit contre les éléments et fort heureusement, au matin, la houle retomba quelque peu. Une ondée fine et froide, qui transperçait les os, mouillait à présent les hommes et les bêtes.

Affaibli et trempé, Amaury claquait des dents à se les briser, incapable de se traîner jusqu'à la cale pour profiter d'un peu de chaleur auprès de ses compagnons. Ce fut Friedrich qui s'approcha de lui pour le délier et le recouvrir avec un grand mantel épais. Il lui portait aussi un peu de soupe.

Amaury le remercia comme il put. Il demeura prostré, les mains en coupe sur le bol fumant pour les réchauffer. Enfin, il se décida à boire le liquide à petits coups. Il se sentit un peu mieux.

Le temps resta couvert jusqu'au mitan du troisième jour où le ciel s'entrouvrit. Ils arrivèrent en vue des rivages de Terre sainte en fin d'après-midi et l'on choisit d'attendre le matin pour accoster.

Amaury se leva péniblement pour apercevoir, sous les lambeaux de brumes, les premiers contours d'outre-mer.

Une ligne floue se détachait sur l'horizon brouillé où il distingua des collines verdoyantes. Il sentit sur son visage la douceur du vent qui soufflait depuis le continent et cela le raséréna. Bientôt, il poserait enfin un pied sur la terre ferme et quelle terre ! Celle qui avait vu naître le Christ.

CHAPITRE II
Jaffa, 18 janvier 1249

Dès l'arrivée sur les quais, la ville grouillait de monde. Jaffa, point d'entrée le plus important de Palestine, vivait d'une intense activité. Elle servait de port de ravitaillement pour Jérusalem avant que les sarrasins n'aient repris la cité.

Amaury rendit grâce à Dieu en posant un pied sur le sol dur. Son calvaire terminé, il se sentit grandement soulagé. Il espérait ne pas avoir à remonter dans une embarcation dans l'immédiat.

Il observait tout autour de lui avec une joie non dissimulée. La ville se situait sur une pointe qui avançait dans la mer, protégée par de longs remparts édifiés avec l'aide de Frédéric II. Les incursions répétées des mamelouks et des Turcs rendaient ses défenses nécessaires. Un château pourvu d'un donjon carré la surplombait. Amaury songea que du haut de cette tour, la vue devait être époustouflante.

Il savait que les comtes de Jaffa s'étaient rapprochés de la royauté chypriote après la perte de Jérusalem. La cité constituait une place forte stratégique, sur la route de l'Égypte Ayyoubide.

La cité appartenait à Jean d'Ibelin, fils du Bailli de Jérusalem et de Chypre, un des plus puissants barons d'outre-mer. Elle était rapidement devenue, suivant la chute d'Ascalon deux ans auparavant, un symbole de la présence franque en Terre sainte.

Les trois hommes attendirent le déchargement de leurs affaires et de leurs chevaux. Ils patientaient en plein soleil et la chaleur commençait à se faire sentir. Enfin, ils s'enfoncèrent dans les rues de la ville, tenant leurs montures par la bride. Étroites, elles serpentaient en pente douce vers de grands bâtiments de pierres à deux ou trois étages, contenant les entrepôts des divers marchands pisans, génois et vénitiens. Ils abritaient quantité de denrées provenant des quatre coins du monde. Un va-et-vient quasi incessant de mulets et d'ânes, chargés de lourds paniers tressés, descendait les ruelles pavées vers le port, assurant l'approvisionnement des navires de commerce.

La mer se couvrait de voiles blanches et de petites barques de pêcheurs, qui s'égrainaient le long du littoral comme des perles au cou d'une belle femme.

Amaury ouvrait grand les yeux. Il voulait graver dans son esprit son premier contact avec le pays de Jésus-Christ. Les odeurs, les couleurs, tout paraissait si différent de ce qu'il connaissait. Des plantes parsemées de fleurs vives émaillaient les seuils des portes, décorant les encorbellements et les arches des galeries fermées qui enjambaient les ruelles. Çà et là, il apercevait des palmiers et des orangers ployant sous les fruits dorés, qui poussaient entre les dalles.

Même les vêtements étaient nouveaux. C'était la première fois qu'il voyait des gens vêtus de burnous à la mode des musulmans, dont certains paraissaient parfaitement chrétiens. Il se rappela Guilhem qui avait critiqué sa large tunique blanche, à Chypre. Il sourit en se demandant ce qu'il penserait de ces habits-là.

Le jeune chevalier avançait dans la ville, ses yeux avides se posant sur le moindre détail, sans s'enquérir un seul instant d'où les deux hommes le menaient. Ils parvinrent enfin devant une grande maison pourvue d'une porte massive, décorée de clous de bronze.

Baudoin frappa le bois à l'aide d'un heurtoir de métal épais, figurant une patte de lion.

Un vieil homme, plus ridé qu'une pomme trop mûre, ouvrit une minuscule fenestrelle grillagée, placée au-dessus de l'huis et permettant de regarder la rue. Il observa les nouveaux venus et Baudoin salua, une main sur son cœur. Le vieux ferma brusquement le volet et la porte ne tarda pas à se déverrouiller en grinçant.

L'entrée était assez large pour que deux hommes puissent passer de front avec leurs bêtes. Amaury pénétra dans une vaste cour carrée, entourée de galeries hautes et basses ornées de colonnades.

— Nous allons loger dans ce fondouk[29] pour la durée de notre séjour à Jaffa, expliqua Baudoin.

Amaury le regarda d'un air confus. Baudoin poursuivit.

— Nous ne possédons pas de maisons ici à Jaffa, c'est pourquoi nous demeurons parfois en ces lieux. Tu verras, il y en a beaucoup en Terre sainte, comme les auberges en France. En bas se trouvent des entrepôts pour les caravanes et des étables et en haut, ce sont des chambres.

Amaury acquiesça. Il n'avait pas le choix et devait se fier aux connaissances de ses compagnons. Ils confièrent leurs chevaux à deux jeunes garçons qui les débarrassèrent de leurs bagages et entraînèrent les montures vers l'écurie, où on leur donnerait eau fraîche et foin.

Comme à son habitude, Amaury éprouva un pincement au cœur en voyant son destrier, son seul lien avec ses terres d'origine, disparaître dans l'ombre aux mains d'un étranger.

Il se retourna et suivit Baudoin et Friedrich qui avançaient dans la cour. Celle-ci était ombragée et plusieurs tablées étaient installées sur son pourtour. Des hommes y buvaient et y mangeaient des fruits oblongs et marron qu'Amaury ne connaissait pas, devisant dans des langues qu'il ne comprenait pas. Il saisit au hasard quelques mots de francs et cela le tranquillisa. Le vieil homme les emmena à l'étage dans une pièce fraîche garnie de paillasses et de voiles pour les séparer.

Les chevaliers s'installèrent confortablement. Des brocs et des serviettes de lin blanc leur permirent de se laver succinctement.

Le soir, les hôtes du caravansérail et les voyageurs se retrouvaient dans la grande cour pour profiter du repas autour de foyers où dansaient allégrement des flammes.

La rumeur de la ville leur parvenait à peine à travers les épais murs de l'auberge fortifiée.

Les chevaliers mangèrent tranquillement. Enfin, alors qu'ils en avaient terminé, Amaury osa briser le silence.

— Que venons-nous faire à Jaffa ?

Friedrich haussa l'un de ses sourcils touffus et regarda Baudoin avec étonnement. Le Templier se racla la gorge avant de répondre.

---

29 Hostellerie ou entrepôt pour les marchands que l'on ne trouve qu'au Moyen-Orient et au Maghreb.

— Jaffa est la première étape de notre voyage. Nous nous rendrons ensuite à Saint-Jean d'Acre pour voir nos grands maîtres respectifs. Ici, nous attendons que quelqu'un nous contacte.

— Qui attendons-nous ? Un autre de vos frères ?

Baudoin le regarda, mais resta muet. Amaury détestait cette façon que les deux croisés avaient de le tenir à l'écart de leur réel dessein. Comme s'ils le pensaient trop jeune pour comprendre. Il fulmina.

— Quoi encore ? Je ne suis pas membre de vos ordres, c'est cela ? Mais que vous le vouliez ou non, il faudra bien m'informer de ce que nous devons accomplir si je dois vous suivre. Vous ne me faites peut-être pas confiance, mais moi non plus ! Si nous devons voyager ensemble, nous devrions peut-être mettre certaines choses de côté et commencer à nous parler.

Friedrich esquissa un sourire et Baudoin soupira.

— Tu te trompes, mon jeune ami, si je ne te réponds pas, c'est que je n'ai pas la réponse. Nous savons juste que nous devons attendre que l'on nous contacte. Mais nous ne savons ni qui ni quand ni comment pour l'instant. C'est pour cela que nous résidons au fondouk. Un voyageur ou un émissaire nous y trouvera facilement.

Amaury regretta son emportement et rougit. Il reporta son attention sur le feu.

— Avez-vous vu Jérusalem ?

Les deux croisés s'abîmèrent dans la contemplation des flammes un long moment, comme s'ils tentaient d'invoquer, par leur lumière dansante, les souvenirs de la cité de Dieu.

Ce fut Baudoin qui répondit.

— Oui, nous connaissons bien Jérusalem. Je m'y suis rendu à de très nombreuses reprises avant qu'elle ne tombe aux mains des Égyptiens. J'y ai souvent accompagné des paumiers depuis Jaffa, les deux sont proches, mais le chemin entre ici et la ville sainte cache de multiples périls. Les mamelouks attaquent les caravanes et pèlerins chrétiens.

— La route est en effet dangereuse, confirma Friedrich. Le désert comporte beaucoup de défilés étroits, mais les caravaniers préfèrent suivre le cours des rivières et pénètrent dans les marais pour se protéger de la chaleur. En terrain découvert, c'est facile de les agresser. Grâce au Temple, beaucoup ont survécu et pu rallier les lieux saints.

Amaury acquiesça. C'était le premier rôle de l'Ordre du Temple, sauver les pèlerins.

— Cela a dû être douloureux pour vous de perdre Jérusalem à nouveau. Et les barons, qu'en disent-ils ? Jaffa semble prospère, Jean d'Ibelin pourrait sans nul doute lever une armée. Jointe aux forces du temple, à celles de la principauté d'Antioche et du comté d'Édesse, ils obtiendraient assez d'hommes pour reprendre la ville sainte. Pourquoi attendent-ils après le roi Louis pour agir ?

Les deux chevaliers restèrent silencieux, se frottant les mains au-dessus du feu. Baudoin prit finalement la parole.

— Les états latins sont divisés. Les barons préfèrent assurer leur propre prospérité et délaissent la défense des lieux saints et du peuple chrétien. Leur avidité et leur cupidité ont déjà conduit à perdre Jérusalem. La Palestine est prise en tenaille entre les divers sultanats sarrasins, la Syrie, l'Égypte… La dernière déconfiture face aux barbares khwarizmiens le démontre, personne ici n'est en mesure d'affronter réellement les Turcs. Sans coalition, ce n'est pas possible.

— Mais n'y a-t-il pas d'autres alliés à chercher, plus proches ? Et Constantinople ? J'ai vu l'impératrice à Chypre. Le basileus n'est-il pas puissant ?

— L'impératrice est venue plaider la cause de son époux auprès du roi de France. Constantinople court un grand danger, assaillie de toute part par de redoutables ennemis. L'empire manque aussi cruellement d'argent, et la croisade coûte cher.

— Et le Temple ?

— Le Temple a ses propres desseins, c'est tout ce que je peux dire. En toute honnêteté, je doute du succès de cette croisade.

Amaury resta bouche bée devant cette affirmation. Il avait vu l'ost réuni à Aigues-Mortes, les centaines de navires qui couvraient tellement la mer qu'on n'apercevait même plus les flots. On attendait encore le comte de Poitiers et ses hommes et d'autres barons orientaux qui viendraient grossir les rangs. L'image de Louis, son rayonnement tranquille, sa noblesse, lui apparut à travers le feu. Le Roi ne pouvait pas perdre ! Il ricana.

— Les frères du temple manquent-ils tous autant de foi que vous, Baudoin ? J'ai vu le roi, j'ai vu les comtes et les membres de son conseil, ce sont tous des prud'hommes, des personnes sages et accomplies. Ils sauront prendre les bonnes décisions et vaincre.

Baudoin haussa les épaules et Friedrich sembla s'abîmer dans la contemplation de ses pieds.

— Ta foi et ta fidélité de jeune chevalier vont à ton roi, c'est bien normal. Mais réfléchis déjà à ceci : qui a convaincu Louis de se rendre en Égypte et non directement ici, en Terre sainte ?

Baudouin lui avait cloué le bec, Amaury demeura silencieux.

— Seul l'avenir nous dira ce qui sera, continua le Templier en croquant dans une datte. En attendant, nous allons prendre du repos. Demain, nous visiterons la ville.

— Combien de temps devrons-nous patienter pour voir votre mystérieux émissaire ?

Friedrich se leva et s'étira longuement en faisant craquer ses os.

— Dieu le sait ! Bonne nuit, ami.

*

Jaffa, sur la mer alanguie, était une ville agréable, où la vie s'écoulait lentement au rythme des vents venus du désert. L'après-midi, l'immobilité gagnait tout ou presque. La cité s'animait à nouveau le soir, près du port et des plages blanches.

Les chevaliers parcouraient la cité, se promenant sur les quais, arpentant les ruelles serrées. Ils avaient enfilé les longues tuniques de tissu que presque tout le monde portait ici, à l'exception des Bédouins, reconnaissables à leurs vêtements sombres, ne laissant entrevoir que leurs yeux ourlés de khôl noir.

Les trois compagnons gardaient tout de même leurs armes et leurs broignes sous cet accoutrement.

Un jour, ils montèrent sur les remparts et les deux frères montrèrent au jeune homme la ligne de crêtes bleues et poudrées dans la lumière du matin, qui courait vers Jérusalem, vers le sud-est. Amaury en fut grandement ému. Il aurait tant voulu se rendre dans la ville sainte et contempler le tombeau de Jésus, le temple de Salomon, la fontaine de Siloé et enfin, le Golgotha.

Tous ces lieux que le Christ avait foulé de ses propres pieds. Tout se trouvait à portée de main et demeurait pourtant inatteignable.

Il sentit puissamment en son cœur l'aura sacrée de cette terre et prononça pour lui-même le vœu de lutter contre les infidèles qui la meurtrissaient.

Les deux hommes à ses côtés ne disaient rien, contemplant l'horizon sans broncher. Amaury se demanda ce qu'ils pouvaient éprouver. Il aurait été surpris d'apprendre qu'ils ressentaient surtout un immense sentiment de gâchis et de nostalgie. Ils pensaient à leurs maisons, livrées aux mains des musulmans, envahies et démembrées. À leurs frères morts. À l'avenir de leurs Ordres, qui n'était désormais plus lié au destin de cette terre sur laquelle ils étaient nés.

Un soir qu'ils étaient à nouveau réunis auprès d'un feu dans la cour du fondouk, buvant une bière amère locale pour lutter contre la chaleur écrasante, le vieil homme qui gardait la porte s'approcha.

— On m'a dit qu'un homme vous cherchait ce matin, au marché.

Baudoin releva la tête.

— Un homme ? A-t-il dit qui il était ?

— C'est un Sarrasin, je n'en sais pas plus. Il voulait voir un Templier arrivé en ville depuis une dizaine de jours, accompagné d'un Teutonique. C'est donc bien vous qu'il cherchait.

Friedrich croisa les bras sur sa poitrine.

— Alors il doit savoir maintenant que nous sommes au fondouk et il parviendra bien à nous trouver.

Il n'avait pas fini sa phrase que des coups furent frappés sur la lourde porte d'entrée. Ils se regardèrent tous les quatre d'un air entendu et le vieux clopina jusqu'à son poste pour lorgner par la fenêtre grillagée.

Elle tourna sur ses gonds et un homme de haute taille, vêtu d'un long burnous coloré, pénétra dans l'enceinte. Il confia son magnifique destrier à la robe brûlée aux palefreniers et après un court instant d'observation, se dirigea droit vers les trois chevaliers.

Il tapa dans ses mains pour qu'on lui apporte un tabouret et s'assit face à eux. On lui procura aussi immédiatement un verre d'eau fraîche et un plateau de fruits sucrés.

Les trois hommes le contemplaient sans broncher, les flammes rougeoyant sur leurs visages de marbre.

Le sarrasin, la peau tannée par le soleil du désert, les dévisagea un moment, tout en buvant à petits traits. Ses yeux foncés détaillaient les Occidentaux un par un, comme s'il sondait leurs âmes. Il parut satisfait de ce qu'il voyait et prit enfin la parole. Il s'adressa directement au Templier.

— *Salam alleykum.* Es-tu Baudoin de Sabran, émissaire de Guillaume de Sonnac, grand maître de l'Ordre du Temple ?

— *Alleykum salam.* Cela dépend qui le demande, répondit Baudoin sans se départir de son air indifférent.

— Je me nomme Kamal, mais cela n'a que peu d'importance. Je n'existe que pour servir Shajar al Durr, que Dieu très haut perpétue sa félicité, épouse du sultan As Salih Ayyub, vertu du monde et de la religion. Disons que je suis son émissaire auprès de vous.

Si Baudoin et Friedrich furent impressionnés par cette énumération prestigieuse, ils n'en laissèrent rien paraître.

Amaury était surpris de voir un homme du sultan venir les trouver. Était-ce donc lui qu'ils attendaient depuis des semaines ? Son maître était pourtant leur ennemi, peu importait que la missive émane de son épouse. Il peinait à saisir ce que leur voulait ce Kamal et surtout, pourquoi aucun des deux croisés qui l'accompagnaient ne tirait l'épée pour l'occire immédiatement. C'était le premier réflexe qu'ils auraient dû avoir. Plongé à nouveau dans l'incompréhension, il préféra demeurer silencieux et observa.

— Eh bien, Kamal, ta quête est finie. Je suis Baudoin de Sabran. Voici Friedrich Von Honenheim, chevalier Teutonique et Amaury de Villiers, chevalier du roi Louis. Il les désigna tour à tour de la main. Tu dis venir de la part de l'épouse du sultan. Qu'est-ce qui me le prouve ?

Un mince sourire étira les lèvres du sarrasin.

Il sortit de sous son ample vêtement une missive, enroulée sur elle-même et scellée par un rond d'argile.

Amaury y distinguait les courbes serrées d'une écriture étrangère. Kamal tendit le rouleau à Baudoin, qui s'en saisit délicatement.

— Tu sais que je dis vrai, sinon toi et tes amis vous m'auriez déjà mis à mort. Tu m'attendais. C'est même la raison pour laquelle tu demeures dans ce fondouk.

Baudoin acquiesça. Il regarda le cachet avec attention et y déchiffra le nom de l'épouse du sultan, agrémentée du sceau de Salomon que les Ayyoubides avaient adopté pour leurs correspondances diplomatiques. L'homme disait sûrement vrai et ils n'allaient pas le torturer pour s'en assurer.

— Nous attendions en effet quelqu'un. Que nous veux-tu donc ?

Kamal termina son verre et posa les mains sur ses genoux.

— Ma volonté appartient toute entière à ma maîtresse. Elle désire que vous portiez cette lettre, écrite de sa propre main, à votre roi. Elle contient des informations capitales pour nos deux peuples.

— Quels renseignements une femme sarrasine, même aussi noble, pourrait bien délivrer à Louis le neuvième ?

Kamal éclata d'un rire bref.

— Crois-tu réellement que j'en ai la moindre idée ? Ma maîtresse me l'a confiée, il y a plusieurs semaines, à Damas, en me demandant de me rendre en Palestine pour y trouver l'émissaire des Templiers et la lui remettre. C'est tout juste si elle a daigné m'indiquer ton nom pour me permettre d'accomplir ma mission.

— Pourquoi ne pas la porter en main propre toi-même à notre roi, dans ce cas ?

— Tu te moques, *Franj*, tu sais pertinemment qu'aucun homme de mon espèce ne peut l'approcher sans risquer la mort. Ma maîtresse et le maître de ton Ordre ont pris la décision pour nous. Mon voyage s'arrête ici et le tien commence.

Baudoin acquiesça et fit disparaître à son tour le pli scellé dans une poche de son ample vêtement.

Kamal s'inclina. Ils restèrent tous un moment silencieux autour du feu, comme s'ils méditaient sur l'échange qui venait d'avoir lieu. Ce n'était plus alors des ennemis ou des croisés, des musulmans ou des chrétiens, mais des hommes chargés du poids de la confiance que leurs maîtres avaient placée en eux pour accomplir leurs plus grands desseins. Et ce poids pesait terriblement sur leurs épaules.

— Un dernier mot avant de vous quitter. Ma maîtresse m'a donné deux informations supplémentaires qu'il me paraît utile de vous transmettre. Premièrement, que cette lettre peut mener à une paix durable entre nos deux peuples. Une paix que nous appelons de nos vœux tous, ici, en orient. Chrétiens comme musulmans.

Friedrich jura en sourdine dans son coin. La paix dans cet orient si divisé semblait à ses yeux aussi crédible que de voir apparaître une licorne en plein milieu du désert.

— Puisse-t-elle dire vrai. Et la seconde ?

— Que certains, dans nos camps respectifs, accompliraient les pires choses pour que cette entreprise échoue ! J'ai été suffisamment discret pour parvenir jusqu'ici sans dommage, je ne peux que vous inciter à la prudence.

— Qui pourrait vouloir faire avorter une telle tentative ?

Kamal ouvrit les bras en signe d'impuissance.

— Qui peut le savoir ? Notre peuple est divisé, mon maître affronte ses propres frères, en Syrie. Ses mamelouks n'attendent qu'un faux pas pour prendre le pouvoir. Les vôtres sont tout aussi désunis. Les pactes visant à protéger les intérêts des uns et des autres fluctuent aussi vite que le sable que balaye le vent du désert. Un jour alliés, le lendemain, ennemis. Mais tu sais tout cela mieux que moi, Templier.

Baudoin acquiesça lentement. Les seigneurs francs avaient amené avec eux leurs rivalités et leur avidité. Depuis près de deux siècles, elles rongeaient les états latins de Terre sainte. Kamal poursuivit.

— J'ai vu des bandes de mamelouks écumer le désert et ce n'étaient pas de simples pillards. Ils me cherchaient. En suivant les caravanes et en me privant des attributs liés à ma fonction, je me suis fondu dans la masse des voyageurs. J'y ai appris des choses très intéressantes.

— Tu as bien fait. Quelles choses ?

Kamal se leva et épousseta ses vêtements, répandant un peu de sable dans le feu qui crépita.

Il regarda Baudoin droit dans les yeux et laissa alors tomber ces quelques syllabes dans le silence tiède de la nuit.

— *Al Hashishiya.*

Il s'inclina.

— Je vous abandonne ici. Qu'Allah, le miséricordieux, veille sur vous. *Bismillah !*

Kamal quitta le caravansérail et les ténèbres l'avalèrent.

Amaury, qui avait suivi les échanges avec la plus grande assiduité, remarqua la tension soudaine qui s'inscrivit sur les visages de ses compagnons. Au bout de plusieurs minutes, il osa enfin demander.

— Que signifient les derniers mots prononcés par cet homme ?

Baudoin le regarda comme s'il venait seulement de réaliser sa présence.

— Lesquels ? *Bismillah ?*

Amaury haussa les sourcils.

— Non ! Al... assi...

Friedrich le coupa.

— Ne parlons pas de ça maintenant ! Encore moins ici. Qui nous dit que des espions ne peuplent pas le fondouk ?

Baudoin acquiesça.

— Friedrich a raison, Amaury. Allons nous coucher et mettre cette missive en sûreté. Nous rediscuterons de tout cela demain.

Voyant que le jeune homme allait protester, il leva une main devant son visage pour lui intimer le silence ;

— Demain, Amaury, c'est promis. Mais ce soir, comprends-moi, je n'ai pas la force de t'expliquer cela.

Amaury fit la moue. Une fois encore il se sentait mis sur la touche, tenu à l'écart des informations importantes. Il n'était pas idiot et constatait bien que ces quelques mots avaient bouleversé les deux chevaliers. Une inquiétude sourde se peignait sur leurs traits habituellement si calmes.

C'était cela qui lui faisait le plus peur. Si la simple évocation de cette chose inconnue avait suffi à alarmer les deux guerriers, eux qui arpentaient l'orient depuis des d'années, alors il était certain de devoir la craindre à son tour.

La nuit fut courte. Il avait du mal à trouver le sommeil, se tournant et se retournant sans cesse sur sa maigre couche.

Les implications de leur mission le dépassaient. Il essayait d'imaginer son rôle dans cette affaire, mais tout cela lui échappait. Couplé à la désagréable impression que ses compagnons de voyage cherchaient à le mettre à l'écart en permanence, cela l'agaçait. Il se demanda quelle attitude Arnaud tiendrait en pareille situation. Nul doute que son frère, réfléchi et intelligent, aurait réussi à lier des relations de franche camaraderie avec les deux hommes. À gagner leur confiance pour leur tirer les vers du nez.

Amaury ressentait le poids de leur expérience tout autour de lui et surtout celui de sa jeunesse. Il se sentait novice sur cette terre qu'eux connaissaient par cœur, en plus de représenter un boulet à traîner imposé par Artois.

Il se jura de mettre tout en œuvre pour se montrer à la hauteur de la foi que ses suzerains avaient placée en lui.

L'aube le trouva endormi et Friedrich eut toutes les peines du monde à le tirer de son sommeil.

Ils s'installèrent non loin du marché, sous des arcades, sur les quais, où l'on servait des collations. Ainsi attablé au milieu des rumeurs et du brouhaha, Baudoin se livra à quelques explications.

— Il est temps de répondre à tes questions maintenant que nous sommes loin d'oreilles indiscrètes, commença Baudoin. Kamal, l'émissaire que tu as vu hier, nous a parlé des obstacles sur notre route et il a prononcé un mot. Un mot qui est en fait un nom. Un nom qui fait trembler tout le monde en orient, serfs et seigneurs, sultans et rois francs… *Al Hashishiya*. On les appelle dans notre langue la secte des assassins.

Le jeune homme le regarda avec des yeux ronds.

— Les assassins ?

— C'est une guilde, une confrérie si tu préfères qui regroupe des croyants musulmans d'un courant bien spécifique, les Nizarites.

— Un peu comme les Templiers ?

Friedrich recracha sa bière par le nez et manqua s'étouffer de rire, sa barbe maculée de mousse. Baudoin darda sur lui un regard noir.

— Pas exactement, grinça-t-il. La mission de l'Ordre est de protéger les pèlerins et la Terre sainte, celle des assassins, c'est de tuer leurs ennemis, comme leur nom l'indique.

— En quoi serions-nous les rivaux de cet Ordre ? Quelles raisons auraient-ils de s'en prendre à nous ?

Baudoin soupira. Résumer deux siècles de politiques outre-mer en quelques minutes était vain. Il n'avait pas le temps de rentrer dans les détails, aussi alla-t-il droit au but.

— Les assassins se sont forgé une réputation en Terre sainte. Disons que leur efficacité n'est plus à démontrer et qu'ils usent de méthodes très particulières. Les croyants de cette secte subissent un entraînement des plus strict, au cours duquel leur grand maître, le Vieux de la montagne, leur enseigne des techniques uniques. Ils savent se fondre dans la population et prendre les guerriers les plus endurcis par surprise, les mettant à mort d'un seul coup.

— Ce sont des méthodes de lâches ! cracha Friedrich. Rien n'est plus honorable qu'un combat face à face, épées en main.

Amaury acquiesça, mais voulait absolument en savoir plus. Baudoin poursuivit.

— Au fil du temps, le Vieux de la montagne, retiré dans sa forteresse aux confins du désert, à Alamut, s'est fait respecter de ses alliés comme de ses ennemis qui ont fini par faire appel à ses services. Il forme ses recrues et leur donne le nom de leur cible avant de les envoyer perpétrer leur crime. Parfois, cela peut prendre des années, l'assassin peut intégrer le cercle des proches de la personne désignée, obtenir sa confiance, même devenir son ami. Imagine que, du jour au lendemain, l'homme en qui tu as placé toute ta foi se jette sur toi pour t'étrangler ou te planter un poignard dans le cœur ? En plein jour et aux yeux de tous ? C'est pourquoi les sultans et les seigneurs francs de Terre sainte craignent le Vieux de la montagne... Si ses disciples sont réellement après nous comme l'a laissé entendre Kamal, alors nous devons rester unis et surtout vigilants.

Amaury déglutit. Il comprenait, à la mine préoccupée des deux croisés, que les assassins représentaient une vraie menace. Il balaya du regard la petite taverne, cherchant à déceler, sous les aimables visages des clients attablés, le tueur qui les traquait.

Il s'était senti en sécurité jusqu'ici, mais soudain tout lui paraissait hostile. Cette *terra incognita*, qui lui avait semblé si accueillante à son arrivée, se muait en un pays sauvage. Quelque part dans le désert aride, des hommes vouaient un culte à un vieillard démoniaque au sommet d'une montagne, qui pouvait avoir un droit de vie ou de mort sur vous. C'était presque irréel. Il ne put réprimer un frisson.

Friedrich haussa les épaules.

— Nous verrons bien, dit-il avec son pragmatisme habituel. Nous n'avons pas le choix, il faut continuer notre mission vaille que vaille. Pensons plutôt à la suite de notre voyage. Que faisons-nous, Baudoin ?

Une fois encore, Baudoin était considéré comme le chef de cette étrange mission. Il ne savait pas s'il méritait cet honneur.

— Nous devons absolument nous rendre à Saint-Jean d'Acre et nous entretenir avec les grands maîtres de nos Ordres sur ce que nous venons d'apprendre. Grâce à leur expérience et leur sagesse, ils sauront nous indiquer la meilleure façon d'approcher Louis et de le convaincre. Sonnac a toute la confiance du roi.

— Tu as entendu l'émissaire comme moi, il nous sera malaisé de parcourir les lieues qui nous séparent d'Acre sans risquer une embuscade dans le désert.

— C'est pourquoi je suggère que nous suivions la côte, vers le nord, en évitant Haïfa et Césarée. Nous nous arrêterons à Castel Pèlerin, c'est une excellente forteresse et elle se trouve presque à mi-chemin. De plus, Geoffroy, le commandeur, est un ami de longue date. Je lui ferai parvenir une missive avant notre départ.

— Cela fait presque deux semaines de désert, Baudoin. Nous aurons besoin de vivres et de chevaux de bât. Nos seuls destriers n'y suffiront pas.

— Je sais, nous devons nous organiser et prendre notre temps. Nous ne sommes pas pressés tant que l'ost reste à Chypre.

Friedrich acquiesça. Quant à Amaury, encore sous le choc des révélations de Baudoin, il n'avait aucune idée de comment il fallait agir. Il suivrait les deux hommes quoiqu'il en coûte.

— Bien. Dans ce cas, nous passerons les prochaines semaines à préparer notre voyage et nous quitterons Jaffa dès que possible. En attendant, restons vigilants, mes amis.

Les trois hommes méditèrent un instant sur ces paroles. Le fait de sentir cette menace planer au-dessus de leurs têtes n'enchantait guère Amaury, mais il se dit que ses compagnons de voyage étaient les mieux placés pour contrer cette secte d'impie.

Il réfléchit quelque temps puis posa enfin la question qui lui brûlait les lèvres depuis plusieurs jours.

— Baudoin, comment êtes-vous devenu chevalier du Temple ?

Le Templier pencha la tête, croisant les bras sur son torse comme s'il fouillait longuement sa mémoire pour trouver en lui la réponse.

— Il y a de cela de très longues années, un vassal de mon père a perdu la vie en Terre sainte. Il avait, contrairement à toute tradition, confié ses derniers biens et terres à l'Ordre qui en avait hérité. Mon père est entré dans une de ses colères mémorables dont il était coutumier. Il en a même appelé aux comtes de Provence, mais c'était peine perdue. L'Ordre était bien le propriétaire légitime de ces terres. Peu de temps après, de nombreux Templiers sont arrivés. Certains étaient de simples moines, d'autres, de simples paysans et parmi eux, une poignée était des hommes de haut lignage. Leurs visages rayonnants de paix m'ont frappé. Leur discours a fait le reste. Je n'étais pas l'aîné de ma fratrie, je n'avais pas de réel avenir, un bon mariage arrangé, tout au plus quelques terres à administrer… rien de bien palpitant pour un jeune homme au sang bouillant.

Amaury acquiesça, il comprenait très bien ce que Baudoin voulait dire.

— Alors, continua le Templier, j'ai commencé à traîner du côté de leur chantier. Ils renforçaient toutes les fortifications et construisaient de très nombreux bâtiments, silo, bergerie, étable… Un jour, on m'a mis une houe dans les mains et j'ai décidé de les aider. Je suis devenu apprenti. Mais ils ont rapidement vu que j'étais noble et que je pouvais apporter bien plus que ma seule force physique au Temple. Quelque temps plus tard, après avoir été initié, je suis devenu frère.

Amaury buvait les paroles de Baudoin, fasciné. L'histoire du chevalier faisait écho à sa propre histoire, à son destin personnel. Lui aussi n'avait rien à attendre du castel de son enfance, lui aussi avait été entraîné, par un jeu de circonstances, à rejeter ce destin tout tracé et à en suivre un autre, plus grand, plus loin.

— Vous et Friedrich parlez souvent d'initiation… Qu'entendez-vous donc par là ?

— Afin de servir dans un Ordre, qu'il s'agisse de celui des Templiers ou des Teutoniques, les novices doivent passer par de nombreux apprentissages, selon ce à quoi ils se destinent. Nos frères clercs, qui administrent nos cultes et bien souvent nos possessions, ne suivent pas la même voie que nos frères paysans ou nos frères guerriers. Chacun a sa place dans l'Ordre, chacun suit son propre chemin. À chaque degré correspond une initiation qui permet d'aider le frère à ouvrir son esprit et accomplir au quotidien sa tâche principale : servir l'Ordre.

—Mais

Amaury plissa les yeux sous la réflexion,

— L'Ordre ne sert-il pas le roi ? Ou le pape ?

— Mon jeune ami, tu apprendras que l'Ordre se sert d'abord lui-même et qu'à travers cela, il sert Dieu tout puissant en premier. Roi et pape sont comme nous tous, faillibles et mortels. L'Ordre est certes composé d'hommes qui sont tout aussi périssables, mais sa puissance et sa force traversent les siècles.

Comme à chaque fois qu'il évoquait les mystères du temple, une flamme s'allumait en Baudoin. Servir les siens, peu importe le moyen, était toute sa vie.

Friedrich bâilla ostensiblement et les deux hommes le regardèrent en souriant. Le Teutonique leur signifiait avec sa discrétion habituelle qu'il était temps de regagner leur chambrée.*

*

Les jours passèrent et Amaury se détendit petit à petit. Il n'oubliait pas les paroles menaçantes de l'ambassadeur Ayyoubide, mais l'absence d'incident usait sa vigilance. Il se relâchait.

Ses compagnons aussi semblaient ignorer les avertissements de Kamal. Friedrich égayait les journées avec sa bonhomie habituelle et Baudoin, bien que conservant son sérieux, n'apparaissait pas non plus s'inquiéter outre mesure.

Jaffa paraissait chaque fois différente, mais aussi immuable. La ville s'agitait dès la première heure et le commerce florissant, apportait ses lots quotidiens de marchandises. Et avec elles, les nouvelles du monde.

Un matin, les trois hommes inspectaient les étals pleins de fruits et de fromages de brebis frais alors que Baudoin négociait les chevaux.

C'est là qu'Amaury apprit de la bouche d'un Pisan qu'une terrible bataille avait eu lieu en Arménie et que peu avaient survécu au sein des troupes du roi. On craignait que le sultan d'Iconium, revigoré par cette victoire, ne s'allie avec Al Salih Ayyub pour se préparer à l'arrivée des Francs en Terre sainte.

Le cœur d'Amaury se serra. Hébrard. Le gentil chevalier en avait-il réchappé ? Amaury sentit qu'il ne reverrait jamais son ami et cela le peina grandement. La guerre n'avait pas débuté et elle lui prenait déjà un être cher. La réalité le rattrapait soudain, fendant ses illusions comme la hache fend le bois tendre.

Le cœur lourd, il tentait de s'intéresser aux achats que leur petite compagnie devait effectuer, mais son esprit était ailleurs. Il voguait vers cette plage blanche de Chypre où il avait partagé un dernier repas avec Hébrard.

Il ne vit pas une haute silhouette vêtue d'un ample burnous sombre, se jeter sur Baudoin, une épée courbe à la main.

Ce fut le cri de Friedrich et le bruit des lames qui glissaient hors de leurs fourreaux qui le fit se retourner vivement. L'homme avait entrepris de larder Baudoin au niveau des côtes. La brigandine qu'il portait sous sa tunique aux armes du temple et ses réflexes avaient préservé sa vie.

Voyant que sa première tentative avait échoué, l'assassin voulut s'enfuir dans la foule qui hurlait. Peine perdue, la masse imposante de Friedrich se dressa entre lui et la liberté. Le chevalier Teutonique abattit sa large épée sur l'épaule droite du fuyard, entamant brutalement la chair de l'homme. Il cria et un sang vermeil dégoulina de sa blessure. Le coup de Friedrich était d'une telle violence qu'il avait entaillé l'os. Il retira son fer en ahanant sous l'effort. Devant lui, l'infidèle s'écroula à genou, le visage poissé de liquide rouge.

Il n'était pas mort. Pas encore. Baudoin s'approcha, arme au poing, suivi par Amaury. Ils regardèrent l'agonisant qui haletait sous la douleur. Autour d'eux le silence s'était imposé au monde qui s'écartait des quatre guerriers.

— Pourquoi avoir voulu me tuer, chien ? demanda Baudoin.

Pour la première fois, Amaury nota une colère contenue dans son timbre. Baudoin était d'habitude si maître de ses émotions que cela surprit le jeune homme. Le Templier avait vraiment cru que sa dernière heure arrivait.

L'homme le regarda. Il avait de grands yeux noirs aux pupilles étrécies et bordées de rouge. Il semblait étranger à la question de Baudoin et au déroulement des événements. Aucune souffrance ni aucun effroi ne se peignait sur ses traits alors qu'il s'apprêtait à périr.

Baudoin perdit patience. Il leva sa lame et la pointa vers le cou de l'assassin, le tranchant pénétrant dans la chair tendre.

— Si tu ne veux pas dire pourquoi, tu nous diras au moins qui. Qui t'envoie ? Parle, puisque tu vas mourir.

La respiration de l'homme s'accéléra. Il tenait son épaule blessée d'une main, comme s'il pouvait, par ce geste, fermer les deux lèvres béantes et rougeâtres que Friedrich y avait gravées. Il considéra son arme qui gisait dans la poussière. Suivant son regard, le Teutonique l'écarta d'un coup de pied. L'homme comprit qu'il était perdu.

L'assaillant releva la tête, contemplant les trois croisés qui le surplombaient, et murmura dans un souffle.

— *Cheik al-Jabal.*[30]

— Par la malemort ! maugréa Friedrich. Ce foutu diable est bien un assassin !

---

30 Le vieux de la montagne. Surnom donné par les croisés à Hassan-as-Sabbah, le chef de la secte Nizarite.

Amaury n'avait pas saisi les mots prononcés en arabe par le sarrasin, mais il sut immédiatement que Kamal avait dit vrai. Cet homme faisait partie de cette secte contre laquelle il les avait mis en garde.

Le doute n'était plus permis, on souhaitait les empêcher de porter la missive de l'épouse du sultan au roi Louis. La sueur coula le long de l'échine d'Amaury, le glaçant instantanément.

Baudoin se signa de sa main libre.

— Que Dieu t'accorde la miséricorde et le pardon de tes péchés.

Il abattit d'un coup sec et net son épée sur le cou de l'assassin qui avait fermé les yeux. Sa tête roula dans les gravillons des allées du marché et finit sa course sous les tréteaux d'un commerçant. Il la regarda avec un air de profond dégoût.

Les chevaliers essuyèrent leurs lames et les rangèrent à leur côté pendant que la terre buvait le sang répandu. Ils enjambèrent la dépouille sans un mot et poursuivirent leur chemin, comme si de rien n'était.

Amaury sentit une bile âcre monter dans sa gorge. Il se maudit intérieurement de sa distraction. Si l'homme s'en était pris à lui, il aurait sûrement réussi son coup ! Une boule se forma dans son estomac et il respira profondément.

Il venait de voir son premier cadavre.

*

L'image de l'assassin en train de mourir tourmenta Amaury pendant des jours. Il sursautait au moindre bruit et ne supportait pas qu'une personne inconnue frôle de trop près ses compagnons de voyage.

Il portait la main au pommeau de son épée en toute occasion. Il voyait surgir des criminels de toutes les ombres de la nuit et même le caravansérail où ils avaient pourtant leurs habitudes ne lui paraissait plus aussi sûr.

Heureusement, les préparatifs prenaient fin et les trois hommes s'apprêtaient à quitter Jaffa.

Un matin, un jeune garçon se présenta à l'entrée du fondouk avec deux chevaux et leur bât contenant vivres et eaux. L'heure du départ approchait.

L'excitation gagnait Amaury à l'annonce de cette nouvelle étape de leur voyage, mais en même temps il se sentait inquiet. Les assassins rôdaient et Kamal avait aussi parlé de bandes armées parcourant les sables du désert. Il s'adressa à Baudoin.

— Ne trouverions-nous pas meilleur compte d'imiter Kamal, en nous dissimulant parmi les vilains, au sein d'une caravane ou d'un convoi de pèlerins ?

Baudoin haussa un sourcil.

— Kamal était seul, c'était facile pour lui de passer pour un artisan ou un paumier. Nous sommes trois chevaliers, dont deux membres d'Ordres reconnaissables rien qu'à nos vêtements. Cela n'a aucun intérêt.

Amaury insista.

— Les caravanes bénéficient de la protection de gens d'armes et les pèlerins de celles de vos pairs, on en croise partout en ville. Nous pourrions nous mêler à eux.

— Je t'ai déjà expliqué que ces groupes ne suivent pas le chemin que nous allons emprunter, le long de la côte et jusqu'aux monts du carmel. Cela nous écarterait de notre route et surtout nous ralentirait considérablement. De plus, ils vont beaucoup moins vite que des cavaliers. Je n'ai pas reçu de nouvelles de l'ost, mais cela ne signifie rien. Le printemps ne va plus tarder, je dois absolument voir Geoffroy.

Amaury baissa la tête, vaincu par les arguments de Baudoin. Friedrich, qui avait suivi l'échange en manchonnant un morceau de viande séchée sans intervenir, lui asséna une claque dans le dos. Le jeune homme ne broncha pas et le germain lui adressa un large sourire satisfait. Il s'aguerrissait !

Les chevaliers tirèrent leurs montures par la bride jusqu'à la porte qui ouvrait sur l'immense plaine alluviale au-delà de Jaffa. Ils attendirent un long moment, car le flux de voyageurs, pèlerins et marchands sortant de la ville barrait le passage.

Ils rencontrèrent plusieurs Templiers qui saluèrent Baudoin et devisèrent avec lui. Une horde de pillards musulmans avait attaqué une colonne de pénitents se rendant à Tibériade. Les hordes infidèles partaient d'Ascalon, l'ancienne place forte était devenue un véritable cheval de Troie en Terre sainte.

Amaury s'angoissa à cette nouvelle, mais il suivit ses compagnons de route, la mine maussade. Conduisant leurs destriers au pas, les croisés entamèrent leur périple sous un soleil de plomb. Leurs armures se transformèrent rapidement en fournaise et bientôt Amaury fut trempé de sueur. Heureusement, ils ne portaient pas leurs heaumes, sa tête pouvait donc profiter du peu d'air qui soufflait depuis le septentrion. La soif ne tarderait pas à le tenailler, mais ils devaient économiser leurs réserves d'eau, car ils n'atteindraient pas Castel Pèlerin avant de nombreuses lieues.

Les deux chevaliers l'avaient cependant mis en garde, il devait s'hydrater régulièrement et toujours protéger son chef. Un coup de chaleur en Palestine pouvait vous mener à la mort.

La plaine alluviale de Jaffa se dessinait devant Amaury qui découvrait enfin le paysage après des semaines enfermé dans la ville avec la mer pour horizon. Comme Friedrich l'avait indiqué, des rivières coulaient en direction de Jérusalem, à l'est, ou l'on apercevait des prairies humides parsemées de roseaux et d'arbres des marais.

Près de la côte, les champs d'oliviers et les vignes se développaient en ondoyant sous le soleil. Pour le reste, la végétation rase se composait de petits buissons d'épineux et de plantes odorantes qui rappelaient Chypre.

Les trois cavaliers piquèrent vers le nord en suivant un long chemin pierreux qui serpentait le long de la mer, bordant des falaises escarpées. Au loin dans la brume, on distinguait des collines et des montagnes arides.

Ils rencontrèrent les vestiges d'un aqueduc romain, comme Amaury en avait vu près de Nîmes. Les civilisations du pourtour méditerranéen convergeaient vers ces terres prometteuses et il songea que le Christ avait vécu là. Il en ressentit une vive émotion, mais n'eut pas le temps de s'appesantir.

Déjà, ses compagnons partaient au galop devant lui et il ne voulait pas se faire distancer.

Il talonna son cheval et fila les rejoindre.

CHAPITRE III

CASTEL PÈLERIN, 28 février 1249

Amaury tentait de reprendre son souffle. Il contempla le visage anxieux de Baudoin, toujours sur ses gardes. Il tenait son épée à la main, la lame rougie gouttant sur le sable.

Le jeune chevalier, retranché derrière son écu, essayait de soutenir Friedrich de son autre bras. La blessure au flanc gauche du germain saignait abondamment sous son gambison.
Le sang détrempait son tabard blanc, assombrissant encore plus la croix des chevaliers Teutoniques. Il respirait difficilement. Amaury regarda son visage cireux et la grimace de douleur qu'il arborait à présent.
Ils ne pourraient jamais atteindre Castel Pèlerin à temps pour le soigner. Quoiqu'il advienne désormais, Friedrich allait mourir ici. Le germain le savait et entre deux gémissements étouffés, il l'entendait psalmodier des prières dans sa langue gutturale que le jeune homme ne comprenait pas.
Il l'aida à s'appuyer contre une grosse pierre qui saillait du mur de l'anfractuosité où ils avaient trouvé refuge.
Le Teutonique supportait son destin comme tous les croisés. Quel déshonneur de tomber ainsi, dans une embuscade menée par des pilleurs de petite envergure ! Drôle de mort, après avoir réchappé aux plus grandes batailles pour la Terre sainte. Baudoin écouta longuement les bruits à l'extérieur de la caverne où ils étaient entrés. Il n'esquissa

pas le moindre geste. La sueur perlait sur son front et ruisselait dans sa nuque, assombrissant le col de sa chainse à travers son haubert. On entendait seulement les respirations des hommes dans la demi-obscurité, entrecoupées des gémissements de douleur de Friedrich. Dehors, le vent soufflait en charriant des nuages de poussières et de sable.

Les minutes s'écoulèrent, lentes, interminables.

Baudoin relâcha enfin sa garde et se tourna vers ses compagnons.

— Les mamelouks ne nous ont pas suivis. Nous sommes en sécurité, pour l'instant. Mais sans les chevaux, nous ne devrons pas tarder à nous remettre en route si nous voulons atteindre notre but. Nous passerons la nuit ici, dans cet abri. Mettons les vivres en commun pour voir ce qu'il reste. Pas de feu.

Le bilan était maigre, les sarrasins avaient volé les paquetages en même temps que les montures. Amaury disposait d'une outre pleine d'une eau encore potable, mais tiédasse, de galettes de millet séchées et de quelques dattes qu'il conservait dans sa bourse sous son mantel.

Baudoin et Friedrich possédaient encore chacun leur gourde, mais celle de Friedrich était quasiment vide. Amaury s'en était servie pour l'abreuver et baigner un peu son front brûlant.

Baudoin s'approcha. La tension avait disparu de son visage, laissant place à une grande lassitude. Amaury respira mieux en voyant le Templier relâcher sa vigilance.

Friedrich émit un gémissement plus sonore. Le croisé se pencha sur le germain. Il ausculta la blessure, écartant sa paume écarlate. Friedrich serra les dents. Il savait qu'il était mortellement touché. Tout le sang perdu semblait indiquer que le coup de cimeterre du mamelouk avait atteint l'un de ces tuyaux qui transportaient le fluide vital, que même un habile chirurgien arabe ne pourrait cautériser. Baudoin posa une main sur la nuque brûlante et moite de son compagnon d'armes et embrassa son front couvert de sueur. Il effectua un signe de croix puis s'adressa à lui :

— Friedrich, mon ami, je te parle à présent en homme de foi. As-tu des péchés à confesser avant de te retrouver devant notre créateur ?

Le Teutonique sourit difficilement. Il murmura :

— Merci, mon frère, mon âme ainsi que mon corps sont préparés depuis longtemps à cette rencontre. Je n'ai commis aucune faute récente, autre que la mort de cet infidèle qui m'a si méchamment lardé... Cependant, je dois te confier, maintenant que je sais que je ne pourrais m'acquitter moi-même de cette tâche, que je devais remettre au maître de mon Ordre une missive que je porte depuis Chypre. Tu la trouveras dans une bourse, contre mon flanc. Je n'ai pas connaissance de son contenu et tu dois me promettre de ne pas l'ouvrir…

Sa respiration se fit irrégulière, il essayait de reprendre son souffle pour continuer. Ne pouvant faire autre chose, Baudoin l'encouragea et lui jura sur le Saint Sépulcre qu'il ne toucherait pas à la lettre.

Friedrich acquiesça douloureusement. La sueur perlait à ses tempes au fur et à mesure qu'il luttait pour gagner de précieuses secondes. Il n'aurait jamais pensé, vu son engagement, son détachement absolu et sa préparation spirituelle, qu'il éprouverait tant de difficultés à quitter la vie.

Pourtant, là, au seuil de la mort, la peur le saisissait soudain. Il tremblait, non de contempler enfin la face glorieuse de son créateur ou celle, hideuse, du démon, mais de ne rencontrer que le néant.

Aussi près de sa fin, ses convictions semblaient se réduire à une portion congrue, une vue de l'esprit, un mirage… Les mystères qu'on lui avait enseignés lui étaient à cette heure d'un piètre secours. Il tendit la main vers Baudoin et la serra, cherchant dans ce contact l'assurance d'une foi inébranlable.

Amaury restait silencieusement à leur côté, priant, mais ne perdant pas une miette des confessions de Friedrich. Finalement, le germain reprit.

— Sous ma côte… tu trouveras ma croix. Je sais que nous n'avons pas le droit de conserver de biens personnels dans nos Ordres, mais… elle appartenait à mon père et je n'ai pu me résoudre à l'abandonner. Je souhaiterais que tu la rapportes chez moi à Chelmno, en Poméranie. Dans nos états. Il faut… il faut qu'elle l'ait.

Baudoin approuva, bien qu'il n'ait aucune idée de comment ramener un tel objet en Poméranie. La coutume voulait que l'on promette toujours à un mourant de respecter ses volontés, pour lui assurer un passage serein. Quant à les exécuter, il convenait de tenter d'y parvenir par tous les moyens.

Baudoin avait tout de même besoin de précisions et pressa le mourant :

— De qui parles-tu ? Ta mère ? Ta sœur ? Tu dois m'en dire plus, mon ami, sinon je ne pourrai pas m'acquitter de la tâche que tu me confies.

Il secoua la tête en signe de dénégation.

— Non. Non, la seule, l'unique. Tu trouveras son nom au dos... la croix... et le castel...

Parler lui devenait de plus en plus difficile. Amaury, bien qu'abasourdi par ce qu'il venait d'entendre, se signa et se mit à prier derechef à voix basse pour accompagner l'âme de son compagnon et l'aider dans ses derniers instants.

Si Baudoin fut surpris par la révélation du chevalier Teutonique, il n'en laissa rien paraître. Il apposa à nouveau un signe de croix sur son front à l'aide de son pouce et serra plus fort sa main dans la sienne. Il sentait qu'il ne partirait pas en paix. Friedrich ferma les yeux en tentant de reprendre une respiration normale. Sans y parvenir.

Pendant quelques minutes, seuls les râles du blessé et les prières de ses pairs troublèrent le silence de l'abri rocheux. Les derniers feux du soleil couchant jetaient une lumière orangée, crue, sur le visage de l'agonisant.

Soudain, un borborygme sortit de sa gorge et une mousse sanglante coula le long de ses lèvres. Il ouvrit de grands yeux exorbités, sa main se referma compulsivement sur celle de Baudoin avant de retomber, molle, à son côté. Amaury la fixa. Elle était pâle et cireuse et aucun tremblement ne l'agitait plus. Friedrich venait de passer.

Avec Baudoin ils entamèrent un *pater* suivi d'une *oratio pro dormitione* pour accompagner l'âme du brave chevalier. Ils restèrent ainsi en prière jusqu'à ce que l'obscurité ait envahi totalement leur cachette misérable.

Une lune rouge monta au-dessus des collines arides. Le vent s'apaisa avec la nuit et la fraîcheur tomba sur leurs épaules fatiguées.

Amaury enveloppa le mort dans son manteau, laissant uniquement son visage dépasser. Il se signa à nouveau, les yeux emplis d'une profonde tristesse.

Baudoin sortit de sa méditation et posa sa main sur le bras d'Amaury, lui faisant signe de se lever. Le recueillement était terminé. Il émergea prudemment à l'aplomb de la roche, restant dans l'ombre protectrice, écoutant.

Il n'entendit d'abord que le sifflement étrange de l'air passant dans les cavernes qui émaillaient le flanc de la colline où ils avaient trouvé refuge. Le vent marin charriait une odeur salée. Il tendit l'oreille, appuyée sur la garde de son épée, observant les alentours, un genou en terre.

Il ne perçut rien d'autre que le hurlement d'un chien sauvage. De petites pierres roulèrent à ses pieds, trahissant le passage d'une chèvre de montagne. Mais cela ne voulait pas dire que les mamelouks avaient abandonné. Il connaissait bien leurs ruses et leurs pratiques. Ceux-ci pouvaient aussi s'être retranchés pour panser leurs blessures. D'autant qu'il s'en souvienne, lui et Friedrich leur avait infligé des pertes importantes et Amaury avait durement lardé leur chef à la cuisse. Privé de commandement, la troupe devait se résumer à trois ou quatre pillards et un seul cavalier, peut-être meurtri.

D'un mouvement furtif, le jeune homme vint se poster près de lui, pour examiner les alentours, son regard fixé au loin vers la ligne bleue des montagnes.

— Qu'allons-nous faire à présent ? Pour Friedrich je veux dire. Il parlait à voix basse, incertain quant à la disparition de tout danger.

— Les montures ont disparu. Cela va être difficile de ramener le corps pour lui offrir une sépulture digne en terre consacrée. Heureusement comme tous les soldats du christ, notre âme est sauve par notre dévotion et nos actions. Si nous voulons atteindre tous les deux Castel Pèlerin vivant et poursuivre notre quête, nous devons nous reposer. Rentre et allonge-toi, je prends la première garde.

Amaury se sentait très las et il s'empressa d'obéir aux ordres. Il entra à nouveau dans la caverne obscure. Il se roula en boule contre la paroi et ramena sur lui sa longue cape. Il ne tarda pas à sombrer dans un sommeil épais, rempli de rêves inquiétants dans lesquels une dame blanche tendait la main vers la croix sanglante de Friedrich, avant de disparaître au son de chevaux lancés au galop.

Il se réveilla en sursaut, une sueur froide et âcre coulant le long de son échine. Un rayon de lumière ténue pénétrait le réduit. Il se redressa et se frotta les yeux.

La silhouette massive de Baudoin se découpait dans la lueur rose de l'aurore. Amaury se leva péniblement, perclus de douleurs.

— Baudoin ? Tout va bien ?

Le Templier s'approcha et lui fit signe de venir à lui. C'est uniquement à ce moment qu'Amaury remarqua à la fois l'absence du corps de Friedrich là où il l'avait laissé et les taches de sang sur le grand tabard blanc de Baudoin. Celui-ci affichait une mine fatiguée, mais résolue.

Il lui tendit une gourde en peau et Amaury but à long trait l'eau fraîche, légèrement vinaigrée qui le revigora instantanément.

— J'ai récupéré nos chevaux, déclara laconiquement le croisé. Nous allons pouvoir nous remettre en route et nous assurer que le cadavre de Friedrich soit dignement honoré. Il est à cette heure vengé, le sang de nos ennemis se répand sur le sable et abreuve les buissons, tu peux m'encroire.

Amaury était abasourdi. Il avait entendu Friedrich vanter les qualités de Baudoin au combat, mais il n'aurait jamais pensé que celui-ci irait jusqu'à poursuivre leurs assaillants seul et surtout qu'il les exterminerait avec autant d'aisance.

— Cesse d'arborer cette mine de simplet. Nous les avions déjà grandement diminués. Et la faveur de la nuit et de la surprise a fait le reste. Va sceller les montures, nous partons immédiatement.

Amaury sortit et s'étira longuement. Il contempla les reflets des rayons du soleil levant sur les pierres ocre. Il reporta son attention sur les quatre montures que Baudoin avait ramenée. L'une d'elles portait déjà le corps de Friedrich. C'était un beau cheval arabe à la robe brune et à la longue crinière tressée. Sa selle était richement ornée et son mor était agrémenté de pompons de couleurs. À coup sûr, c'était l'une des montures appartenant aux mamelouks. Il reconnaissait en revanche les trois autres, c'était la sienne, celle de Friedrich et un cheval de bât. Les deux autres s'étaient peut-être ensauvés ou étaient morts.

Cette vision rendit à Amaury un peu de sa bonne humeur après le drame qu'il avait vécu. Ils allaient pouvoir atteindre Castel Pèlerin rapidement. Il vérifia les selles, la fixation de leur bât et notamment l'assise du corps du pauvre Friedrich. Mais Baudoin avait accompli l'essentiel du travail et cela ne lui prit que quelques minutes.

Il alla ensuite le quérir. Baudoin, qui s'était agenouillé pour prier, se leva et tapota l'épaule du jeune homme. Il lui adressa un sourire fatigué.

— Tu as bien agi, hier, tu as su garder ton sang-froid au combat. Je parlerai de toi au grand maître, quand nous atteindrons Acre. Il ne manquera de faire tes éloges à ton suzerain et tu pourras sûrement y gagner reconnaissance et titres. Sauf bien sûr si tu souhaites rejoindre l'Ordre. Auquel cas, je serais ravi d'être ton parrain.

Amaury sentit une gratitude infinie l'envahir pour le preux chevalier. C'était non seulement un combattant hors pair, mais également un homme juste. Il porta une main à son cœur et s'inclina profondément.

— Messire, ce serait grand honneur pour moi de vous servir et de demeurer à vos côtés pour que vous m'enseigniez.

Baudoin sourit de plus belle.

— Pas tant de cérémonie, allons ! Sache que si tu nous rejoins, ce n'est pas moi que tu devras servir, mais l'Ordre, qui prendra la place de ta famille et même de tes suzerains. Tu renonceras à tous tes biens et tes droits sur tes terres. Tu devras y consacrer toute ta vie, sans aucun retour en arrière possible. Je te conseille donc de bien réfléchir pendant que nous nous rendrons à Saint-Jean d'Acre.

Amaury se sentit un peu bête et baissa les yeux.

Baudoin tapota à nouveau son épaule et d'un mouvement preste, se mit en selle sur le cheval de Friedrich, laissant Amaury monter sur le sien et prendre la longe du troisième. Ils se dirigèrent au galop vers la mer, aux portes des montagnes désertiques du Carmel.

*

Ils atteignirent sans encombre les abords de Castel Pèlerin alors que le jour déclinait. Amaury vit l'immense tour plantée sur le détroit se découper dans le soleil couchant pendant qu'ils descendaient les pentes des monts Carmel vers l'étendue bleue de la Méditerranée.

Le vent charriait une odeur salée et les mouettes lançaient leurs cris dans les airs. Plus ils s'approchaient et plus Amaury pouvait apprécier le système défensif sophistiqué que les Pauvres Chevaliers du Christ avaient élaboré et construit de leurs mains.

La forteresse était érigée sur une presqu'île et reliée à la terre ferme par une étroite chaussée. Profitant de l'avantage du terrain, les Templiers y avaient élevé un château fortifié, ceint de remparts compacts et entouré de gigantesques fossés. Les frères dominaient les accès maritimes, aussi une fois retranchés derrière les hauts murs, leurs techniques de dissuasion suffisaient à chasser n'importe quels ennemis.

Le jeune homme se souvint qu'ils avaient repoussé les Turcs, les seldjoukides et le sultan de Damas, mais également les troupes de l'empereur Frédéric II, dit Barberousse.

Au sud-est apparaissait une plaine dégagée, couverte d'étendues saumâtres quadrillées de fins chéneaux. La couleur des bassins virait du vert profond au rouge carmin. C'était sans doute les fameux marais salants desquels les frères de Castel Pèlerin tiraient de substantiels revenus.

Cela lui rappela Saint-Gilles et Aigues-Mortes où il s'était embarqué quelques mois auparavant. Il avait le sentiment que cela faisait des années qu'il n'avait pas contemplé la terre de France.

Voyant qu'ils approchaient, Baudoin talonna sa monture, Amaury le suivit, traînant toujours l'autre bête et son funeste fardeau.

Ils longèrent une plage de sable qui épousait la courbe littorale et les menait vers la porte nord de la forteresse. Amaury avisa du coin de l'œil un curieux champ, délimité par un muret de pierres sèches de quelques pieds de haut. Il y aperçut quelques croix et des pierres rondes gravées de symboles, dont celui de l'Ordre, les deux chevaliers sur un seul cheval.

Le cimetière des Templiers, où reposerait sans doute bientôt Friedrich.

Les longues murailles descendaient en aplomb dans la mer et barraient l'horizon, les vagues les balayant au rythme du ressac.

Quelques esquifs aux voiles latines brillaient dans la lumière du soir. Bien plus petits que l'immense nef qu'Amaury avait empruntée, elles convoyaient des marchandises et des pèlerins venus d'Europe.

Le spectacle était si paisible, il émanait de Castel Pèlerin une telle force, qu'Amaury avait du mal à imaginer que les frères menaient ici une guerre sanglante pour leur survie.

Il sortit de sa contemplation en arrivant à la poterne de la forteresse.

La sentinelle qui patrouillait sur la courtine reconnut le tabard de Baudoin et demanda qu'on lève la herse pour qu'ils puissent entrer.

Une fois les voûtes de la porte passées, ils débouchèrent sur une immense esplanade autour de laquelle les divers quartiers s'organisaient. Çà et là, débardeurs, marchands et frères devisaient et échangeaient. À l'extrémité de celle-ci se dressaient la tour et le château proprement dit, dans lequel il devina que se situaient les logis des chevaliers, du commandant et certainement la salle du chapitre. Sur sa droite, plusieurs entrepôts prenaient appui directement sur la muraille. Amaury distingua aussi le toit d'une chapelle.

Sans savoir pourquoi, il se signa.

Baudoin descendit de sa monture et Amaury l'imita. Il nota son air las et les taches de sang qui rosissaient sur son tabard.

Deux apprentis se précipitèrent vers eux pour prendre leurs chevaux, mais quand ils s'approchèrent du destrier portant le corps de Friedrich, ils s'arrêtèrent.

Baudoin leur fit signe de laisser tomber et leur demanda d'aller quérir l'aide du frère cellérier.

Un petit homme au visage affable sortit d'un des magasins et l'un des novices pointa du doigt les deux arrivants. L'homme rondelet accourut vers eux autant que sa corpulence le lui permettait.

Il salua Baudoin en lui donnant l'accolade.

— Frère Baudoin, vous voilà ! Cela fait déjà deux jours que nous vous attendions, d'après votre missive !

— Frère Joseph, vous m'en voyez fort contrarié, mais nous avons été retardés. Une embuscade nous a surpris dans les monts du Carmel.

Le frère Joseph reporta son attention sur le cadavre du chevalier Teutonique et secoua la tête d'un air peiné tout en se signant.

— Von Wüllersleben éprouvera une grande tristesse à la perte de l'un de ses fidèles.

Il claqua dans ses doigts et trois jeunes gens se chargèrent du corps de Friedrich.

— Nous allons nous occuper de le nettoyer. Ensuite, nous veillerons et prierons pour le salut de son âme. Vous avez bien agi Baudoin, en l'amenant jusqu'ici.

Il porta sa main grasse sur l'épaule du chevalier.

— Il sera inhumé en terre consacrée.

Baudoin approuva.

— Bien, je vois que cette rencontre malheureuse vous a durement éprouvé ! Que diriez-vous de vous décrasser avant de dîner ? Notre maître doit être informé de votre arrivée à présent, il vous recevra en temps et en heure. En attendant, je pense que du repos et un bon repas vous apporteront grand bien. Et à lui aussi !

Il désigna du doigt Amaury d'un coup de son menton gras.

Celui-ci baissa alors les yeux sur ses propres vêtements. Ils étaient maculés de sang et de poussière et ses cheveux collaient à sa nuque sous la chaleur écrasante. De larges auréoles de sueur tachaient sa chainse et son tabard. Il sentit soudain tout le poids de la fatigue tomber sur ses épaules.

Baudoin sourit.

— Ce ne sera pas de refus.

— À la bonne heure, venez, c'est par ici.

Ils longèrent les réserves, emplies de denrées et d'épices, sur leur droite pendant que les apprentis dirigeaient leurs montures vers la porte sud où se situaient les écuries. Amaury nota la disposition des lieux.

La force économique du temple résidait dans une gestion fine de ses possessions, en Europe ou en orient et en une capacité d'adaptation peu commune. Les finances étaient florissantes grâce au commerce des denrées entre les commanderies de l'ouest et au transport et à la protection des pèlerins.

Ils parvinrent rapidement devant une petite maison basse, qui contenait les étuves.

Amaury et Baudoin pénétrèrent dans l'habitation à la suite du cellérier. Il leur désigna une pièce fermée pour se dévêtir et les abandonna là, après avoir ordonné qu'on les laisse se délasser.

Amaury se déshabilla lentement. Ses épaules lui faisaient mal et il remarqua que ses jambes étaient couvertes d'hématomes violacés. Il esquissa une grimace en constatant l'état de ses pieds, d'une saleté repoussante et dont plusieurs ongles étaient cassés. L'un d'eux arborait une teinte noirâtre qui ne lui disait rien de bon. Il se redressa et ne put s'empêcher de contempler le large dos de Baudoin.

Le Templier avait beau ne plus être tout jeune, il était encore fort bien bâti. Les muscles roulaient sous sa peau alors qu'il frottait son bras douloureux. Il incarnait parfaitement la carrure du chevalier, rompu aux exercices et aux ports permanents des armes et armures. Amaury vit que son torse velu était lardé de cicatrices. Certaines, anciennes, apparaissaient blanches et d'autres, plus récentes, arboraient une couleur rosée déplaisante.

Baudoin dénoua ses cheveux qu'il tenait toujours ramenés en catogan derrière la nuque par grande chaleur et laissa retomber leur masse grise sur son visage. Il se frotta la barbe et se tourna vers Amaury qui, gêné, gardait ses mains ramassées devant ses génitoires.

Il réprima un rire rauque et se leva sans aucune gêne.

— Je crois que nous pourrons aussi passer chez le frère barbier, nous méritons une bonne taille !

Il porta son regard sur les pieds du jeune homme qui se sentit rougir

— Il pourra peut-être aussi examiner cet ongle, il m'a l'air bien vilain. Allons, les étuves nous tendent les bras !

Il écarta un rideau qui les séparait d'une petite salle au sol dallé, envahie de vapeur. Amaury crut suffoquer. Il ne distinguait rien. À peine arriva-t-il à entrevoir un banc de bois et à s'y asseoir en tâtonnant. Baudoin balança une louche d'eau chaude sur les pierres brûlantes disposées au centre de la pièce. Une brume dense, parfumée, s'éleva.

Amaury n'osait plus bouger, harassé par la chaleur et l'humidité. Il commença à s'habituer et s'aperçut que les gouttes de vapeur formaient des rigoles le long de sa peau, entraînant la saleté vers le sol. Celui-ci était légèrement incurvé pour permettre à l'eau de s'évacuer par condensation, vers de petits canaux. Amaury releva la tête pour contempler Baudoin, assis à ses côtés, qui s'adossait à la paroi en fermant les yeux. Il tenta de l'imiter, mais recula bien vite. Le mur derrière lui était brûlant !

Amaury commençait à ressentir les bienfaits de la chaleur sur ses courbatures. Les douleurs semblaient s'envoler, leur longue chevauchée devenant un lointain souvenir. Il somnolait lorsque Baudoin lui toucha l'épaule et lui fit signe de le suivre. Le corps musculeux du Templier était couvert de gouttelettes qui s'accrochaient à sa barbe et ses moustaches. Il guida le jeune homme à l'extérieur de l'étuve dans une seconde salle éclairée par quelques lampes où trônait un immense baquet de bois. Des brassées d'herbes y flottaient.

Baudoin y monta franchement et Amaury l'imita prestement. Le contact froid avec sa peau brûlante faillit lui arracher un cri de surprise. Il resta là, une jambe dans la cuve et l'autre repliée sous lui.

Baudoin éclata de rire et le tira par un bras, achevant de le faire entrer de force dans le bain. Amaury grelotta quelques minutes puis empoigna un morceau de savon d'Alep mis à disposition et se frotta vigoureusement, imitant le Templier. Celui-ci inspira un grand coup et plongea la tête dans le baquet avant de sortir, ruisselant, et de se rincer une dernière fois à l'aide d'un seau d'eau claire.

L'odeur d'huile d'olive et de laurier acheva de revigorer Amaury qui se retira de la baignoire.

Il se sentait un homme neuf.

Les deux compagnons rejoignirent le vestiaire. Amaury comprit alors que le système était construit en circuit fermé, comme les antiques bains romains, à une échelle plus petite.

De larges draps de cotonnade blanche les attendaient, avec lesquels ils se séchèrent. Enfin, ils revêtirent chacun une longue chainse recouverte d'un bliaud clair, sur le dos duquel la croix rouge des croisés apparaissait. Amaury avait presque l'impression d'être entré dans l'Ordre.

Ils sortirent pour constater que la nuit était définitivement tombée. Des torches illuminaient la grande cour ainsi que des feux çà et là, autour desquels chevaliers, frères et sentinelles se regroupaient pour partager le repas.

L'estomac d'Amaury émit un gargouillement caractéristique. Il porta la main à son ventre et regarda Baudoin, qui sourit de toutes ses dents.

— Tudieu, le bain m'a donné faim aussi mon garçon ! Trois jours que nous n'avons rien avalé de vraiment consistant. Mais je vois revenir Joseph, il nous donnera sûrement quelque chose. Il lui adressa un clin d'œil.

Amaury remarqua que son compagnon avait retrouvé toute sa bonhomie habituelle malgré le décès de Friedrich et cela le rasséréna. Il se sentait moins seul à son côté en cette terre étrangère. Il pensa un bref instant à son castel, à Arnaud, et son cœur se serra. Il lui manquait.

Frère Joseph arriva à leur hauteur, son expression bonhomme toujours greffée au visage

— Vous voilà redevenus hommes! C'est tant mieux. J'ai pu m'entretenir avec le commandeur. Il est trop tard pour qu'il vous reçoive et demain, la journée sera consacrée aux prières et à la mise en terre de Friedrich. Vous le verrez le jour suivant. Il a déjà adressé une missive à notre grand maître à Acre. Il sera fâché de découvrir qu'on vous a agressés. Et il a charge de prévenir le grand maître des Teutoniques de la perte de l'un de ses frères.

Baudoin baissa la tête.

— Nous savions que c'était risqué. Amaury a suggéré que nous nous joignions à une escorte. J'ai préféré que nous allions seuls, vu l'urgence et la nature de notre mission… je ne pensais pas que les derniers milles avant Castel Pèlerin nous causeraient quelques soucis. C'est par ma faute que Friedrich a trouvé la mort.

Joseph hocha la tête.

— Tu pourras raconter ta version à Geoffroy quand tu le verras, mais ne te flagelle pas pour autant. Les collines du Carmel grouillent de bandits et de hordes malfaisantes, c'est ainsi. En attendant, vous partagerez nos repas et puis mes aides vous montreront vos quartiers, dans le logis des chevaliers.

Il désigna d'une main le chemin obscur menant à la forteresse.

Amaury ne put réprimer un frisson. La longue tour du castel au sommet de laquelle brillait une lueur sanglante était encore plus impressionnante de nuit, masse sombre aux contours incertains. On eût dit une hydre tapie dans les ténèbres, prête à dévorer ceux qui oseraient s'attaquer à elle.

Guidés par le frère, les deux compagnons s'assirent sur des bancs de bois qui entouraient un grand feu à proximité de la poterne de la porte sud. Plusieurs chevaliers et écuyers devisaient tranquillement, mais les bavardages cessèrent à l'approche des deux hommes.

Parmi eux, un homme trapu et robuste à la barbe roussâtre se leva.

— Baudoin ? C'est bien toi ?

Baudoin dévisagea le frère à la lumière dansante des flammes.

— Thibault ? Thibault de Saulve ?

Les Templiers se donnèrent une accolade chaleureuse et bourrue.

— Thibaut, quel plaisir de te voir ! Je croyais que tu te rendais à Chypre, avec le gros de la croisade.

— J'ai dû changer quelque peu mes plans à la demande du grand maître. Comme toi, à ce qu'il semble.

Baudoin désigna Amaury du menton

— On m'a confié à Limassol ce chevalier qui m'accompagne, à la demande de ses suzerains. Il est arrivé avec la flotte de notre Roi et doit rejoindre d'ici peu l'ost.

Amaury salua Thibault avec une révérence gracieuse, ce qui eut le don de le faire éclater d'un rire sonore. Quelque peu vexé, le jeune franc se présenta.

— Amaury de Villiers, cadet de Raymond Roger, sieur de Villiers, Courlans et Veyrac. Nous sommes vassaux de la maison de Rochechouart.

Thibault frotta sa longue barbe d'un air circonspect.

— Or donc, il n'est pas Templier, cet enfançon ? Pas même apprenti ? Pourquoi diantre te charges-tu de lui ?

Baudoin afficha une expression indéchiffrable.

— Les Rochechouart l'ont jugé trop vert pour les combats. Ils ont jugé bon de l'envoyer faire un tour en Terre sainte. Ensuite… et bien comme toi, le grand maître a estimé que j'étais utile pour une certaine mission et nous nous sommes rendus à Jaffa, puis nous joindrons bientôt Acre.

Amaury tiqua à cette affirmation. Pourquoi Baudoin mentait-il aussi ostensiblement à l'un de ses frères, devant lui ? La qualité de leur mission requerrait donc une totale discrétion, même au sein de l'Ordre ?

Thibault haussa l'un de ses sourcils broussailleux.

— Toute cette route à vous deux ?

Les yeux de Baudoin se voilèrent.

— Nous étions trois, un chevalier Teutonique et deux francs. Le Teutonique, tu l'apprendras vite, a péri. Des pillards nous ont tendu une embuscade dans les monts Carmel pas plus tard qu'hier.

— C'est donc pour lui que demain nous jeûnerons et prierons tout le jour ? Quelle pitié que de vaillants frères tombent encore sous les coups de ces païens !

La fureur faisait frémir les lèvres lippues du croisé et Amaury se dit qu'au combat, malgré sa petite taille, ce devait être un redoutable adversaire.

— Mais enfin, c'est ainsi et tant que nous n'aurons pas expurgé de cette terre le croissant de l'islam une bonne fois pour toutes, nous ne connaîtrons pas la paix. J'espère que le Louis sait ce qu'il fait en mettant le siège devant Damiette, nous devons récupérer Jérusalem.

Baudoin acquiesça.

— Notre grand maître l'a convaincu. Sonnac pense que priver les Ayyoubides de leur capitale affaiblira toutes leurs possessions et que nous reprendrons Jérusalem facilement. Al Salih Ayyub est contesté dans son propre camp et la guerre avec son cousin Yussuf en Syrie n'a rien arrangé. Si seulement ce traître de Frédéric II n'avait pas éventé la croisade...

Thibault cracha dans le feu.

— La peste soit de ce maudit empereur, hérétique, fils du diable ! L'antéchrist personnifié, celui-là ! Mais assez parlé. Restaurons-nous, car demain nous nous abstiendrons et vous devez avoir grand-faim !

Amaury soupira. Enfin on en venait à ce qui l'intéressait ! Il lorgnait depuis plusieurs minutes sur les assiettes que les novices se passaient de mains en mains et sur des pilons de volailles rôties dégoulinantes de graisses que les sentinelles dévoraient debout, avant de rejoindre le chemin de ronde.

Baudoin prit place aux côtés de Thibault et celui-ci fit signe à un jeune garçon aux longs cils de biche et au teint olivâtre de servir les deux hôtes. Il leur donna une écuelle pleine d'un gruau de céréales épais et d'une galette, avant d'entreprendre de découper une petite poule qui tournait au-dessus des braises. Amaury se retint de ne pas se jeter sur la nourriture et prit une grande inspiration en fourrant dans sa bouche un morceau de pain. Il se demanda comment l'Ordre pouvait être aussi prospère sur une terre tellement aride. Rien que les bains étaient un luxe que beaucoup ne pouvaient se permettre, même à Acre ou Jérusalem.

Une fois le repas avalé, il sentit une douce torpeur l'envahir. Baudoin et Thibault devisaient toujours, échangeant des nouvelles des positions de l'Ordre en Orient et en Occident et des tensions avec les sarrasins, mais Amaury n'écoutait plus. Il bâilla ostensiblement. Baudoin le remarqua et interrompit sa conversation.

— Je crois que nous allons nous retirer dans nos quartiers, la journée a été longue et cela fait des nuits que nous n'avons pas vu une paillasse.

Thibault sourit, il lui manquait plusieurs dents.

— Bien sûr mon frère, je vais d'ailleurs vous accompagner, rejoignons les logis, je vous montrerai vos places.

Baudoin le remercia et les trois hommes se dirigèrent vers le sud de la forteresse.

Éclairée de torches qui fumaient dans l'obscurité et de feux de gardes, la porte était immense et surmontée d'une tour permettant à la fois sa défense et celle de la chaussée qui menait à l'isthme. Amaury admira une fois de plus le génie architectural des Templiers.

Les logis des chevaliers étaient tout proches, dans les halls du castel.

Ils consistaient en plusieurs chambrées de six chevaliers. Les communs et autres dépendances étaient distribués autour de la grande tour du Detroit et de la chapelle, où reposait le corps de Friedrich.

Thibault les mena jusqu'à l'une des chambrées et ouvrit la porte de bois.

— Voilà vos quartiers, mes seigneurs, dit-il en riant. Le frère Joseph y a fait porter vos effets. Soyez tranquilles, personne n'y a touché.

Il poussa Baudoin du coude comme s'il venait de faire une bonne plaisanterie. Amaury ne comprenait pas en quoi cette saillie était drôle, mais il se sentait tellement fatigué que son esprit lui semblait englué dans de la mélasse.

Thibault les salua et se retira. Par chance, ils disposaient d'une chambre pour eux seuls.

Leurs affaires personnelles et leurs armes avaient été déposées sur de grands coffres au bout de leur litière. Amaury n'avait qu'une envie : s'y allonger. Il se tourna vers Baudoin qui s'assit sur sa couche et prit l'une de ses bourses de voyage pour en vérifier le contenu. Visiblement et malgré ce qu'avait dit Thibault, il n'avait pas une confiance aveugle en ses pairs. Amaury imaginait mal l'affable frère Joseph fouiller dans les affaires des autres, mais après tout, beaucoup de croisés et chevaliers passaient par le castel.

La missive de Kamal était cousue dans la doublure d'un des sacs de Baudoin. La seconde, prise sur Friedrich au moment de sa mort, il l'avait confiée à Amaury qui l'avait dissimulée dans ses propres sacoches. Il y avait en effet peu de chance que l'on cherchât dans les effets d'un jeune homme qui n'était même pas membre de l'Ordre.

Amaury attrapa vivement sa bourse afin de vérifier. Baudoin leva la tête vers lui. Amaury déglutit, mais acquiesça. La missive pour le grand maître Teutonique n'avait pas bougé. Baudoin lui sourit et se mit à genou, les mains croisées devant lui, appuyées contre sa paillasse. Amaury l'imita. Il avait failli se coucher sans prier. Les frères du temple ne devaient jamais oublier qu'ils étaient avant tout au service de Dieu. Avant l'Ordre, avant ses frères d'armes, avant le roi, se tenait le seigneur tout puissant.

Enfin allongé sur le lit frais et garni, Amaury songea à son envie de rejoindre le Temple. Cette vie de moine et de guerrier lui conviendrait-elle vraiment ? Baudoin le lui avait dit, s'il entrait dans l'Ordre, il servirait d'abord Dieu. Cela signifiait aussi renoncer à ses possessions terrestres, à ses droits sur les mesnies et châtellenies de son père. Et suivre une règle quasi monastique. Il ne savait pas s'il s'en sentait réellement capable. Dans son esprit, il se voyait toujours revenir à Villiers et retrouver Arnaud.

Ses considérations le conduisirent tout droit au sommeil.

*

Quand sonnèrent les matines, Amaury dormait profondément. Il se redressa sur son lit d'un bond, les cheveux emmêlés. Baudoin revêtait son tabard et ajustait son glaive à son côté lorsqu'il remarqua la tête ensommeillée d'Amaury.

— Pâques Dieu Amaury, tu n'es pas encore prêt ? Dépêche-toi, les chants pour l'âme de Friedrich vont commencer.

Le jeune homme se leva d'un bond et enfila ses chausses et son bliaud. Il se saisit d'une petite cruche posée sur un rebord de coffre et s'aspergea le visage et les mains. Il se sécha avec les pans de son mantel, avant de s'en couvrir les épaules et s'engouffra dans le couloir derrière le Templier, le suivant comme son ombre.

Ils se présentèrent devant la chapelle pour l'office des matines avec la cohorte des frères et des chevaliers.

Le double clocher sonnait de toutes ses forces dans le vent salé. Sur ces terres, entendre le timbre des églises chrétiennes était pour les croyants un réconfort égal à celui du marin qui aperçoit un phare dans la tempête.

Amaury et Baudoin pénétrèrent dans l'édifice octogonal. On lui avait dit que le chœur de l'église rotonde se voulait une réplique du Saint Sépulcre de Jérusalem.

En foulant le parvis, il franchit deux dalles funéraires gravées, qui devaient contenir les restes des premiers commandeurs de la forteresse.

Il pensa à Friedrich, qui allait finalement reposer ici, très loin de ses terres du nord. Il leva les yeux vers les arcs en plein cintre qui se rejoignaient au-dessus du chœur.

L'assemblée des Templiers présents et quelques écuyers remplissaient la petite bâtisse. Devant le maître autel se tenait Geoffroy de Vichy. Il se tenait voûté et à genou, de sorte qu'Amaury ne pouvait pas contempler son visage.

Le prêtre entama son oraison et tous les chevaliers psalmodièrent les prières accompagnant leur compagnon vers le royaume des cieux. Les volutes d'encens montaient doucement vers le plafond de la chapelle, entraînant avec elle l'âme de Friedrich.

Les Templiers quittèrent en procession Castel Pèlerins jusqu'au cimetière situé sous les remparts, le long de la bande littorale qui longeait la mer.

Le corps de Friedrich fut descendu dans sa dernière demeure, tombe creusée dans le sable de cette terre si précieuse et si sacrée. Amaury retint ses larmes. Il observait Baudoin qui gardait une indifférence noble et portait son regard loin vers le large. Celui qu'il considérait comme son maître désormais pensait à sa mission, aux missives, aux secrets qu'elles renfermaient. Amaury se rendit compte qu'il ne savait même pas de quoi elles parlaient véritablement alors qu'il risquait sa vie pour les transporter. N'étant pas membre de l'Ordre, il avait estimé que cela ne le concernait pas. Les derniers événements l'avaient empêché ne serait-ce que de réfléchir au lendemain.

Maintenant que Friedrich était mort, qu'ils étaient parvenus à la moitié de leur périple, il se demanda si ces missives valaient vraiment que des hommes tels que le chevalier Teutonique se sacrifient pour elles. Était-il prêt, lui, à donner sa vie aveuglément pour des choses dont on lui cacherait toujours l'essence ?

Un mouvement le tira de ses réflexions. Les frères rentraient au fort, laissant les fossoyeurs accomplir leur œuvre. Bientôt une stèle de pierre ronde se dresserait au-dessus de la tombe et c'est tout ce qui resterait dans le monde pour témoigner que Friedrich avait existé.

Amaury pensa à la croix que Baudoin conservait aussi dissimulée dans son paquetage. Non ce ne serait pas tout, tant qu'il y aurait des personnes ici-bas pour se souvenir de lui et honorer sa mémoire. Amaury se promit d'être de ceux-là et rejoignit la cohorte des chevaliers.

À peine eurent-ils franchi la porte de leur quartier qu'un garçon se présenta à eux avec un message. Amaury le reconnut, c'était celui qui leur avait servi leur repas la veille. En songeant à cela, son estomac émit un gargouillement caractéristique. Il lança à Baudoin un regard penaud. Celui-ci lui renvoya un clin d'œil moqueur.

Le jeune homme se renfrogna. Ce n'était pas de sa faute, il avait si mal mangé avant d'arriver et voilà qu'on imposait un jeûne. Il prit la missive et l'adolescent, en un clignement de ses yeux aux longs cils, disparut dans l'embrasure de la porte. Amaury se précipita.

— Hé ! l'interpella-t-il, comment t'appelles-tu ?

Le jeune garçon se retourna. On aurait dit un chérubin et son teint olivâtre, qu'encadraient des cheveux noir de jais aux boucles parfaites, traduisait des origines mauresques.

— Adam, répondit-il d'une voix douce comme un morceau de soie, avant de continuer sa course.

Amaury referma la porte et porta le document à Baudoin, assis sur sa couche.

Il en prit connaissance en silence. Puis, devant le regard interrogatif du jeune homme, il expliqua.

— Geoffroy nous recevra finalement ce soir, après les vêpres. Il est probable que nous quittions Castel Pèlerin plus rapidement que prévu.

Amaury allait demander pourquoi, mais Baudoin bascula en arrière et s'allongea. Il croisa ses mains derrière la tête et s'endormit presque aussitôt.

Amaury détestait cette attente. Il n'aimait pas rester inactif alors que l'entrevue avec le commandeur allait sûrement modifier la suite des événements. Il se leva et arpenta la chambrée.

Il se décida enfin à sortir. Se promener quelques instants lui changerait les idées.

La forteresse était peu animée. Les couloirs étaient pour la plupart vides, éclairés par les torchères. Amaury entendait le ressac contre les rochers en contrebas et le sifflement du vent entre les pierres dès qu'il passait devant une meurtrière. On eût dit un bateau fendant la tempête.

Il sortit enfin et le soleil l'aveugla.

Il porta ses mains en coupe au-dessus de ses yeux et regarda s'il pouvait gagner le chemin de ronde, juste pour observer les alentours, comme les sentinelles.

Il avisa un étroit escalier qui grimpait le long de la muraille nord et entreprit d'y monter. Une fois atteint le sommet des remparts, il les longea en direction de l'ouest, jusqu'à la tour. Le vent venu de la Méditerranée le fouetta, ses cheveux s'envolèrent. Loin dans les airs, des goélands planaient en lançant leur plainte criarde qui se répercutait sur l'étendue liquide. Le soleil déjà déclinant faisait luire la mer, ondulante.

Il croisa les sergents en faction sur le mur qui l'ignorèrent.

Il obliqua pour se retrouver sur le rempart sud-est du château, qui constituait la pointe de la presqu'île et l'endroit où les murailles rejoignaient la pierre. Les enceintes surplombaient une falaise escarpée. De gros rochers noirs rendaient tout accostage impossible. Seul le port, situé au sud dans une crique abritée, accueillait les barques de pêcheurs et les bateaux de commerce avec leur cargaison. La mer appartenait à l'Ordre, le danger ne pouvait survenir que de terre.

Il émanait de Castel Pèlerin un sentiment de puissance et de sécurité absolu. Cela lui rappela les hauts murs de Malte, que les nefs du Roi avaient longés avant d'accoster à Chypre. Amaury se souvint de ce soir où on lui avait ordonné de suivre l'étrange Templier, le séparant du reste de l'Ost. Mais peut-être tout avait-il déjà débuté avant, à Langogne, ce jour pluvieux où il avait croisé Baudoin pour la première fois et reçu la croix. Que pouvait bien lui réserver l'avenir, désormais ?

Le soleil commença à descendre dans la mer et le ciel rosit à l'approche de la nuit. De fins nuages ourlaient les pentes du Mont-Carmel, formant de longues bandes de brumes qui prenaient la couleur de l'horizon.

Il adressa une courte prière à l'âme de Friedrich, dont les murmures s'éloignèrent dans le vent. Peut-être lui aussi serait-il amené à laisser ses os dans cette terre aride, à mille lieues de son vert limousin natal. Il redescendit vers le hall sud où se trouvait leur quartier. Il venait d'avoir une idée.

Dans leur cellule, Baudoin somnolait toujours. Amaury saisit dans son paquetage un rouleau de papier clair, une plume et de l'encre. Il avait appris à écrire encore enfant, dans son castel. Il avait depuis lors et sur ordre de Baudoin, toujours conservé sur lui le matériel nécessaire. Il entreprit donc de rédiger une lettre pour Arnaud. Il tenterait de la faire partir dès leur arrivée à Acre.

Il entendit Baudoin remuer sur sa couche et s'étirer alors qu'il apposait son sceau sur la cire brûlante. Baudoin se redressa et le regarda. Ses yeux étaient vifs et clairs, reposés. Il versa de l'eau dans le creux de ses mains en procédant à de rapides ablutions qui achevèrent de le réveiller.

Il mit de l'ordre dans sa tenue et fit signe à Amaury de se préparer.

*

Ils descendirent dans le hall pour rejoindre le réfectoire où les Templiers prenaient leur repas. Amaury avisa le jeune garçon nommé Adam du coin de l'œil, assis sur une table certainement réservée aux apprentis. Il le salua.

Celui-ci lui rendit un bonjour timide en inclinant sa belle tête.

Le frère cellérier qu'il connaissait bien à présent se tenait au côté du grand maître. Amaury allait avoir le loisir de le contempler pendant tout le repas avant de le rencontrer en particulier.

Baudoin prit place à la droite de Thibault, qui gratifia Amaury d'une claque dans le dos. Cela lui rappela Friedrich et il ressentit l'absence cruelle du Teutonique.

Une fois les grâces prononcées, les chevaliers se mirent à manger, la plupart en silence. Amaury avait l'impression de se trouver au monastère et non au milieu des guerriers les plus riches et redoutés d'occident.

Le jeûne pour le mort continuant, un simple brouet clair et du pain bis leur furent servis. Amaury grimaça, mais voyant que personne ne protestait, il avala lentement sa part en grommelant pour lui-même.

Il regrettait la volaille partagée avec les sentinelles la veille. Au moins, le repas fut rapidement terminé et l'assemblée se retrouva dans la petite église pour les vêpres.

Une fois les prières achevées, Amaury et Baudoin regagnèrent leur chambrée.

Ils patientèrent un moment avant que le jeune Adam ne frappe à la porte pour les guider jusqu'au commandeur de la forteresse.

Ils longèrent les murs sombres. L'humidité portée par le vent marin suintait sur les pierres. Des vagues d'air chaud et salé leur parvenaient à chaque passage devant les minces ouvertures qui émaillaient les murailles.

Après avoir suivi les couloirs bordant les halls immenses, un escalier en colimaçon les conduisit à un étage intermédiaire où se trouvaient les quartiers privés de Geoffroy de Vichy.

Une grande table trônait au milieu d'une salle circulaire, marquant le lieu de rassemblement du conseil des chevaliers de Castel Pèlerin.

Ils traversèrent rapidement la pièce et Adam frappa à une porte en bois au fond. Ils entendirent à travers la voix de stentor de Geoffroy les incitant à entrer. Adam l'ouvrit et s'effaça dans les ombres, les laissant seuls devant le commandeur.

Celui-ci était assis à une sorte de bureau, couvert de missives diverses et de documents. Il affichait un air fatigué, accentué par les cernes bleus sous ses yeux enfoncés. Sa barbe et ses cheveux grisonnaient, Amaury le trouvait plus âgé que Baudoin, mais le poids des responsabilités pouvait l'avoir vieilli précocement.

Il se leva de son faudesteuil et s'approcha de Baudoin en silence. Il le contempla quelques minutes, puis un large sourire illumina ses traits.

— Baudoin, mon frère, quelle joie ! Cela fait bien des années que nous ne nous étions pas rencontrés.

— Oui, trop longtemps, Geoffroy, trop longtemps.

Baudoin lui rendit son salut et les deux hommes se donnèrent l'accolade traditionnelle.

Il s'écarta légèrement pour que Geoffroy puisse apercevoir Amaury.

— Je te présente le jeune garçon qui m'accompagne, Amaury de Villiers. Il a été confié à mes bons soins par ses suzerains, les Rochechouart. Il est arrivé avec l'ost à Chypre et depuis, nos destins sont liés.

Amaury s'inclina profondément devant le Templier, mais celui-ci lui tapota l'épaule, lui faisant signe de se relever.

— Ha, du sang frais. Songe-t-il à rejoindre nos rangs après t'avoir eu comme instructeur ?

Amaury rougit jusqu'aux oreilles. Il ne savait que dire, mais heureusement Baudouin répondit pour lui.

— L'Ordre est un maître exigeant, c'est un choix compliqué pour un jeune garçon. Il doit encore y penser. Mais venons-en au fait, Geoffroy. Nous sommes détenteurs de missives d'une grande importance. Nous devons nous rendre rapidement à Saint-Jean d'Acre, par la voie maritime.

Geoffroy acquiesça d'un air grave et leur fit signe de s'asseoir. Un autre faudesteuil faisait face à la table d'écriture dans lequel Baudoin s'installa, alors qu'Amaury se contentait d'une escabelle.

— On m'a prévenu, tu t'en doutes. Nous vous attendions d'ailleurs plus tôt. Cette embuscade que vous avez essuyée dans les monts Carmel... les mamelouks auraient-ils eu vent de votre mission ?

Baudoin tripota nerveusement son menton.

— Cela me paraît évident. Pour être honnêtes, on nous a mis en garde à Jaffa. Un assassin nous y a attaqués. Les mamelouks ont conscience de la faiblesse de leur sultan et souhaitent visiblement faire échouer cette mission. Une négociation avec les francs ne leur rapporterait rien.

Geoffroy haussa les épaules

— Les traîtres sont partout, même et surtout au sein de la fratrie Ayyoubides. Des rumeurs se répandent déjà dans le désert comme des criquets. Ces sarrasins sont avides de pouvoirs et de complots et ils sont actuellement en position de force. C'est logique qu'ils souhaitent pousser leur avantage. Par ailleurs, nous savons aussi que certains, dans l'entourage de Louis, verraient une victoire par la voie politique d'un très mauvais œil. La guerre rapporte.

Amaury tentait de ne pas perdre une miette de l'échange entre Geoffroy et Baudoin, mais il devait admettre qu'il ne comprenait pas tout. Peu au fait des affaires en Terre sainte, il connaissait vaguement les puissances en présence, mais aucunement tous les complots, pactes ou arrangements qui pouvaient exister entre les deux factions. Avec, au cours de toutes les tractations, la lutte pour la domination de la très sainte Jérusalem. Il se tramait de sombres desseins dans les mirages du désert de Judée.

Baudoin se rendit compte qu'il les écoutait attentivement et poussa un soupir. Il se tourna vers lui.

— Tu l'as entendu toi-même de notre contact à Jaffa, les guerres intestines ont sapé l'autorité du Sultan. Les mamelouks ne demandent qu'à se rebeller et ne reconnaissent que la force et l'honneur. Le neveu du grand Saladin les a beaucoup déçus... et nous avec ! Mais c'est un fin politique. La mission de l'Ordre dans cette affaire est de remettre à Louis la missive que son épouse, Shajar al Durr, nous a confiée. Tu sais comme moi qu'elle contient des renseignements très importants pour le roi, des informations qui pourraient certainement influencer ses choix et rendre la croisade victorieuse ou au contraire, mener à la défaite de l'ost.

Amaury retint sa respiration. Il ne comprenait toujours pas pourquoi il avait été désigné, ce jour-là, à Limassol pendant cette si étrange réunion, pour participer à cette expédition. Lui, le jeune chevalier fraîchement adoubé, se retrouvait au centre d'une énigme dont il n'avait pas la clé.

Pourquoi Baudoin ne lui avait-il d'ailleurs pas fait part du réel but de leur mission dès le départ ? Plaçait-il finalement si peu confiance en lui ? Les questions se bousculaient dans sa tête si rapidement qu'il était pris de vertige. Un mélange inquiétant de fierté et de honte montait en lui, sans qu'il puisse s'en expliquer l'origine.

Il se renfrogna. Baudoin le regarda d'un air circonspect, avant de parler avec Geoffroy des enjeux politiques cruciaux de cette nouvelle croisade.

Enfin, au bout d'une bonne heure qui parut à Amaury une éternité et alors qu'il s'endormait sur son escabelle, Geoffroy annonça :

— Une balancelle part après-demain directement pour Saint-Jean d'Acre. Elle lèvera l'ancre avant les matines, chargée de sel. Pas de pèlerins prévus dans ce transport, c'est donc l'idéal. Ce sera le chemin le plus sûr pour vous. Tu sais que notre flotte domine le territoire maritime. Vous ne risquez rien, le capitaine nous est acquis depuis longtemps et charrie les ravitaillements entre nos principales forteresses, le long de la côte et jusqu'en tripolitaine. Une fois à Acre, vous pourrez décider avec le Grand Maître comment vous souhaitez retrouver l'ost en Égypte. Il doit aussi nous dire si nous joignons la croisade. Un seul conseil, mon frère, ne remets ta missive qu'à Louis en main propre.

Baudoin émit un petit sifflement entre ses dents.

— Tu sais qu'il n'est pas évident d'accéder au roi. Déjà à Chypre, le comte d'Artois a tenté de m'empêcher d'accomplir ma mission. Sans l'intervention de Sonnac et du sénéchal de Joinville, j'y serais encore. Ce n'est qu'en acceptant qu'un cadet m'accompagne finalement à Jaffa, puis en Acre qu'il m'a laissé partir !

Il désigna Amaury du menton. Celui-ci cligna des yeux.

On parlait de lui. Le profil grave de Baudoin se découpait à la lueur des bougies. Certes, on lui avait forcé la main, mais il n'avait pas tant rechigné à le prendre à son côté. C'était comme s'il voyait le Templier pour la première fois, sous un jour nouveau. Il se jura d'exiger de lui la vérité, une fois seul.

Geoffroy esquissa un geste qui traduisait le plus grand mépris pour Robert d'Artois.

— Ce n'est pas ce péroreur qui t'entravera. Louis connaît son frère et Sonnac a toute sa confiance. Et par la malemort, si jamais Artois te gêne, passe directement par Joinville à nouveau, un allié sûr et un homme de raison. Tu peux aussi compter sur Alphonse de Poitiers, il est plus honnête qu'Artois et acquis à l'Ordre. Il t'obtiendra audience sans problème. Et s'il ne le peut, tu sais que la force de l'Ordre te permettra d'accéder au Roi. Sonnac luttera à tes côtés. Pas d'inquiétude, mon frère, le seigneur accompagne tes pas, tu réussiras à accomplir ta mission, comme toujours.

Baudoin n'avait pas l'air aussi convaincu que Geoffroy, mais il ne protesta pas. Le commandeur tapa dans ses mains.

— Bien ! Tout est arrangé, vous pouvez regagner vos quartiers et prendre un peu de repos avant votre départ. Ha, dernière chose. Adam !

À l'appel de son nom, le jeune garçon se matérialisa devant la porte.

— Adam vous accompagnera, il est très intelligent et sûr. Il parle de nombreux dialectes mauresques, hébreux et comprend le grec et le latin. Il vous sera utile, car il est également doué pour, disons, rapporter fidèlement. Tu auras besoin d'une paire d'yeux supplémentaires dans l'Ost. Il souhaite entrer chez les dominicains, ou les franciscains, je ne me souviens plus, à l'issue de la Croisade. Bref, rejoindre un Ordre mendiant. À dire vrai, il n'est pas taillé pour la guerre.

Geoffroy contempla l'adolescent d'un air indéfinissable.

Baudoin haussa ses sourcils broussailleux tout en observant le beau garçon frêle. Puis il éclata de rire.

— Je ne saurais comment te remercier Geoffroy, de m'accorder une telle aide. Je n'avais déjà pas assez d'Amaury à m'occuper. Morbleu, si cela continue, je vais me transformer en nourrice !

Geoffroy émit un rire bref, mais ne releva pas la saillie.

— Tu as deux jeunes garçons en pleine forme sous tes ordres à présent, nul doute qu'ils s'enrichiront grandement à ton contact. Allons, c'est entendu, de toute façon.

C'est ainsi que le commandeur ferma la conversation, sur un ton sans réplique.

Ils prirent alors congé et convinrent de se retrouver sur le port le lendemain dès l'aube levée.

Une fois revenu dans leur chambrée, Amaury se laissa tomber sur son lit tout habillé et contempla le plafond pendant que Baudoin procédait à ses ablutions. Sa langue le démangeait, mais il ressentait en lui une telle fureur contenue qu'il avait peur que ses mots ne dépassent sa pensée.

Il respira un grand coup et ferma les yeux, dans une tentative pour apaiser les battements de son cœur. Quand Baudoin eut enfilé une chainse de lin propre et lui fit signe de se laver également, il se redressa et le regarda droit dans les yeux.

— Vous avez déclaré au commandeur que vous m'avez pris avec vous contraint et forcé par Artois, à Chypre. Je n'ai pourtant pas eu cette impression au long de notre périple. Pourquoi ne m'avez-vous rien dit ?

Baudoin le contempla.

— Il y a plusieurs questions dans ta phrase Amaury. À laquelle préfères-tu que je réponde ? Oui, on m'a imposé ta présence ce soir-là, tu l'as bien vu. Mais ce n'est pas pour les raisons évoquées qu'Aimery VII t'a coopté. Les Rochechouart sont des amis du comte d'Artois. Aimery semble te porter en estime. Mais je dois t'avouer une chose, sa dame beaucoup moins. J'ai appris avant notre départ qu'alors que Robert cherchait un chevalier suffisamment jeune et éloigné de sa maison pour ne pas éveiller mes soupçons, elle a immédiatement suggéré ton nom. Pourquoi, je l'ignore. Mais tu dois le savoir, non ?

Amaury revoyait soudain Dame Alix, en chemise, l'air furieux et blessé, dans sa tente l'avant-veille de son adoubement. Il pâlit, alors que Baudoin poursuivit.

— Quand nous rejoindrons l'Ost, tu seras convoqué par tes suzerains, qui te réclameront un rapport détaillé de notre périple, qui nous avons rencontrés, les nouvelles que tu rapportes et surtout… que contiennent les missives. Ils ont vu en toi un espion, Amaury.

La tête d'Amaury tournait sous le coup de ces révélations. Il s'empourpra.

— Jamais le comte Aimery ne m'a demandé une telle chose ! Il voulait qu'à l'occasion de ce périple j'apprenne encore plus au contact des Templiers, c'est un homme bon, il m'a adoubé ! Jamais il n'aurait participé à telle traîtrise !

Il serrait bien malgré lui les poings, se sentant humilié et trompé. Il ne parvenait pas à croire ce que Baudoin affirmait, même s'il semblait désormais évident que c'était là la vengeance d'Alix. Il n'avait été qu'un jouet au service des puissants. Tout devenait si clair, soudain.

Celui-ci leva les mains en signe d'apaisement.

— Afin que tu t'acquittes de ta mission en toute honnêteté, tu ne devais rien savoir. Ton innocence et ta bonne foi étaient des gages envers nous. Qui soupçonnerait un garçon aussi volontaire, aussi brave compagnon, avide d'apprendre ? Personne. C'était bien là leur but, tu dois m'encroire. C'est pour ça que l'Ordre ne s'y est pas opposé. Tu sais que je ne te mentirais pas, Amaury. Après ces semaines passées ensemble, tu as prouvé ta valeur et tu as gagné ma confiance. Sois certain que Friedrich te tenait aussi en haute estime. À présent, tu connais la vérité et tu pourras prendre tes propres décisions une fois en Égypte.

Ces révélations dépassaient le jeune chevalier. Elles lui laissaient un arrière-goût de fiel. Il détestait la tromperie, et ce depuis l'enfance. Si c'était cela, être Templier, naviguer entre les complots, les secrets et les intrigues, cela ne l'intéressait pas. Il avait cru à tort que la vie de pauvre chevalier du Christ se résumait à suivre la voie de Dieu, à servir l'Ordre et à protéger les paumiers contre les infidèles.

D'un autre côté, la chevalerie française empruntait le même chemin, devenant un simple fil d'Ariane pour les machinations des puissants. Et ce jusqu'aux dames, objets de vénérations courtoises, qui s'abaissaient à des stratagèmes vils pour venger les blessures de leur ego mal placé. Il se massa la gorge, sentant monter des larmes de rage dans ses yeux clairs.

Il adressa un merci à Baudoin dans un souffle. Celui-ci s'allongea sur sa couche et lui tourna le dos.

Amaury procéda à sa toilette avec une colère qu'il avait du mal à contenir puis s'alita. Il moucha la chandelle, mais ses idées noires le tinrent éveillé jusqu'au matin.

*

L'aube étirait ses doigts roses dans le ciel encore sombre. L'horizon prenait des teintes violines et pourpres au fur et à mesure que la lumière croissait. Les ombres projetées par les montagnes diminuaient petit à petit, dégageant la plaine.

Un brouillard dense recouvrait les marais, la chaleur de la nuit refluant avec le vent marin qui balayait la côte.
Sur les quais de Castel Pèlerin, des silhouettes s'agitaient autour d'une longue barque aux voiles latines. Les ballots et les caisses de bois passaient de mains en mains, hissés à bord à dos d'homme.
Amaury se frotta les yeux. Cela faisait deux nuits qu'il dormait mal et n'avait aucune envie d'accomplir un périple en bateau. Le souvenir cuisant de sa dernière traversée lui revint et il sentit son estomac se contracter. Une boule monta dans sa gorge, traduisant l'appréhension de se retrouver à nouveau sur la mer mouvante. Il ferma les yeux et tenta de se calmer. Quand il les rouvrit, le jeune Adam se tenait devant lui tête baissée. Amaury soupira et esquissa un sourire grimaçant.
— Le bonjour Adam. Alors, nous sommes compagnons de voyage, désormais.
Adam se redressa et le salua.
— Oui, messire.
Amaury retient un rire.
— Allons, ne m'appelle pas messire, j'ai l'impression d'être aussi vieux que Baudoin ! Appelle-moi, Amaury. De plus, d'ici à ce que nous nous retrouvions en pleine mer, tu auras perdu l'estime que tu nourris pour moi.
Il palpa son ventre avec une expression douloureuse. Adam ne rit pas.
— Vous souffrez du mal de mer ?
— Hélas oui, je ne parviens pas à dominer cette sensibilité. J'ai beau invoquer Saint-Elme, sitôt que le roulis commence à charrier le bateau, il emporte mes résolutions avec.
Le jeune homme le regarda longuement.
— Si vous acceptez, je peux vous donner quelque chose qui vous soulagera. Les sarrasins disent que la menthe apaise les maux d'estomac et l'essence concentrée de la plante, appliquée sur un tissu

que vous garderez devant votre bouche pour la respirer, calme les nausées.

Le ton posé du garçon surprit Amaury, de même que son érudition. Geoffroy n'avait pas menti, Adam serait sûrement un compagnon de route très utile.

Il haussa les épaules.

— Par Dieu, Adam, je souffre tellement la malemort que j'essayerais n'importe quoi, même un remède mauresque.

Pour la première fois de leur entretien, l'adolescent sourit franchement. Il émanait de lui une beauté et une intelligence que l'on ne s'attendait pas à trouver dans une forteresse rude et solitaire comme Castel Pèlerin. Il s'étonnait qu'un garçon aussi jeune présentât autant de qualités. Il se souvint que Geoffroy avait dit qu'il souhaitait rejoindre un Ordre mendiant. Rien ne contrastait plus entre l'image qu'il se faisait de ces pauvres moines sales et tonsurés, balayant les chemins de leurs longues robes de bure, que l'adolescent qui se tenait devant lui. Avec ses boucles souples et son visage rayonnant dans la lumière de l'aurore orientale, on aurait dit une sculpture.

Amaury se promit de lui demander pourquoi il voulait se cloîtrer entre quatre murs. Adam ne manierait peut-être jamais les armes, mais il pouvait embrasser quantité d'autres voies. Il le regarda revenir vers lui avec une tasse fumante.

— Tenez, buvez ceci. C'est du chai, une boisson que prisent beaucoup les sarrasins. C'est une infusion réalisée à l'aide d'une plante qui pousse dans un pays lointain à l'Est, au-delà de la Mésopotamie, un royaume où vivent des dragons. Agrémentée de feuilles de menthe, c'est le breuvage préféré des Bédouins.

Amaury renifla le contenu de la tasse avec circonspection. La décoction ne lui était pas inconnue, il avait vu de nombreux caravaniers la partager et même certains Templiers. La saveur très sucrée du thé lui brûla la langue. Il souffla fortement sur le liquide pour le rafraîchir.

— Tu sais ce que tu avances ? Ça ne va pas me rendre encore plus malade, n'est-ce pas ?

Adam sourit à nouveau et lui montra qu'il en buvait lui-même. Amaury vida la tasse et la lui restitua. La chaleur du breuvage sembla apaiser ses spasmes et cela le rasséréna un peu.

Il avisa Baudoin du coin de l'œil. Celui-ci se chargeait de faire embarquer leurs affaires ainsi que leurs chevaux. Il ne lui avait pas adressé la parole depuis la veille au soir, sa fierté prenant le pas sur les sentiments filiaux qu'il éprouvait pour le templier.

La confiance qu'il plaçait en lui s'était émoussée. Amaury ne pouvait douter des Rochechouart. Le comte lui avait offert sa bonté. Il l'avait tiré des mains d'Eudes qui l'aurait sûrement tué à la tâche et lui avait offert de renforcer son jeu au côté de Guilhem. Il éprouva un pincement au cœur en pensant au maître d'armes. Les Rochechouart croyaient en lui, lui permettaient d'accomplir sa première mission pour le roi lui-même, qu'il allait peut-être pouvoir rencontrer autrement que de loin, sur un quai ou dans une église.

Il ne parvenait pas à les voir comme de perfides comploteurs à la solde d'Artois, malgré l'algarade avec Alix, qui le harcelait dans de mauvais songes. Ils étaient ses suzerains et en cela il leur devait un respect absolu.

Adam tira sur sa manche et le sortit de ses pensées. Geoffroy venait de paraître sur le quai flanqué de Thibault et du frère Joseph. Le soleil pointait à l'horizon. C'était le signal de leur départ. Il rabattit les pans de son mantel contre lui, s'assura de la présence de sa besace et s'avança vers les Templiers.

Geoffroy donna une chaleureuse accolade à Baudoin.

— Va, mon ami, que Dieu vous ait en sa sainte garde. Saint-Michel vous protégera et vous aidera à accomplir votre mission. Je suis sûr que vous y parviendrez. Mes prières vous accompagnent.

Il apposa ses deux mains sur les épaules d'Amaury et le salua en inclinant la tête. Amaury fit de même et le remercia pour son hospitalité.

Baudoin salua chaleureusement le frère cellérier, dont les yeux humides indiquaient qu'il n'aimait pas les départs. Puis, ils s'étreignirent longuement avec Thibault.

— Je regrette de ne pas t'accompagner à Acre mon frère, mais comme tu le sais je dois de mon côté rejoindre Venise et rentrer dans nos états de France. On m'attend en notre commanderie de la Couvertoirade. Mes pensées t'accompagnent Baudoin et je prierai pour toi.

Il adressa un clin d'œil appuyé à Amaury.

— Toi aussi mon garçon, que Saint-Jean te garde ! Si jamais tu reviens en France, n'hésite pas à venir dans nos maisons du Larzac, je ferai en sorte que tu sois bien reçu.

Amaury acquiesça et le remercia, la gorge nouée. Il n'avait passé que quelques jours à Castel Pèlerin, mais le chevalier, bon vivant et aimable, lui manquerait.

Enfin, ils embarquèrent tous les trois à bord de la balancelle et, le chargement terminé, les marins retirèrent les échelles et filins. C'était un bateau typique de la Méditerranée, une longue barque comprenant trois mâts inclinés vers l'avant, portant chacun une voile latine.

À bonne distance du port, on sortit deux paires de rames servant à s'éloigner de la côte et à se mettre sous le vent pour gagner le large, sans jamais perdre de vue le cordon littoral.

Baudoin avisa le capitaine, un homme au visage tanné comme du cuir brun et aux yeux noirs et perçants. Il se nommait Joffre et on entendait son fort accent sicilien, sûrement était-il arrivé là avec les Vénitiens.

— Combien de temps pour atteindre Saint-Jean d'Acre capitaine ? interrogea le Templier. L'italien le toisa de haut en bas.

— Nous allons remonter vers Haïfa d'abord en longeant la côte. Mais après, nous nous éloignerons pour traverser une large baie qui mène juste en face. Si le vent est avec nous, ça ne nous prendra pas plus d'un jour et une nuit.

Baudoin acquiesça.

— Des dangers sur le trajet ?

Le sicilien haussa un de ses sourcils broussailleux.

— On ne quitte pratiquement pas le littoral de vue, pas de haut-fond ni de récifs trop méchants. Aucun pirate ne s'aventure aussi près des forteresses templières et les vôtres tiennent en main toutes la Méditerranée d'ici jusqu'en Libye. Alors des dangers, vous devez mieux le savoir que moi, il n'y en a pas.

En entendant cela, Amaury poussa un petit soupir de soulagement. Assis sur un banc de nage, à proximité du bastingage, il pressait contre son nez le tissu imbibé que lui avait donné Adam, en inspirant de toutes ses forces l'essence de menthe. Pour le moment, cela apaisait son mal de mer, mais Dieu seul savait combien de temps cela durerait. Si le voyage ne se prolongeait pas trop longtemps, il pourrait s'en tirer sans rendre tripes et boyaux. À ses côtés, Adam paraissait l'image même d'un saint en contemplation.

Amaury se redressa un peu et s'adressa à lui :

— Merci, Adam, le remède que tu m'as donné me soulage bien. Tu possèdes des notions de médecine, c'est très précieux. Où as-tu donc appris tout cela ?

Adam le regarda de ses yeux profonds.

— Il y a longtemps, Geoffroy m'a amené avec lui visiter un grand ermitage dans le Sinaï, où se trouvaient des érudits, des sages et il m'y a laissé plusieurs mois. Pendant tout ce temps, ils m'ont enseigné quantité de choses, fait lire et étudier les ouvrages des savants grecs et latins, mais aussi arabes. L'art des mires et la connaissance des plantes m'intéressaient beaucoup.

— Le Sinaï.

Le regard d'Amaury se porta au loin sur la ligne sombre du Mont Carmel, qui se découpait sur le ciel rose.

— La montagne sacrée où Moïse reçut les Tables de la loi de la main de Dieu lui-même. Quelle chance tu as eu de contempler cette montagne sainte et d'y obtenir un tel enseignement.

Le garçon acquiesça en inclinant sa belle tête. Ses manières douces rendaient sa présence discrète, agréable. Amaury se sentait mieux qu'il ne l'aurait pensé. Discuter avec Adam l'empêchait de se confronter à Baudoin qui s'entretenait avec le capitaine.

— Alors comme ça, c'est Geoffroy qui t'avait mené avec lui visiter ce monastère sur le Sinaï ? Il est ton maître depuis longtemps ?

Le regard de l'adolescent se voila.

— Ma mère est morte à ma naissance. Geoffroy m'a recueilli, je ne connais que lui.

Amaury était impressionné. Un Templier avait-il le droit de prendre un fils adoptif ?

— C'est vraiment très charitable de sa part. Un chevalier de son rang, cela n'a pas dû être facile de faire accepter un enfant à la communauté, les gens peuvent être étroits d'esprit, parfois.

Adam planta soudain ses yeux dans ceux d'Amaury. Son regard était devenu vif, comme si un orage y couvait.

— Il n'y a pas de charité là-dedans. Cet homme a tué ma mère, c'était légitime qu'il s'occupe de moi.

Amaury encaissa la révélation, mais elle ne le déstabilisa pas plus que cela.

— Légitime, comme tu y vas, Adam ! La guerre est ainsi, ta mère, Dieu ait son âme, était sûrement une femme bonne, mais un chevalier n'a pas obligation de ramasser tous les orphelins et heureusement ! Nos castels ne suffiraient pas à les contenir !

Il tenta de rire, mais son hilarité mourut dans sa gorge.

Adam serra les poings et ses jointures blanchirent. Il darda sur Amaury un regard plus intense encore :

— Je ne suis pas un orphelin de guerre !

Il criait presque.

— Si Geoffroy m'a recueilli, c'est que son honneur le lui dictait ! Cet homme que tu sembles admirer, l'assassin de ma mère... c'est mon père !

Il se leva brusquement et se dirigea vers l'avant de la balancelle, laissant Amaury derrière lui interdit.

Geoffroy, le père d'Adam ? Assassin de sa mère ?

Adam possédait des traits mauresques, c'était indéniable. Le commandeur avait-il fauté avec une infidèle ?

D'abord, Eudes vil et méchant. Ensuite, Alix, calculatrice et séductrice. Puis Friedrich et son amante secrète, Baudoin et ses manigances politiques et maintenant les menteries et les bâtardises d'un maître du Temple ! C'en était trop pour Amaury, il serra les poings et tenta de contenir sa colère.

Un vent de nordet se mit à souffler, gonflant les voiles carrées qui claquèrent. Le bateau bondit vers l'avant en fendant les vagues et prit de la vitesse. Amaury contempla les lignes brutes des tours massives de Castel Pèlerin disparaître dans le lointain.

Une petite houle se leva, imprimant un lent balancement au navire. Il s'accroupit et, comme à son habitude, rendit ses tripes à la mer.

Le vent était tombé avec le soir. Çà et là, les bateaux identiques au leur qui les entouraient sur la mer calme affalaient leur voile et se préparaient à passer la nuit à l'ancre. La chaleur émanant du continent les effleura et les cris des oiseaux se turent.

Amaury se recroquevillait contre le banc de nage, enroulé dans son mantel, les yeux fermés, la respiration courte. Il ne se sentait pas mieux, mais au moins maintenant son estomac vide le laissait relativement en paix. Il était juste fatigué et aurait bien voulu trouver le sommeil. À l'avant, les marins et le capitaine avaient allumé de petits braseros pour cuire leur mangeaille. Baudoin et Adam parlaient avec eux. Heureusement, ils étaient suffisamment loin pour que l'odeur ne parvienne pas jusqu'à lui.

Il respira longuement la fragrance pleine et chaude venant de terre et ferma les yeux.

Un froissement d'étoffe lui fit ouvrir un œil. Adam se tenait devant lui, une écuelle de bois fumante et une cuillère à la main.

Il souffla dessus et la lui tendit. Amaury émit un grognement sourd pour signifier qu'il ne voulait ni manger ni parler. Adam s'assit à son côté, dos au banc.

— Je suis venu m'excuser. Je me suis emporté tout à l'heure.

Amaury ouvrit lentement la bouche. Desséchée par l'air salé, une voix rauque monta de sa gorge.

— Ce n'est rien, je comprends que cela te mette en colère, je n'aurais pas dû insister. Si tu veux bien me pardonner toi aussi, n'en parlons plus.

Il se rencogna encore plus, espérant qu'Adam allait cesser de lui présenter l'écuelle. Adam poussa un petit soupir.

— Je t'ai amené juste un bouillon clairet. Tu ne dois pas rester l'estomac vide, ce n'est pas bon. Et puis, tiens.

Il tendit à Amaury à nouveau un tissu imprégné d'essence de menthe. Le chevalier hésita, avant de s'en emparer et de le plaquer vivement contre sa bouche. Après avoir inspiré longuement, il se redressa un peu.

— Merci. Quant au bouillon, désolé, je ne me sens pas capable d'avaler quoi que ce soit.

Adam insista.

— Tu vas te déshydrater ; c'est très mauvais pour l'équilibre des humeurs. Bois, ce sera un bon reconstituant.

Amaury soupira. Adam le regardait par dessous ses longs cils d'un air implorant. Il se saisit de l'écuelle, renifla doucement. Il reconnut l'odeur d'un simple brouet de légumes sans même un morceau de viande. Il prit la cuillère de bois et but par à-coup, comme un enfant.

— Quel âge as-tu, Adam ?

Le garçon leva la tête. Au-dessus d'eux, les étoiles scintillaient par centaines au firmament de la nuit claire.

— J'ai treize ans déjà.

— Treize ans, c'est le bon moment pour choisir ce à quoi tu veux consacrer ta vie. Je n'ai que trois ans de plus que toi et j'ai déjà quitté la France pour rejoindre l'Ost.

— C'était ce à quoi tu souhaitais te destiner ?

La question prit Amaury de court. Entraîné dans le tourbillon des événements, il n'avait jamais eu le temps d'y songer.

Bien sûr, sa lignée le vouait à embrasser les armes, mais c'était son père, Raymond-André, qui l'avait amené à délaisser ses terres et rallier la croisade. C'était ça ou les ordres.

— Là où j'ai grandi, continua-t-il, où je suis né, on devient chevalier, c'est comme ça. Mon père avant moi, mon frère aussi, qui est appelé à lui succéder. Cela fait partie de notre éducation. En tant que cadet de la famille, si ce n'avait pas été le cas, je serais sûrement en train de finir mon noviciat dans quelques monastères. Je pense qu'on peut dire que oui, j'accomplis aujourd'hui ce à quoi j'étais destiné. Mais je n'imaginais pas que cela serait si loin de chez moi.

— Regrettes-tu d'avoir quitté ta terre ? Cela te manque ?

Amaury marqua un temps.

— Mon frère me manque. J'ai moi aussi perdu ma mère très jeune. Le castel, Enguerrand, mon chien, tout cela me manque. Pour le reste, je considère que partir était une chance. J'ai déjà vu tant de choses en moins d'un an. J'ai même aperçu le roi, sais-tu ?

Adam avait les yeux brillants d'envie.

— Le roi ? Raconte-moi à quoi il ressemble !

Ce fut au tour d'Amaury de sourire. Il convoqua dans son esprit l'image de Louis IX lors de son adoubement à Aigues-Mortes.

— Il est fort beau. Couvert d'un long mantel doublé de vair, bleu comme la voûte céleste et émaillé de fleur de lys. Il est guidé par le seigneur, qui l'a guéri de sa maladie pour qu'il reprenne Jérusalem des mains des sarrasins. Tu verras. L'ost va punir les Ayyoubides, avec des milliers de chevaliers !

Adam ouvrait de grands yeux et cela amusait Amaury.

— Pourquoi ne te trouves-tu pas avec l'ost à présent ? Que fais-tu en Palestine ?

— Geoffroy ne t'a rien dit ? Baudoin, Friedrich, le chevalier Teutonique qui est mort et moi, nous sommes en mission pour le roi et pour l'Ordre. Je ne sais pas si j'ai le droit de t'en parler réellement. Je suis désolé. Si Baudoin le décide, il t'expliquera en temps utile. Après tout, c'est lui qui détient les secrets, acheva-t-il d'un ton amer en haussant les épaules.

Il avait fini le bouillon et posa l'écuelle vide à côté de lui.

— Et toi, Adam, à quoi penses-tu être destiné ? Geoffroy, enfin, ton père nous a dit que tu désirais entrer dans les Ordres ? Tu veux vraiment devenir moine ?

Le jeune garçon cessa de regarder les étoiles pour reporter son attention sur ses pieds.

— Oui. Je ne suis pas fait pour les armes. Tout ce que je souhaite, c'est apprendre. C'est ce que j'aime. Et puis, vu ma condition, ce sera le mieux pour moi et pour mon père, aussi.

Amaury hocha la tête.

— Ton érudition pourrait servir à tant de choses, ce serait vraiment dommage que tu t'enfermes dans un monastère. Si nous parvenons sans encombre en Égypte, je suis sûr que tu pourras te trouver une place intéressante auprès des médecins du roi. Tu étudierais tout en conservant ta liberté. Ou alors, avec toutes les langues que tu maîtrises, tu deviendras interprète pour des barons ou un grand seigneur. C'est une excellente position, très honorable et qui te pourvoirait en gages solides. Tu verrais du pays. N'as-tu pas envie de fonder un foyer plus tard ?

Un air gêné se peignit sur son visage de chérubin.

— Je ne sais pas… je suis encore trop jeune. Mais j'ai toujours pensé qu'entrer au monastère me permettrait de m'accomplir tout en oubliant la souillure de mes origines.

Amaury balaya vivement la question d'un revers de main.

— Nous avons le temps d'y songer. Tu verras bien, tu seras sûrement amené à rencontrer des personnes pendant ce voyage qui bouleverseront ta façon de vivre. Ou bien que tu te retrouves embarqué malgré toi dans une mission qui dépassera tes propres connaissances.

Il grimaça.

—Tout comme moi… Si j'ai bien appris quelque chose au cours de ces derniers mois, c'est qu'on ne sait jamais ce que la providence met sur notre chemin.

Il marqua un temps.

— Je n'ai plus les certitudes qui étaient ancrées en moi depuis mon enfance. Je ne suis plus ce garçon pour qui son castel et sa mesnie constituaient le seul avenir existant. Le seigneur pourvoit toujours les réponses à nos questions.

Adam le regarda.

— Tu ne m'as pas dit que ton père te manquait.

Amaury garda les yeux sur la ligne d'horizon.

— Merci, Adam, je me sens beaucoup mieux. Je vais tenter de me reposer à présent.

Adam acquiesça. Il se leva pour rapporter la petite écuelle où il l'avait prise. Amaury s'allongea en s'enroulant dans ses vêtements, cherchant un peu de confort. La voûte céleste était parsemée d'étoiles brillantes, qui rappelaient à Amaury le manteau du roi.

Le lendemain, il s'éveilla dès que le soleil parut. Il se redressa, éprouvant une douleur dans son épaule gauche. Un mouvement à son côté attira son attention.

Roulé en boule contre le banc de nage, il vit émerger le visage ensommeillé d'Adam. Il fut surpris que le jeune homme ait choisi de dormir contre lui, mais ne s'en offusqua pas. Il y avait peu de place sur ce côté, après tout. Il s'étira longuement en bâillant. Il se sentait mieux. Le bateau était encore au mouillage, l'équipage partageait quelques fruits secs et du chai fumant avant de se remettre au travail. Aucun nuage n'obscurcissait le ciel clair et une petite brise agréable rafraîchissait l'air matinal. Enfin, le second du capitaine affala les voiles sur son ordre, et tous regagnèrent leur place.

Amaury s'assit sur le banc et Adam lui apporta une collation. Il mastiqua un biscuit, qu'il avala difficilement tant sa gorge était desséchée, et le garçon lui servit une tasse de thé agrémenté de menthe. Il commençait à s'habituer à cette étrange boisson et aux goûts nouveaux qu'il découvrait en Terre sainte. Le bateau prit rapidement de la vitesse, la brise marine les accompagnant. Le faible roulis n'incommodait pas Amaury autant que la veille. Il avait tout de même hâte d'aborder Acre.

Une ombre se projeta sur lui. Il leva lentement la tête pour apercevoir Baudoin qui le contemplait. Le cœur d'Amaury rata un battement.

— Puis-je m'asseoir ? demanda le Templier.

Amaury acquiesça en silence, le nez dans son gobelet.

— Nous atteindrons Saint-Jean d'Acre demain si le vent continue de nous être favorable. Tu devrais être soulagé.

Amaury approuva sans prononcer une parole.

Baudoin continua

— J'ai vu que tu liais connaissance avec Adam. C'est bien. Geoffroy avait raison, ce garçon est plein de ressources. Il nous sera très utile.

— Utile ? C'est donc sous cet angle que vous considérez toujours vos compagnons de voyage ?

La voix d'Amaury vibrait de colère contenue. Baudoin soupira.

— Ne t'ai-je pas bien traité depuis que nous avons quitté Limassol, alors que tu n'es pas membre de l'Ordre ? Ne t'ai-je pas encouragé, enseigné, protégé, épargné même ? Ton ressentiment envers moi est injuste, Amaury. Ce n'est pas de mon fait si tes suzerains t'ont dissimulé leurs manigances. Tu devrais me remercier au contraire pour ma franchise.

Amaury ne répondit pas. Il n'avait pas envie de parler de cela. Il se dit qu'il attendrait d'être en Égypte pour confondre les véritables menteurs.

Il changea brusquement de sujet.

— Saviez-vous que Geoffroy, le maître de Castel Pèlerin, membre de votre Ordre et donc votre égal, est le père d'Adam ?

Comme à son habitude, Baudoin ne laissa rien paraître de ses émotions.

— Je n'en avais aucune certitude, mais tu confirmes mes soupçons.

— Vous approuvez qu'il se débarrasse ainsi de son fils comme d'un chien errant ?

— Tu es injuste, encore une fois. Tu ne connais rien de l'histoire de Geoffroy, d'Adam, de sa mère et pourtant tu te poses en juge de leurs choix. N'as-tu donc pas songé que ce pouvait au contraire être une bénédiction pour un garçon aussi fin et intelligent ? L'as-tu vu au château, ne serait-ce qu'une fois, deviser avec des amis ? En est-il un seul qui soit venu lui faire des adieux ou lui souhaiter bonne chance pour son voyage ? Geoffroy n'avait pas d'autre solution, Adam n'aurait jamais été admis dans l'Ordre du fait de sa bâtardise et il aurait dépéri entre les hauts murs.

Amaury resta silencieux. En dehors de Thibault et du frère cellérier, il n'y avait personne sur le quai. Il avait mis cela sur le compte du secret qui entourait leur mission et de l'heure matinale. Il se souvint cependant que pendant les repas, Adam mangeait toujours seul.

— Un endroit aussi hermétique que Castel Pèlerin peut se révéler une véritable prison pour un esprit libre. Adam est extrêmement intelligent, mais je sens chez lui une grande empathie, une sensibilité hors du commun pour un garçon de cet âge. Je reste persuadé qu'il trouvera dans cet éloignement la paix et la fortune qu'il mérite.

Il se leva et s'étira longuement. La croix rouge resplendissait dans son dos.

— Pense également que Geoffroy est un ami très proche. Il n'aurait pas confié son fils à n'importe qui.

Il avisa du coin de l'œil le capitaine et se dirigea vers lui, laissant Amaury contempler ses pieds sur le banc de nage.

Le garçon décida lui aussi de se dégourdir les jambes et rejoignit l'avant du bateau où Adam s'était déjà installé, assis en travers d'une petite planche servant à l'arrimage. Il se pencha pour regarder l'étrave qui s'enfonçait dans les eaux calmes en formant de minces vaguelettes.

Il plissa les yeux, le soleil se reflétant sur la surface étale de la Méditerranée l'éblouissait. Le bleu s'étendait à perte de vue sur sa gauche, vers la pleine mer. Il s'imagina devoir encore traverser la *mare nostrum* jusqu'en Égypte. Qu'est-ce qui l'attendait là-bas ? Il ne connaissait presque rien de cette contrée. À l'inverse de la Terre sainte dont on lui avait toujours parlé, même enfant, le pays de la reine Cléopâtre était entouré d'une aura mystérieuse. Peut-être Adam en savait-il plus que lui ? Sous ses boucles brunes qui voletaient dans le vent du large, il ressemblait à un de ces héros des épopées grecques de jadis, en route pour quelques continents fantastiques.

— Est-ce que tu as déjà lu ou entendu des choses sur l'Égypte, Adam ? Que pourrais-tu m'enseigner à ce propos ?

Adam fronça les sourcils et prit un air concentré.

— Hérodote le grand le décrit tel un pays magique, peuplé de monstres chimériques aux gueules hérissées de crocs acérés. D'après Bruneto Latini, ils vivent dans l'eau, mais ce ne sont pas des poissons. Ils pondent des œufs, comme les oiseaux, mais ressemblent à des lézards énormes... Les anciens Égyptiens vénéraient des dieux étranges, à tête d'animaux et bâtissaient d'immenses temples à leur gloire. Ils élevaient aussi des tombeaux monumentaux pour leurs rois, avec des formes fantastiques que l'on ne voit nulle part ailleurs. Hérodote les nomme *pyramidium*. Au Caire se trouve une statue titanesque d'un fauve à tête d'homme. Les Arabes l'appellent *Abou El*

Hôl, le père de la terreur. C'est un sphinx, l'une de ces créatures magiques, comme celle qu'Œdipe a vaincue. Le fleuve central, le Nil, est sacré pour eux. Celui-ci, lors de crues spectaculaires, couvre les terres arables de limon, les rendant très fertiles. C'est de là que l'Égypte tire sa richesse, de ses cultures. Pour le reste, la vallée féconde est entourée de déserts arides ou l'on se perd facilement. Des temples enfouis dans les sables, que hantent les esprits anciens et des dieux païens émaillent le paysage.

Amaury frissonna

— Des païens et un peuple cruel ! Comme le pharaon de la bible qui pourchassa Moïse et les Hébreux.

— Tu as peur ?

Demanda le jeune garçon. Devant son silence, il crut bon de poursuivre.

— On dit que les Égyptiennes sont très belles, à l'image de leurs reines, de Cléopâtre et de Didon... elles envoûtent les hommes par leurs charmes exotiques. Leur chevelure ressemble à de la soie et elles entourent leurs yeux d'un trait noir qui souligne leur regard, le rendant irrésistible. Elles connaissent mille parfums séduisants qui leur font tourner la tête. Ils oublient tout pour rester auprès d'elles.

Amaury reprit d'un ton grinçant

— Les sortilèges des sorcières des sables n'ont pas bien fonctionné sur Énée[31] ! Je n'ai pas peur d'affronter les sarrasins. J'ai déjà parcouru l'orient, j'ai combattu des mamelouks, des assassins, cela ne m'effraie pas. Les maléfices étranges de ce pays, en revanche, c'est différent.

Adam émit un petit rire moqueur

— N'est-ce pas toi qui dis que Dieu pourvoit à tout ? Il te protégera et d'après Geoffroy, Baudoin est gardé par tous les saints du ciel !

Le jeune chevalier lui jeta un regard courroucé :

— Je te trouve bien arrogant de défier ainsi les saints et Dieu, tu devrais mesurer tes paroles, car le Seigneur voit tout. Quoiqu'il en soit, je regrette de t'avoir demandé des informations, tu ne m'as guère aidé !

Il se renfrogna et reporta son attention sur la bande de terre que la balancelle longeait. Les bateaux de pêcheurs s'étaient déployés sur les flots, lançant lignes et filets dans les eaux poissonneuses.

---

31 Héros de la guerre de Troie, réputé pour être l'ancêtre grec du peuple romain. Son épopée est racontée dans l'Enéide.

Adam laissa à nouveau éclater son rire clair et se retira à l'arrière pour deviser avec les hommes de l'équipage. Amaury supposa que Baudoin avait raison, Adam se sentait sûrement libéré du joug de l'Ordre et de son père, il s'épanouirait mieux loin de ce carcan. Le jeune chevalier en revanche se trouvait en proie à une mélancolie inhabituelle. Il pensa à Arnaud et son cœur se serra.

Le reste de la traversée se déroula sans encombre, comme l'avait prédit le capitaine. Amaury reprit des forces et s'alimenta normalement.

Enfin, au mitan de la deuxième journée, il aperçut à l'avant du bateau les remparts monumentaux de Saint-Jean D'Acre, l'antique Ptolémaïs, dernière capitale du royaume chrétien d'orient.

CHAPITRE IV

Saint-Jean-D'Acre, 6 mars 1249

La balancelle affala deux de ses voiles et l'équipage se prépara à manœuvrer l'arrivée dans le port enclos de murailles et gardé par deux immenses tours. Baptisées tours des mouches, elles servaient à la fois de phare et de point de contrôle à l'accès des bateaux aux quais intérieurs.

On pouvait clore totalement la baie ainsi formée à l'aide d'une énorme chaîne pendue entre les deux.
Cet ingénieux système était calqué sur celui des Byzantins qui condamnaient ainsi l'entrée du Bosphore. Nefs, caraques et galères patientaient avant de pouvoir accéder aux abords de la forteresse afin d'y déposer leur cargaison de marchandises et de pèlerins. Plusieurs bâtiments arboraient la croix rouge sur leurs voiles gigantesques, témoignant de l'emprise générale de l'Ordre sur les eaux.
La vue de la cité fortifiée, la plus riche et la plus puissante de Terre sainte, était à couper le souffle.
Les immenses murailles érigées par les croisés en faisaient la citadelle la mieux défendue de Palestine. Ces murs avaient contemplé les plus illustres guerriers des anciens temps, Richard Cœur de Lion et Saladin. Le cœur d'Amaury se serra en pensant aux centaines d'hommes, chrétiens comme musulmans, qui avaient laissé leur vie pour la prise de cette cité fantastique. Aujourd'hui, après la perte de

Jérusalem, elle était le centre de la puissance de l'Ordre en Terre sainte, un rempart pour les pèlerins et un phare pour la chrétienté d'orient. Les vagues venaient frapper la pierre au bas des murailles délimitant la majestueuse citadelle templière, au sud-ouest de la ville fortifiée, sur la mer.

Celle-ci se découpait en divers quartiers. Au sud, le grand faubourg de Montmusard abritait l'essentiel de la population et les logis des hospitaliers. À l'est, proche de la porte saint Nicolas et des remparts externes qui protégeaient l'entrée terrestre principale de la cité, se trouvait la forteresse de l'Ordre Teutonique.

Amaury repensa aux fortifications de Limassol qui l'avaient tant impressionné à son arrivée à Chypre, mais Saint-Jean d'Acre était un exemple monumental de l'ingéniosité architecturale des chevaliers du temple.

Penché sur le bastingage, Adam regardait l'immense vaisseau de pierre avec des yeux d'enfants. Les murailles semblaient sortir des flots comme l'étrave fantastique d'un bateau imprenable. Lui qui n'avait connu que les remparts austères de Castel Pèlerin, il comprenait à présent que sa forteresse était une petite sœur d'Acre. Il imagina le dédale de la ville à l'intérieur de l'enceinte et se dit qu'il avait intérêt à ne pas perdre les chevaliers de vue. Son estomac se contracta. Il réalisa qu'il venait définitivement de laisser derrière lui ce qu'il avait toujours considéré comme son chez lui. Il ne reverrait peut-être jamais Castel Pèlerin ni son père. Les larmes lui montèrent aux yeux et il les essuya prestement d'un revers de manche.

La balancelle parvint enfin à son plot de mouillage et les marins l'arrimèrent à l'aide d'immenses cordes de chanvres tressées.

Le sicilien s'approcha de Baudoin.

— Vous voilà chez vous, chevalier ! J'ai rempli mon office pour le Temple, une fois de plus.

Baudoin soupira. Amaury vit discrètement une bourse passer de mains en mains.

Ainsi, le capitaine ne travaillait pas pour la gloire. Il se maudit de sa trop grande naïveté qui le faisait à nouveau se tromper sur les motivations profondes des gens qu'il rencontrait. Il se promit de se corriger. Deux des hommes débarquèrent les chevaux et les effets des chevaliers. Les bêtes attendirent sur la pierre chaude du quai, reniflant cet air nouveau, retrouvant la sensation du sol sous leurs sabots.

Amaury sauta précipitamment du bateau, aussi ravi qu'eux de rejoindre la terre ferme.

Le restant de l'équipage commença à décharger le sel, qui serait vendu au profit de l'Ordre dans les magasins du quartier vénitien qui s'ouvraient à même le port.

Comme quelques semaines avant à Jaffa, les docks étaient en proie à une grande agitation. De nombreux navires apportaient leur cargaison et les portefaix s'empressaient de les transporter sur leur dos jusqu'aux entrepôts de leur nouveau propriétaire. Des marchands vénitiens, richement vêtus de soieries colorées, jaugeaient les produits et surveillaient que rien ne vienne porter atteinte à leur bien. Des ordres étaient hurlés par les contremaîtres, dans des langues qu'Amaury ne comprenait pas.

On voyait même des Maures, reconnaissables à leurs burnous et aux tatouages qu'ils arboraient sur le visage, qui longeaient les quais, lorgnant les ballots, agitant les mains pour acquérir l'un ou l'autre.

Baudoin le héla et il rejoignit ses compagnons de route. Il saisit les brides de sa propre monture et fixa ses affaires à son bât.

Il vit Adam qui se débattait avec ses sacoches et vint à son secours. Le garçon lui lança un regard de gratitude. Amaury lui sourit et tapota le flanc du cheval pour le mettre en train.

Baudoin éleva un peu la voix pour s'assurer que les deux jeunes gens l'entendent par-dessus le brouhaha incessant.

— Nous allons rejoindre notre Commanderie. Le temple occupe la pointe sud-ouest de la ville, vous verrez, nous bénéficions d'un vaste logis à Acre. Mais avant d'atteindre nos portes, nous devons traverser le quartier pisan. Ne me quittez pas d'une semelle, vous vous perdriez facilement dans le dédale de la cité. Avez-vous bien rassemblé tous vos effets ? Alors, allons-y.

Ils se frayèrent un passage au travers de la foule dense pour rejoindre une petite ruelle sinueuse où deux hommes se tenaient difficilement de front. Les montures suivaient, têtes basses.

Le quartier vénitien était entièrement peuplé par de riches marchands originaires de la Sérénissime[32]. La ville sur la lagune détenait un important monopole commercial sur l'ensemble de la Méditerranée et ses représentants étaient établis dans chaque grand port de la chrétienté et même chez les infidèles.

---

32 Désigne la ville de Venise.

Pour cette raison, les alliances politiques et militaires avec Venise demeuraient fluctuantes, fragiles. Contrairement à l'Ordre, la Sérénissime ne servait qu'elle-même.

Des immeubles de deux ou trois étages, en pierres blondes, s'élevaient au long des rues, dessinant le dédale de la cité orientale. Les portes et fenêtres closes laissaient à peine filtrer la lumière et la chaleur. Amaury perçut les trilles clairs lancés par un oiseau, sûrement prisonnier d'une cage dans l'une de ces demeures fermées par de grandes poternes de bois. Il entendait aussi le murmure doux des fontaines que devaient abriter les maisons. Parfois, une petite place s'ouvrait devant eux avec un puits en son centre où venaient boire hommes et animaux. Des femmes, couvertes de longs voiles s'y rendaient pour y remplir de lourdes amphores de terre cuite.

Au fur et à mesure, la foule s'estompa et les trois hommes purent avancer plus librement, traînant toujours leurs montures. Adam avait les yeux partout. Tout ce sur quoi ils se posaient était nouveau pour lui. La tête lui tournait légèrement à force de regarder en l'air.

Amaury lui donna une petite tape sur l'épaule.

— Je sais que tout ce que tu vois autour de toi te fascine, mais essaye de ne pas perdre Baudoin de vue. Dans une ville étrangère et sans aucun repère, on s'égare facilement, crois-moi. Et seul, on peut faire de mauvaises rencontres. Tu auras en plus tout le loisir de visiter et de t'ébaubir, nous allons demeurer quelque temps à Saint-Jean d'Acre.

Le garçon s'excusa en bredouillant. Baudoin s'arrêta près d'une fontaine pour les attendre. Son cheval se mit à boire à grands traits dans l'une des rigoles. Amaury parvint à sa hauteur et lui posa une question qui le taraudait depuis leur arrivée.

— Pourquoi aucun membre de l'Ordre n'est venu nous accueillir au port ? Si notre mission revêt autant d'importance, nous aurions dû être dignement reçus, au moins pour assurer notre protection.

— Je te l'ai déjà dit, notre but est de passer inaperçus. Personne, hormis le commandeur et le grand maître, ne doit savoir que nous sommes là. En arrivant simplement comme des chevaliers du commun, nous n'attirons pas l'attention. Acre, comme tu le vois, est une ville immense, où se croisent toutes les nations. Cela signifie aussi que les puissances en présence de Terre sainte et d'ailleurs ont toutes des espions à leurs soldes ici. Je pense que tu n'as pas envie de te trouver à nouveau nez à nez avec un assassin.

Le regard d'Amaury se porta autour d'eux. La petite place que le puits arrosait était entourée de hautes maisons, toutes semblables. Une glycine grimpait le long d'une des façades. La rue en face lui parut plus sombre, plus étroite. Une arche de pierre la traversait, reliant entre elles les résidences situées de part et d'autre.

Ils continuèrent leur chemin, Amaury lançant des regards suspicieux à toutes les personnes qu'ils croisaient. Des hommes devisaient par groupes, souvent vêtus à l'orientale. Quelques enfants couraient en riant, faisant flotter de petites barques de bois léger dans les rigoles qui coulaient entre les pavés. Des porte-balles avançaient, le dos courbé sous le poids de leur charge jusqu'aux seuils de demeures qui attendaient leur livraison. Des matrones réalisaient avec soin l'inventaire des marchandises apportées et ne se privaient pas de protester à grands cris si cela ne convenait pas. Des coffres, ballots et paniers plus lourds étaient montés depuis le port à dos d'âne ou de mules, qui progressaient en procession dans les ruelles, le sabot prudemment posé en équilibre sur les dalles. De pauvres hères en haillons en profitaient pour recueillir leurs précieux crottins, qu'ils vendraient comme engrais et chauffage.

Enfin, après encore une bonne demi-heure de marche, ils quittèrent les quartiers des diasporas italiennes pour aborder celui du Temple. Les rues s'élargirent et les trois voyageurs débouchèrent sur une place qui longeait de hauts murs d'enceinte crénelés.

L'entrée de la citadelle était marquée par de puissantes tours dont l'épaisseur dépassait l'entendement, que surplombaient des écus aux armes de l'Ordre.

Partout, des marchands se pressaient en dehors des caravansérails pour proposer aux voyageurs et aux pèlerins des objets divers sur leurs étals. Étoffes en soie et lin, vannerie, bijoux, mais aussi pâtisseries, épices et boissons s'étalaient sur des tréteaux ou à même le sol, dans un vacarme de conversations et des cris assourdissants. Tous les trésors de l'Arabie heureuse se trouvaient là.

Un fossé de plusieurs mètres de profondeur entourait l'enceinte cyclopéenne, empêchant quiconque de pénétrer sur le territoire de l'Ordre sans y être préalablement convié.

La présence de celui-ci se fit soudain ressentir. Des hommes en armes allaient et venaient le long des immenses remparts de pierre, arborant les croix pattées rouges sur leur tabard et tunique. Amaury aperçut quelques cottes d'argent portant les croix noires sur fond sable dans la foule des chevaliers. On voyait également beaucoup de Teutoniques, et chaque apparition de leurs blasons dans le champ de vision d'Amaury lui donnait l'impression que Friedrich allait surgir pour leur prodiguer l'accolade.

Il secoua la tête. Baudoin les menait tout droit vers la double porte de l'immense forteresse. Adam ouvrait la bouche comme un poisson hors de l'eau, émerveillé par cette démonstration de force, de richesse et d'ingéniosité.

Deux sergents d'armes en gardaient les abords, une grande herse de métal baissée derrière eux, barrant la plus grande des deux portes. Une plus petite, constamment ouverte, permettait le passage de deux hommes à cheval.

Dans les guérites, plusieurs autres étaient postés en renforts.

En voyant approcher le Templier, l'un d'eux s'avança au-devant de lui et lui demanda de décliner son identité. Pendant que Baudoin palabrait avec le factionnaire, Amaury essuya la sueur qui coulait le long de son cou, collant ses cheveux à sa nuque. La chaleur s'était élevée pendant la matinée et au cœur de la ville, l'air venu de la mer pénétrait difficilement entre les ruelles étroites. Il sentait une migraine poindre à ses tempes, la traversée avait laissé des traces. Il jeta un œil à Adam, qui, tout à sa contemplation, ne semblait pas autant souffrir et vérifia que ses effets tenaient en place sur son cheval. Il resserra quelques liens et palpa sous sa tunique pour contrôler la présence de sa besace.

Alors que Baudoin se retournait pour venir les chercher, un chevalier très corpulent le bouscula, revêtu d'un tabard sale qui portait la croix des hospitaliers de Saint-Jean. Il paraissait légèrement aviné et se confondit en excuses en voyant qui il avait incommodé. Baudoin lui adressa un signe d'apaisement et l'homme s'éloigna d'un pas mal assuré. L'agitation alarma Amaury, qui craignit un instant que quelqu'un attente à nouveau à la vie du Templier. Mais celui-ci allait tout à fait bien et il avança sur le grand pont-levis.

Amaury flatta l'encolure de son destrier et tira sur la bride. Lui aussi devait avoir envie de boire et de se rafraîchir. La perspective de pouvoir dormir dans un endroit plus confortable et qui ne bougeait pas au gré des vagues le rassérénait.

Il attendit que le jeune garçon le précède et ferma la marche. En pénétrant dans l'enceinte du château, il ouvrit de grands yeux. Il avait beau avoir maintenant voyagé et vu quelques-unes des plus puissantes forteresses de l'Ordre, rien n'égalait ce qui venait d'apparaître devant lui. L'immense cour rectangulaire entourée de hauts murs crénelés menait, par de larges passages couverts, au hall des chevaliers et aux communs, qu'il devinait de proportions gigantesques. Les entrepôts et magasins, alignés comme à leur habitude au long des murailles, semblaient déborder de denrées.

Contrairement à ceux de Castel Pèlerin, ils étaient protégés des intempéries par des voûtes solides, formant des arches qui décoraient le pourtour de la place. Ces éléments d'architecture, bien que bruts et dédiés à la défense des lieux, conféraient une harmonie, une légèreté à l'énorme vaisseau de pierre.

Amaury perçut le bruit d'un marteau que l'on frappait contre une enclume. La citadelle devait posséder sa propre forge. Une fontaine glougloutait au centre de la place d'armes, apportant une fraîcheur bienvenue.

Deux jeunes garçons vinrent à leur rencontre et prirent immédiatement les rênes de leurs chevaux. Voyant que Baudoin les abandonnait volontiers, Amaury lâcha le sien à contrecœur. Il conservait au moins sa bourse à son côté, dissimulée sous sa chainse.

L'homme se tourna vers lui.

— Nos effets vont être montés dans la chambre que j'occupe toujours à Acre, je fais simplement ajouter une paillasse pour Adam. Ne vous inquiétez pas, nous ne serons pas à l'étroit.

Il se débarrassa de son long mantel aux armes du temple et le donna aux écuyers. C'est alors qu'Amaury constata que la tunique de Baudoin était déchirée sur un bon pouce, près de son flanc droit. Il se remémora l'homme qui les avait bousculés.

— Baudoin, s'exclama-t-il, regardez ! Votre bliaud a été lardé !

Baudoin examina la large entaille dans son vêtement.

— Morbleu ! Je n'ai rien remarqué ! Ce rustre qui m'a poussé était sûrement un tire-laine !

Adam ne comprenait pas ce qu'il se passait et Amaury se sentit immédiatement oppressé.

— Il ne vous a rien dérobé ? Peut-être cherchait-il… Baudoin mit un doigt sur ses lèvres, lui intimant le silence.

— Rien ne me manque, je puis t'en assurer. Ne t'inquiète donc plus, ce n'était sûrement qu'un simple voleur. Il marqua une pause en souriant avant de reprendre. Pourquoi ne pas profiter de nos termes, avec Adam ? Je dois de mon côté signaler notre arrivée au maître, mais détendez-vous un peu dans les bains, vous l'avez mérité tous les deux.

Baudoin tentait par cette manœuvre de l'éloigner. Amaury grimaça. Il ne se sentait pas du tout rassuré de se trouver seul dans cet endroit inconnu et si vaste où devaient résider plusieurs centaines de chevaliers. Il regarda le Templier d'un air contrarié, alors qu'Adam semblait ravi de pouvoir découvrir de nouvelles choses. Baudoin s'approcha du jeune franc et lui donna une accolade.

— Allons, n'affiche donc pas cette mine si sombre, Amaury ! Emmène Adam et retrouvons-nous d'ici une heure dans ma chambrée.

Il tourna les talons et s'éloigna à grandes enjambées vers l'entrée du bâtiment principal.

Amaury soupira. Il trouvait que Baudoin prenait les choses trop à la légère. Ce n'était sûrement pas un simple malandrin qui avait essayé de leur soustraire leurs effets. Un voleur quelconque ne se serait pas affublé des armes des Hospitaliers. Au contraire, il y voyait la marque de leurs ennemis et une tentative de s'emparer des missives. Ils allaient devoir redoubler de vigilance.

Adam le tira de sa rêverie en le saisissant par la manche.

— Il fait vraiment trop chaud, mettons-nous à l'abri, je cuis !

Amaury acquiesça. Il demanda à un frère le chemin des étuves et celui-ci le lui indiqua aimablement.

Parvenus dans l'édifice qui abritait les bains, les deux jeunes hommes se virent dirigés vers une salle tout en longueur que meublaient des bancs de bois et des paniers.

Amaury repéra un endroit où ils pourraient s'asseoir et déposer leurs affaires et commença à se déshabiller. Alors qu'il délassait ses chausses, il remarqua qu'Adam ne bougeait pas, en proie à une agitation soudaine.

— Qu'attends-tu pour te dévêtir ?

— Je n'avais pas compris que nous devions être nus…

— N'as-tu jamais utilisé les étuves à Castel Pélerin ? C'est la même chose, juste en un peu plus grand.

— À Castel Pèlerin, je m'arrangeais pour m'y rendre lorsqu'elles étaient vides. Ici, nous allons nous retrouver avec tout un tas d'inconnus !

— Et alors ? Amaury haussa les épaules. C'est un peu gênant au début, certes, mais nous sommes là pour nous laver, pas pour tenir un concile. Allons, dépêche-toi !

Adam s'exécuta de mauvaise grâce, mettant un temps infini pour enlever ses vêtements de voyage. Il n'osait pas regarder Amaury qui l'attendait, mains sur ses hanches découvertes, avant de pénétrer dans la salle.

Quand Adam eut enfin terminé, Amaury ouvrit la porte de bois scellée de clous de bronzes qui menait à l'étuve.

Les deux jeunes gens furent impressionnés par les dimensions de l'édifice. Celui-ci était circulaire et les voûtes arrondies du plafond étaient décorées de petits orifices en formes d'étoiles qui laissaient s'échapper une vapeur lourde.

Dans cet épais brouillard parfumé, plusieurs Templiers, nus comme des vers, se reposaient sur des bancs. Au centre, un grand bassin descendait dans le sol. Des hommes s'y prélassaient, accoudés aux margelles de tuiles roses.

Amaury admirait l'ingéniosité du dispositif, emprunté aux bains arabes.

Il se dirigea vers une banquette libre et s'y assit, Adam sur ses talons. Le garçon gardait les mains devant son sexe et n'osait pas regarder les chevaliers présents. Les autres ne leur prêtaient aucune attention et Amaury s'évertua à faire de même. Il ferma les yeux pour profiter de la douce torpeur qui s'insinuait en lui.

Cela ne dura pas. Adam toucha son bras. Quelque peu exaspéré, Amaury rouvrit les yeux et lui adressa un regard sévère.

— On va rester là combien de temps ? chuchota le garçon.

Il ne parvenait visiblement pas à savourer ce moment de répit. Amaury au contraire savait que ces instants-là ne duraient jamais et qu'ils se retrouveraient bientôt de nouveau sur les routes à chevaucher ou à la merci des flots.

— Tu ne vois pas que j'essaye de me délasser après ces jours en mer si pénibles pour moi ? Crois-moi, tu ferais bien de faire de même, le repos ne dure jamais longtemps avec Baudoin.

— Dans ce cas, descendons au moins dans le bassin, si ça ne te dérange pas.

Le jeune chevalier poussa un soupir agacé, mais accéda à la demande d'Adam. Ils s'étrillèrent d'abord avec des strigiles[33] pour chasser la saleté, puis se rincèrent à l'aide de baquet.

Ils entrèrent facilement dans l'eau très chaude.

Amaury imita les quelques Templiers présents en s'accoudant au bord et en ferma les yeux.

Adam se sentit un petit peu plus à l'aise ainsi immergé, sa nudité dissimulée dans l'onde. Il commençait seulement à se détendre lorsque l'un de ses voisins, un chevalier d'une taille impressionnante, se leva pour quitter le bassin. Ses parties intimes se balancèrent un instant au niveau du visage de l'adolescent. Adam aurait voulu enfoncer sa tête sous l'eau pour que l'on ne remarque pas son trouble. Il devint écarlate. C'en était trop pour lui. Il attendit que le Templier se soit éloigné et sortit de l'onde avec fracas, éclaboussant Amaury au passage.

Le chevalier leva les yeux au ciel en entendant claquer la porte derrière le garçon. Il allait pouvoir enfin profiter en toute tranquillité, Adam ne risquait rien dans la citadelle.

Plus tard, ce soir-là, les trois compagnons étaient réunis dans la chambre de Baudoin. Adam frottait son bras droit convulsivement et Amaury perçut son agitation sans pour autant se l'expliquer. Il avait bien savouré les bains après son départ et se sentait un homme neuf. Baudoin semblait également de bonne humeur.

— Le grand maître nous recevra d'ici trois jours, le temps de s'organiser avec Von Wüllersleben. Il paraît satisfait que nous soyons parvenus jusqu'ici, malgré le décès de Friedrich.

— Cela ne peut-il pas froisser le grand maître de l'Ordre Teutonique tout de même ? demanda Amaury.

— Nos Ordres sont proches par bien des aspects et le premier, c'est notre volonté de récupérer Jérusalem. Cette mission passe au-dessus de tout le reste, tu comprends ?

— Je peux comprendre que le royaume de Dieu et le tombeau du Christ valent que l'on meurt pour eux. Mais tout de même, Friedrich était un bon chevalier, c'est une grande perte.

— C'est justement parce que c'était un bon chevalier qu'il a donné sa vie, nous devons honorer sa mémoire. Les vêpres ne vont pas tarder, nous devrions y aller. Adam ?

---

33 Racloir en métal en forme de S, utilisé depuis l'époque romaine pour se nettoyer.

Il cessa son manège et regarda le Templier d'un air absent.
— Tu viens, mon garçon ?
— Oui, oui, je vous suis.
Si Baudoin remarqua le trouble d'Adam, il n'émit aucun commentaire. Amaury se demanda s'il devait s'ouvrir à Baudoin du malaise qui avait saisi l'adolescent dans les étuves. Il ne lui en avait pas reparlé, faisant comme si de rien n'était. Il se promit de vérifier que tout allait bien. Il comptait bien veiller sur ce nouveau compagnon légèrement plus jeune que lui. Il lui devait bien ça, puisqu'il l'avait aidé à supporter la traversée bien mieux que les précédentes.

Amaury dormit comme un bébé et s'éveilla plein d'énergie. Le réveil arrivait toujours trop tôt à son goût, à cause des prières du matin.

Après un en-cas pris dans la salle commune avec les membres du temple et des novices, Baudoin se proposa de leur faire visiter la citadelle, puis de se promener en ville. Les deux garçons approuvèrent avec enthousiasme, avides de découvrir ce nouvel endroit.

La vue depuis les remparts était incroyable.

L'enceinte plongeait directement dans la mer, surplombant les flots. La cité s'étendait de l'autre côté, entrelacs de ruelles étroites, de places dégagées et de dôme d'anciennes mosquées. Ils percevaient d'ici l'agitation, mais le vent chaud venu du désert qui balayait les hauteurs et les vagues qui s'écrasaient en contrebas sur les fortifications empêchaient d'entendre la moindre rumeur. Ils distinguaient les édifices les plus importants, le clocher de corail de l'église Saint-André, le château et le grand quartier de saint Michel, refuge des Hospitaliers. Un nombre impressionnant de tours rondes gardaient toutes les entrées de la ville.

Amaury caressa les pierres blondes crénelées. Il respira l'air à plein poumon, sentant les effluves marins et la chaleur venue des terres sur sa peau.

Acre était invincible, aucune armée ne pourrait jamais mettre à bas un aussi formidable ensemble défensif. Il ne tenait qu'à lui que la citadelle devienne sa maison. Il aurait voulu que le temps s'arrête. Il désirait demeurer là, à contempler l'horizon, les longues langues de sable qui s'entendaient au-delà de la ville et le ballet des nefs sur la mer infinie.

Il avait envie de tout oublier, les manigances et les missions, devenir un simple chevalier du Christ.

Cela signifiait mettre un terme à sa vie civile et surtout ne jamais revoir son castel ni Arnaud. Se sentait-il réellement prêt à tel sacrifice ? Son cœur lui dictait que l'avenir lui réservait encore de grandes choses.

Un signe de Baudoin le tira de ses réflexions et à contrecœur, il suivit ses deux compagnons pour descendre des murailles.

Ils se promenèrent tous les trois en ville le restant de la journée, goûtant un repos mérité. Alors qu'ils étaient attablés dans une petite gargote non loin de la citadelle, Baudoin les quitta et leur dit qu'ils le retrouveraient le soir. Amaury saisit l'occasion de discuter avec Adam.

— Baudoin fait toujours mystère de ses occupations, commença-t-il, tu as remarqué ?

Le jeune garçon leva le nez de sa tasse de thé fumante. Il semblait totalement ailleurs.

— C'est normal. Tu sais, j'ai vécu au milieu d'eux, les Templiers dissimulent beaucoup, qu'il s'agisse de leurs sentiments, de leur vie d'avant ou encore de leurs faits et gestes. J'imagine que leur puissance les rend confiants.

— Tu as sûrement raison. Mais nous, nous ne sommes pas Templiers alors rien ne nous empêche de discuter, n'est-ce pas ?

Adam acquiesça lentement.

— J'ai remarqué que tu n'agis pas comme d'habitude, est-ce que quelque chose ne va pas ?

— Non, pas spécialement.

L'attitude du jeune garçon trahissait le contraire, sa mine enjouée et sereine avait disparu, laissant la place à une grande mélancolie.

— Tu peux me le dire, tu sais, cela restera entre nous. Est-ce que ça à avoir avec ce qui s'est passé hier, aux bains ?

Adam releva vivement la tête et ses joues prirent une teinte rouge-carmin. Il paraissait totalement paniqué à l'idée d'évoquer ce court épisode. Devant son trouble, Amaury tenta de le rassurer.

— Tu sais, si tu en as besoin, on peut aussi en discuter avec Baudoin.

Les yeux d'Adam roulèrent d'inquiétude dans leurs orbites.

— Parler à Baudoin ? D'hier ?

— Eh bien... Amaury fut surpris de la véhémence soudaine du garçon. Oui, je suis sûr qu'il comprend très bien ces choses-là, il pourrait t'aider.

— Comprendre quoi ?

Adam hurlait presque, les mains crispées autour de son gobelet.

— Qu'est-ce que tu veux qu'il comprenne, Amaury ?

Le chevalier regarda son compagnon d'un air circonspect, comme s'il le voyait pour la première fois. Cela ne lui ressemblait pas de s'emporter de la sorte.

— Mais… que tu t'es senti mal à cause de la chaleur, non ?

— La chaleur… oui, c'est ça. C'est la chaleur et l'humidité, ça m'a fait tourner la tête.

Adam s'apaisa immédiatement. En son for intérieur, il se réjouissait que le chevalier n'ait pas déduit autre chose de son trouble. Il n'avait aucune envie qu'il découvre son secret le plus enfoui. Il respira mieux.

Voyant qu'il s'était calmé, Amaury continua.

— Ce n'est pas grave, tu sais, regarde ! Je tombe malade chaque fois que je pose les pieds sur une barque. Mais je n'en fais pas cas, ça ne dure pas. Tout le monde a ses faiblesses.

Adam approuva lentement.

— Bien ! Tu me vois ravi que nous ayons réglé ce point ! Ne te mets donc pas dans des états pareils pour un malaise. Je ne sais pas encore ce que l'avenir nous réserve, mais dis-toi que ce sera bientôt le cadet de tes soucis, à mon humble avis. Nous allons à la guerre…

Ce faisant, il vida son gobelet de bière, jeta quelques pièces sur la table et s'étira longuement en se levant.

Les deux garçons se dirigèrent à nouveau vers le temple pour rejoindre leur chambre et retrouver Baudoin.

*

Trois jours plus tard, ils attendaient Baudoin dans l'immense cour intérieure de la citadelle, à l'abri sous une des arcades.

Ils s'étaient habillés du mieux qu'ils pouvaient pour l'occasion, même si les Templiers, en pauvres chevaliers du christ, faisaient peu cas de l'apparence.

Baudoin arriva bientôt, son tabard à croix écarlate claquant dans le vent brûlant qui soufflait du désert. Il soulevait de petits nuages de sable qui fouettaient désagréablement les visages et les mains. Ils montèrent tous les trois le long des escaliers jusqu'à l'antichambre du logis du grand maître où on les fit patienter plusieurs minutes.

Enfin, un apprenti leur fit signe et ils pénétrèrent dans les appartements.

Sonnac se tenait dos à une table jonchée de documents, de calames, de cire et d'encre. Le seul endroit dégagé faisait place à un énorme volume relié de cuir. Une bible, enluminée par les meilleurs copistes du temple.

Il contemplait la mer qui s'écrasait en contrebas contre les puissants remparts, par l'une des fenêtres de la pièce.

L'homme semblait encore vaillant, mais ses longs cheveux blancs qui se mêlaient à une barbe de même couleur trahissaient un âge avancé.

En dehors de cela, il était vêtu comme le plus simple de ses frères et rien, si ce n'était ses appartements privés et le pouvoir qu'il possédait, ne le distinguait des autres Templiers.

À droite, légèrement en retrait, assis dans un faudesteuil, se tenait un homme corpulent, au visage mangé par la peine. Amaury devina qu'il s'agissait du grand maître des Teutoniques. Il ressentit soudain le manque de Friedrich et une anxiété nouvelle.

Ils allaient devoir expliquer la perte de son frère et parler en détail du décès de Friedrich ne lui plaisait guère.

Après quelques minutes de silence, Sonnac prit la parole.

— Frère Baudoin, je me réjouis de vous voir ici, à Acre. Je vous ai confié une mission, il y a plus d'un mois, au cours de l'assemblée de nos frères à Famagouste. L'avez-vous accomplie ?

Il s'agissait là d'une question rhétorique, mais le grand maître se devait de la poser tout de même.

— Oui, avec l'aide de Dieu et de mes compagnons, j'ai rapporté en Acre la missive signée de la main de l'épouse du Sultan, Shajar al Durr.

— Fort bien. Une fois encore, frère Baudoin, vous prouvez votre utilité et votre dévouement à l'Ordre. Savez-vous ce qu'elle contient ?

— Non messire, l'émissaire Ayyoubide m'a expressément demandé de ne pas l'ouvrir.

Baudoin sortit la lettre de sous son habit pour prouver qu'il disait vrai.

— Parfait. Elle est destinée à Louis de France, elle doit lui parvenir intacte. Nous n'avons pas besoin de la lire, nous savons fort bien ce qui y est inscrit. Nous échangeons depuis des mois avec la favorite de Ass Salih Ayyub, comme tu le sais. Mais avant de poursuivre notre conversation sur ce sujet, je te prie de saluer Günther Von Wullersleben, grand maître de l'Ordre Teutonique.

Baudoin s'inclina avec déférence, imité par les deux garçons qui étaient restés en arrière.

— Le grand maître étant en ce moment à Acre, il nous honore de sa présence, pour entendre de ta bouche ce qui est advenu à son frère, qui t'accompagnait.

— Je vous éclairerai volontiers, grand maître.

L'homme se leva. Baudoin savait qu'il avait rejoint l'Ordre très tôt et était un ami personnel de son fondateur, Von Salza.

— Guillaume a bien voulu m'informer dès votre arrivée, de la perte de mon chevalier, Friedrich Von Honenheim. Je souhaiterais que vous m'expliquiez comment celui-ci a trouvé la mort entre Jaffa et ici.

— Nous sommes tombés dans une embuscade, au sud des monts du carmel, juste avant de parvenir à notre forteresse de Castel Pèlerin. Nous venions d'échapper à un assassinant, à Jaffa. Nous n'avons pas eu autant de chance cette fois-ci.

— Je ne savais pas que vous aviez subi une attaque dans Jaffa. Le Teutonique coula un regard en direction de Sonnac, qui n'esquissa pas un geste. Avez-vous pu découvrir qui était responsable de celle-ci ?

— Nous ne connaissons pas le commanditaire, mais c'est un ennemi puissant. L'homme qui nous a agressés était un membre de la secte des assassins. Il a tenté de me poignarder. C'est Friedrich qui l'en a empêché.

Baudoin baissa la tête en prononçant ses paroles et Amaury prit soudain conscience de la peine du Templier. Celui-ci, toujours si impassible, parfois même désinvolte devant l'adversité, éprouvait une grande culpabilité. Il se sentait entièrement responsable de la perte de Friedrich et l'assumait pleinement.

Le grand maître de l'Ordre Teutonique accusa le coup. Comme tous les croisés, la simple mention de cette secte suffisait à lui imposer une terreur sourde.

— Sont-ce les assassins qui ont attaqué à nouveau dans les monts du carmel ?

— Non, il s'agissait de mamelouks, bien équipés et bien préparés, pas de vulgaires pillards.

— Guillaume m'a confié que l'émissaire rencontré à Jaffa vous avait mis en garde contre des hordes de mamelouks qui écumaient le désert, commandité par des ennemis. Pourquoi dès lors chevaucher seuls ?

— J'assume ma responsabilité, Friedrich a péri par ma faute. J'ai pris la décision de ne pas suivre les caravanes ou les convois de pèlerins en mon âme et conscience, devant la discrétion nécessaire à cette mission. Nous aurions pu profiter de la protection de mes frères, en effet. J'ai péché par orgueil. Même ce jeune chevalier franc, que vous voyez derrière moi, il désigna Amaury de la main, m'avait suggéré de ne pas rester isolé sur ces routes, vu le danger qui nous menaçait. J'accepterai le châtiment que vous voudrez m'adresser.

Von Wullersleben soupira.

— Il ne m'appartient pas de vous donner pénitence. Votre grand maître prendra sa décision et j'ai foi en son juste jugement. Une dernière chose, Messire de Sabran. Friedrich portait sur lui une lettre qui vous était destinée. Baudoin tendit le bras vers Amaury qui sortit la missive scellée de sous sa chainse et la donna au grand maître avec déférence.

— Il nous l'a confiée avant de rejoindre le seigneur avec pour consigne de vous la remettre en main propre.

Une ombre passa sur le visage de Von Wullersleben et Amaury crut y lire de l'émotion face au dévouement de Friedrich, qui s'exprimait jusque dans sa mort.

Il demanda à Sonnac un coutel pour couper le cachet de cire et en prit lecture dans un silence respectueux. Lorsqu'il eut terminé, il se tourna cette fois vers Sonnac et le regarda gravement.

— Vous comprendrez que suite à cet indicent, il ne peut plus être question de rapprochement entre Templiers et Teutoniques. On a destitué mon prédécesseur pour avoir trop travaillé avec vous. J'espérais pouvoir de mon côté faire évoluer les mentalités et trouver une issue amiable, commune, pour le bien des états latins d'orient. J'ai échoué, moi aussi. Mes frères ne pardonneront pas la perte de l'un des nôtres. De plus, cette missive en provenance de nos états de Poméranie me confirme ce que je pressentais. L'Ordre Teutonique ne se joindra pas à la croisade française, Frédéric II s'y oppose.

Il se leva, réajusta sa côte et s'approcha de Sonnac pour le saluer.

— Adieu, Guillaume, le Temple est seul, désormais.

Amaury déglutit. C'était pitié de perdre l'appui de l'un des Ordres les plus importants de Terre sainte.

Von Wullersleben se retourna juste avant d'atteindre la porte et s'adressa à nouveau à Baudoin.

— Dites-moi, qu'avez-vous fait du corps de mon chevalier ?

— Nous ne pouvions le transporter de façon à ce qu'il… Reste présentable. Il a été enseveli, avec tous les honneurs et selon nos rites, à Castel Pèlerin.

Le grand maître soupira. Il les salua sans prononcer un mot et quitta la pièce.

Quand la porte se fut refermée sur lui, un silence pesant s'installa. Baudoin était triste, mais résolu. Amaury se demandait ce qu'il adviendrait de leur mission à présent et Adam avait suivi toute la scène avec intérêt, son esprit intelligent tissant petit à petit des liens avec ces bribes d'informations.

Enfin, Sonnac parla.

— C'est une grande perte pour nous que le soutien des Teutoniques en cette affaire. J'ai peur que la croisade soit compromise, mais nous devons poursuivre. Je dois mettre de l'ordre dans mes idées, digérer tout cela. Je vous ferai savoir ma décision prochainement.

Il retourna à sa contemplation, près de la fenêtre, le regard sur l'horizon comme si la réponse pouvait venir de par delà la mer.

Baudoin salua et les trois hommes quittèrent Sonnac.

Amaury se sentit moins oppressé une fois l'extérieur. Cette pénible entrevue avait pris fin et pour le moment, il n'y avait plus rien à faire.

Il se tourna vers Baudoin. Le visage du Templier avait recouvré son expression habituelle.

— Que faisons-nous à présent ?

— Je n'en sais pas plus que toi. Nous devons attendre la décision du grand maître. Peut-être demandera-t-il aussi l'aide de l'assemblée et voudra-t-il nous réunir ?

— Mais... et le châtiment ?

Amaury avait prononcé ces derniers mots à voix basse, comme si les dire tout haut pouvait donner corps à la terrible punition.

— Nous verrons. Je me plierai au jugement de l'Ordre. Le grand maître a cependant laissé entendre que la mission devait continuer et je parie que nous serons chargés de la chose. Tu dois rejoindre l'ost pour rendre des comptes à Artois, tu partiras donc pour l'Égypte comme convenu.

Amaury avala sa salive précipitamment en s'imaginant seul, expliquer au comte d'Artois et à Aimery de Rochechouart qu'il possédait une lettre de la favorite du sultan et que, par la même occasion, le temple ne participerait pas à la croisade.

Visualiser l'air furibond du frère du roi suffit à lui donner des frissons.

Les trois compagnons se dirigèrent vers l'alcôve qui leur était allouée. Un novice, tête couverte, les bouscula au coin de l'escalier. Il bredouilla des excuses incompréhensibles et continua son chemin, descendant les marches quatre à quatre. Adam frotta son bras que l'homme avait heurté en passant.

Arrivée devant la chambre, Baudoin marqua un temps d'arrêt.

— Dites-moi mes amis, aviez-vous laissé notre porte ouverte ?

Le sang d'Amaury se glaça. Il regarda Adam, qui était devenu tout pâle.

— Non messire, je l'ai moi-même fermée, déclara le garçon, j'en suis sûr.

Ils contemplèrent tous trois la porte légèrement entrebâillée. Baudoin la poussa du pied et elle tourna lentement sur ses gonds.

À l'intérieur, tout avait été saccagé. Les coffres et étagères où ils rangeaient leurs affaires avaient été retournés entièrement, le contenu de leurs besaces vidé sur les paillasses, celles-ci étaient éventrées. Tout, jusqu'au broc de terre cuite qui leur servait à s'abreuver, avait été brisé ou fendu. Les deux chevaliers se regardèrent, un air de panique passant dans leurs yeux.

On avait tenté de leur voler la missive, à nouveau.

Par chance, Baudoin la tenait toujours cousue dans la doublure de son manteau de Templier et ne le quittait jamais.

Amaury se frappa le front du plat de la main.

— Le novice ! cria-t-il, le novice qui nous a bousculés !

Et sans autre explication, il se jeta en courant dans le couloir, dévalant les escaliers. Baudoin se lança à sa suite.

Il déboucha dans la grande cour, aveuglé par le soleil, mais distingua, près de la porte principale, la silhouette encapuchonnée. Il hurla à pleins poumons.

— Arrêtez-le ! Arrêtez cet homme !

Le voleur prit conscience qu'il était démasqué. Il s'élança à toute vitesse vers la sortie, écartant, d'un puissant coup de poing dans l'estomac la sentinelle la plus proche de lui.

Amaury prit une longue inspiration et se lança à sa poursuite à larges foulées.

Une fois le pont franchi, il tenait toujours le cambrioleur en vue et se rapprochait de lui dangereusement. L'homme bifurqua brutalement sur sa gauche, dans une ruelle sombre et étroite. Amaury le suivit dans le dédale, tentant de ne pas le perdre de vue, soufflant comme un beau diable.

Au détour d'une autre venelle, il déboucha sur une grande place couverte d'une mer de gens et d'animaux de toutes sortes. Mulets, chèvres, chameaux et chevaux formaient une masse compacte presque impossible à surmonter dans laquelle le fugitif se fondit. Amaury se mit sur la pointe des pieds pour s'efforcer de l'apercevoir, écartant au passage des paniers emplis de fruits qui roulèrent sur le sol poussiéreux. C'était peine perdue. L'homme lui avait échappé.

— Par la malemort ! pesta-t-il en tentant de reprendre sa respiration.

Baudoin venait juste de le rejoindre. Il posa une main sur son bras, essoufflé.

— Par Dieu Amaury ! Qu'est ce qui t'a pris de donner la chasse à ce malandrin ?

— J'ai cru que je pourrais l'attraper ! J'y étais presque !

Amaury cracha, l'air dépité.

— Et ensuite ? Qu'aurais-tu fait ?

La question cueillit Amaury qui contempla le Templier avec stupeur.

— He bien, je… je lui aurais fait dire qui l'avait envoyé fouiller dans nos affaires !

— C'est ce que tu crois. Mais il aurait sûrement chèrement défendu sa vie ! Et tu n'es pas armé.

Amaury le regarda d'un air penaud. Ayant pris l'habitude de circuler dans la citadelle, il n'avait même pas emporté un coutel. L'homme n'aurait éprouvé aucune difficulté à se débarrasser de lui.

Baudoin posa une main amicale sur son épaule.

— Ce n'est pas un mal d'être impulsif Amaury. Mais risquer ta vie inutilement ne nous aidera pas à terminer notre voyage. Allons, rentrons.

Quand ils parvinrent à nouveau à leur logis, presque tout avait été remis en place et nettoyé. Adam avait tout réglé pendant leur courte absence et Amaury lui exprima sa reconnaissance. Il n'avait pas la tête à ranger ses affaires.

Baudoin les laissa pour rapporter au grand maître l'incident, dont toute la citadelle était désormais informée. La présence d'un traître dans cette enceinte sacrée et réservée à l'Ordre soulevait l'indignation et une assemblée se tiendrait sûrement le soir même pour comprendre comment cela avait pu se produire.

Amaury s'assit sur le rebord de son lit, maintenant garni d'une paillasse neuve.

— Alors ? Tu as réussi à attraper ce voyou ?

— Hélas non, il m'a filé entre les doigts !

Amaury abattit un poing rageur contre sa cuisse. Il ne décolérait pas.

— Tu sais, commença le garçon, j'ai eu très peur.

— C'est normal Adam, se faire voler et saccager ses affaires, ce n'est jamais très réjouissant ! Surtout quand on se croit en sécurité dans un lieu tel que cette citadelle.

— Oui, bien sûr. Mais je voulais dire que... en fait, j'ai eu peur pour toi.

Il avait achevé sa phrase dans un souffle, les joues rosies par l'audace dont il venait de faire preuve. Amaury se leva et tapota gentiment son épaule. Adam frissonna à ce contact.

— Merci, Adam, tu es vraiment un ami sincère. Mais tu n'as pas à t'en faire, je sais me défendre ! D'ailleurs toute cette histoire m'a grandement irrité, j'ai besoin de passer mes nerfs sur quelque chose ! Je vais à la quintaine, viens-tu ?

Il se débarrassa de son tabard pour rester en simple chemise.

Adam acquiesça et le suivit en soupirant à travers les couloirs de pierre. Son ami semblait sourd et aveugle. Il ne savait pas s'il devait s'en réjouir ou se mettre à pleurer.

*

Guillaume de Sonnac avait convoqué l'assemblée des frères dans le temple d'Acre, juste après les prières du soir. Les voir ainsi réunis, tous dans leur simple chemise de lin blanc comme de pauvres moines, lui procurait toujours un fort sentiment de sécurité.

Ici, maintenant, avec ses frères, il se sentait à sa place.

Il les regardait tour à tour, se demandant si, d'ici un an, les mêmes visages se trouveraient à cette même place. Qui serait mort ? Qui vivrait assez pour contempler à nouveau les rivages de la Terre sainte ?

Le temple d'Acre demeurait le plus important de l'Ordre en orient, après celui, désormais perdu, de Jérusalem. L'assemblée comptait ce jour-là une centaine de membres, tous chevaliers et de nobles lignages. À sa droite, Baudoin de Sabran s'assit. Il le regarda. Le Templier vieillissait, tout comme lui. Mais on voyait encore dans ses yeux cette flamme, ce désir qui habitait tous les frères, alors même que tout ne tenait plus qu'au bon vouloir d'une seule personne : le roi de France.

Sonnac ouvrit les bras.

— Mes frères, je vous ai mandés ce soir pour prendre une décision d'importance. Nous savons que Louis de France, à cette heure, a demandé à ses barons et à ses vassaux de réunir vivres et nefs proches de son camp de Limassol. Le départ pour l'Égypte ne saurait tarder. Nous avons réussi à le convaincre de frapper les Ayyoubides à leur point faible. J'ai aussi chargé Baudoin ici présent d'une mission diplomatique dont il s'est bien acquitté. Nous devons décider ce jour si nous nous joignons officiellement à cette croisade, si nous envoyons hommes et bateaux en Égypte.

Les frères acquiescèrent en silence.

— Je me dois de vous dire toute la vérité, écoutez-moi bien. Si nous allons en Égypte, nous irons seuls. L'alliance que j'ai tenté de conclure avec les Teutoniques a échoué. Et vous connaissez la situation avec les hospitaliers de Saint-Jean. Nous serons le seul Ordre à prêter main-forte au roi de France.

Les Templiers retinrent leur souffle sous le coup de cette révélation. Ils se regardèrent mutuellement. On comprenait à leur attitude que pas un n'avait réellement cru à cette alliance. La division des Ordres en

Terre sainte était proverbiale, voire exagérée. Mais une chose était vraie cependant, ils ne parvenaient que rarement à s'unir sur la politique à tenir. Jalousies, rivalités et luttes de pouvoir entravaient toujours leur rassemblement.

Voyant que personne ne protestait, le grand maître continua son monologue.

— Je dois vous dire qu'il reste un espoir, un infime espoir, de trouver une issue diplomatique à cette croisade. Frédéric II, que la peste soit de lui, a éventé le projet de Louis. Cependant, cette ingérence dans les affaires d'orient nous a autorisés à prévenir le roi et à l'orienter vers l'Égypte. Elle nous a aussi permis de tenter un rapprochement fructueux avec nos ennemis. Le sultan est affaibli politiquement. Son épouse, Shajar al durr, cherche à protéger son trône à tout prix. Nous l'avons joint et elle nous a confié une missive pour le roi. Depuis l'arrivée en Acre de frère Baudoin, nous avons appris une autre nouvelle. Une nouvelle décisive.

Il marqua un temps pour ne pas perdre l'attention des frères par un discours trop long.

— Al Salih Ayyub, le sultan, est malade. Très malade. Shajar al durr nous demande de nous presser. La solution diplomatique ne demeurera viable que tant qu'il vit. S'il meurt, son fils, Tûrân Shâh, prendra sa place et pour asseoir son autorité immédiate, il n'acceptera jamais l'échange que nous proposons : l'Égypte contre Ascalon et Jérusalem.

Des murmures se firent entendre. Parmi les Templiers présents, nombreux étaient ceux qui avaient connu Jérusalem et le temple, accoté au palais de Salomon. Ce lieu si sacré pour eux, où Hugues de Payn, Geoffrey de Saint-Omer et Payen de Montdidier avaient, un jour, créé cet Ordre de moines et de guerriers. Cette idée si étrange et innovante avait changé à jamais le visage des états latins d'orient. Récupérer cet endroit était l'objectif prioritaire du temple.

— Je vous le demande solennellement mes frères, allons-nous nous rendre en Égypte ? Devons-nous soutenir la croisade de Louis, roi de France, contre les Ayyoubides ? Et devons-nous, peu importe la méthode, continuer notre mission diplomatique pour recouvrer Jérusalem ?

Après un temps de silence qui parut infini, les frères se levèrent les uns après les autres, puis tous, dans un seul élan. Le temple avait pris sa décision.

Guillaume acquiesça et se tourna vers Baudoin. Celui-ci s'était levé en même temps que ses frères.

— Bien. Merci. Dans ce cas, préparons-nous.

Il frappa dans ses mains, signifiant ainsi que la séance était terminée.

Adam et Amaury attendaient le retour de Baudoin. Amaury ne parvenait pas à se calmer. Il avait l'impression que le cours de sa vie dépendait de ce qui se décidait en ce moment en ces murs cyclopéens et il ne pouvait pas influencer ce verdict. Il était à la merci du bon vouloir des *milites christi*. Tout comme le sort des états latins d'orient et de la croisade.

Enfin, la lourde porte tourna sur ses gonds et Baudoin apparut. Les traits du Templier témoignaient de sa fatigue. Il regarda ses deux jeunes compagnons, pensant fugacement à la charge que cela représentait de devoir s'occuper d'eux. Combien tout serait plus simple sans les savoir attachés à ses pas ! Bien qu'il ressentît une très forte affection pour les garçons, surtout pour Amaury, à cet instant, ils constituaient un fardeau.

La guerre allait fondre sur eux comme le faucon sur sa proie, avant de revenir se poser sur le gant de son maître. Il entendait déjà le fracas des batailles. Mais la guerre n'était pas que bataille, elle était bien plus que cela, un jugement de Dieu. Une ordalie[34].

Imposer de telles horreurs à de jeunes gens lui procurait un vague sentiment de honte et surtout, de la pitié.

Il soupira. C'était ainsi. Que valait-il mieux ? Mourir sur les sables brûlants d'Égypte ou finir sa vie dans le silence d'un monastère ?

Adam et Amaury le regardaient, leurs visages juvéniles tendus vers lui, avides de ce qu'il avait à leur annoncer.

— Les frères en ont décidé, nous nous rendons en Égypte pour rejoindre l'ost.

Amaury étouffa un cri de joie. Enfin, il allait retrouver le Roi, Guilhem et l'Ost. Il se rendit compte à quel point il avait eu peur que les Templiers abandonnent la croisade, laissant les francs seuls face aux infidèles.

Adam poussa un petit soupir et s'allongea sur sa paillasse, bras croisés derrière la tête. Il ne savait pas s'il voulait se rendre en Égypte, mais le destin lui offrait là une opportunité qu'il ne pouvait pas refuser.

---

34 Jugement de Dieu, procès à caractère religieux ou le suspect était soumis à une épreuve douloureuse, voire mortelle, de laquelle il devait ressortir indemne pour prouver son innocence.

Baudoin s'approcha du broc et se rinça les mains et le visage avant de s'essuyer avec les pans de sa tunique.

— Nous allons devoir tout préparer et cela peut prendre du temps. Les tempêtes du printemps peuvent aussi repousser notre départ, tout comme celui de l'ost.

— Le grand maître va faire parvenir la bonne nouvelle au roi, n'est-ce pas ?

— Certainement, Amaury, certainement. Cela ne change rien, nous allons nous battre, enfin, pas toi Adam, bien sûr.

Le jeune garçon se tourna sur le flanc en entendant que l'on prononçait son nom.

— Le frère herboriste m'a offert, il y a deux jours, de venir régulièrement le voir préparer ses décoctions et baumes, en prévision des combats à venir. J'ai pensé que cela m'occuperait.

Baudoin sourit.

— C'est une excellente idée et je ne doute pas de tes capacités à apprendre tout ce qu'il pourra t'enseigner. Ce sera utile, là où nous allons.

— Je te propose de te joindre au moins une fois par semaine à nos entraînements, suggéra Amaury, un peu d'exercice ne peut pas nuire et je me sentirais plus rassuré si tu savais tenir une épée et parer les coups.

Adam sourit doucement. Cette attention le touchait plus que ce qu'il voulait reconnaître. Cela lui faisait du bien qu'Amaury se préoccupe de sa sécurité.

— Très bonne idée aussi, Amaury. Tu t'en chargeras, tu es suffisamment aguerri désormais pour pouvoir proposer à Adam des activités à sa portée. Si ça ne vous dérange pas, restons-en là pour ce soir, je suis très fatigué.

Les deux garçons acquiescèrent et laissèrent le Templier se changer. Il éteignit les petites lampes de terre cuite, ne gardant en main qu'une bougie de suif. Il s'approcha de l'étroite fenêtre et ouvrit le volet de bois pour que l'air frais de la nuit les baigne durant leur sommeil. Le silence régnait dans la chambre, seulement troublé par la respiration paisible de ses compagnons.

Il voyait se dessiner, tremblotant dans l'obscurité, les lumières du fanal de la tour des mouches. La douce rumeur des vagues montait jusqu'à la croisée. Baudoin ferma les yeux et pria.

Il pria pour les ouvrir à nouveau sur les remparts de Jérusalem.

*

L'attente dura jusqu'à la mi-mai. De nombreuses tempêtes avaient retardé les préparatifs. Pisans et Génois s'enfonçaient dans une guerre fratricide qui coupait par moment les approvisionnements.

Amaury apprit de Baudoin que le roi de France avait dû, par deux fois, renoncer à prendre la mer depuis Limassol, tant les orages les repoussaient contre l'île.

Un jour, après qu'un fort vent eut soufflé toute la nuit, allant jusqu'à déraciner les palmiers dattiers dans les champs, les habitants d'Acre virent venir à eux des nefs arborant l'étendard du roi.

Amaury courut jusqu'au port à perdre haleine pour voir si les francs allaient bien et s'il ne retrouvait pas quelques connaissances.

Les nefs avaient subi des avaries et il allait falloir un certain temps avant qu'elles ne puissent reprendre la mer. Le Temple proposa à quelques chevaliers et gens de noblesse de monter sur ses propres vaisseaux qui étaient prêts à appareiller. Les pèlerins et autres barons moins importants attendraient que leurs navires soient parés avant de les suivre.

Amaury jouait des coudes dans la foule amassée sur les quais. On déchargeait des caisses et des hommes, certains blessés ou mal en point.

Dans cette masse compacte de gens et de bêtes, Amaury vit soudain un large dos, une carrure telle qu'elle ne pouvait appartenir qu'à une seule personne.

— Hébrard ! hurla-t-il à pleins poumons pour attirer l'attention du géant.

L'homme se retourna. Il arbora un immense sourire.

— Amaury !

Les deux camarades se jetèrent dans les bras l'un de l'autre.

— Mais que fais-tu donc en Acre ? demanda Hébrard.

— Tu es vivant mon ami, Dieu et tous les saints soient loués ! répondit Amaury.

Ils se regardèrent et éclatèrent de rire.

Amaury tira Hébrard par la manche pour l'emmener, *via* un long dédale de ruelles, vers une petite place au calme ou ils pourraient se désaltérer et se narrer mutuellement leurs aventures.

Une fois assis confortablement dans une échoppe, deux gobelets de bière devant eux agrémentés de fromage frais aux herbes et de pain, ils parlèrent librement.

— Alors, Hébrard, raconte-moi l'Arménie ! J'ai eu ouï dire que le sultan d'Iconium avait durement battu le roi. J'ai cru que tu avais succombé dans cette bataille.

— Nous nous sommes fait rosser, ça, je peux te le garantir ! Je commandais un petit bataillon de soldats francs et italiens, pour la plupart des mercenaires, qui avaient eu vent comme moi de cet affrontement imminent. Nous avons réussi à tenir une position, une tour fortifiée et à repousser nos assaillants. J'ai gagné pas mal de contusions et une bien vilaine cicatrice. Il abaissa sa chausse pour dévoiler une large plaie rosâtre qui courait le long de son mollet, remontant à mi-cuisse. J'ai aussi essuyé un tir de flèches et l'une d'entre elles m'a percé le flanc de part en part, juste au bord ! Tu imagines si Dieu était avec moi à ce moment-là !

Il but à long trait et reposa bruyamment son gobelet, le faisant tinter sur le plateau.

— J'ai vite compris que c'était perdu. J'ai quitté ce bon roi d'Arménie et je me suis rendu à Triple. De là, une galée qui appareillait pour Chypre m'a ramené auprès de Louis. C'était juste avant qu'il n'ordonne aux barons de se tenir prêts au départ. Une fois embarqués, une mauvaise houle s'est levée et nous a drossés vers la Terre sainte. Et me voilà ! Mais, et toi, alors, comment es-tu arrivé ici ?

Amaury sourit. Il jubilait de revoir son ami, qui avait conservé toute sa verve, même après ces douloureuses péripéties.

Il savait qu'il ne pouvait pas tout lui compter de l'affaire qui l'avait mené à Acre, aussi s'en tint-il à l'essentiel :

— Quelques semaines après ton départ, Guilhem m'a fait savoir que mon suzerain me convoquait, il voulait me charger d'une mission. Je me suis retrouvé un soir, au castel de Limassol, entouré de certains des plus grands barons du roi. Il y avait même Artois.

Hébrard esquissa une moue à ce nom.

— Ce querelleur... que te voulait-il donc ?

— Ne m'en veux pas, mon ami, je ne peux pas te donner de détails, mais il souhaitait que j'accompagne en Terre sainte un Templier et un Teutonique, pour récupérer quelque chose de très important.

— Que voilà une chose étrange ! Sais-tu pourquoi on t'a choisi ?

Amaury rougit. Il ne pouvait s'ouvrir à Hébrard de sa querelle avec Dame Alix et du ressentiment que celle-ci éprouvait envers lui depuis. Ni que ce ressentiment avait fait pencher la balance.

— He bien… je dois t'avouer que les raisons ne sont pas très claires, même pour moi. Toujours est-il que nous nous sommes rendus à Jaffa, puis à Castel Pèlerin. Là, le Teutonique est mort dans une embuscade tendue par des mamelouks. Puis nous avons voyagé, le Templier, un jeune homme que le commandeur de Castel Pèlerin nous a confié et moi ici, à Acre. Depuis, nous attendons de repartir joindre l'ost, nous devons absolument parler au roi.

Hébrard siffla entre ses dents.

— Tu as déjà bien vécu, toi aussi ! Cela nous fait un point commun, nous savons tous les deux plus de choses sur les sarrasins que la moitié de l'ost. Je ne compte pas les Templiers bien sûr ! Donc, où loges-tu pendant ton temps ici ?

— À la citadelle. Ils acceptent pèlerins et laïcs d'ailleurs, si tu veux tu pourrais venir avec nous. Je te présenterai Baudoin de Sabran et Adam, le jeune garçon !

Hébrard sourit et saisit le bras du chevalier ;

— Avec joie, ça sera toujours mieux que de dépenser mes deniers dans une auberge de Montmusard !

Les deux hommes éclatèrent de rire et trinquèrent à leurs retrouvailles.

Le temps passa plus vite pour Amaury depuis qu'Hébrard était revenu.

Adam, en revanche, se sentit mis à l'écart, entre les deux guerriers et Baudoin qui s'absentait souvent. Une amitié très forte unissait les deux francs. Un sentiment étrange compressait sa poitrine chaque fois qu'il les voyait jouter ou s'entraîner ensemble. Une morsure brûlante lui égratignait le cœur sans qu'il puisse en déterminer l'origine. Les deux chevaliers tentaient pourtant de l'inclure dans leurs sorties et de le joindre pour les repas, mais Adam se sentait mal à l'aise devant le gaillard qui était arrivé. Le plus souvent, il prétextait quelques corvées données par le frère-herboriste, préférant éviter de les regarder étaler leur franche camaraderie.

Un matin, alors qu'il se rendait à la grande salle pour prendre quelque chose à manger, il regarda deux frères qui discutaient, penchés l'un vers l'autre, se serrant les mains d'une façon presque tendre. Cette image s'imprima dans sa rétine et la vérité sur ses propres sentiments le frappa en plein cœur.

Jaloux. Adam était jaloux du lien qui unissait Amaury à Hébrard, mais pas uniquement.

Il éprouvait pour le jeune chevalier franc des sentiments forts, qu'il ne parvenait pas à contrôler réellement. Tantôt c'était une colère vive et intense qui montait en lui, tantôt un désir immense de se tenir à ses côtés, de le toucher...

Ses lectures lui avaient appris qu'une forme d'amour entre hommes pouvait exister, que ce genre de sentiments étaient fréquents, qu'il ne devait pas vraiment se sentir coupable de les éprouver. Mais quelque chose au fond de lui lui intimait de garder tout cela enfoui, de cacher ses élans, car Amaury ne semblait pas partager ce ressenti. Il ne voulait pas être humilié encore une fois. Sa bâtardise lui suffisait.

Mettre enfin des mots sur ses tourments le rasséréna quelque peu et il se rendit chez le frère herboriste le cœur un peu plus léger.

La fortune cependant mit rapidement fin à ses atermoiements. Quelques jours plus tard, les nefs de l'Ordre étaient parées à prendre la mer et les frères combattants rassemblaient leurs équipements en prévision des batailles à venir.

Tous se rendirent alors au port d'Acre, Adam et Amaury compris, et firent voile vers la terre d'Égypte.

Hébrard ne faisait pas partie du voyage, au grand soulagement d'Adam. Il devait attendre que le gros des troupes du roi qui s'étaient écartées de l'ost puisse prendre le départ.

Les deux amis se séparèrent à nouveau sur un port, mais cette fois ce fut Amaury qui s'embarqua. Ils se promirent avec force serments de se retrouver à Damiette et de combattre ensemble.

Amaury agita la main et regarda la citadelle s'éloigner dans la lumière vive qui frappait les vagues.

LIVRE TROISIÈME
LES LIONS D'ÉGYPTE

« Jérusalem. »

Louis IX, dit Saint Louis, dernière parole prononcée le 25 août 1270, devant les remparts de Tunis (huitième croisade)

Chapitre I

Damiette, 8 juin 1249

Damiette était tombée depuis trois jours quand ils trouvèrent les rivages d'Égypte. Les tambours et les cornes des sarrasins s'étaient tus. Le roi et les chevaliers les avaient facilement chassés.

Un camp de toile avait été monté sur la rive gauche du Nil, face à la ville et l'étendard de Saint Denis flottait au milieu des oriflammes des barons francs et orientaux. Les Templiers établirent également leur quartier, érigeant en premier la tente chapelle surmontée du Beaucéant,[35] autour de laquelle celui-ci s'organisait.

Amaury fut déçu de ne pas avoir pu participer à la bataille, mais d'après les chevaliers, il n'avait pas raté grand-chose. Les Turcs avaient fui sans quasiment livrer combat devant le débarquement de toutes les troupes du roi.

Ils avaient tout abandonné sur place, laissant la ville vide, sans aucune défense et sans même penser à brûler le pont de barques qui y menait.

Les francs pénétrèrent dans l'enceinte sans dommage et y logèrent leurs épouses et leurs mesnies. On y porta aussi les malades et les quelques blessés que l'escarmouche avec les sarrasins avait pu produire. Les chevaliers et leurs équipages restaient dans l'immense

---

35 Étendard du Temple.

camp, à proximité des nefs et de l'endroit où ils avaient tous débarqué. Amaury se dit qu'il se mettrait en quête de Guilhem plus tard, impossible de passer tout en revue pour le moment.

Amaury admira l'ingéniosité militaire du Temple lorsqu'ils établirent le campement. Il pouvait enfin apprécier leur grande habitude des campagnes.

Les deux jeunes hommes furent autorisés à rester auprès de Baudoin comme membres de sa mesnie à titre exceptionnel.

Amaury aurait pu rallier le camp d'Aimery VII, mais il préféra demeurer avec ses nouveaux amis. Il souhaitait surtout éviter de croiser à nouveau Alix ou Robert d'Artois, même s'il savait que le jour viendrait où il devrait rendre des comptes.

Il repoussait cette fatalité pour le moment.

Ils se couchèrent rapidement après avoir monté les tentes, épuisés par leur journée. Alors qu'Amaury dormait profondément, une grande clameur l'éveilla. Quelqu'un au camp donnait l'alarme.

Il se redressa immédiatement et empoigna son épée. La lueur des torches dessinait des ombres chinoises sur le tissu clair. Baudoin se leva également et le saisit à l'épaule lui intimant de sortir discrètement et de faire silence. Les deux hommes s'élancèrent dans la nuit vers la tente du roi d'où provenaient les cris.

Plusieurs guerriers s'étaient précipités dehors, comme eux, en chemises, épées et masses à la main.

Ils comprirent rapidement que les sarrasins avaient pénétré dans le campement, échappant à la vigilance de la garde à cheval.

Dans le noir, pieds nus, le jeune chevalier n'en menait pas large. L'humidité montant du Nil s'enroulait autour de son corps comme un linceul invisible. Les cris des guetteurs mêlés à ceux des guerriers et des barons emplissaient la nuit d'un vacarme infernal.

Ils surprirent alors trois hommes qui sortaient d'une tente appartenant au sire de Courtenay. Sans réfléchir, les deux croisés se jetèrent en avant pour les frapper, hurlant Montjoie pour attirer les renforts.

Deux des sarrasins s'enfuirent en emportant un paquet sanglant duquel dégouttait un liquide foncé, mais le troisième fit volte-face et, arme à la main, affronta les deux chevaliers pour couvrir ses compagnons.

Il était mieux équipé que Baudoin et Amaury. Les deux chevaliers l'encerclèrent pour le priver de toute retraite, tout en restant à distance.

Baudoin lui asséna un violent coup de lame à la cuisse et le turc plia les genoux dans le sable en râlant. Ils le tinrent en respect au bout de leurs épées en attendant les renforts, pendant qu'il se vidait de son sang.

Rapidement, quatre ou cinq autres chevaliers les rejoignirent, dont Jean de Courtenay.

— Holà, Messires ! Annoncez-vous !

— Baudoin de Sabran, du Temple et Amaury de Villiers ! Nous avons arrêté cet infidèle alors qu'il sortait de la tente avec deux de ses pairs, hurla Baudoin à la cantonade.

— De cette tente-ci ? C'est celle de mes guetteurs !

Courtenay avait le souffle court, il s'était, comme tout le monde, précipité dehors dès qu'il avait entendu l'alerte.

— Oui, sire. Vu ce que ses camarades ont emporté, j'ai peur que nous soyons arrivés trop tard pour empêcher vos hommes de se faire massacrer.

Jean de Courtenay grimaça, mais salua les deux chevaliers.

— Vous avez fait ce que vous avez pu, je ne vous blâmerai point.

Disant cela, il s'approcha de la tente et souleva l'auvent.

Un spectacle atroce les y attendait. Le guetteur était affalé sur la table où l'on voyait encore des reliefs de repas et une lampe à huile. Il baignait dans une mare de sang et sa tête était tranchée à la base de son cou.

Amaury devina que c'était le funeste paquet que ces chiens avaient emporté.

— La peste soit de ces Turcs ! Ils nous harcèlent toutes les nuits depuis notre arrivée. Ces lâches n'ont pas le courage de nous attaquer de jour !

Le sire de Courtenay paraissait excédé.

Baudoin intervint.

— Le roi a pourtant mis en place des tours de garde, n'est-ce pas ?

— Si fait, mais ce sont des gardes à cheval. Ces pleutres guettent leur passage et savent alors quand entrer sans problème ! Il va falloir changer cela, on ne peut pas se laisser égorger comme agneau à la Pâque !

Amaury écoutait en silence, contemplant le cadavre diminué du pauvre homme.

— Sire... Hasarda-t-il, pourquoi avoir emporté sa tête ? Est-ce là l'un de leurs rituels impies ?

— Non pas, jeune seigneur, répondit Courtenay, mais leur sultan offre une récompense pour tout crâne de chrétien qui lui est amené : un besant[36] d'or !

Il cracha par terre en signe de mépris pour cette pratique infâme.

Amaury frissonna. Il se remémora les paroles de Don Sanche à propos de la cruauté des sarrasins.

Baudoin hocha la tête.

— J'en parlerai au grand maître. Il faut régler ce point au plus vite, sinon nous serons grandement diminués.

— Je suis d'accord. Je dois vous laisser, chevaliers, et m'occuper de ce pauvre hère. À vous revoir !

Les deux hommes saluèrent Courtenay et regagnèrent leur pavillon de toile où Adam les attendait, l'air préoccupé.

— Tout va bien ? demanda-t-il. Vous m'avez fait une peur bleue à vous jeter hors de la tente tout d'un coup !

— Désolé de t'avoir réveillé ! lança Amaury avec un sourire aigre. Nous étions simplement allés chasser le sarrasin et éviter que ces barbares ne viennent t'égorger dans ton sommeil !

En voyant son expression peinée, il regretta aussitôt ses paroles. Depuis qu'il fréquentait Adam, il oubliait souvent que celui-ci possédait du sang mauresque dans les veines. Il reprit.

— Pardon, ce n'est pas drôle. Tu peux te rendormir, tout danger est écarté.

Adam lui adressa un pâle sourire et se retourna contre le tissu de la tente. Amaury soupira et souleva un panneau de drap tendu pour regagner sa propre couche.

Il s'allongea en conservant son épée à ses côtés, au cas où une autre alerte déchirerait la nuit. Ce qu'il venait de voir ne le rassurait guère. Les ennemis n'hésitaient pas à attaquer quand ils étaient vulnérables. Quel procédé lâche comparé aux valeurs de la chevalerie qui commandait de toujours regarder son adversaire au fond des yeux.

Amaury songea à Friedrich. Le teutonique avait raison, ces Turcs étaient vraiment des pleutres pour agresser ainsi des hommes endormis. Il se retourna sur le côté, l'esprit en proie à des pensées tourbillonnantes. Alix. Aimery. Artois. Et surtout, le roi. Quand

---

36 Monnaie d'or

auraient-ils l'occasion de le voir pour mettre un point final à cette mission ?

Il bougea à nouveau sur sa couche. Le sommeil le fuyait, c'en était fini de sa nuit. Demain, il chercherait Guilhem pour obtenir de la bouche du maître d'armes les dernières nouvelles. Il ferma les yeux sur cette résolution et parvint enfin à s'endormir.

*

Aux abords du camp du roi, Amaury chercha les plus longues tentes, celles qui renfermaient le gros des troupes. Il pensait trouver Guilhem quelque part dans ce coin.

Le Nil en crue avait englouti les rives et le campement était pris entre deux branches du fleuve qui se séparait devant la ville avant de se jeter dans la mer. Il charriait une eau turbide, pleine de ce limon fertile, qui transformait l'Égypte en une des meilleures terres arables de ce bord de l'Afrique.
Passant entre les groupes d'hommes en armes et d'écuyers qui vaquaient à leurs tâches, il finit par apercevoir au loin le spadassin, son éternel chapeau vissé sur le crâne. Amaury se persuadait qu'il le portait même lors des charges, dédaignant le heaume.
Il le héla de loin et Guilhem se retourna. Il se dirigea vers lui.
— Amaury ! Dieu garde, te voilà revenu !
Il posa ses mains sur les épaules du jeune homme, d'un air appréciateur.
— L'Outre mer te réussit, mon jeune ami ! Vois comme tu as encore forci !
Amaury sourit de toutes ses dents sous le compliment.
— Guilhem, je suis fort heureux de te retrouver moi aussi.
— Alors, quelle nouvelle ? Ta mission ?
Amaury esquissa une grimace. Il ne pouvait révéler le but réel de son expédition, pas plus à Guilhem qu'à un autre. Il lui pesait de ne pouvoir se confier à personne. Il avait hâte que la missive soit remise au roi, qu'il soit enfin débarrassé de ce fardeau.
— C'est une longue histoire Guilhem et l'on m'interdit de tout raconter. Mais je suis venu te quérir pour échanger des nouvelles moi aussi. Trouvons-nous un endroit où nous installer et devisons, si tu n'es pas trop occupé, bien sûr.
— Trop occupé ? Ça ne risque pas, je le crains… grinça Guilhem.
— J'ai bien peur que cette crue ne nous empêche de bouger avant longtemps, laissant l'occasion à ces Turcs de reformer leurs troupes et d'obtenir quelques renforts de Damas. Tu as raison, allons nous asseoir dans une de ces échoppes, sur le pont, ils y servent un vin assez valable et surtout de bonnes brochettes !

Amaury sourit. Il reconnaissait bien là la truculence du maître d'armes. Il lui avait manqué. Il constata qu'il ne subsistait pas d'ombre entre eux et cela lui réchauffa le cœur.

Le pont de bois qui joignait les deux rives du Nil était constitué de barques à fond plat que la crue n'emportait pas. Il était étrange que les sarrasins n'aient pas songé à le brûler dans la débâcle, car il donnait les clés de la ville à l'envahisseur franc.

Il était couvert de petites échoppes flottantes qui vendaient toutes sortes de denrées. Le commerce, même en temps de guerre, ne s'arrêtait jamais.

Les deux hommes s'attablèrent et Amaury relata à Guilhem comment il était parvenu à Jaffa, comment Friedrich le Teutonique, était mort avant d'atteindre Castel Pèlerin et surtout, il raconta Acre et sa formidable citadelle. Guilhem souriait, les yeux dans le lointain, portant de temps en temps son verre à ses lèvres. Les paysages de Terre sainte se déroulaient devant lui sous le flot des paroles d'Amaury et il ne l'interrompit que pour obtenir des précisions sur tel ou tel endroit.

Amaury omit volontairement la rencontre avec l'émissaire de Shajar al durr et l'assassin de la secte, mentionnant seulement l'attaque des mamelouks dans les monts du Carmel.

Quand il eut terminé, Guilhem secoua la tête.

— Je donnerais de bon gré le peu que je possède pour voir les remparts de Saint-Jean d'Acre !

— C'est un magnifique spectacle, approuva Amaury. Mais j'aurais tant aimé pouvoir contempler Jérusalem de mes propres yeux...

— Nous la verrons, j'en suis sûr, une fois que Louis l'aura reprise des mains de ces impies ! À moi de te raconter comment ces lâches nous ont livré Damiette. Une fière cité, tu vois. Son enceinte fortifiée nous aurait causé bien des soucis ! Seul un très long siège nous aurait permis de la réduire par la faim. Mais sitôt qu'ils ont aperçu le roi suivre l'oriflamme de Saint-Denis et tous les nobles chevaliers, le fût de leurs lances pointées vers leurs bas-ventres, ils ont fui comme des pleutres !

Devant l'air incrédule d'Amaury, il crut bon d'ajouter :

— Louis a sauté de son bateau, tout en armes et la lance au poing ! Il est parvenu sur la plage et il aurait chargé les sarrasins si ceux-ci ne s'étaient pas déjà débandés ! Tu aurais vu la tête de ses prud'hommes !

Guilhem s'esclaffa, mais reprit vite son sérieux.

— J'ai peur que nous ne payions cher cette victoire, la crue nous empêche de profiter de notre avantage et de marcher sur Le Caire ou sur Alexandrie. Le roi rechigne aussi à partager le butin et a ordonné que la ville ne soit pas livrée au pillage, mais préservée. Il veut réunir les barons et les clercs pour juger de ce qui doit être fait.

— Cela me semble bon de prendre conseil, le roi l'a toujours fait et ses décisions sont généralement justes.

— C'est vrai, mais il existe en la matière une coutume en Terre sainte et tous ses prédécesseurs l'ont suivi. Quand Jean de Brienne a pris Damiette la dernière fois, en 1219, il a respecté cette coutume. Je le sais, j'y étais.

Amaury ouvrit de grands yeux ronds.

— Vous êtes déjà venu en Égypte, Guilhem ? Vous ne nous en aviez jamais parlé !

— Pourquoi crois-tu qu'Aimery et Artois m'aient recruté ?

Guilhem sourit malicieusement.

—Je ne voulais pas vous influencer avant même d'être arrivé ! Et puis vous m'auriez assommé avec vos questions incessantes ! Il éclata d'un rire bref puis poursuivit, j'avais ton âge alors et nous avons mis six mois à faire tomber la ville. Tu vois, pas une croisade ne se ressemble...

Amaury soupira.

— J'ai croisé Hébrard, à Acre. Plusieurs bateaux y ont été repoussés par la tempête, comme vous le savez.

— C'est une bonne nouvelle, ce garçon a beaucoup de chance. Lorsque je l'ai vu revenir à Chypre, jamais je n'aurais pensé qu'il ait survécu à cette guerre en Arménie où presque tous ont péri.

— Il nous joindra bientôt. Les nefs étaient en train d'être garnies quand nous avons fait voile avec la flotte du Temple.

— C'est heureux que le Temple se batte avec nous, car ni les Hospitaliers ni les Teutoniques ne nous soutiennent cette fois-ci.

— C'est à cause de Frédéric II, les teutoniques n'ont pas eu le choix...

Guilhem fit la moue.

— Le diable l'emporte celui-là ! Je dois te quitter pour aujourd'hui, mais nous nous reverrons vite. Tu ne devrais pas tarder à être convoqué par Robert et Aimery, de toute façon. Ils m'enverront sûrement te chercher. Restes-tu avec ce Templier et cet étrange jeune homme que vous avez ramené de Terre sainte ?

— Oui, je me suis attaché au garçon, il faudra que je vous le présente. Et je dois bien avouer que l'ordinaire du côté du Temple est bien meilleur qu'au sein de l'Ost !

Guilhem éclata d'un rire sonore, attirant les regards vers leur table.

— Je veux bien te croire ! Songes-tu à rejoindre l'Ordre ?

— Je ne sais pas trop… J'ai appris à les connaître et leur discipline, leur sens de l'honneur me plaît… De là à devenir frère. Je préfère me laisser le temps de la réflexion. Et puis la croisade ne fait que commencer.

— Tu as raison, tu es encore jeune… Mordieu ! Jamais je n'aurais pu me plier à leur règle ecclésiastique, j'aime trop la bonne chère et la douce compagnie des dames. D'ailleurs, c'est pour l'une d'entre elles que je dois t'abandonner.

Il vida son verre d'un trait et lui lança un clin d'œil malicieux.

Amaury le regarda partir en secouant la tête d'un air bienveillant. Quelle joie de retrouver Guilhem ! Il ne manquait qu'Hébrard et tous ses amis seraient enfin présents. Avec eux à ses côtés, il ne craignait pas de livrer bataille.

Il songea en terminant sa collation qu'il devrait prochainement affronter Artois. Cela ne l'enchantait guère, mais il en aurait au moins le cœur net.

Il laissa quelques piécettes sur la table et se retira.

*

Trois semaines plus tard, quelques nefs accostèrent à Damiette et les troupes égarées foulèrent enfin la terre d'Égypte.

Il n'y avait pas signe du comte de Poitiers et cela commençait à inquiéter les prud'hommes.

De leur côté, Amaury et Baudoin attendaient une ouverture qui leur permettrait d'accéder au roi, mais celui-ci était très occupé à répartir le butin.

Ils avaient tous deux prêté la main à la sécurité du campement après la mort du guetteur de Courtenay.

Les sarrasins n'avaient pas cessé leur harcèlement, suite à la mise en place des tours de garde à pied. En complément, Guillaume de Sonnac, grand habitué des campagnes en Terre sainte, avait suggéré le creusement de fossés. Tous les hommes valides, chevaliers comme seigneurs, avaient travaillé sans relâche, dans le limon et la boue charriés par les alluvions de l'immense fleuve. Le camp était désormais protégé d'un côté par les eaux et de l'autre par les tranchées. Les incursions ennemies avaient cessé, mais avec elles avait débuté une grande phase d'ennui profond pour tous les chevaliers et guerriers inactifs.

Tenir autant d'individus au sang bouillonnant tranquille pendant une aussi longue période relevait de l'exploit. Tous se demandaient comment le roi allait bien pouvoir réussir ce tour de force. La répartition du butin allait être déterminante.

Amaury fut très heureux de voir Hébrard débarquer de l'un des vaisseaux en provenance d'Acre. Les deux jeunes gens se retrouvèrent avec plaisir, mais leur entente ne dura pas.

Hébrard supportait mal l'inactivité. À Chypre déjà, c'est ce qui l'avait poussé à se rendre en Arménie. On annonçait plusieurs mois de campagne aux alentours de Damiette et il montra très vite des signes d'impatience. Il s'en ouvrit un soir à Amaury alors qu'ils profitaient de la douceur pour boire une coupe dans un estaminet en bordure de la mer, comme au bon vieux temps.

— La peste soit de ce fleuve ! Je ne supporte pas d'être bloqué ici, je vais dépérir comme une plante mal arrosée !

Il se lamentait depuis plusieurs minutes tour à tour du roi, de ses suzerains, d'Alphonse de Poitiers qui n'arrivait pas et maintenant du Nil.

Amaury l'écoutait d'une oreille distraite. Il attendait que l'orage passe.

— Et toi, tu ne dis rien ? l'interpella-t-il, en renversant au passage du vin sur la table.

— C'est que je n'ai pas à me plaindre. Cela ne me dérange pas de me reposer, vu ce qui nous guette.

Hébrard darda sur lui un regard torve.

— À force de fréquenter ces moines chevaliers, tu deviens comme eux ma parole ! Tu envisages toi aussi de te châtrer pour rejoindre leur grand Ordre peut-être ?

Il avait dit cela d'un ton sarcastique qu'Amaury ne lui connaissait pas. Il tenta de l'apaiser, mettant cela sur le compte de la boisson.

— Allons, Hébrard, tu sais que ces rumeurs sur le Temple sont fausses. Tu ne devrais pas écouter les mauvaises langues et encore moins te faire l'écho des ragots. Ce n'est pas digne de toi.

— Pas digne ? Pas digne ? Tout le monde sait que ton grand maître susurre à l'oreille du roi, comme les serpents dans les sables de ce foutu pays ! Je vais te dire moi, ce qui serait digne...

Il se pencha vers le jeune chevalier avec un air de conspirateur. Amaury sentit son haleine chargée avec dégoût.

— Le sire de Versy, un proche de Joinville, donne un banquet ce soir, dans une demeure qu'il a prise, en ville, pour loger sa mesnie. Nous pourrions y aller nous remplir la panse sans penser à rien ! Sauf peut-être aux bachelettes qui ne manqueront pas d'égayer la fête.

Il éclata d'un rire sonore et commanda un autre verre.

Amaury songeait au contraire qu'il fallait ralentir sur la boisson, mais son ami ne paraissait pas être de cet avis.

— Hébrard, tenta-t-il d'un ton apaisant.

— Je crois que tu t'es déjà suffisamment imbibé, que dirais-tu d'une petite promenade pour digérer ? Je te raccompagne.

Le chevalier ne l'entendait pas de cette oreille. Il lui saisit le bras et serra de toute sa poigne.

— Tu as peut-être pour ambition de te transformer en moine et de t'habiller de blanc, mais ce n'est pas mon cas ! La peste soit des pisse-froid comme toi, j'ai grande envie de m'amuser et tu ne vas sûrement pas m'en empêcher.

Amaury ne souhaitait pas se fâcher avec lui, mais il se dégagea vivement.

— Hébrard, qu'as-tu ? Je veux bien mettre ces insultes sur le compte du vin, mais n'abuse pas de ma patience.

L'autre ricana.

— Mais c'est qu'il est précieux, ce petit baronnet, hein ! Alors quoi ? Parce que l'on t'a choisi pour une mission en Terre sainte, tu te penses au-dessus de tout le monde, n'est-ce pas ?

Amaury resta interdit. Se pouvait-il que son ami fût jaloux ? Il sentait lui aussi la colère monter, mais tenta de se maîtriser.

— Parce que tu crois que cela m'a fait plaisir ? Quitter le peu que j'avais pour un pays inconnu, avec des gens inconnus ? J'ai affronté des assassins et des mamelouks ! J'aurais pu mourir ! Et puis… Il s'interrompit. On m'a peut-être choisi pour de mauvaises raisons. Je ne sais pas…

— Et moi ? Je reviens d'Arménie où tous ont laissé leur peau et je n'ai pas la prétention de frayer avec les membres du conseil royal ! Dis plutôt que tu veux garder tout pour toi et avoir tous les honneurs.

Les propos venimeux piquèrent Amaury au vif. Il se leva brusquement pour répliquer, mais Hébrard lui coupa la parole.

— Je sais, tu ne peux rien dire, c'est un secret, ce n'est que pour le roi… Eh bien, tu n'as qu'à aller boire des chopes avec le roi, moi je vais aller à la fête de Versy et me trouver deux belles catins pour m'accueillir cette nuit ! Toi, retourne chez tes moines et restes-y !

Sous les yeux ébahis d'Amaury, Hébrard se leva et quitta la table d'un pas mal assuré. Amaury se demanda s'il devait le retenir, mais il ne bougea pas. Le temps qu'il prenne une décision, le jeune homme était déjà loin.

Il sortit et respira un grand coup. Il détestait se disputer et Hébrard était son seul véritable ami. Baudoin était toujours secret. Quant à Adam… Eh bien, Adam n'était pas chevalier. Il ne pouvait pas discuter avec lui d'homme à homme.

Il contempla avec tristesse le ciel qui se teintait de violine avant de noircir tout à fait et de se couvrir d'étoiles brillantes comme les fleurs de lys sur le manteau du roi.

Il espérait que son ami reviendrait à la raison et regretterait ses paroles. Il regagna sa tente en traînant des pieds.

Les jours suivants passèrent sans qu'il reçût de nouvelles d'Hébrard. Quelque temps plus tard, alors qu'Amaury battait le camp pour rejoindre les écuries, il le vit parler avec plusieurs autres gaillards, tous chevaliers de belles carrures. Il tendit l'oreille, mais leur conversation s'orientait sur la répartition du butin et les critiques qui se faisaient jour contre le roi dans l'Ost.

Amaury secoua la tête et préféra s'éloigner pour éviter une confrontation. Il ressentait de l'amertume envers le chevalier qui semblait l'avoir oublié, mais sa fierté lui commandait de ne pas faire le premier pas. Il tourna les talons et continua son chemin.

*

En proie à ses sombres pensées, Amaury percuta Guilhem sans le voir aux abords de sa tente. Le maître d'armes leva un de ses sourcils broussailleux devant l'expression abattue de ce dernier.

— Ça ne va pas, Amaury ?
— Si fait, Guilhem, je suis juste un peu fatigué. Cette attente est si longue.
— Je crois que nous avons déjà eu semblable conversation, à Chypre et comme toujours, ton bon vieux Guilhem va t'apporter une solution !

Il lui donna une bourrade et Amaury s'alarma de ce qu'il allait lui annoncer.

— Le comte Aimery souhaite te voir. Demain, après la rencontre du roi avec les barons et les clercs. Cela signifie qu'Artois sera sûrement présent, présente-toi en armes, je viendrai te chercher.

Il le salua et disparut, laissant Amaury en proie à la plus grande agitation. Il allait devoir affronter ses suzerains et cela ne lui plaisait pas outre mesure.

Il regagna vivement la tente pour recueillir l'avis de Baudoin.

Le Templier écouta comme toujours son pupille en silence et sans manifester la moindre émotion. Quand Amaury eut fini, il le considéra un instant.

— C'était à prévoir. Ton suzerain a été accaparé par l'arrivée à Damiette et la prise de la ville, mais maintenant que c'est terminé et que le camp est sécurisé, les intrigues vont se renouer de plus belle.
— Je sais bien, mais que dois-je faire ? Que puis-je dire ?
— Je pense que dire la stricte vérité est toujours préférable à un mensonge qui sera de toute façon dévoilé plus tard.
— Vous me conseillez de parler de la missive au comte ? Mais il est le frère du roi ! S'il s'en ouvre à lui avant que nous ayons le temps de le voir, nous aurons de vrais problèmes !
— Certes, c'est une possibilité. Mais si tu réfléchis bien, c'est la meilleure solution. Nous n'avons pas rencontré Louis, mais cela arrivera. Artois apprendra alors la vérité et il enragera d'apprendre que tu lui as menti. Plus encore que si tu lui confesses tout dès maintenant.

Quand on est en pleine course à cheval, ce n'est jamais bon de repousser un obstacle, mieux vaut le sauter tout de suite.

Amaury goûta peu cette métaphore équestre, mais il comprit où le Templier voulait en venir.

— Je ne peux que lui dire que nous avons recueilli un message de la part de l'épouse du sultan… Je ne sais même pas ce qu'il y a dans cette lettre.

— Fort bien, dis-lui cela, tu prouveras ta bonne foi et il ne pourra décemment pas te tenir rigueur de ne pas avoir pris connaissance d'une missive portant sceau royal. Ce serait un vrai déshonneur.

La manœuvre ne convainquait pas Amaury, mais il n'avait pas réellement le choix. Il s'assit sur un des coussins dont Adam avait recouvert le sol. Agrémenté de panneaux qui préservaient l'intimité de chacun et de tapis orientaux, leur abri respirait la quiétude et le confort. Il avait également installé une écritoire et un coin garnis de couvertures souples pour la lecture.

Il se tourna vers le garçon, plongé dans un rouleau d'un étrange papier parcheminé, veiné de fibres claires.

— Adam, où as-tu donc déniché tous ces ornements ? On se croirait dans une tente sarrasine !

Celui-ci leva le nez et sourit au chevalier de toutes ses dents.

— Les maisons de Damiette en sont pleines, je n'ai eu qu'à me servir.

— Te servir ? Ces biens ne t'appartiennent pas, ils font partie du butin du roi, tu n'aurais pas dû les prendre.

Il tentait d'adopter un ton dur, mais n'y parvenait pas. Il avait d'autres préoccupations que quelques tissus dérobés.

Adam haussa les épaules.

— Tout le monde fait la même chose, on ne va pas nous blâmer pour des coussins.

— J'abandonne, soupira Amaury. Il semble que chacun n'en fasse qu'à sa tête ici.

— Tu parles sûrement de ton ami, le chevalier Hébrard ? Il a acquis une très mauvaise réputation ces derniers temps. On dit que tous les bordeaux de Damiette portent son odeur ! persifla le jeune garçon.

— Adam ! gronda la voix caverneuse de Baudoin. Il suffit.

Amaury regarda Adam du coin de l'œil d'un air désolé.

— Oui, même Hébrard qui est pourtant un bon chevalier. Je ne trouve pas réjouissant pour ma part que les hommes les plus aguerris de l'Ost se perdent dans la débauche et le désœuvrement.

Adam afficha une mine contrite.

— Excuse-moi, Amaury, je ne voulais pas te blesser.

— Oublie, ça ne fait rien.

Amaury posa sa tête dans ses mains et réfléchit à la meilleure façon de présenter les choses le lendemain à ses suzerains. Le visage courroucé d'Alix dansa devant ses yeux et il espérait que la dame l'avait oublié pour de bon.

*

Guilhem vint le chercher le surlendemain, à la pointe du jour. Le chevalier gratta au panneau de l'auvent de toile, puis, voyant que personne n'arrivait, il le souleva et pénétra dans la tente.

Assis en rond sur les coussins qui parsemaient le sol, trois hommes devisaient à voix basse, la mine encore ensommeillée.
— Le bon jour à tous trois ! La voix tonitruante de Guilhem tomba dans le silence ouaté comme un tambour de combat avant un assaut.
Les deux plus jeunes se retournèrent vivement en sursautant et Amaury adressa un grand sourire au guerrier. Le plus vieux ne bougea pas d'un pouce et le salua de la tête. Il portait une tunique blanche avec une croix écarlate sur l'épaule et Guilhem devina sans peine qu'il s'agissait de Baudoin de Sabran. Le Templier ressemblait à ses pairs.
Amaury se leva et l'attira auprès de ses compagnons en babillant, tout heureux qu'ils puissent enfin se rencontrer.
— Vous êtes le maître d'armes dont Amaury ne cesse de parler ? Soyez le bienvenu.
— Et vous, le Templier dont il me vante sans cesse les exploits ? Je suis ravi de pouvoir faire votre connaissance.
Les deux chevaliers, rompus à l'exercice, se jaugeaient. Si l'on ne jugeait pas une personne sur sa mine ou sa vêture, la première impression était souvent la bonne.
Ils se reconnurent, en hommes d'honneur et en guerriers, car ils se tendirent mutuellement leur avant-bras pour se donner une accolade franche.
— Vous avez là une bien étrange mesnie, Sire de Sabran. Je ne vous cache pas que cela fait jaser dans le camp.
Baudoin poussa un long soupir.
— Il semblerait que la divine providence me couvre sans cesse de jeunes gens à instruire ou à conduire. Un peu comme vous.
— La divine providence ou les exigences de votre grand maître ?
Baudoin sourit. La franchise de l'homme lui plaisait.
— L'Ordre est mon maître comme le roi est le vôtre et il ne m'appartient pas de discuter ses desseins.

— D'autant plus qu'il se murmure que l'Ordre suit ses propres volontés.

— Tout comme vos maîtres, l'Ordre désire plus que tout la victoire des francs en Terre sainte. Je suppose qu'on vous a envoyé quérir Amaury en partie pour cela ?

— En effet. Amaury, prépare-toi, les barons nous attendent.

Le jeune chevalier sentit son estomac se nouer et acquiesça lentement. Il ne parvenait pas à deviner si les deux hommes s'appréciaient ou restaient au contraire sur leurs réserves. Il aurait bien aimé que ceux qu'ils considéraient comme ses maîtres à penser s'entendent bien. Pour autant, leurs caractères, à la fois si dissemblables et si proches, ne les poussaient pas vers l'amitié, mais plutôt vers un respect mutuel et courtois.

Il les quitta en leur jetant des coups d'œil pleins d'appréhension.

Quand il eut disparu derrière sa tenture, les deux hommes échangèrent quelques mots sur la situation stratégique de l'Ost.

Guilhem confia à Baudoin que la crue engendrait beaucoup de problèmes dans l'armée. L'inactivité ne valait rien aux sergents et aux chevaliers. Baudoin lui répondit que la crue n'était pas le seul souci. Elle allait finir un jour et il faudrait alors se décider. L'Ost allait-il s'enfoncer dans les sables de ce pays aride pour prendre Le Caire, en frappant les Ayyoubides au cœur ? Ou continuer sur la côte et attaquer Alexandrie, le plus grand port d'Égypte, pour leur couper l'accès à la mer et trouver vivres et argent ?

Adam, plus discret qu'une ombre à leur côté, buvait leurs paroles et inscrivait dans un coin de sa mémoire les échanges des deux hommes.

Guilhem et Baudoin avaient une vision similaire de la politique en Outre-mer mais leurs connaissances et leur motivation divergeaient. Pour Baudoin, seul comptait l'Ordre. Guilhem se moquait bien que les Templiers récupèrent leur maison à Jérusalem. Seuls comptaient le roi et la France.

Leur discussion prit fin lorsqu'Amaury revint quelques minutes plus tard.

Le maître d'armes salua et ils se quittèrent là-dessus.

Guilhem entraîna Amaury à sa suite, dans le camp du roi. Ils dépassèrent plusieurs chapelles installées par les barons et leur mesnie, ainsi que la tente de la viande où l'on répartissait les repas chaque jour pour l'ost.

Ils parvinrent au pavillon de Robert d'Artois. Immense, parsemé de fleur de lys dorée sur un fond azur et agrémenté de neuf châteaux, il symbolisait toute la puissance de la maison d'Artois.

Amaury déglutit difficilement. Ses mains devenaient moites à la pensée des comtes réunis pour lui soutirer les dernières informations qu'il possédait. Il n'avait pas grand-chose à dire et l'issue de cette entrevue ne faisait pas de doute. Le frère du roi se livrerait certainement à l'une de ses colères proverbiales.

Ils pénétrèrent tous deux dans l'abri de toiles tendues.

Artois conversait avec Aimery de Rochechouart. Ils étaient seuls, en dehors de deux sergents d'armes qui gardaient l'entrée et de quelques pages qui distribuaient eau et victuailles. Une longue table les séparait, jonchée de pichet et de coupes et d'une immense carte déroulée et maintenue par des coutels plantés dans le bois tendre et des stylets de bronze.

Guilhem patienta respectueusement jusqu'à ce que l'un des deux hommes les remarque. Ce fut le comte Aimery, qui adressa alors un discret signe de tête à son vis-à-vis.

Artois se retourna. Il portait un haubert en permanence désormais, sous un tabard aux couleurs de sa maison. Une sobre couronne annelée, ciselée de fleur de lys couvrait sa toison bouclée. On ne pouvait nier le port altier et la noblesse du frère de Louis. Amaury se rappela douloureusement qu'Artois avait failli devenir empereur du Saint Empire romain germanique et cela accentua son malaise. Décevoir un personnage de si haute lignée allait certainement avoir des répercussions sur son avenir.

Adieu, les belles terres en bordure du Nil et la reconnaissance éternelle du roi !

Les rêves du jeune chevalier se brisaient sur la réalité des jeux politiques auxquels il n'entendait pas grand-chose. Il respira pleinement, tentant de calmer sa nervosité.

— Guilhem ! Enfin ! Et toi, Amaury ! Je suis heureux de te revoir. Sain et sauf.

Il avait prononcé ces deux derniers mots avec une pointe de froideur dans la voix. Amaury éprouva la désagréable sensation que le comte aurait préféré qu'il ne revienne pas de Terre sainte.

Il salua respectueusement les deux nobles et son suzerain lui donna une accolade franche qui le rasséréna quelque peu. Après tout, Aimery l'avait adoubé, il l'avait enlevé à Eudes, il ne pouvait pas lui vouloir de mal. Sauf bien sûr s'il avait appris de dame Alix leur fâcheuse rencontre... Amaury tenta de chasser cette idée et de se concentrer sur ce qu'Artois allait lui demander.

Celui-ci se tourna d'abord vers Guilhem.

— Montserrat, merci de l'avoir accompagné jusqu'ici. Vous pouvez disposer à présent.

Amaury regarda le maître d'armes quitter la tente avec un regain d'appréhension. Un visage amical n'aurait pas été de trop, mais les affaires du royaume exigeaient sans doute de la discrétion.

— Bien, allons, raconte-nous ton voyage en Terre sainte et n'omets aucun détail, le pria le frère du roi de France.

On y était. Amaury fut déçu de constater qu'une fois encore, Baudoin avait raison. On l'avait bien envoyé avec le Templier non pour l'aider, mais pour espionner l'Ordre. Comme prévu, Amaury relata ses aventures sans rien négliger. Parvenu au moment du récit où il comptait leur rencontre avec Kamal, Robert l'interrompit.

— Un émissaire ayyoubides dis-tu ? Qui vous a remis une missive de la part de l'épouse du sultan ? Je ne suis pas informé de cela.

Il se tourna vers Aimery, qui secoua la tête.

— Oui messire. Ce sarrasin exerçait la fonction de diplomate à la cour de Damas et sa maîtresse lui avait confié la lettre lorsqu'elle se trouvait au Caire, avec pour instruction de la porter à Baudoin de Sabran, émissaire du Temple.

— La peste soit de ces Templiers ! Siffla Artois. Ils complotent dans le dos du roi, dans notre dos ! Ne peuvent-ils se contenter de leur mission première et veiller sur les pèlerins ? Ce n'est pas ça qui manque !

La fureur montrait ses premiers feux sur le visage barbu de l'homme et l'estomac d'Amaury se serra. À coup sûr, il n'allait pas apprécier la suite.

— Que contient ce pli ? Le sais-tu ?

— Hélas non, Sire. L'émissaire n'avait pas connaissance du message et a précisé que la missive devait être remise en main propre au roi de France. Elle est d'ailleurs close d'un sceau d'argile appartenant à la sultane. Il n'y a pas moyen de s'assurer de son contenu sans le briser, cela se verrait trop.

— Par la malemort ! Pesta Artois. N'as-tu rien appris, à Acre, sur sa possible teneur ?

— Non, Sire, rien. Mais c'est certainement important, nous avons essuyé une attaque d'assassins et une autre de mamelouks, lors de laquelle le Teutonique a perdu la vie. On a aussi essayé de la voler, à Acre, dans nos appartements même.

Artois balaya les derniers mots d'un revers de main.

— Assassins et mamelouks, cela sent le complot interne aux Ayyoubides. Quant au cambrioleur… C'est moi qui l'ai envoyé avec l'aide des Hospitaliers.

La nouvelle transperça le cœur d'Amaury. Il aurait pu mourir en affrontant stupidement ce voleur et voilà qu'il apprenait que cette tentative avait été ourdie par le frère de son roi bien-aimé. L'un des hommes les plus importants du royaume de France.

Devant son air contrit, Robert souleva l'un de ses sourcils broussailleux.

— Tu ne croyais tout de même pas que j'allais faire pleinement confiance à un chevalier tout juste adoubé, dont j'ignorais l'existence quelques heures auparavant ? J'ai envoyé une missive aux Hospitaliers et ils t'ont fait surveiller dès ton arrivée à Saint-Jean d'Acre. Il est crucial de savoir ce que les Templiers et nos ennemis fomentent ensemble et s'ils comptent nous trahir !

Il serrait ses poings gantés, le regard flamboyant de colère. Amaury était navré par ses paroles, mais pas surpris. Baudoin l'avait prévenu et avait eu raison sur toute la ligne. Ces complots et manigances le fatiguaient. Il avait hâte d'en finir.

— N'as-tu donc rien appris d'utile pendant ce long voyage, mon garçon ? Quelque chose qui en vaut la peine, au moins ?

— Les Teutoniques ne se joindront pas à la croisade, leur grand maître a reçu des ordres de la part de Frédéric II, c'était l'objet de la missive que le chevalier portait sur lui.

— Nous savons cela, aucun intérêt ! trancha Artois. Nous nous fichons bien des Teutoniques et de cet hérétique de Frédéric !

— Quel dommage que vous n'ayez pas souhaité prendre cette charge, Robert, au moins nous aurions un prince franc et très chrétien à la tête de l'empire ! intervint Aimery pour flatter son suzerain.

La phrase n'eut cependant pas l'effet escompté.

— J'avais mes raisons qu'il ne vous appartient pas de discuter, Rochechouart ! Quant à toi…

Il s'approcha d'Amaury, si près que le jeune homme sentit son haleine désagréable balayer son visage.

— Retourne auprès de Sabran et trouve un moyen d'obtenir une information utile !

— Sire… J'ai accompli ma mission, je suis désolé que cela ne vous convienne pas, mais je n'y peux hélas rien… Je ne souhaite pas jouer les espions, je n'en ai pas la trempe, je vous assure.

— Peu m'importent tes atermoiements de jouvenceau ! Ta mission n'est pas terminée, et si tu ne veux pas que certaines personnes soient informées de choses fort désagréables à ton sujet… Artois jeta un regard discret vers Aimery. Tu vas faire exactement ce que je te commande. C'est un ordre de ton suzerain. Tu n'es pas en position de refuser.

Amaury sentit ses forces l'abandonner devant la menace à peine voilée d'Artois. Il faisait allusion à ce qui s'était passé avec Alix, à Aigues-Mortes. Elle lui avait confié connaître le frère du roi. Lui avait-elle tout raconté ? Il la revoyait, son beau visage contracté sous l'effet de la colère et de l'humiliation, lui promettre de se venger de lui. Il déglutit.

— Bien, sire. Je ferai selon votre commandement.

— Parfait. Rapporte-moi une information intéressante, rapidement. Guillaume de Sonnac insiste pour s'entretenir avec Louis. Il ne tardera pas à lui porter la missive. Je diffère cette entrevue autant que possible, mais elle finira par avoir lieu. À ce moment-là, je dois disposer de renseignements qui me permettront d'argumenter avec les prud'hommes. Va-t'en à présent, et ne reparais que quand tu auras quelque chose à dire !

Il le chassa d'un geste de la main comme un insecte importun.

Amaury salua les deux hommes et se retira. Arrivé à la tente, il constata qu'elle était vide. Il s'affala sur l'un des coussins qui entouraient le foyer et se prit la tête dans les mains.

Ses pensées tournoyaient dans son cerveau sans parvenir à se fixer sur quelque chose. Il allait devoir trahir Baudoin, trahir le Temple. Cette idée le rebutait au plus haut point, mais il n'avait pas le choix.

*

Amaury étouffait, un air de profonde lassitude se peignait sur ses traits. Il regarda Baudoin. Le visage impassible du Templier était marqué de cernes noirs et les gouttes de sueur qui ruisselaient sur son front trahissaient la même fatigue.

L'atmosphère de la taverne paraissait irrespirable au jeune homme. Les journées, en plus d'être d'une grande monotonie, demeuraient surtout très chaudes. Le vent venu du désert vous brûlait les yeux et le visage. La fraîcheur relative apportée par le Nil n'apaisait ni les hommes ni les bêtes.

Amaury souffrait aussi beaucoup de ne pas pouvoir profiter des étuves, comme en Terre sainte. Ils mettaient avec Baudoin un soin particulier à se baigner régulièrement dans le fleuve, mais la présence des crocodiles et la crue rendaient la chose malaisée. Ils se contentaient donc de trois ablutions par semaine.

Il poussa un soupir à fendre l'âme. Cette taverne improvisée dans les faubourgs de Damiette offrait un spectacle peu engageant. La salle noire de fumée exhalait une odeur rance de transpiration, que surmontaient les relents de paille moisie et de graillon.

Les chevaliers et mercenaires se laissaient aller au peu de distractions proposées, à savoir la boisson et surtout les ribaudes. Ces pauvres filles, esclaves égyptiennes ou mauresques, échouaient là au gré des pérégrinations de l'ost, abandonnées par leurs anciens maîtres qui avaient fui la ville à l'approche des croisés. Hébrard devait d'ailleurs se trouver quelque part parmi eux, Amaury ne l'avait pas revu depuis un bon moment.

L'ambiance était à la débauche. De nombreuses bagarres éclataient entre les diverses factions. Croisés francs contre Germaniques, soudards du roi contre barons d'outre-mer…

Seuls les Templiers semblaient ne pas ressentir le besoin de passer leur ennui en tapant sur les autres ou entre les cuisses des femmes. Peu d'entre eux fréquentaient ce genre d'endroit, restant en retrait, dans leur campement étendu à proximité des remparts, proches de leur grand maître.

Si certains chevaliers, tels Baudoin, se traînaient dans les tavernes pour y prendre le pouls de l'armée et du commun peuple et glaner des informations, ce n'était jamais pour longtemps. Cela ne faisait pas une heure qu'ils étaient attablés et Amaury en avait déjà assez.

Il vida d'un trait son verre de vin qu'il trouvait de toute façon tiède et aigre et jeta sur la table quelques deniers qui atterrirent dans les reliefs de repas et les crachats.

Il se leva.

— Partons, j'en ai plus qu'assez de ces braillards avinés !

Baudoin se leva à son tour.

— Moi de même, Amaury. Allons.

Ils se frayèrent un chemin dans la foule bigarrée en évitant par deux fois un coup malencontreux et sortirent enfin dans la ruelle.

Amaury respira amplement pour dissiper un mal de crâne qui pointait.

L'air venu du fleuve, chargé d'humidité, envahissait les rues la nuit et rendait la température plus supportable, parfois même fraîche. Il se sentit moins accablé, mais n'avait qu'une envie : retrouver sa couche.

Mordieu, cette attente qu'on leur imposait n'en finissait pas. Si cela continuait, il n'en sortirait rien de bon. Malgré la pression de son conseil, le roi ne voulait pas quitter Damiette sans son frère, le comte de Poitiers. Hélas, on n'avait aucune nouvelle du brave Alphonse depuis plusieurs lunes et certains redoutaient qu'il ait péri ou pire, qu'il ait renoncé.

Amaury avait beau suivre le Templier comme son ombre, il n'avait pour le moment réussi à lui soutirer aucune information susceptible d'intéresser Artois. Il n'y mettait pas non plus une extrême bonne volonté, mais les semaines passaient et s'il n'apportait rien au comte, il allait le payer très cher.

Ils rejoignirent les quais et les longèrent en direction du campement de l'Ost, sur la rive opposée.

L'esprit d'Amaury dérivait vers Acre et sa fabuleuse forteresse, lorsque Baudoin l'arrêta net, lui saisissant le bras. Il le regarda d'un air interrogatif, mais celui-ci plaça un doigt sur sa bouche, lui intimant le silence.

Amaury écouta la nuit. Un chien aboyait au loin. Il perçut le cri ténu des oiseaux des marais, portés par le vent depuis le delta. Il allait parler quand il entendit une plainte rauque. Une femme. Baudoin acquiesça.

Ils se dirigèrent vers l'endroit d'où provenaient les cris, entre deux magasins, et posèrent la main sur les pommeaux de leurs épées.

La lune dans son dernier croissant les éclairait mal, mais les torchères de l'un des entrepôts dispensaient une lumière suffisante pour qu'ils devinent ce qui se tramait.

Trois hommes tentaient de maintenir une jeune femme qui se débattait comme un chat pris au piège. Elle lançait bras et jambe en l'air, espérant faire fuir ses agresseurs. Ceux-ci échangeaient des rires gras sous le bruit du tissu qui se rompt. L'un d'eux recula brusquement en se tenant la joue.

— Par la malepeste ! Cette folle garce m'a griffée au sang ! Je vais lui montrer, moi, comment on traite les infidèles…

— Holà ! l'Homme !

La voix de stentor de Baudoin ricocha sur les pierres. Deux des individus se retournèrent, le troisième tentant encore de forcer la fille.

Amaury n'était pas surpris. La longue attente que leur imposaient la crue et le roi avait rendu les guerriers à leurs plus vils désirs. Damiette conquise, nombre d'habitants avaient fui vers le désert et les villes en amont du fleuve, ne laissant que le petit peuple à la merci des Croisés. Le désœuvrement des nobles avait pour conséquence une montée de la débauche et de la violence.

Le partage du butin décidé par le roi, pourtant juste, mais contraire à la tradition, avait exacerbé les rancœurs.

Les récents événements au cours desquels Gautier d'Autréches avait trouvé la mort en se jetant seul à la tête de cavaliers sarrasins n'étaient qu'un exemple parmi d'autres…

Les deux soudards s'approchèrent. Amaury sentait leur haleine déplaisante même de loin. Le second, plus petit, boitait. Des mercenaires, embauchés par quelques barons pour grossir les rangs de l'Ost, n'ayant pour but que les pillages.

Sa main se crispa et il dégaina son épée. Baudoin le surprit du coin de l'œil et secoua la tête. Il n'eut pas le temps de l'admonester. Au bruit de l'arme sortant du fourreau, le plus épais des trois lâcha enfin la fille qui se réfugia dans un coin d'ombre. Il s'avança vers les croisés en relevant ses chausses.

— Alors, messires, commença-t-il d'un air méprisant, on vient défendre la damoiselle en détresse ? Il cracha par terre. Je peux vous assurer que cette roulure ne vaut pas de tirer vos épées… C'est tout juste si elle convient pour un autre genre de joutes !

Ses deux comparses éclatèrent de rire à cette saillie.

Baudoin soupira, sans lâcher le pommeau de son arme

— On ne moleste point les femmes, c'est contraire aux règles de la chevalerie. Le roi désapprouve ces larcins et vous le savez. Laissez cette enfant et aucun mal ne vous sera fait.

L'autre grimaça. Avisant les cheveux grisonnants du Templier, il protesta.

— Dis donc l'ancêtre, tu te prends pour qui ? Tes règles, je les compisse et ce que pense le roi, foutre ! Il cracha derechef. C'est par la faute de ce moinillon que nous sommes bloqués ici, sans solde ! Si je dois m'emparer de ce dont j'ai envie, femme ou butin, je le prendrai, et ce n'est pas deux châtrons comme vous qui m'en empêcheront !

Amaury fronça le nez devant tant d'insultes envers le roi et la chevalerie, décidé à donner une bonne leçon à ses malandrins.

L'homme adressa un signe à ses deux acolytes, qui sortirent de sous leurs brigandines d'immenses dagues mauresques prises sur quelques cadavres et se ruèrent sur les deux croisés.

Amaury para l'attaque du plus petit, jeté de toute sa simple force. Il lui asséna un violent coup entre les omoplates avec le pommeau de son épée et l'autre, déséquilibré, alla s'écraser contre un mur. Il ne se releva pas. Le choc et la boisson avaient eu raison de lui.

Baudoin se débarrassa aussi facilement du second, qu'il larda au bras. La vue du sang ne sembla pas le gêner et il se rua à nouveau sur le Templier. Celui-ci para, menaça sa gorge, avant de lui infliger de la main gauche, un coup au creux de l'estomac qui lui coupa le souffle. Il s'affala dans la poussière en se tenant le ventre, gémissant et crachant sa bile.

Restait le troisième qui n'allait peut-être pas se livrer si facilement. Il dépassait les deux autres d'une tête et des bras musculeux débordaient de sa chainse mal propre. Il n'avait pas l'air armé, ce qui ne le rendait pas moins dangereux.

— Maudits bast ! Je vais vous passer l'envie de m'interrompre !

Il se jeta en avant. Amaury prit son élan pour lui porter un coup en biais, mais l'autre, étonnement rapide pour sa masse, se baissa brusquement et le frappa de son épaule, en y mettant tout son poids.

Amaury recula sous la violence de l'impact dans son plexus. Le souffle coupé, il tomba à la renverse. Le reître éclata d'un rire mauvais et se tourna vers Baudoin.

— Il ne vaut rien ton mignon, Templier ! Battons-nous entre hommes !

Baudoin lui fit face, sans broncher, sa longue épée en main. L'ennemi était plus rusé qu'il n'en avait l'air, il allait falloir rester sur ses gardes et ne pas le sous-estimer. Il s'était facilement débarrassé d'Amaury en jouant sur l'impatience de celui-ci. Il avait réussi à analyser la situation en un instant. Baudoin saisit discrètement l'un des pans de son mantel et se mit en garde. L'autre, les poings en avant, le provoquait par diverses insultes que Baudoin n'écoutait pas.

Il commença par le provoquer à distance, par des coups d'épée brefs et rapides dirigés vers ses bras. Comme un taon qui harcèlerait un bœuf, il tourna autour de son adversaire, cherchant la faille. Mais l'homme maintenait bien sa garde et paraît habilement. Baudoin remarqua qu'il dissimulait une fine armure de cuir sous sa chemise de coton. Les touches régulières ne le blessaient pas suffisamment pour qu'il abandonne le combat.

Baudoin insista, visant les flancs, les cuisses. Le bandit para, mais ses mouvements ralentirent, son souffle se fit saccadé, son pas plus lourd.

Amaury s'assit difficilement, massant sa poitrine douloureuse, la respiration encore sifflante. Il regardait le Templier harceler le mercenaire avec fascination. Baudoin ne cherchait pas à l'abattre d'un coup, la force et la résistance de l'homme l'en empêchaient. Il voulait le fatiguer.

Le soldat comprit vite le manège du chevalier. Il décida d'y porter un terme en se ruant sur lui. Se saisissant vivement du poignet gauche de Baudoin, il le tordit tout en empoignant le tranchant de l'épée avec son autre main, qui se mit à saigner abondamment.

Amaury était sidéré de l'audace de ce geste. L'homme n'hésitait pas à sacrifier une main pour désarmer son adversaire. Il y parvint. Le jeune chevalier vit la brave lame de Baudoin atterrir dans la poussière du sol avec un bruit mat. Le mercenaire se prépara à frapper le Templier au visage, tenant toujours son poignet prisonnier dans son étreinte de fer.

Amaury crut que c'était la fin pour Baudoin.

Mais celui-ci, d'un geste vif, dégrafa son mantel et le jeta sur le soudard avant que celui-ci n'ait pu se dégager. Désorienté et aveuglé, il le lâcha. Rassemblant ses deux poings en une masse, le chevalier leva les bras et l'assomma d'un violent coup sur l'occiput.

L'homme, prisonnier du vêtement, s'écroula. Baudoin s'approcha silencieusement. Il attendit quelques secondes avant de ramasser son bien d'un mouvement sec, sans presque se pencher. Le reître ne bougea pas, il avait perdu connaissance.

Amaury admirait la réactivité et la souplesse du croisé au corps à corps. Il restait encore étonnamment vif malgré son âge.

Il n'avait pas de doute sur les capacités de Baudoin à la bataille, mais il était rare de le surprendre en action. Il n'intervenait que s'il n'avait pas le choix. Amaury savait que faire couler le sang le répugnait, un vrai paradoxe pour un Templier aussi aguerri. Il avait d'ailleurs simplement assommé le vaurien qui s'en remettrait sans dommage.

Baudoin épousseta son mantel et tendit la main à Amaury pour qu'il achève de se lever. Il se tourna ensuite vers la pucelle qui attendait toujours dans l'ombre. Il lui fit signe d'approcher et la jeune femme s'avança vers eux à pas prudents.

Sa beauté le surprit.

De grands et longs cheveux noirs, retenus sur son front par un large bandeau couvert de pampilles argentées, tombaient jusqu'à ses hanches. Son corps gracile ressemblait à un roseau des marais, souple et ferme à la fois. Sa chemise claire était déchirée sur le devant et dévoilait deux seins menus et hauts, qu'elle ne faisait pas mine de vouloir dissimuler.

Amaury rougit à la vue de cette chair de femme ainsi exposée. Elle était vêtue d'une longue jupe tissée, d'un carmin sombre. Une large ceinture ocre enserrait sa taille fine. Elle allait pieds nus. Ses yeux, deux perles d'onyx, lançaient des éclairs de feu sur les deux francs. Amaury sentit immédiatement quelque chose remuer en lui quand son regard le frôla.

Baudoin ne semblait pas la proie du même trouble. Il s'adressa à elle en arabe.

— Tu comprends la *lingua franca* ?

Elle acquiesça. Il poursuivit alors en français.

— Une jeune fille ne devrait pas se promener tardivement dans ses rues. Rentre chez toi.

Elle le regarda et parut hésiter. Soudain, elle se jeta aux pieds de Baudoin dans un geste théâtral et baisa ses chausses. Surpris, il s'écarta et lui tapota l'épaule.

— Allons, allons, ne fais pas l'enfant, nous avons accompli notre devoir. Rentre chez toi.

Il tenta de la relever, mais elle résista, restant à genoux, levant des yeux implorants vers lui. Enfin, elle parla, joignant les mains sur sa poitrine.

Amaury n'avait jamais entendu plus belle voix. On eût dit qu'une fontaine fraîche se déversait soudain dans les ruelles crasseuses.

— Messire, je n'ai pas de chez-moi... Je ne suis qu'une servante. Avant, je travaillais dans la maison de mon maître, un riche marchand, il me traitait bien, qu'il soit trois fois béni. Mais maintenant qu'il est parti en m'abandonnant, je suis seule, à la merci de tous ces hommes lubriques.

Elle cracha en direction du soudard, toujours affalé par terre et que ses acolytes tentaient tant bien que mal de relever et d'emporter.

— Je vous en supplie, gardez-moi auprès de vous, je vous servirai bien, je ferai tout ce que vous voudrez.

Elle s'inclina derechef.

Baudoin se gratta la barbe. Il n'avait pas prévu qu'en la délivrant, la fille s'attacherait à leur pas. Sa compagnie hétéroclite faisait déjà suffisamment l'objet de désapprobations au sein de l'Ordre... Une fille ne ferait qu'aggraver les choses. Les grandes mesnies des Croisés, les prud'hommes et pairs du royaume pouvaient entretenir une maison, des gens et des esclaves. Mais lui, un pauvre chevalier du Temple, cela lui était interdit et lui vaudrait à coup sûr une énième convocation chez Sonnac.

Il soupira.

— En tant que moine guerrier, je ne peux pas m'attacher une femme. Ce serait contraire à la règle de mon ordre. Trouve-toi un autre protecteur.

Devant le chagrin qui se peignit sur les traits de la jeune fille, il crut bon d'ajouter :

— Tu m'en vois désolé.

Elle se releva, ramenant les pans déchirés de sa chainse sur sa poitrine et renifla d'un air qui se voulait digne.

— Le sieur de Sabran est Templier, c'est vrai et ne peut te prendre à son service. Mais moi, Amaury de Villiers, fils puîné de Raymond Roger de Villiers, je puis te mettre sous ma protection. Enfin, si tu le souhaites.

Baudoin se retourna avec un air incrédule. Amaury avait débité sa tirade d'un trait, en inspirant presque les syllabes, surpris de sa propre audace. Il le voyait en proie à une grande émotion, les joues rouges et le souffle court.

La jeune femme le toisa d'un regard méprisant. Elle reporta son attention sur Baudoin avec bien plus d'admiration. Amaury s'en sentit vexé, sans vraiment savoir pourquoi.

Après un temps, elle déclara, s'adressant toujours à Baudoin.

— Si c'est la seule solution pour que je reste auprès de vous, alors j'accepte. Inch Allah.

Amaury se sentit plus heureux que jamais. Il se tourna vers Baudoin, un sourire rayonnant sur ses lèvres. Mais celui-ci ne s'était pas départi de sa mine sombre et esquissa simplement un geste pour leur dire de se remettre en route. La jeune fille le suivit comme son ombre et Amaury, tout à sa joie, ferma la marche alors qu'ils retournaient au campement.

Parvenu à la tente qu'ils occupaient, Baudoin souleva le pan de l'entrée. Après avoir déposé ses armes et son mantel poussiéreux sur un coffre, il se dirigea vers un broc d'eau fraîche et se baigna le visage.

Adam, comme à l'accoutumée plongé dans quelques traités, était assis en tailleur sur un grand tapis qui couvrait le sol. Il leva un œil vers Baudoin avant de reporter son attention sur Amaury et la jeune femme, qui attendaient au seuil de l'habitation. Il fronça les sourcils et toisa derechef le Templier. Celui-ci s'essuyait avec une étoffe.

— Ne me regarde pas comme ça, elle appartient à Amaury.

Adam roula les yeux vers le ciel, mais Baudoin l'interrompit avant même qu'il ne proteste.

— Vois les détails avec lui, c'est sa responsabilité, moi je vais m'allonger, je suis fourbu et ma tête me fait souffrir.

Il frotta son front vivement et se retira derrière les tentures qui dissimulaient son lit.

Adam se leva en soupirant. Il s'approcha des deux jeunes gens et les toisa. Il s'adressa à la fille en arabe.

— Comment te nommes-tu ?

Elle lui lança un regard dédaigneux.

— Je m'appelle Neith. Et toi, qui es-tu donc ?

Adam ignora volontairement sa question. Il la trouvait bien trop arrogante pour une servante. Il se tourna vers Amaury qui affichait un air béat et proprement idiot. Cela acheva de l'irriter. Il se planta sous son nez.

— Pourquoi avoir amené cette fille ici ? Qu'est-ce qui t'a traversé l'esprit ? Que veux-tu qu'elle devienne, au milieu de l'Ost ? Que crois-tu qu'il lui arrivera, si tu tombes au combat ?

Amaury redescendit sur terre sous le feu de ces questions. Pas un instant il n'avait réfléchi à tout ça.

— Baudoin et moi l'avons justement soustraite aux griffes de soudards. On ne pouvait pas la laisser seule et sans protection tout de même ! Aie un peu de cœur, Adam.

Le garçon le regarda d'un air de pitié.

— Vous ne l'avez sauvée de Charybde que pour la précipiter en Scylla ! Et si j'en juge par son attitude, elle n'avait clairement pas besoin de vous. Je suis persuadé que cette garce aurait su s'en tirer.

Neith le foudroya et s'avança, menaçante. Amaury la retint par les poignets.

— Adam… Elle comprend notre langue, ne sois pas impoli, s'il te plaît.

Adam ignora superbement la jeune femme et haussa les épaules.

— Comme tu veux, tu es son maître après tout. Ça signifie que tu seras responsable d'elle, de ses agissements et aussi de son bien-être. Méfie-toi, c'est tout le conseil que je peux te donner.

Il la toisa d'un air dédaigneux.

— En attendant, il faut dormir. Va par là-bas, toi.

Il lui désigna le coin qu'il avait garni de coussin et de couvertures près de l'entrée de la tente pour pouvoir lire confortablement. Nous aviserons demain, je suis trop fatigué pour ce soir.

Il lui tendit également une serviette propre.

— Et nettoie-toi un peu, on dirait une bohémienne.

Sur ce, il tourna les talons et se retira lui aussi.

Amaury resta les bras ballants devant la jeune femme qui réorganisait le petit coin qui lui avait été indiqué.

Elle le remercia brièvement. Amaury lui sourit.

— Tu verras, Adam n'est pas méchant, il n'aime pas être bousculé dans son quotidien, c'est tout. Il veut que tout soit ordonné et rangé. Mais c'est un érudit, il peut t'apprendre bien des choses.

Elle inclina sa belle tête. Amaury resta planté à la regarder, ne sachant comment réagir.

Il lui rendit finalement son salut et se dirigea à son tour vers le broc d'eau. Il enleva ses vêtements de dessus et ses chausses, ne conservant que sa chainse, et entreprit de se débarbouiller aussi. Il se sentit mieux une fois propre, mais une grande fatigue le gagna. Avant de se retirer vers sa couche, il se tourna vers Neith.

Elle s'était roulée en boule sur les coussins et avait rabattu un drap sur elle. Elle semblait dormir à poings fermés et cela rassura quelque peu Amaury. Il se dit que s'il la traitait bien, elle ne voudrait pas s'enfuir et resterait peut-être avec lui. Il n'allait de toute façon pas l'enchaîner.

Il s'assoupit rapidement, le visage de la belle jeune fille dansant devant ses yeux.

Adam rejoignit le Templier qui était allongé sur sa paillasse, un bras sur le front. Il le contempla quelques secondes avant de lui parler :

— Vous avez encore mal au crâne ?

L'homme acquiesça. Adam secoua la tête, faisant virevolter ses boucles, un tic qu'il avait lorsqu'il était agacé.

— Je vais vous donner votre remède, mais ce ne sera qu'un soulagement temporaire.

Baudoin se redressa et le regarda. Ses yeux étaient rouges et son teint avait pâli.

— Je ne le sais que trop bien. Je vois de plus en plus mal quand vient le soir, c'est extrêmement gênant. Tout à l'heure, en me battant, ma vue s'est tellement troublée que je me suis fait désarmer. Ne peux-tu rien faire pour cela ?

— Je ne suis pas mire, morbleu ! asséna le garçon avec humeur. Il soupira devant l'air accablé de l'homme.

— Il faut continuer de vous baigner les yeux tous les soirs avant de dormir. Vous devez aussi mieux les protéger, surtout au soleil. Ne sortez pas tête nue aux heures les plus chaudes et dissimulez votre visage. Regardez les Bédouins, ils se couvrent en permanence.

Baudoin rit doucement

— Je m'imagine la tête de Guillaume de Sonnac lorsqu'il me verra déambuler dans le camp vêtu comme un infidèle... Déjà qu'il vous tolère, toi et Amaury, au milieu des frères alors que vous n'êtes même pas apprentis... maintenant de plus avec une fille... Non vraiment, je n'ai pas besoin de ça.

— Devenir aveugle est certainement la dernière chose dont vous avez besoin aussi ! Quant à la fille, vous imaginez bien ce que j'en pense... Mais je vous en conjure, faites un effort, enfilez un chapeau de fer ou ce que vous voulez, mais couvrez-vous.

Baudoin cessa de rire et regarda le jeune garçon. Il avait tellement changé en si peu de temps. Il parvenait à s'affirmer, à défendre ses positions. Geoffroy aurait été fier de son fils, même si celui-ci ne porterait jamais le manteau de l'ordre.

— Tu as raison, je suivrais tes recommandations, je te le promets.

Adam haussa les épaules et tendit à Baudoin un gobelet que celui-ci vida d'un trait sans rien demander. Il l'aida à baigner ses yeux avec l'infusion tiède de camomille et de miel qu'il laissa poser en cataplasme. Une fois fait, il se leva pour rejoindre sa couche.

— Adam.

Le garçon se retourna.

— Ne dis rien à Amaury surtout, s'il te plaît.

Adam acquiesça et quitta son patient.

Il jeta un œil du côté de Neith, mais la jeune femme semblait s'être endormie. Il hésita à clore la tente, mais se ravisa. Après tout, si elle s'enfuyait dans la nuit, ce n'était pas lui qui la retiendrait.

*

Une semaine plus tard, des cris tirèrent Amaury de son sommeil et il se redressa promptement sur sa couche, les yeux collés et les cheveux emmêlés. Il passa vivement sa main dedans pour leur redonner une forme et se leva en soulevant la tenture.

Il trouva Adam et Baudoin en grande conversation, le Templier installé dans son faudesteuil et Adam en tailleur sur des coussins, buvant le thé. Il s'approcha et Adam lui tendit une tasse fumante.

— Quelle est donc cette clameur ? Les Turcs se sont-ils à nouveau introduits dans le camp ?

Il avait posé une question rhétorique. On entendait des éclats de voix, mais pas le fracas des armes ou les cris des sergents.

Baudouin lui fit signe de s'asseoir.

— Nous ne sommes pas attaqués. Depuis que le roi a organisé les guets, nous n'avons plus subi d'incursions ennemies, comme tu sais. Cependant, la mutinerie menace. Il y a une grande agitation dans le camp. Un profond malaise règne, tu l'as constaté toi-même hier. Les petites gens commencent à croire qu'Alphonse de Poitiers n'arrivera jamais. Le légat du Pape, en accord avec le roi, a pris une décision. Il fera donner trois processions pour Notre Dame les trois samedis qui viennent et absoudra tous ceux qui le voudraient lors de séances d'indulgence plénière, en l'église Notre-Dame, en ville. Ce sont les crieurs qui t'ont éveillé, la première aura lieu ce jour. Le sire de Joinville assure que cela les a sauvés de la tempête et les a ramenés sur Chypre, lui et ses gens. On espère donc l'apparition du frère du Roi avant la troisième. Sinon, nous partirons sans l'attendre.

Amaury savait que Baudoin et les Templiers tenaient Joinville en haute estime, malgré sa jeunesse. C'était un homme de bonne nature et un conseiller avisé. Le Templier continua.

— Prépare-toi, car nous devrons participer, moi avec le Temple et toi avec l'Ost, à cette procession.

Amaury allait se redresser quand la voix claire de Neith résonna dans la tente

— Qu'est-ce qu'une indulgence plénière ?

Elle se tenait dans l'embrasure, une cruche en grès au côté. Elle était allée prendre de l'eau au Nil. Un mince halo de lumière doré qui tombait dans son dos dessinait les contours de sa fine silhouette. Amaury se sentit si réjoui qu'il crut que son cœur allait jaillir de sa poitrine. Il lui sourit.

Adam se referma immédiatement comme une huître. Baudoin le regarda d'un air amusé, et voyant qu'il ne répondait pas à la jeune femme, entreprit de la renseigner :

— Une indulgence est accordée par l'Église aux pécheurs, elle peut être totale ou plénière. Les plus grands péchés sont alors absous, et la peine qui est donnée par le pouvoir temporel, comme le roi ou un suzerain, est alors commuée par l'accomplissement d'un acte de piété. Cela peut prendre la forme d'un pèlerinage, d'un don ou alors la participation à un grand acte de défense de l'Église, comme la croisade. Chaque croisé agissant pour la gloire de notre Seigneur est assuré de voir ses péchés pardonnés au jugement dernier. Il accédera au paradis et rejoindra les saints du ciel.

Amaury se signa sur ces belles paroles. Quelle chose extraordinaire que l'indulgence !

Adam afficha un petit sourire en coin.

— Bien sûr, les infidèles et les hérétiques comme toi ne peuvent pas être absous, ça va de soi.

La jeune fille haussa les épaules et le regarda droit dans les yeux.

— Si votre église absout tout le monde, même les hommes qui ont tenté de me navrer hier soir et qu'ils vont dans votre paradis, je préfère encore être infidèle !

Adam serra les poings et rougit de colère. Il fit mine de se lever, mais Baudoin le retint par l'épaule. Amaury avait du mal à dissimuler son sourire. La fille ne manquait pas de répartie pour une esclave.

Elle se dirigea gracieusement vers le broc et le remplit d'eau fraîche. Elle posa la cruche et tira d'une poche de sa jupe de longs brins de menthe qu'elle jeta dans l'eau pour la parfumer.

Adam saisit son mouvement et se leva vivement, lui enserrant le poignet.

— Que jettes-tu dans notre eau ? Tu cherches à nous empoisonner ?

Sans se départir de son sourire, elle lui tendit la plante. Il la regarda et la lui rendit rapidement.

— Où as-tu trouvé de la menthe ?

Elle se dégagea de son emprise.

— Il y en a plein les étals, beau sire.

Elle avait prononcé les derniers mots avec une pointe d'ironie dans la voix. Adam se renfrogna davantage.

— Et avec quel argent l'as-tu payée ? Je ne crois pas t'avoir donné le moindre besant. Tu l'as volé, n'est-ce pas ?

Neith se sentit humiliée par les sous-entendus d'Adam.

— Volé ? Mais pour qui me prends-tu ? J'ai avisé une vieille vendeuse de ma connaissance et je lui ai demandé de m'en bailler un peu. J'ai pensé que cela vous plaisait que l'eau soit bien parfumée. Je lui en rachèterai une prochaine fois pour la rembourser, c'est tout !

Amaury assistait à cette joute avec fascination. La jeune fille tenait tête et ne s'en laissait pas compter. Il ne comprenait pas l'inimitié d'Adam envers elle, lui d'ordinaire si calme et pacifique. L'attente lui pesait peut-être sur les nerfs à lui aussi, ou alors il avait peur que celle-ci ne les trahisse. Il se promit de l'en entretenir, il voulait que leur cohabitation se passe bien.

Il se leva et se posta entre les deux.

— Allons, allons, il suffit, vous deux ! Tu vois Adam, elle ne l'a pas volé. Et toi, préviens-moi la prochaine fois, je te donnerai de quoi acheter ce dont tu as besoin sur ma solde et sur mes biens.

Il se sentait comme Salomon rendant son jugement de paix. Adam le regarda en secouant la tête et se rassit. Neith fit une courte révérence pour le remercier et suspendit la cruche à un pan de la tente. Ainsi l'eau resterait fraîche tout en évitant le contact avec le sol poussiéreux.

Amaury se rassit avec Baudoin, qui avait fait mine de regarder ses chausses pendant toute la scène sans intervenir. Il termina son thé et mangea quelques restes de galettes de la veille avant de se lever.

— Je vais me préparer pour la procession. Profitez-en pour faire connaissance.

Adam haussa les épaules.

— Je vais me rendre à la procession moi aussi, qu'est-ce que tu crois ? Je ne suis pas chevalier, mais je suis chrétien et je tiens à honorer la mère de Notre Seigneur.

Amaury leva les yeux au ciel.

— Bien, bien, comme tu voudras ! Neith, reste dans la tente, s'il te plaît, je n'ai pas envie qu'il t'arrive quelque chose.

Il lui lança un regard empreint de tendresse auquel la jeune fille répondit par un sourire courtois.

Tout en revêtant son armure, Amaury songea que la jeune fille lui plaisait. Il laissa son esprit vagabonder. S'il parvenait à réaliser quelques exploits lors des batailles à venir, le roi lui accorderait peut-être de nouvelles fonctions ou des terres ici, en Égypte ou même en Judée. Il pourrait peut-être s'y installer avec elle. Une petite voix dans sa tête lui susurra que son rêve n'était pas près de se réaliser. Que tout dépendrait de la réaction du roi suite aux nouvelles qu'il devait lui porter. Que Neith, surtout, ne semblait pas partager ses désirs...

Il secoua la tête pour chasser ces paroles désagréables et rejoignit les troupes massées sur le rivage devant la ville.

Après la procession, les deux jeunes garçons regagnèrent l'abri de toile qui leur servait à présent de maison.

Sur le chemin, Amaury remarqua l'air maussade d'Adam.

— Eh bien ! Ce sont les dévotions à la vierge qui te rendent aussi mélancolique ?

Le garçon haussa les épaules, secouant son abondante chevelure bouclée.

Amaury poursuivit.

— Allons, Adam, quelque chose te contrarie, je le vois bien. Nous sommes de bons amis, tu sais que tu peux te confier à moi sans problème.

Adam soupira.

— Pourquoi avoir ramené cette... fille avec toi ?

— Tu m'en veux encore pour ça ? Nous t'avons expliqué avec Baudoin. Je n'allais pas la laisser à la merci de tous les soudards libidineux qui peuplent Damiette, tout de même ?

— Non bien sûr ! C'est mieux qu'elle soit soumise à ta seule concupiscence, n'est-ce pas ? grinça le garçon.

Amaury le regarda tristement.

— Je suis peiné que tu penses cela de moi, Adam. Je n'ai pas même eu un geste déplacé envers elle depuis son arrivée.

— Mais elle te plaît ! N'est-ce pas ? Le jeune homme serrait les poings et avait haussé la voix sans s'en rendre compte.

— Chut ! Oui, je l'admets, elle me plaît. Tu es content maintenant ?

Adam planta ses yeux noirs dans ceux d'Amaury, un air indéfinissable se peignant sur ses traits.

Il se détacha de lui brusquement et se dirigea vers la tente sans plus dire un mot, laissant Amaury planté au milieu du chemin.

Neith fredonnait un air inconnu en façonnant de petites galettes d'un geste agile. Amaury admira quelques instants ce tableau idyllique, cette petite scène du quotidien qui surgissait au milieu du fracas de l'armée. Il lui sembla que le temps était soudain suspendu entre les doigts de la belle jeune fille. Une longue mèche noire s'échappait de son bandeau décoré de petites médailles argentées. Ses mains gracieuses pétrissaient la pâte élastique avant de déposer les galettes sur une pierre brûlante du foyer où elles les mettaient lentement à cuire en dégageant une délicieuse odeur.

Adam le bouscula en entrant et Amaury poussa un soupir en redescendant sur terre. Il s'affala sur le tapis à côté du foyer pour regarder encore Neith cuisiner. Adam s'installa un peu plus loin, dans son coin favori, un parchemin en main.

Amaury se sentait très impressionné par la beauté mystérieuse de la jeune femme. Elle ne ressemblait à rien de ce qu'il avait pu voir auparavant. Son profil fier au nez aquilin et sa peau dorée par le soleil de l'Égypte, ses grands yeux noirs en amandes exerçaient sur lui une attraction singulière.

Elle remarqua son manège et cessa soudain son travail pour le regarder droit dans les yeux.

Le garçon rougit violemment et balbutia :

— Je... heu... Je me demandais... Neith, es-tu née à Damiette ?

La fille le regarda étrangement avant d'esquisser un sourire.

— Non, je suis née au Caire. Ma mère servait déjà la famille pour laquelle je travaillais, précédemment. Notre maître nous traitait avec bonté. Aussi, lorsque ma mère est décédée, il m'a gardée. Je m'entendais bien avec les enfants, c'est pour ça.

— Et ton père, que faisait-il ?

Elle haussa les épaules.

— Je ne l'ai jamais connu... Maman disait que c'était un soldat et qu'il était parti avant ma naissance.

Adam se racla ostensiblement la gorge dans son coin, mais ni Amaury ni Neith ne lui prêtèrent attention. Le jeune chevalier continua, il avait envie d'en savoir plus sur elle.

— Tu viens donc du Caire. Est-ce loin d'ici ?

— Non pas très. Enfin, cela dépend de comment l'on s'y rend. Par le Nil, cela prend seulement quelques jours. Le fleuve se sépare en plusieurs bras et l'un d'entre eux relie directement Damiette au Caire. C'est la voie la plus rapide, mais en ce moment avec la crue, ce n'est pas la peine d'y penser. Par la terre, c'est plus compliqué, le delta est un vrai labyrinthe de marais. Quant à passer dans le désert... Il est rempli de djinns et d'esprits des anciens rois, c'est dangereux de s'y aventurer.

— Des anciens rois ?

— Oui, les pharaons régnaient naguère sur cette terre bénie des dieux et ils ont érigé de formidables monuments. Au Caire et puis dans la basse vallée du Nil, il y a des temples formidables, si immenses qu'ils cachent le ciel. Il y a aussi des statues colossales, comme le Sphinx.

— Adam m'en a parlé ! N'est-ce pas Adam ? Le garçon hocha à peine la tête. Il dit que c'est un lion avec une tête d'homme, effrayant.

— Il impressionne, ça oui. Mais pas autant que les trois pyramides qui l'entourent.

— Les pyramides ? Amaury fronça les sourcils. Tu veux parler des greniers à blé de Joseph ?

Neith le regarda avec des yeux ronds et éclata d'un rire cristallin. Elle riait tellement que de petites larmes pointèrent au coin de ses yeux.

Amaury se sentit un peu vexé, mais ne voulut pas l'interrompre. Entendre Neith rire était la plus belle chose du monde.

Quand elle se fut remise de son hilarité, elle expliqua :

— Les pyramides ne sont pas des greniers et ne contiennent sûrement pas de blé ! Ce sont d'immenses tombeaux construits par nos ancêtres, il y a très longtemps.

— Qu'y a-t-il à l'intérieur ?

Les deux jeunes gens se retournèrent vers Adam. Il s'était redressé sur ses coussins et avait délaissé le document qu'il lisait si attentivement quelques minutes auparavant. Il les scrutait avec un nouvel intérêt.

— Je ne sais pas, répondit Neith. C'est une énigme et ça le restera. Personne n'a envie d'affronter les djinns qui hantent les pyramides. Et puis, elles ne possèdent pas d'entrée.

— Il doit forcément y en avoir une. J'aimerais tant y pénétrer, les anciens ont dû y laisser des trésors fantastiques !

Neith réprima un frisson.

— C'est péché de dire cela, ce sont des endroits maudits ! Abou el Hol est effrayant ! Personne n'est jamais entré dans une pyramide. En tout cas, si certains l'ont fait, ils n'en sont pas ressortis...

— Ce sont des superstitions idiotes, prononça sentencieusement Adam. Ces tombeaux n'ont rien de maudit, ils sont juste fort anciens. Ils doivent receler nombre de savoirs perdus. On y trouve peut-être même des mumies[37].

— Des mumies ? Qu'est-ce donc que cela ? demanda Amaury.

— Les anciens Égyptiens ont laissé des textes à leur sujet que certains auteurs latins et arabes ont traduits. Ce sont les corps embaumés des anciens rois, traités avec une technique spéciale qui les conserve par-delà les siècles. Il paraît que réduit en poudre, ils présentent de grandes vertus médicinales.

Amaury afficha une moue de dégoût.

— Pouah ! Des cadavres en poudre... Tu es sûr de ce que tu racontes ?

Adam acquiesça le plus sérieusement du monde et Amaury afficha une mine dégoûtée.

Neith regarda Adam sévèrement et lui dit.

— Si tu veux vraiment apprendre la médecine, tu ferais mieux d'écouter mon peuple au lieu de penser à piller des tombes et déranger des corps qui ne t'appartiennent pas... Je pourrais t'apprendre ce que je sais, si tu veux.

Adam haussa les épaules.

— J'ai déjà étudié les savants de ton peuple et leurs techniques, elles n'ont pas de secrets pour moi.

— Comme tu voudras.

Sur ces paroles, la jeune femme retourna à ses galettes avant de quitter gracieusement la tente pour aller tirer de l'eau.

Amaury la suivit du regard béatement puis poussa un soupir à fendre l'âme quand elle eut disparu.

Adam lui lança un regard étrange.

— Tu l'aimes ? demanda-t-il abruptement.

Amaury sursauta et reporta son attention sur son ami. Il lui semblait que l'étrange conversation de tout à l'heure reprenait de plus belle et pas sur un ton amical.

— Que dis-tu ? Mais enfin, non... Enfin... Je te l'ai dit tout à l'heure, elle me plaît et je trouve aussi qu'elle apporte un peu de

---

37 Désigne à l'origine la substance bitumineuse servant à la momification (*mūmiyā*), puis par extension le corps momifié. La réduction en poudre des mumies était considérée comme un remède.

douceur à notre compagnie, non ? Elle prend soin de nous et nous n'avons plus à nous charger de certaines corvées…

— Et puis elle est jolie à regarder, n'est-ce pas ? Que tu peux être idiot parfois, Amaury !

Adam prononça ces derniers mots, un sourire amer sur les lèvres.

— Je ne vois pas pourquoi tu dis ça… Si ça te fait plaisir, j'aime beaucoup Neith, voilà. Je ne vois pas ce que ça change.

Pour Adam, cela changeait beaucoup de choses. Cela changeait même tout, bien qu'il n'ait jamais nourri la moindre once d'espoir sur ce sujet.

Le venin lui monta aux lèvres sans qu'il pût le retenir.

— Si tu n'es pas idiot, tu es aveugle, alors.

— Que veux-tu dire par là ?

— Que tu devrais ouvrir un peu plus les yeux sur ce qui se passe autour de toi, mon pauvre ami ! Nos ennemis se tiennent parfois plus proches de nous que nous ne le croyons !

Adam se mordit l'intérieur des joues sitôt qu'il eut prononcé ces paroles, maudissant sa jalousie. Il détourna les yeux et retourna vivement à son parchemin.

*

L'appel à Notre-Dame fut rapidement entendu et le comte de Poitiers arriva à Damiette comme par miracle avant même le troisième samedi de procession. Tout l'ost se réjouit de cette nouvelle et l'on commença les préparatifs de départ. L'attente interminable touchait à sa fin.

Louis demeurait cependant indécis, Baudoin l'avait rapporté au grand maître et aux maréchaux de l'Ordre. Le temps était venu pour eux de remettre les missives au Roi afin d'influencer son verdict.

Ils devaient avant tout s'assurer de disposer d'alliés solides.

C'est comme cela qu'un soir Baudoin et Sonnac se rendirent discrètement dans la tente du Chevalier de Joinville. Celui-ci les attendait, penché sur une table que jonchaient des reliefs de repas, divers coutels, guisarmes, lampes ainsi que des parchemins. Il les regardait comme si la solution du problème pouvait en jaillir.

Toujours bonhomme, il accueillit le grand maître avec une franche accolade, un sourire aux lèvres. Il les scruta tour à tour et fit signe au grand maître de parler.

— Sire de Joinville, vous connaissez déjà Baudoin de Sabran, l'un de mes meilleurs et plus fidèles frères.

Joinville salua le Templier et le regarda.

— Je me souviens fort bien du sire de Sabran. N'y avait-il pas avec vous d'ailleurs un jeune chevalier franc ? Je crois qu'Artois avait fortement insisté pour qu'il vous accompagne.

Le comte parlait d'une voix douce, mais assurée, traduisant l'homme de décision et de noble lignage.

— Si fait, Messire, mais pour ce dont l'Ordre souhaite vous entretenir, sa présence n'était pas nécessaire.

Joinville tiqua à cette réplique, mais poursuivit.

— Or donc, vous possédez des informations capitales, qui pourraient l'aider à se décider entre Alexandrie et Le Caire ?

— Oui Messire, une missive d'une importance majeure qui doit être remise au roi en main propre. Nous l'avons récupérée à Jaffa, d'un émissaire de Shajar al dur. Elle porte le sceau de l'épouse du sultan.

Joinville écarquilla les yeux.

— L'épouse du sultan ? Pourquoi écrirait-elle à un souverain chrétien qui menace l'empire de son maître ?

Sonnac intervint alors.

— Je peux apporter une réponse à cette question, car nous avons appris entre-temps une nouvelle décisive, qui éclaire d'un nouveau jour cette initiative : Al Salih Ayyub est très malade. Nous avons échangé avec sa favorite, elle cherche une issue diplomatique à la guerre. Elle gardera secret son mal le plus longtemps possible, mais nous devons nous hâter. S'il vient à mourir, nous n'avons aucune certitude quant à son successeur. Celui-ci, pour asseoir son autorité sur les mamelouks, pourrait bien refuser d'honorer les vœux de son père. La paix doit être signée du vivant d'Al Salih Ayyub, c'est capital.

Le comte se gratta le menton tout en réfléchissant.

— Le sultan, malade ? Par la vierge ! Nous tenons peut-être là la clé pour reprendre Jérusalem !

— Nous le croyons également !

Assurèrent en cœur Baudoin et Guillaume.

L'espoir se lisait sur leur visage.

— En avez-vous parlé à quiconque ?

— Nous n'avons divulgué cette information à personne, nous la conservons pour le roi.

Poursuivit Guillaume.

— Bien. Je vais m'entretenir avec mes fidèles barons. Beaucoup ne souhaitent pas entrer à l'intérieur des terres pour prendre Le Caire, ils estiment que ce serait une erreur. Je ne sais pas ce qu'en pense Alphonse de Poitiers, il vient d'arriver, mais je sais qu'Artois n'est pas cet avis. Foucault du Merle, qui est son ami et conseiller et qui ne veut que bataille et querelle, le pousse à aller vers Le Caire. Vous connaissez comme moi l'influence de Robert sur Louis. Je vais faire le nécessaire pour que l'on vous reçoive rapidement et que les pairs soient acquis à votre cause avant même l'entrevue. Rentrez dans votre camp et attendez de mes nouvelles. Je tâcherai de vous contacter au plus vite.

Les deux hommes acquiescèrent, saluèrent Joinville respectueusement et quittèrent la tente.

Dans l'ombre, une silhouette lovée sur elle-même patienta qu'ils aient disparu à la vue.

Dissimulé par la nuit, Amaury avait suivi les deux Templiers en comprenant qu'ils se rendaient chez Joinville.

Une bière offerte aux guetteurs lui avait permis de les éloigner pour un temps, suffisamment pour entendre la conversation des trois hommes. Il détenait désormais l'information qu'Artois souhaitait. Il allait prévenir tout de suite Guilhem afin de s'entretenir avec le compte sans délai.

Un sentiment étrange, mêlant honte et soulagement, étreignit le cœur d'Amaury. Il admirait Baudoin, sa droiture, son sens de l'honneur, sa fidélité à ses valeurs. Pendant tous ses longs mois passés en Terre sainte, le Templier s'était comporté comme un père pour lui.

Il allait le trahir. Mais il n'avait pas le choix.

Le visage de Neith apparut devant lui, tel un mirage en bordure de dune. Si Artois était satisfait, alors lui et Aimery VII le récompenseraient à la hauteur de son service. Il pourrait devenir riche et puissant, obtenir des terres ici, en Égypte. Il brillerait aux yeux de Neith, qui en oublierait sûrement Baudoin... Il s'établirait en seigneur d'outre-mer, comme d'autres avant lui. Rien ne l'empêcherait d'épouser Neith...

Tout à ses rêves de grandeur, il se dirigea vers la tente de Guilhem, avant de rejoindre leur propre abri de toile.

Il y trouva seulement Neith, occupée à faire griller des galettes sur les pierres du foyer.

— Adam s'est absenté ? lui demanda-t-il.

Elle se retourna. Le feu derrière elle lançait des ombres sur son visage, la rendant encore plus mystérieuse. Amaury ressentit une douleur aiguë dans sa poitrine. Sa beauté lui faisait mal. Il s'assit près d'elle.

— Il a marmonné quelque chose à propos de scribes, je n'ai pas tout compris. Et Baudoin ?

Elle tentait de dissimuler son trouble en prononçant le nom du Templier, mais Amaury le remarqua. Il en éprouva une irritation encore plus vive.

— À la chapelle du temple, pour je ne sais quelle prière, mentit-il.

Il se massa les tempes, sentant poindre un mal de tête. La jeune fille le contempla.

— Ça ne va pas ?

— Si fait... Je suis simplement fatigué, il se saisit de ses cheveux ramassés en queue-de-cheval, et puis ces cheveux me dérangent, je dois trouver un barbier pour me les tailler.

— Je peux m'en charger, si tu veux. Je coupais les cheveux de toute la famille chez qui j'étais... Avant.

Amaury remarqua son air peiné. Elle devait regretter ses anciens maîtres, même si elle n'était qu'une esclave. Il se demanda ce qu'il valait comme seigneur. Adam avait peut-être raison. Conserver auprès de lui la jeune femme pour satisfaire son bon plaisir ne correspondait pas précisément à l'attitude d'un chevalier. Il se sentit soudain las et très honteux.

Neith perçut son trouble et lui sourit gentiment.

— Laisse-toi faire, je suis douée, tu sais !

Elle le fit asseoir plus près de l'âtre pour mieux y voir. Il faisait déjà chaud et se retrouver aux côtés des braises augmenta le malaise diffus d'Amaury. La sueur perlait désagréablement le long de son cou, glissant jusque dans sa chemise.

Elle se leva et revint les bras chargés d'un bol en terre rempli d'eau froide, d'un linge propre et une paire de ciseaux en bronze.

Elle plongea le tissu dans le liquide et l'appliqua sur la chevelure d'Amaury, pour l'assouplir et l'humidifier. La fraîcheur de ce contact sur son crâne lui procura un bien-être immédiat. Il avait beau procéder à des ablutions régulières, ses cheveux, tombant jusqu'au milieu de son dos, lui donnait du fil à retordre. Leur nature ondulée les rendait difficiles à coiffer, ils s'emmêlaient souvent.

Une fois la toison bien humidifiée, Neith y passa ses doigts fins pour les peigner. Elle effleura la nuque du chevalier à plusieurs reprises, provoquant des décharges électriques dans son cou.

Quand elle fut satisfaite, elle se saisit des ciseaux et commença son ouvrage. Les mèches châtaines tombèrent les unes après les autres et Neith ne s'arrêta que lorsqu'elles atteignirent la longueur désirée. La chevelure d'Amaury lui arrivait maintenant juste au-dessus des épaules, ce qui l'aiderait à supporter les grosses chaleurs.

Neith ramassa les touffes et les lança immédiatement dans le feu qui projeta des étincelles en crépitant. Elles se consumèrent en dégageant une odeur désagréable de chair calcinée.

— Pourquoi fais-tu cela ? demanda Amaury en fronçant le nez.

— Pour que personne ne puisse te jeter un sort. Tes ennemis ne te poursuivront pas, comme cela.

Amaury la contempla avec stupeur. Il connaissait finalement bien peu la jeune fille, ne sachant rien de ses croyances ou du déroulement de ses journées. Il ne l'avait même jamais vue pratiquer sa religion et se demanda si elle sortait systématiquement pour prier.

Neith enveloppa derechef sa tête à l'aide de la serviette et toutes les tensions du chevalier s'apaisèrent. Il ferma les yeux, écoutant simplement le bruit qu'elle faisait en rangeant.

Elle retira le tissu et après avoir enduit ses mains d'une huile très odorante à base de cèdre, elle entreprit de masser délicatement son crâne.

Ces gestes, remplis de douceurs et de fermeté, transportèrent Amaury dans un rêve éveillé. Il oublia tout pendant ces quelques minutes. Seuls comptaient la nuit protectrice et les doigts de la jeune femme qui effleuraient son cuir chevelu.

Quand elle eut terminé, il se retourna pour la contempler dans la lueur rougeoyante des flammes. Son profil assuré, au nez busqué, ses lèvres pleines et ourlées, sa peau dorée, tout lui semblait d'une parfaite harmonie.

Les yeux légèrement embués, il saisit une mèche noir ébène échappée de sa coiffe et la porta à sa bouche.

— Tu es si belle, murmura-t-il, en proie au plus grand trouble.

Neith replaça ces cheveux derrière son oreille d'un geste vif et se leva, rompant le charme. Amaury baissa la tête, penaud.

— Je sais que tu ne m'aimes pas.

— Tu es mon maître, laissa-t-elle tomber froidement. Tu n'as qu'à demander.

L'effroi saisit le chevalier à ces quelques mots. C'était donc ainsi que la jeune fille le voyait ? Comme un homme qui pourrait abuser d'elle à tout moment par la force, là où lui ne ressentait qu'amour courtois ? L'image d'Eudes lui apparut tel un fantôme revenu le hanter et il réprima un frisson de dégoût. Il la saisit vivement par les épaules et la regarda droit dans les yeux.

— Jamais, tu m'entends ? Jamais je ne te forcerai à quoi que ce soit ! J'attendrai que tu le désires autant que moi, j'attendrai le temps qu'il faudra. Tu n'as rien à craindre de moi.

Ce n'était pas de la peur qui se peignait sur le visage de Neith, mais bien du mépris. Cette vision lui broya le cœur.

Il la lâcha.

— Dormons. Les autres rentreront bien, ce n'est pas la peine de les attendre.

Il se saisit d'une petite lampe en terre cuite et se dirigea vers sa couche, abandonnant la belle jeune femme au pied du foyer.

*

Le sire de Joinville était décidément un homme de parole. Deux jours plus tard, il fit porter une missive à Sonnac, lui indiquant que le roi les recevrait enfin le soir même en présence des personnes impliquées dans cette affaire.

Le sang d'Amaury quitta son visage à cette nouvelle. Il allait de nouveau devoir soutenir le regard sombre d'Artois.

Il craignait moins les crocodiles du fleuve que la présence de cet homme. Et surtout, faire face à sa trahison, puisqu'il avait tout rapporté à ses suzerains dès qu'il l'avait pu.

Lorsqu'Amaury se leva ce matin-là, des sentiments contraires se bousculaient dans son esprit fiévreux. Il se demanda comment Baudoin réagirait quand il se rendrait compte que le roi connaissait la maladie du sultan. Quelles incidences surgiraient de cette information sur la destinée de la croisade ? Sur les relations avec le temple ?

Amaury se sentait nauséeux rien qu'en essayant d'imaginer la confrontation entre Artois et le Temple.

Après s'être baigné le front et la nuque, il écarta le panneau pour apercevoir Baudoin assis aux côtés de Neith. Elle lui donnait des gâteaux trempés dans du miel pour accompagner un bol de lait parfumé au safran. Un lumineux sourire ornait son beau visage. Elle minaudait, riait aux petites remarques du Templier, cherchant son contact.

Amaury ressentit la morsure de la jalousie au creux de son ventre.

Une haine tenace monta dans son cœur envers l'homme qui lui ravissait les sentiments de la femme qu'il aimait, mais il tenta de n'en laisser rien paraître. Il s'assit à son tour, l'air maussade.

Le voyant arriver, Neith se sépara du Templier et servit son maître. La mine radieuse qu'elle arborait se transforma aussitôt en une attitude polie d'esclave accomplie.

Cette affectation blessa encore plus Amaury. Il devait se détacher de ce qu'il ressentait et plutôt se concentrer sur l'entrevue à venir, mais il n'y parvenait pas. Neith envahissait tout, ses pensées dérivaient vers elle à chaque instant. C'était pire quand elle se tenait devant lui. Et lorsqu'elle s'approchait de Baudoin pour poser sa délicate main sur le bras du Templier, un feu brûlant emplissait son ventre sans qu'il puisse le contrôler.

Il savait pertinemment que Baudoin ne nourrissait aucun sentiment pour l'Égyptienne, mais il ne pouvait s'en empêcher. Son estomac se serrait à chaque rapprochement, ses yeux dérivaient sur lui et elle, cherchant à capter un geste qui trahirait une complicité dissimulée.

La voix de Baudoin le tira de ses mornes réflexions et il leva enfin la tête.

— Mange, Amaury. Tu n'as pas besoin de jeûner pour rencontrer le roi, il vaut mieux être en pleine possession de ses capacités, je puis te l'assurer. Un estomac vide conduit à un esprit moins clair.

Le chevalier acquiesça et mâchonna un gâteau sans appétit. Il se leva ensuite et se prépara pour se rendre à la tente du roi.

En chemin, les deux hommes passèrent chercher Sonnac.

*

Sous la tente royale, les plus proches barons entouraient Louis.

La prestance et la noblesse du roi impressionnèrent à nouveau Amaury. Celui-ci ne possédait pas la plus imposante carrure de cette chevaleresque assemblée, mais il se dégageait de sa personne une aura qui n'appartenait qu'à un roi.
Un regard de ses yeux pourtant pleins de dévotion pouvait faire taire la plus grande réunion des plus hauts pairs de France. Oui, Louis était un grand roi, peut-être le plus grand que la France eût jamais connu.
Sonnac, Baudoin et Amaury saluèrent respectueusement le souverain. Amaury vit le comte d'Artois et son air toujours courroucé se tenir à sa droite. À sa gauche, un jeune homme au doux et beau visage, qu'il devina être Alphonse de Poitiers, souriait calmement. Le troisième frère du roi demeurait légèrement en retrait. Charles d'Anjou était un administrateur réputé et un homme mesuré. Il donnerait de bons conseils.
Les autres prud'hommes présents étaient bien entendu Aimery VII de Rochechouart et Jean de Joinville. La délicatesse du sujet exigeait la discrétion, mais malgré la promesse de Joinville, aucun autre baron n'assistait à l'entrevue ni Jean d'Ibelin ni les sires de Vallery ou de Courtenay.
Le roi s'adressa au petit groupe d'une voix claire et douce.
— Mes beaux seigneurs, je vous ai réunis ce jour pour une chose d'importance. Le grand maître du Temple m'amène, grâce à l'habileté des gens de son Ordre et à ses connaissances de la Terre sainte, une missive. Celle-ci émane de l'épouse du sultan des Ayyoubides, nos ennemis. Est-ce vrai, maître Guillaume ?
— Si fait, Sire. Mon frère Baudoin de Sabran ici présent l'a récupérée des mains mêmes d'un émissaire de Shajar al Durr, à Jaffa. Il a dû pour cela affronter mille dangers.
Il lui adressa un signe et Baudoin s'avança, tirant de sous son mantel à la croix écarlate le rouleau de métal contenant la missive, orné du sceau de Shajar Al Durr, intact. Il la tendit au roi en se prosternant devant lui en un geste si solennel qu'Amaury en fut surpris.

Les frères de l'Ordre ne s'agenouillaient jamais devant quelqu'un d'autre que Dieu. Mais Louis transpirait la piété et forçait le respect plus qu'aucun prince. Il s'en saisit délicatement et entreprit de faire sauter le sceau à l'aide d'une dague effilée.

L'argile s'égraina sur la petite table et Amaury retint son souffle. Enfin, après toutes ces péripéties, il allait découvrir le contenu de cette lettre pour laquelle il avait déjà traversé la moitié du monde.

Louis prit longuement connaissance de l'écriture fine et serrée. Le scribe de Shajar al Durr l'avait rédigée dans un latin parfait.

Amaury trouvait que le roi lisait trop lentement. Il s'impatientait, il désirait tant que cette entrevue se termine qu'il se faisait violence pour ne pas arracher le parchemin des mains du roi. Il contempla les visages tendus vers le souverain et y perçut le même trouble chez tous les hommes présents. Seul Artois affichait un demi-sourire qui, sous le reflet des calhel et des bougies, paraissait une grimace.

Enfin, le Louis parla.

— Merci, maître Guillaume, pour cette missive. Le contenu en est simple et je vais vous le livrer pour que nous puissions en discuter. L'épouse du sultan, après diverses salutations en usages chez ce peuple et formules de politesse, nous exhorte à écouter Dieu tout puissant et à nous montrer magnanimes. Pour épargner la population égyptienne et afin de préserver leur capitale principale et grenier à blé, Le Caire, Shajar al Durr nous propose, au nom de son maître, une paix pérenne en Orient. Cette paix durerait vingt ans, soit la plus longue période jamais négociée jusqu'alors. Elle nous demande en échange de renoncer à conquérir l'Égypte, ou si nous tenions déjà bonne place dans le pays lors de la réception de cette lettre, nous restituions les villes tombées sous notre joug. En échange de quoi, en plus de cette réconciliation, le sultan offre de nous rendre Jérusalem et Ascalon sans livrer une seule bataille.

Un silence pesant accueillit cette annonce.

Baudoin ferma les yeux à ces mots. On y était. Le sort de Jérusalem était entre les mains de Louis. Il essaya d'apaiser son esprit, mais son excitation était à son comble, tel qu'elle ne l'avait plus été depuis des années. Il revivait mentalement tous les événements de sa vie, ses jalons petits ou grands, son entrée dans le Temple, la première fois qu'il avait posé un pied à Acre. Devant ses yeux, dans la plaine aride et baignée de soleil, se découpait, glorieux et couvert d'or fin, le dôme du rocher sous lequel se trouvait le tombeau du Christ.

Quand il les rouvrit, ce fut pour voir Sonnac s'avancer et s'agenouiller devant le roi.

— Sire, vous avez juré lors de votre guérison de prendre la croix pour délivrer Jérusalem. La divine providence vient à vous, vous avez une occasion unique d'obtenir ce qu'aucun avant vous, pas même l'empereur, n'a obtenu. Je fais entièrement confiance à votre sagesse et souhaite que Dieu vous inspire.

Louis hocha la tête. Le grand maître, en invoquant la figure honnie de Frédéric II, un prince sans paroles que tous détestaient, flattait en cela le roi de France, l'érigeant en champion de la chrétienté.

Louis se tourna d'abord vers Alphonse de Poitiers.

— Beau frère, que dites-vous de cette offre ?

— Sire, cette missive nous parvient bien étrangement, sans ambassade ni cadeaux, par l'entremise des chevaliers du Temple en qui je place toute ma confiance dans les affaires d'outre-mer. Si elle a parcouru un si curieux chemin pour venir entre vos mains, c'est que Dieu l'a voulu. Nous n'avons aucune raison de douter de la sincérité de cette femme, qui désire protéger ses propres intérêts bien légitimes. Aussi, je suis d'avis d'envoyer immédiatement une réponse au sultan, portée par un émissaire officiel et d'entamer des négociations.

Louis le remercia et se tourna alors vers Artois, qui conserva son sourire étrange.

— Et vous, beau frère ? Donnez-moi votre conseil.

Artois se racla la gorge et se pencha sur la missive qu'il regarda avec dédain.

— Sire, tout comme Poitiers, je ne doute pas du dévouement du Temple. Je suis, vous le savez, pour marcher sur Le Caire et couper la tête de l'hydre tant que nous le pouvons. Mais je suis disposé à écouter les arguments de tous. Cependant je me demande une chose. Pourquoi est-ce l'épouse du sultan, sûrement une noble dame, mais tout de même une femme, sans pouvoir et sans influence sur les décisions militaires, qui écrit directement à Votre Majesté ?

— Vous posez là une bonne et belle question. Maître Guillaume, que répondez-vous à cela ?

Sonnac serra les poings. La joute allait s'installer avec Artois et il aurait préféré éviter cela.

— Sire, nous savons que le sultan se tient devant Alep et Ohms qu'il assiège pour mater la rébellion de ses cousins. Il a confié la gestion de l'Égypte à son épousée, avec l'aide de l'émir Fakhr al-Dîn Ibn al-

Sheikh, qui dirige son armée ici. Les indiscrétions de Frédéric II l'ont informé de vos mouvements et votre intention de marcher sur l'Égypte. Souvenez-vous qu'il a tenté de vous dissuader. Le sultan veut préserver son peuple et le siège de son pouvoir. Étant lui-même très occupé, il vous a fait adresser ce message par celle en qui il place la plus grande foi, celle qui exerce l'autorité après lui, son épouse.

Artois ricana en entendant ses mots et tous se tournèrent vers lui, sauf Louis. Le roi suivait son idée, il souhaitait le conseil de tous.

— Le grand maître a répondu. Anjou, mon beau et dernier frère, quel est votre avis ?

Charles d'Anjou parla en militaire et en administrateur.

— Sire, c'est assurément une proposition que nous devons considérer. Si nous avançons vers Le Caire, nous ne pouvons vider Damiette de tous les soldats et bons chevaliers, ce faisant, il montrait du doigt les points sur la carte, cela divisera l'Ost et nos forces. Les Sarrasins appliquent la tactique de la terre perdue, vous le savez. Nous départir des bataillons dont nous aurons besoin par la suite est fort risqué, alors que l'ennemi se rassemble et se prépare. Je me range à l'avis d'Alphonse, envoyons donc un ambassadeur confirmer la véracité de cette offre. Dans le même temps, expédions une troupe s'emparer d'Alexandrie. Plusieurs de vos barons, dont l'excellent Pierre de Bretagne, vous diront la même chose. Nous aurons meilleur compte en restant sur la côte et en nous emparant d'une riche cité, coupant les approvisionnements de l'intérieur, tout en faisant pression sur le sultanat du Caire.

— C'est une idée valable et raisonnable, beau frère.

Il fit signe à Joinville qui s'avança.

— Et vous, Sénéchal, que pensez-vous de tout cela ?

Joinville sourit comme à son habitude.

— Sire, je me souviens que vous me dîtes un jour de me garder de démentir ou ne contredire personne de propos tenus devant moi. Je ne puis contredire ni Maître Guillaume, dont la connaissance de nos ennemis ne peut être discutée, ni le comte d'Artois, qui parle de justesse et pose d'utiles questions. Je me rangerai donc derrière les paroles du comte de Poitiers et du comte d'Anjou. Je vous conseillerais, autant que vous soyez disposé à me le demander, d'envoyer des ambassadeurs au Caire pour nous assurer de la véracité de cette proposition. Si nous obtenons cela, alors nous tiendrons une bonne solution et récupérerons la cité sainte sans verser le sang, ce qui plairait à Dieu. Si au contraire, ce n'est que duperie de la part de l'ennemi, nous pourrons toujours nous rendre au Caire et prendre la ville.

Des murmures d'approbation accueillirent les propos de Joinville. Le sénéchal, malgré sa jeunesse, parlait d'or et invitait à choisir le moindre mal.

Baudoin se sentit presque soulagé, mais le roi donna alors la parole à Aimery. Le comte était plus mesuré qu'Artois, mais c'était l'un de ses plus fidèles alliés.

— Sire, je ne saurais vous exprimer ma reconnaissance pour m'autoriser à assister à tout cela. Le sénéchal parle bien et justement, mais je me permets d'émettre une réserve. Quand cette femme a écrit sa lettre, nous hivernions encore sur les rivages de Chypre. Aujourd'hui, nous avons pris l'une des cités les plus importantes d'Égypte que nous occupons. Les sarrasins ont fui devant notre armée et surtout devant votre courage. Je m'exprimerai en militaire. Nous sommes en position de force. Attaquons. Marchons sur Le Caire et nous verrons bien alors quelle négociation ces chiens infidèles peuvent nous offrir.

Baudoin grinça des dents. L'assemblée prenait un tour déplaisant, mais Aimery soutenait légitimement le comte d'Artois. Il restait à attendre ce que le roi déciderait.

Louis se pencha sur le plan de la Méditerranée qu'il avait fait établir par plusieurs clercs, fins connaisseurs de l'Arabie. Il pouvait, en un coup d'œil, embrasser le chemin parcouru et celui à parcourir.

Les échecs comme les victoires précédentes défilaient dans son esprit alors qu'il devait choisir judicieusement. Ses prud'hommes étaient divisés, il allait devoir résoudre ce point seul.

Ce fut le moment que choisit Artois pour abattre sa dernière carte.

— Sire mon frère, si vous me permettez de m'exprimer une fois encore, je dispose d'une information qui je crois pourrait grandement vous aider à trancher ce nœud gordien[38].

Tous le regardèrent et l'estomac d'Amaury se noua. Il savait très bien ce que le comte s'apprêtait à révéler puisqu'il lui avait lui-même offert ce renseignement sur un plateau. Il en voulait profondément à

---

38 Expression utilisée pour indiquer que l'on souhaite trancher vivement un dilemme à résoudre. Elle vient de la mythologie grecque selon laquelle la vielle de Gordios en Asie Mineure aurait abrité un nœud magique, impossible à dénouer. Seul Alexandre le Grand aurait réussi à le trancher.

Baudoin et Sonnac de l'avoir dissimulé. De même que Joinville, qui ne pipait mot, lui toujours si honnête. Ils auraient dû savoir que le comte ne se laisserait pas faire et prendre les devants.

Il serra les dents. Tant pis pour eux, Artois allait leur porter le coup de grâce. Louis fit signe à son frère de s'exprimer. Celui-ci sourit amplement.

— Sire, il m'est parvenu, par un moyen secret que je ne puis révéler, que le Sultan As Salih Ayyub est très malade. Si atteint qu'on le dit proche de trépasser à tout moment. Cela implique non seulement que son armée sera affligée et désorganisée dès qu'il mourra, mais aussi qu'aucun traité ou négociation n'aura de valeur une fois qu'il reposera dans la tombe. Qui nous garantit que celui qui revêtira la soie de son mantel tiendra cette promesse ? Devons-nous vraiment attendre que les sarrasins réunissent leur force, tels des lapereaux pris dans un terrier par le renard ? Comme l'a souligné Charles, leur tactique consiste à nous guetter et à fondre sur nous. De plus, le nouveau sultan sera sûrement peu enclin à suivre les ruses d'une femme... Posez-vous la question ! Il ouvrit les bras pour que tous se sentent concernés, le feriez-vous, beaux sires ?

Il les contempla d'un air satisfait.

Baudoin ferma les yeux. Comment ? Comment Artois pouvait-il connaître la maladie du sultan ? Il toisa Joinville, la fuite ne pouvait venir que de lui. Mais le sénéchal semblait tout aussi désarçonné que lui, à voir la mine qu'il arborait.

Baudoin se tourna vers son grand maître, cherchant dans son regard une lueur rassurante qui lui indiquerait que l'on pouvait rattraper ce gâchis. Il n'y lut que de la résignation et sut que tout était perdu.

Louis inclina la tête, se pencha à nouveau sur la carte du royaume d'Égypte, assimilant toutes les données qui venaient de lui être communiquées en un bref instant. Puis il contempla la petite assemblée.

— Vous avez tous bien parlé, mes bons amis. La maladie de ce sultan est un signe que Dieu nous envoie. Nos ennemis faiblissent, ils n'ont pas avec eux la grâce de notre Seigneur. Je vais réunir mon conseil et leur faire part de ma décision de rejeter cette demande, parce qu'elle provient d'une infidèle qui essaye de trahir son camp. Il n'y a point d'honneur à accepter cela. Nous marcherons sur Le Caire, en passant par Al Mansoura, que nous prendrons.

Le roi pointa du doigt l'endroit sur la carte, entre deux branches du Nil, en amont du Caire.

Al Mansoura. La victorieuse.

Là où la cinquième croisade avait précédemment échoué.

Baudoin désespéra, l'histoire se répétait et nul ne semblait pouvoir arrêter le cheval emballé de la destinée.

— Allez, conclut Louis, faites ce que je vous commande et gardez-vous de me désobéir. Vous ferez bien ainsi.

Le roi les congédia d'un geste ample et tous sortirent. Artois affichait une mine de matou satisfait et s'approcha d'Amaury pour frapper son épaule du poing. Le jeune chevalier s'inclina et quitta la tente avec ses suzerains, sans un regard pour Baudoin et le grand maître.

Baudoin repéra le manège et se sentit soudain très las. Amaury n'était pourtant pas dans la confidence. Avait-il surpris quelques conversations et tout rapporté au comte ? Le Templier avait du mal à voir dans le garçon un traître, mais il connaissait sa nature parfois emportée et surtout butée.

Il allait sortir à son tour, mais Sonnac le retint fermement d'une main. Le grand maître s'approcha vivement du roi et s'adressa à lui.

— Sire, je vous en prie, pardonnez-moi, mais je dois vous le dire : votre décision est trop hâtive. Reconsidérez la proposition de Shajar al Durr. Nous échangeons avec elle depuis longtemps, c'est une personne qui a notre confiance. Les troupes sarrasines vont se regrouper au Caire, le sultan ne tardera pas à revenir de Syrie, nous pouvons encore conclure cette paix et reprendre Jérusalem sans perdre un seul de nos hommes. Je vous en conjure, réfléchissez.

Le roi leva les yeux vers le visage de Sonnac. On n'y lisait nul courroux.

— Maître Guillaume, vous parlez bien mal, cela me peine. Je trouve que vous et les vôtres avez trop tendance à vous préoccuper des choses politiques en Outre-mer, c'est un défaut que vous devriez corriger rapidement. Je vous soupçonne d'être informés de la maladie du sultan depuis longtemps et de ne pas m'en avoir averti. C'est une grande déception pour moi et cela change tout comme vous voyez. Ma décision est prise désormais, je vous demande de bien vouloir vous en tenir là. Je vous laisse, je dois rejoindre mon confesseur.

Sonnac baissa la tête et salua le roi en s'excusant.

Il allait sortir, Baudoin sur ses talons, lorsque Louis l'interpella depuis l'autre bout de la tente.

— Une dernière chose, Maître Guillaume. Tenez-vous prêt, car j'ai décidé que vous et vos hommes feriez l'avant-garde de l'armée.

*

Après l'entrevue, Amaury n'adressa pas la parole à Baudoin. Il était en tort, mais ressentait une inexplicable colère envers le Templier pour ne pas avoir pris les devants. Et contre Sonnac qui n'avait même pas tenté de rattraper le coup.

Cela, ajouté à la frustration quotidienne qu'il éprouvait à côtoyer Neith, le rendait plus irritable qu'il ne l'avait jamais été.
La simple vision de la jeune femme vaquant à ses occupations lui tordait le ventre. Il dormait peu, ruminant sans cesse ses pensées maussades. Des cernes noirs entouraient ses yeux et ils passaient des heures à s'éreinter sur la quintaine, jusqu'à en briser les lances.
Baudoin avait plusieurs fois tenté de lui parler comme si de rien n'était, mais le chevalier restait obstinément muet, fermé comme une huître.
Il s'ouvrait plus facilement à Adam, mais celui-ci semblait agacé, sans qu'Amaury comprenne pourquoi. Leurs conversations tournaient court, ils se quittaient souvent brouillés.
Le désœuvrement général n'aidait en rien.
Amaury ne trouvait rien pour s'occuper, sa mission était terminée. Comme les autres à présent, il devait seulement attendre. Les exercices duraient peu de temps, mais leur monotonie salvatrice apaisait un instant ses tourments.
Un soir, Baudoin réussit à le prendre à part alors qu'il revenait de voir Guilhem.
— Puis-je te dire un mot, Amaury ?
Le jeune homme afficha une mine exaspérée.
— Nul besoin de me demander audience, vous pouvez me parler librement.
Baudoin esquissa un pauvre sourire d'excuse, qui énerva encore plus Amaury.
— Ce n'est pas aisé de t'aborder ces derniers jours et la question dont je veux t'entretenir n'est pas des plus agréables.
Amaury croisa les bras sur sa poitrine attendant la suite. Ce n'était plus la peine de se dérober à présent, il assumerait ses responsabilités comme un homme d'honneur.
Baudoin attaqua franchement, comme à son habitude.

— As-tu rapporté au comte d'Artois la maladie du sultan ?

Le chevalier ne nia pas.

— J'en ai en effet parlé à Aimery, mon suzerain de droit, qui m'interrogeait une énième fois au sujet de notre mission en Terre sainte. Je ne pouvais pas mentir. Et d'ailleurs, vous-même m'avez recommandé de dire la vérité.

Le Templier grimaça.

— Nous n'avions... Je n'ai pourtant jamais évoqué le fait devant toi, alors, comment ?

— J'ai surpris l'une de vos conversations avec Sonnac, un soir. Mon suzerain et le frère du roi me pressaient de questions. Vous saviez pertinemment qu'on m'avait envoyé avec vous pour cela. Artois voulait des informations, je me devais de les lui livrer.

— Je le savais oui, néanmoins j'ai cru... Laissons cela, je te comprends, c'était de ton devoir de chevalier de nous trahir.

— Vous trahir ? Vous, vous osez parler de traîtrise ? Amaury ricana méchamment. J'ai servi loyalement mon suzerain et la couronne, j'ai accompli précisément ce que l'on attendait de moi ! J'ai obéi à la volonté de mon roi et nulle faute ne peut m'être reprochée.

— Tu as raison au fond. Mais, dis-moi, Amaury, cela en valait-il la peine ?

— La peine de quoi ? C'est ce que vous pensez ? Que j'ai divulgué cette information par appât du gain ou soif de reconnaissance ? Je n'ai rien demandé en échange de ma loyauté, rien ! Je ne suis peut-être pas un Templier modèle comme vous, mais j'ai à cœur d'obéir à mon roi !

Amaury fulminait. Une colère sombre et froide mordait son cœur comme une bête malfaisante, il en voulait terriblement à Baudoin de ne lui avoir offert aucune échappatoire, aucune autre solution que soutenir Artois.

Le Templier le regarda droit dans les yeux.

— Ce n'est pas moi que tu as trahi, Amaury, pas plus que Guillaume ou le Temple... C'est Dieu. Quand on a la possibilité de sauver par ses paroles ou ses actes, ne serait-ce qu'une seule vie, même la plus humble, ne pas le faire est un péché devant le Tout-Puissant.

Amaury trembla de colère et serra les poings à s'en blanchir les jointures.

— Vous parlez de sauver des vies, mais vous-même vous tuez sans remords, si cela sert votre satané Ordre, vos missions obscures et vos desseins secrets ! Vous et les vôtres vous dissimulez vos vraies intentions à la face du monde sous un mantel de pureté ! Mais, à la vérité, vous êtes les plus sombres d'entre tous. Vous manipulez dans les ombres les pauvres imbéciles comme Adam et moi, qui ont le malheur de vous faire confiance ! Et lorsqu'il nous prend de choisir une allégeance différente, de penser par nous-mêmes, vous nous accusez de traîtrise et vous nous accablez de reproches... En dehors de vos frères, rien ne compte pour vous.

Il cracha au pied du Templier en y mettant tout le mépris dont il était capable.

— Vous vous emparez même de ce qui ne vous appartient pas et qui est cher aux autres...

Sa diatribe mourut dans sa gorge serrée de déception.

— Oh, Amaury... Baudoin afficha une mine consternée, mêlée de tristesse. Neith n'appartient à personne malgré son statut d'esclave. Pas plus à toi qu'à moi.

Au prénom de la jeune fille dans la bouche de Baudoin, Amaury se sentit accablé d'amertume. L'air fit frémir ses narines et il porta une main tremblante au pommeau de son épée, avant de la laisser retomber mollement.

Il ressentit pendant un bref instant l'impérieux besoin de frapper Baudoin. De l'empêcher à tout jamais de poser son regard sur Neith.

Pour ne pas céder à cette tentation malfaisante, il s'en alla brusquement, abandonnant là le Templier qui secouait gravement la tête.

Amaury ne décolérait pas. Sans vraiment savoir pourquoi, il traversa le bras du Nil et se dirigea vers la ville. Il y régnait une ambiance singulière, mélange de profond ennui et de débauche.

Il erra entre les échoppes bruyantes et les maisons étagées transformées pour la plupart en commerce de boissons ou de chairs. Les femmes, Orientales comme franques, exposaient leurs charmes au-devant des portes, attirant les galants et les soudards, vendant leur nuit pour quelques besants au premier venu.

— Holà ! Chevalier à la Triste Figure !

Amaury se retourna pour voir Hébrard, appuyé au coin d'une bâtisse, un gobelet de grès à la main et une fille au bras.

Il s'approcha de son ancien ami.

— Alors ? On ne fait plus la fine bouche maintenant ? Tu en as eu assez de tes moines et de leurs salamalecs ?

Hébrard, déjà passablement ivre, éclata d'un rire tonitruant. La puterelle à ses côtés gloussa en se lovant un peu plus contre lui. Ils avaient l'air de se connaître.

Amaury poussa un long soupir.

— Ces... moines sont surtout de fieffés comploteurs !

Hébrard haussa les épaules et lâcha la fille un instant.

— Je te l'avais dit, bel ami ! Se prétendre moine et chevalier, c'est incompatible, tout simplement. Le pape et le patriarche de Jérusalem ont beau accepter ça, c'est contre nature. Ça mène à la tromperie et au mensonge, voilà tout ! Si tu veux mon avis, cela finira mal un jour, ces Templiers sont beaucoup trop arrogants. Et trop riches.

Il lui flanqua une claque sur l'épaule qui ne fit même pas réagir Amaury.

Il se sentait las et tout à la fois énervé. La chaleur l'accablait, il voulait un exutoire. N'importe quoi, pourvu qu'il parvienne, ne serait-ce qu'une minute, à oublier Baudoin, le Temple, Artois... Et surtout Neith.

— Je sais bien ce dont tu as besoin, moi, poursuivit Hébrard en ramenant la fille contre lui et en lançant un clin d'œil appuyé à Amaury.

Elle éclata d'un petit rire clair.

Le jeune homme regarda la compagne de son ami. Elle semblait jeune, mais déjà fanée par les nuits blanches passées dans les bras de n'importe quel homme. Sa peau ne manquait pas de fraîcheur, mais ses yeux vitreux et sans âme paraissaient comme morts.

Amaury secoua la tête. Il ne pouvait pas la mépriser ainsi. Que savait-il de sa vie, de ses choix ou des malheurs qui l'avaient jetée, là, aux abords d'un bordeau, dans un pays inconnu ?

De très nombreux chevaliers et même de nobles seigneurs s'égaillaient dans Damiette la nuit venue, sans que cela ne nuise à leur réputation. Hébrard lui-même paraissait heureux ou au moins détendu. Pourquoi devrait-il s'infliger la règle d'un ordre dont il n'était pas membre ? Pourquoi ne pas faire comme tout le monde ?

L'absurdité de sa situation le submergea. Il saisit Hébrard par le bras et les deux gaillards pénétrèrent dans la taverne.

Quelques heures plus tard, passablement gris, Amaury était allongé sur une couche souple, à même le sol, au milieu des coussins et des étoffes légères. La rumeur de la ville lui parvenait comme assourdie.

Devant lui, une jeune femme aux longs cheveux bruns et bouclés ondulait avec grâce, se dissimulant dans les voiles.

Dans son ivresse qui montait, Amaury imagina que c'était Neith. Elle dansait dans la pénombre, les flammes des bougies ombrant son corps ferme. Il avait déposé les pièces d'or sur la table et elles lançaient des éclats dorés dans l'obscurité.

Elle s'approcha pour se plaquer contre lui et Amaury éprouva pour la première fois la douceur de la peau d'une femme. Il ferma les yeux, pensant à la belle Égyptienne qu'il aimait tant.

Il passa distraitement une main sur ses fesses rebondies, la promenant lentement vers le creux de ses reins. Elle frissonna. Il se redressa, remontant le long de son dos, laissant couler entre ses doigts la longue masse de sa chevelure. La jeune femme sentait la sueur, une sueur âcre, qui éloignait ses pensées de l'Égyptienne, de sa peau à l'odeur de soleil. Les cheveux de Neith exhalaient toujours le doux effluve grillé de l'huile d'argan qu'elle y passait pour les assouplir.

Amaury perdait le fil de son fantasme. Il se laissa complètement aller entre les mains expertes de la professionnelle et s'abandonna dans un dédale de plaisirs, s'enfonçant dans les méandres d'un amour tarifé.

Une fois fait, il roula sur le côté et tenta de reprendre son souffle. Il se sentait apaisé, au moins en corps, sinon en esprit. La jeune femme se redressa sur un bras et entreprit de se coller à lui, mais il la repoussa doucement. Elle n'insista pas et se dirigea vers un coin de la pièce où une aiguière trônait sur un coffret fermé. Elle versa l'eau dans une coupelle et effectua une toilette rapide avant de regagner la couche.

Amaury se sentait un peu nauséeux et ne voulait pas bouger. Il se tourna vers elle en grognant.

Elle comprit immédiatement son inquiétude et lui sourit.

— Repose-toi, mon beau sire. Avec ce que tu m'as donné, tu peux ronfler ici tout ton saoul !

Elle caressa les boucles châtaines du chevalier en murmurant une petite comptine dont il ne saisissait pas les paroles. Bercé par la voix douce et les vapeurs de l'alcool, il s'endormit promptement.

Amaury n'était pas reparu depuis plusieurs jours et Adam s'inquiétait pour son ami. Il l'avait cherché, sur les berges, dans le camp, dans les échoppes bordant le pont, mais il ne l'avait trouvé nulle part. Le garçon se rongeait les sangs.

Pour se distraire, il apprenait de Neith le pouvoir des plantes qui poussaient aux abords du fleuve et dans le delta.

Il savait que l'on pouvait tirer du papyrus un papier de qualité, mais les longues tiges filandreuses pouvaient aussi servir à tisser des liens et tenir des pansements ou des attelles. Les herbes aquatiques possédaient de nombreuses vertus. La boue du Nil calmait les inflammations et les phlegmons. L'huile de chanvre constituait un excellent sédatif et même un anesthésiant puissant, selon les doses.

Après une grande méfiance qui les avait séparés, Adam était revenu à des sentiments plus sympathiques pour l'Égyptienne.

Ils devisaient souvent, parlant beaucoup de soins et de médecine et Adam la considérait à présent presque comme une apprentie.

Il lui avait confié l'affection des yeux qui atteignait Baudoin et elle prenait très au sérieux le sujet, fouillant dans sa mémoire et demandant aux mires de son peuple s'il existait quelques remèdes pour aider le Templier.

Un après-midi très chaud, alors qu'Adam et Neith triaient des feuilles de consoudes pour confectionner des emplâtres, Amaury parut à l'entrée de la tente.

Adam se leva d'un bond.

— Amaury! Enfin! Je t'ai cherché partout! Où étais-tu?

Le chevalier lui lança un regard empreint de mépris.

— J'étais avec des amis. De vrais amis, des chevaliers, comme moi.

Le garçon recula sous la phrase assassine. Jamais Amaury ne lui avait parlé aussi durement.

Il semblait changé. Ses cheveux et sa barbe étaient sales, son visage fatigué.

Il écarta le jeune homme d'un geste et se dirigea vers les panneaux qui dissimulaient ses affaires. C'est à ce moment qu'Adam vit, sur le seuil, Hébrard qui le regardait d'un air amusé.

Il comprit qu'Amaury avait passé tout son temps en débauche avec celui-ci et secoua la tête.

Au bout de plusieurs minutes, il reparut avec son paquetage, l'épée au côté.

— Que fais-tu donc? Où vas-tu? souffla Adam.

Amaury se retourna.

— Ce n'est pas bon, pour un chevalier comme moi, de demeurer loin des siens. Le comte Aimery m'offre une tente, des pages, un écuyer et deux autres chevaux. Je pars m'y installer, le temps que l'Ost se mette en branle et que nous allions prendre Le Caire.

— Mais, balbutia le jeune homme, nous devons rester ensemble.

— Ah oui ? En quel honneur ? Selon la règle du Temple ? Nous ne sommes pas des frères. Et si tu veux que je dise tes vérités, jamais tu ne seras accepté dans l'Ordre. Baudoin se sert de toi, comme il s'est servi de moi. Il te garde tant que tu lui es utile, mais n'espère rien de lui après.

— C'est faux ! Il t'a toujours traité en égal. Enfin, Amaury, nous sommes tes amis...

— C'est la pure vérité ! Je prends juste sur moi de me retirer le premier. Et puis je te l'ai déjà dit, tu ne peux pas comprendre, tu n'es pas chevalier. Tu n'es même pas noble. Ces questions te dépassent. Retourne à tes onguents, ça vaudra mieux pour toi.

Adam baissa la tête. Il ne pouvait l'empêcher de partir. Il tenta toutefois un dernier recours.

— Attends au moins que Baudoin revienne.

— Pourquoi ?

— Je ne sais pas... Pour le saluer ?

— Il n'est ni mon maître, ni mon suzerain, ni mon père. Je ne lui dois rien, pas plus qu'à l'Ordre. J'appartiens au roi. Je lui ai toujours appartenu.

Amaury allait s'en aller pour de bon quand Neith se pendit à son bras, le regard implorant.

— S'il te plaît ! Reste avec moi !

Amaury la toisa avec mépris. Il en avait fini avec cette diablesse qui se refusait à lui et préférait un vieil homme. Il la repoussa violemment et elle chuta sur le sol dur. Adam se précipita les larmes aux yeux, pour aider la jeune femme à se relever.

— Reste là, avec celui que tu aimes tant. Tu n'as qu'à le servir, j'en ai terminé avec toi.

Amaury laissa tomber ses mots en les regardant de toute sa hauteur. Puis, il tourna les talons et les quitta pour rejoindre Hébrard. Le panneau de la tente dissimula leurs silhouettes massives qui s'éloignaient dans la chaleur.

Quand Baudoin rentra, il trouva les deux jeunes gens assis côte à côte, la mine basse.

— Eh bien, mes enfants, quels tristes visages vous arborez là ! Que se passe-t-il ?

Adam se sentait incapable d'expliquer les choses au Templier, aussi Neith prit les devants et raconta la scène.

Baudoin resta un instant debout puis se joignit à eux, sa face de marbre n'indiquant aucune des émotions qui l'étreignaient en son for intérieur.

— Amaury a raison sur un point, il appartient à ses suzerains. C'était son choix de demeurer auprès de nous, par pure amitié, mais cela ne pouvait durer. C'est contraire à toutes règles et nous le savions bien. Et puis… Il regarda Neith dans les yeux. Il ne pouvait éternellement lutter contre ses sentiments. Cela le blessait trop.

— Vous voulez dire que c'est de ma faute ? demanda Neith, la voix basse.

— Non, pas complètement. J'ai de grands torts en cette affaire, moi aussi. Je n'ai pas su le traiter à sa juste valeur, pas su le guider dans ses moments de faiblesse. J'ai mal joué mon rôle, j'aurais dû faire plus attention.

Adam reniflait. Le soir, ils dînèrent tous les trois dans une ambiance morne.

Alors que le garçon s'occupait de baigner les yeux irrités du Templier, celui-ci lui saisit la main et le fit asseoir près de lui sur sa couche.

Ce geste n'était pas habituel et Adam comprit qu'il voulait lui confier quelque chose d'important. Il écouta en silence la confession du croisé.

— Il y a des années, commença Baudoin, avant que j'entre dans l'ordre, j'ai fréquenté, en notre castel sur nos terres de Provence, une belle jeune fille. Elle était pâle et blonde et sa peau était douce comme celle des abricots gorgés de soleil. Nous nous aimions. Mais elle était fille du meunier, une vilaine. Et moi, troisième fils de ma famille. On nous a séparés. Un jour, des frères du Temple sont arrivés chez nous. Ils voulaient fonder une commanderie, sur les terres d'un vassal de mon père qui venait de mourir. Toujours est-il que, pendant plusieurs mois alors que j'aidais à construire cette commanderie en tant que novice, j'ai passé mes nuits avec cette fille.

Adam se taisait, stupéfait par ces révélations. Le Templier qui avait pour lui toujours été celui qu'il était : sage et mesuré et dévoué à l'ordre. Apprendre qu'il avait vécu avant cela le sidérait. Il ne prononça pas un mot, sentant que les confidences n'étaient pas terminées.

— Le jour où je suis devenu frère, elle a donné la vie à mon enfant, un garçon. Je n'ai pu le tenir dans mes bras, on me l'a rapporté. Le lendemain, je partais pour la Palestine. Je ne l'ai jamais revue et n'ai pas connu mon enfant. Je ne sais même pas s'il est vivant. Alors, quand Amaury est venu à moi… J'ai cru que Dieu m'envoyait un fils, un fils que je pourrais éduquer et conseiller, un fils qui prendrait ma suite dans l'ordre après ma mort. Un garçon… Que je pourrais aimer comme tel. Mais j'ai échoué une fois encore. Je sens que ma fin approche, ce pays sera ma tombe. Je n'aurai qu'un seul regret au crépuscule de cette vie : ne pas avoir su dire à Amaury combien il compte pour moi.

Des larmes roulèrent sur les joues du Templier et Adam lui-même si sensible, ne put retenir les siennes tant la détresse de Baudoin le touchait. Car l'Ordre, loin de fabriquer uniquement des moines et des guerriers, était avant tout composé d'hommes de chair et de sang.

Adam se remémora son père, Geoffroy. Il songea aux hauts murs de Castel Pèlerin qu'il ne reverrait jamais et pleura pour de bon sur l'épaule du Templier.

*

À la fin de novembre, l'Ost se mit en marche conformément à la volonté de Louis, que le conseil avait approuvée.

On laissa les femmes à Damiette et la reine Marguerite, enceinte, se vit confier la gestion de la ville et son maintien au nom du roi. Le Temple assurait l'avant-garde comme cela avait été décidé et Baudoin allait au côté du grand maître et de Renaud de Vichiers, maréchal de l'ordre.

Ils essuyèrent une première escarmouche avec une bande de cinq cents hommes du sultan en aval de Damiette, peu de temps après leur départ.

Les Templiers massacrèrent méthodiquement ces Turcs et l'armée put avancer sans autre dommage, les rumeurs de ce carnage courant jusqu'au Caire. L'Ost parvint enfin devant la fameuse cité fortifiée d'Al Mansoura et l'on installa le camp sur la rive opposée. Seul un des immenses bras du Nil séparait les croisés de la ville, le bahr Al-Saghîr.

Le terrain, situé entre deux chenaux de l'imposant fleuve, était marécageux et couvert de roselières et de champs inondés par la crue. Les soldats et chevaliers s'enfonçaient dans le limon et l'on y plantait difficilement les tentes. Impossible aussi d'y ménager les fossés pour défendre le campement.

En face, la résistance turque s'organisait et des hordes de combattants et d'engins furent amenées depuis Al Mansoura pour empêcher les francs de franchir le Nil.

Amaury suait sang et eau, comme tous les autres, pour aider à édifier le campement. Ses bras lui faisaient mal à force de creuser et de charrier de lourds madriers.

Le roi avait ordonné la réalisation d'un large pont pour joindre la rive opposée et avait confié la conception de chats châteaux[39] à Jocelin de Cornat, son maître ingénieur. Ces galeries couvertes pour protéger sapeurs et constructeurs nécessitaient un grand emploi de bois qu'il

---

[39] Les chats sont des galeries couvertes, montées sur roues, destinées à permettre la progression des hommes à l'abri. On combinait cette galerie avec une tour roulante, pourvues de plateformes protégées permettant de lancer des projectiles et de protéger la galerie, d'où le nom de « chat châteaux ».

fallait transporter. Les sabots des chevaux s'enfonçaient dans la terre meuble et bien souvent l'acheminement se terminait à dos d'homme.

Les vilains seuls n'y auraient pas suffi, tous prêtaient main forte. L'on vit même le roi sillonner le camp, portant à boire et des linges à son peuple.

Sous la chaleur accablante et le soleil cruel, Amaury regrettait plus que jamais la douceur de Jaffa et le bon air maritime qui baignait les côtes de Terre sainte. La sueur dégouttait le long de ses mèches de cheveux qui se plaquaient sur son visage, coulant dans ses yeux.

D'un autre côté, il bénissait ces travaux de force qui lui coupaient toutes pensées.

Depuis qu'il avait quitté la tente de Baudoin, il avait le cœur lourd. Au début, il avait tenté d'apercevoir Neith. Il la suivait de loin, lorsqu'elle partait chercher de l'eau ou accomplir d'autres menues tâches.

Il avait vite cessé, estimant que ce n'était pas là un comportement de bon chevalier. Surtout, cela le blessait plus qu'il ne l'aurait cru. Il avait continué à faire porter des gages à Adam par un des pages d'Aimery, mais n'était pas venu en personne les saluer ou leur parler. Il n'y parvenait pas.

Sa fierté et son orgueil prenaient le pas sur les sentiments qu'il éprouvait pour Adam et Baudoin. La honte faisait le reste, l'empêchant de revenir sur ses paroles.

Une main bourrue lui tendit soudain une outre qu'il saisit. Il but goulûment, le liquide se déversant sur son menton ourlé d'une barbe naissante, dégoulinant sur son torse. Il rendit la gourde en remerciant Hébrard. Son ami ne l'avait pas quitté ou presque. Cette présence le réconfortait quelque peu, de même que les rares conversations avec Guilhem. Mais ce n'était pas pareil.

Les longues discussions au coin du feu, les propos énigmatiques et les enseignements parfois sibyllins du Templier lui manquaient cruellement.

Le Temple aussi se chargeait de la protection des chats et Amaury avait tenté d'apercevoir Baudoin, espérant qu'il ne serait pas blessé.

Les sarrasins harcelaient les croisés à l'aide de leurs pierriers[40] postés sur la rive, en face.

---

40 Canon ou bouche à feu primitive pouvant lancer des boulets de pierre.

À la vue de ces machines, les chevaliers éprouvèrent un grand émoi, redoutant les armes de jet. Les Turcs s'en servaient pour leur expédier, souvent de nuit, des salves de feu grégeois[41] pour brûler les chats et réduire leur effort à néant.

Les engins envoyaient à plusieurs pieds dans les airs des récipients de terre cuite et une lueur bleue, très claire, en sortait, produisant un sifflement atroce qui déchirait l'obscurité.

À plusieurs reprises, Amaury avait assuré la garde de nuit avec le détachement du comte d'Artois et avait assisté à ce spectacle d'une beauté terrifiante.

Les grenades emplies de substance inflammable fendaient le ciel en l'éclairant comme en plein jour. Une odeur âcre s'élevait telle qu'elle irritait les poumons et vous faisait suffoquer.

Le feu maléfique brûlait tout sur son passage, hommes, bêtes et bâtiments. C'était une vraie malédiction, car les flammes montaient inexorablement et ne s'éteignaient pas lorsque l'on y jetait de l'eau.

La peur régnait dans le camp quand tombait la pluie mortelle et les prières n'y changeaient rien.

Amaury désespérait souvent. Il se demandait si l'armée pourrait donner un assaut sur Al Mansoura, car tous les chevaliers commençaient à être durement éprouvés et fatigués. Le climat inhabituel de ce pays n'aidait en rien. Le soir, il claquait des dents sous sa tente, tant la température baissait, le froid se renforçant sous l'humidité qui montait du fleuve.

Le temps s'allongea, d'escarmouche en escarmouche. La construction du pont avança lentement.

Alors qu'il prenait un peu de repos quelques jours avant les grandes fêtes de la nativité du Christ, Amaury vit Guilhem venir à lui. Il avait depuis longtemps confié au maître d'armes l'affaire de la missive et les décisions qui s'en étaient suivies.

— Le bon jour Amaury.

— Le bon jour Guilhem. Alors, quelles nouvelles ?

— Une nouvelle qui changera sûrement le destin de notre croisade : Al Salih Ayyub, le sultan, est mort.

---

41 Le feu grégeois était une composition chimique servant à remplir des engins incendiaires. Connu et employé depuis l'antiquité et ayant fait la renommée de l'armée byzantine il brûlait même sur l'eau. La composition réelle du mélange de l'authentique feu grégeois n'est pas connue, mais le naphte devait y figurer en bonne place.

— La peste soit de ce barbare ! C'en est bel et bien fini des espoirs de négociations maintenant.

— Hélas, mon jeune ami. On raconte aussi qu'un Bédouin a indiqué à Sa Majesté où placer le pont sur le gué de ce fleuve et cela ne me dit rien de bon. Je n'aime pas ces traîtrises trop manifestes. Toujours est-il que cela va nous faire avancer plus vite.

Le chevalier se prit la tête dans les mains, ressentant une culpabilité plus grande que jamais. Par sa faute, par sa jalousie, l'Ost allait devoir livrer bataille. Il gardait tout de même un espoir au fond de son cœur. Les sarrasins allaient peut-être se trouver désorganisés ou fuir à cette nouvelle.

— Il n'y a plus de retour en arrière mon ami, laissa tomber Guilhem dans un souffle. Nous allons devoir vaincre ou mourir.

Chapitre II

Al Mansoura, 8 novembre 1249

Non ! Rugit Guillaume de Sonnac en regardant les deux cavaliers s'éloigner au galop vers la ville, se jetant à la tête des soldats turcs en hurlant « Or à eux, or à eux » !

Il pesta et rassembla ses frères.
Une fois le pont terminé, le roi avait demandé au Temple d'avancer dès que l'Ost aurait mis un pied sur la rive opposée du côté d'Al Mansoura. Le comte d'Artois et ses hommes, parmi lesquels ce Foucault du Merle qu'il voyait cavaler dans la poussière, tenaient le second corps d'armes. Mais les deux nobles, pris d'une folie guerrière qu'ils n'étaient pas parvenus à maîtriser, s'étaient soudain élancés vers les ennemis qui fuyaient vers Le Caire, avec leurs propres gens. Ils hurlaient comme des damnés et l'on entendait leurs cris dans le fracas des engins de jet et des tambours sarrasins.

Sonnac regardait le carnage avec un mélange de pitié et de rage. Le comte d'Artois et sa compagnie étaient perdus. Ils allaient pénétrer dans la ville et la conquérir, mais seraient ensuite piégés entre les rues étroites et les maisons en torchis. Les murailles deviendraient leur tombeau.

Il se tourna vers ses frères.

— Mes frères ! Harangua-t-il de sa voix tonitruante. Le comte d'Artois nous a fait affront en prenant la place qui nous revenait dans cette bataille, et ce, bien trop tôt ! Je le crois, lui et ses hommes, perdus.

Que faisons-nous, mes frères ? Retournons-nous auprès du camp du roi ? Ou aidons-nous ces inconscients ?

Des clameurs s'élevèrent de l'assemblée des pauvres chevaliers du christ, qui hurlaient sus à l'ennemi turc. Sonnac leva son épée.

— Fort bien, il ne sera pas dit ni écrit que le temple a laissé des hommes mourir ! Allons, pour le Christ !

Les trois cents Templiers reprirent en chœur le cri de leur grand maître et fondirent sur les troupes sarrasines tel un rouleau d'acier qui emportait tout sur son passage. La chaleur était accablante, le sable de la plaine se soulevait sous la charge. Les flèches crépitaient sur le métal des écus comme une pluie sinistre.

Partout, des hommes tombaient et le sang recouvrait la terre. Les hurlements des mourants que les sabots des chevaux broyaient, enfonçant leurs côtes, martelant les crânes, produisaient une musique macabre.

Les lances crevaient les corps comme des outres, écrasant la masse des fantassins, ne laissant sur place que des amas de chairs sans vie.

Les cavaliers parvinrent à la ville et rejoignirent enfin les troupes du comte d'Artois. Sonnac s'approcha. Robert jubilait, assis sur son destrier, une rondache[42] à la main et la lame rougie.

— Sire, vous avez commis là une grave erreur. Vous auriez dû attendre que nous donnions l'assaut, nous étions chargés de prendre la tête, vous le saviez.

— Allons, Sonnac ! Ne me servez pas votre orgueil mal placé et regardez plutôt ! À nous seuls, nous avons pénétré dans Al Mansoura, la ville est à nous !

Dans les rues alentour, les cavaliers chassaient les infidèles qui fuyaient par l'autre entrée de la cité, vers Le Caire.

— J'ai peur que cela ne dure pas, comte. Les sarrasins ne se laisseront pas si facilement ôter le pain de la bouche, ils vont revenir depuis Le Caire, tout près. Cette ville est une souricière et nous en sommes les rats !

— Allons donc, regardez comme cette racaille décampe devant nous ! Il se tourna vers un chevalier proche de lui.

---

42 Grand bouclier rond utilisé dans les combats au corps à corps. Les Écus sont destinés à la parade.

— Toi ! Retourne vers le fleuve et trouve un homme du roi pour lui dire qu'Al Mansoura nous appartient et que nous avons besoin que des renforts nous joignent ! Va !

Le cavalier tourna bride et détala à travers les ruelles, son cheval enjambant les monceaux de cadavres.

Une odeur de chair cuite et de sang en décomposition ne tarda pas à monter et toute la ville ne fut bientôt plus qu'un charnier puant sous le soleil ardent. Loin dans le ciel d'un bleu transparent, les vautours se mirent à tournoyer.

Sonnac écoutait. Il avait fait porter une centaine d'hommes vers la porte du Caire.

On rapporta à Artois que l'on avait tué l'émir Kahreddin, qui commandait la place, durant l'assaut. Alors qu'il ôtait son heaume d'or et d'argent, il se retourna fièrement vers Sonnac.

— Vous voyez, Sonnac, aucune raison de vous en faire ! Nous avons décapité cette hydre et la cité est à nous ! Victoire ! *Deus Vult* !

Il brandit derechef son épée à la ronde et ses fidèles l'acclamèrent comme s'il avait mis la ville à sac à lui seul.

Sonnac demeurait inquiet, les hydres possédaient plusieurs têtes. Il attendit les rapports de ses hommes. Il mit pied à terre et un novice lui apporta une outre pour qu'il s'abreuve. Il s'assit sur une poutre, l'oreille aux aguets. La rumeur des combats que menait le reste de l'armée près du fleuve leur parvenait avec des sons étouffés. La bataille faisait rage, le roi ne se porterait pas immédiatement vers eux. Six mille mamelouks occupaient la rive avant d'atteindre Al Mansoura.

Il tentait d'identifier, dans cette cacophonie de trompes et de fracas de lames, des bruits du côté du Caire. Il s'inquiétait grandement de ce que les Turcs les prennent au piège dans la ville.

L'avenir ne tarda pas à lui donner raison.

En revenant vers Le Caire, le gros des Turcs rejoignit le reste de leur armée. À sa tête un jeune et ambitieux officier nommé Baybar était bien décidé à ne pas laisser les francs avancer sur la capitale ayyoubide.

Sonnac contemplait le ciel qui rosissait en cette fin d'après-midi quand il entendit soudain le tonnerre des sabots frappant la terre des champs alentour et le son des trompes de combats sarrasines. Il se redressa vivement. Les chevaliers regroupés autour de lui firent de même.

À l'extérieur de la ville, Baybar conduisait les troupes du sultan, son cheval galopant à vive allure devant le gros de la horde. Des machines de jet imposantes les précédaient.

Sonnac renvoya un messager à la porte du Caire. Il attendit plusieurs minutes, mais celui-ci ne revint pas.

Le grand maître craignait le pire. Il remonta à cheval, demanda à ses frères de se tenir prêt pour un ultime assaut et se lança à la recherche d'Artois à travers le dédale de ruelles.

On n'entendait plus que la rumeur venue du dehors. Une fumée sombre s'éleva avec le vent, une fumée qui dégageait une odeur particulière que Sonnac reconnut immédiatement. Il talonna sa monture, la manœuvrant comme il pouvait dans l'écheveau de la ville, quand un bruit sourd retentit. Une ombre immense fendit le ciel.

Il leva les yeux juste à temps pour voir passer un énorme madrier, lancé depuis les machines de jet turques, s'écraser quelques mètres plus loin, réduisant en poussière habitations en torchis et toitures. Il appela ses chevaliers derrière lui, mais le vacarme couvrait sa voix. Il tourna à droite à l'intersection suivante, mais des monceaux de gravats lui barrèrent la route. À travers le voile de débris, il distingua des corps broyés par le poids de l'effondrement.

Il fit reculer son destrier. Il devait absolument trouver Artois et du Merle et les forcer à ordonner la retraite.

Une poutre tomba à nouveau devant le Templier avec un fracas assourdissant. Son cheval, désorienté et gagné par la peur, le jeta à bas. Sonnac se releva péniblement. La victoire éclatante de tantôt se transformait en une sanglante défaite. Tout autour de lui, des morceaux de bois, des enchevêtrements de linteaux pleuvaient sur les soldats. L'odeur de chairs brûlées se répandait partout à présent.

La confusion était telle que personne ne pouvait dire qui commandait encore les francs engouffrés dans le guet-apens qu'était devenu Al Mansoura.

Le grand maître rassembla le peu de vigueur qu'il avait et partit en courant à la recherche du reste de son ordre, vers les champs du côté du Caire, à la sortie de la ville.

Son instinct de combattant ne l'avait pas trompé, il tomba plusieurs fois nez à nez avec des habitations que dévorait ardemment un feu surnaturel. Les sarrasins avaient utilisé le feu grégeois, coupant la retraite. Il devait absolument trouver Artois. Mais où pouvait donc se cacher le frère du roi dans cette déconfiture ?

Il finit par déboucher sur une place ou une centaine de Templiers restants tentaient de maintenir une immense porte de bois que le gros des troupes de Baybar s'efforçait d'enfoncer.

À l'écart, sous l'abri d'un mur à demi écroulé, un éclair bleu et doré attira son regard. Il s'y précipita, l'épée dans une main, la masse dans l'autre. Son cheval avait malheureusement emporté sa targe.

Il se porta au pied d'un chevalier qui pleurait, les larmes traçant des sillons sur son visage couvert de suie. Il tenait dans ses bras la dépouille d'Artois. Celui-ci était méconnaissable, la mâchoire transpercée par le choc d'une lance sarrasine. La gauche de son visage s'était transformée en une bouillie indescriptible d'éclat d'os et de morceaux de chairs sanguinolentes. Son oreille pendait mollement, détachée du reste du crâne. Sonnac soupira devant le spectacle, la seule faute de cet homme avait peut-être mis à bas les espoirs de la croisade. Le grand maître comprit en cet instant qu'il ne reverrait jamais Jérusalem. Il se signa. Il murmura une prière pour le salut de son âme, mais n'eut pas le temps de s'apitoyer.

Une clameur venant de sa gauche lui indiqua que les chevaliers restants se repliaient sous la violence des assauts turcs. Il les joignit en courant. La vision de leur grand maître galvanisa le petit groupe de Templiers. Ils reprirent quelque peu espoir. On lui porta un cheval encore debout et il leva son arme en hurlant pour que chacun fasse retraite.

Al Mansoura était de toute façon perdue, autant sauver les troupes qui pouvaient l'être.

Au moment où il allait faire demi-tour pour regagner le fleuve et le gros de l'Ost, le peu de croisés restant céda et les musulmans entrèrent dans la ville, exterminant ceux qui résistaient.

Il vit arriver l'un d'entre eux et se prépara à l'affronter, arme en avant. Sonnac conserva son assise malgré la puissance du choc. Son adversaire gisait à terre. Le grand maître, mû par une force irrépressible due à ses années de combat, s'approcha pour l'achever. Alors qu'il était penché sur sa victime et levait un bras vengeur, le sarrasin se saisit de sa lance brisée et la lui planta dans l'œil droit. Sonnac recula en hurlant, lâchant sa masse d'arme pour tenir son globe transpercé. Il tua le turc d'un coup d'épée.

Pendant ce temps, les derniers de ses frères s'étaient portés vers lui. L'un d'eux, le voyant s'affaisser sur sa selle, le cruor[43] se répandant sur le cuir épais, empoigna l'animal par la bride. Ils s'enfuirent à travers le labyrinthe des rues, où grondait un brasier de poussière et de cendres.

---

43 Sang.

*

Al Mansoura, 11 novembre 1249

Baudoin patientait, contemplant la masse informe et mouvante des Turcs, en face, sur la rive opposée.

Il les dénombra rapidement et estima leur nombre à au moins sept mille hommes.
De leur côté, les francs avaient déjà perdu nombre d'hommes, par la bêtise et l'arrogance de Foucault du merle et du comte d'Artois. La bataille près du Nil n'avait pas non plus prospéré. Au contraire, les Turcs avaient réussi à réunir leurs forces et obtenir, grâce à cet audacieux officier mamelouk nommé Baybar dont la réputation parvenait jusqu'au camp franc, des secours du Caire. L'arrivée de Tûrân Shâh, leur nouveau sultan, les avait galvanisés.
Il soupira. Rien ne servait de pleurer sur le lait renversé.
Il contempla du coin de l'œil Amaury, posté plus loin dans le corps d'homme de Joinville auquel il avait prêté hommage vassalique après la mort d'Artois. Le jeune chevalier faisait face avec dignité sur son destrier, ne laissant voir ni peur ni doutes. Certains de ses camarades n'avaient pas cette maîtrise et vomissaient violemment sur leur selle.
Baudoin ressentit de la fierté, il aurait tant voulu combattre à ses côtés. Il esquissa un mouvement, il désirait lui dire ce qu'il éprouvait en cet instant, combien leur fâcherie lui pesait. Il aurait aimé lui expliquer que c'était un malentendu, que jamais il n'avait porté d'intérêt à Neith, que pour lui leur amitié comptait plus que les femmes, plus que l'Ordre même. Plus que tout.
Il voulait lui dire qu'il le considérait comme son propre fils, ce fils qu'il n'avait pas élevé…
Les trompettes sonnèrent et l'on appela leur corps de bataille à charger les ennemis. Sa main retomba sur les rennes, inerte.
En face, les sarrasins firent donner les tambours de guerre et l'air se remplit de vrombissements assourdissants.
Baudoin plissa les yeux sous le soleil ardent, y voyant de moins en moins bien. Il se maudit de ne pas avoir suivi à la lettre les recommandations d'Adam.

Le Templier connaissait son métier, fait d'armes et de clameurs sanglantes. Il chargea les fantassins que les Turcs avaient envoyés à pied en premier. Face à la cavalerie franque, ils n'avaient pas beaucoup de chances, mais attaquaient avec toute la foi placée dans leur Sultan.

Il en faucha un net, le tranchant quasiment en deux de sa lame.

Il avança ainsi, lardant les uns et les autres sans distinction, enfonçant sa lance dans les corps qui tombaient autour de lui.

La bataille soulevait tant de poussière et de sable que le ciel en était obscurci. Une fumée qui vous brûlait la gorge s'élevait des grenades enflammées par le feu grégeois.

Tout en attaquant les Turcs, Baudoin tentait de conserver un œil sur Amaury. Le jeune chevalier frappait lui aussi, nettement et régulièrement, comme on le lui avait appris,

Baudoin s'efforçait de ne pas s'éloigner du grand maître, mais le tumulte environnant lui faisait craindre de le perdre.

Malgré la cécité de son œil droit, Sonnac cognait avec une précision meurtrière les sarrasins qui osaient l'approcher. Le grand maître se promit qu'il ne mourrait pas avant d'avoir emporté autant de Turcs que ceux-là lui avaient pris d'hommes dans Al Mansoura.

Les Templiers, malgré leur affaiblissement, restaient des combattants redoutables. L'avant-garde passait sur les corps de fantassins, ouvrant la voie pour les chevaliers et fondant eux-mêmes sur la cavalerie turque, leur adversaire désigné.

La confusion augmenta alors qu'ils se ruaient sur les premiers cavaliers qu'ils jetèrent à terre à coups de lance.

Baudouin perdit de vue Sonnac. Ses yeux brûlaient, mais il continuait à frapper de droite et de gauche, ahanant sous la chaleur écrasante et l'effort fourni pour tenir son épée et son bouclier.

Soudain, un sarrasin surgit du sable devant lui et larda son destrier au poitrail. Le cheval se cabra avant de s'effondrer sur le côté. Baudoin se libéra juste à temps de ses étriers pour ne pas finir broyé par le poids de la bête.

Il se releva et évita le premier turc qui fondit sur lui dans la poussière, enfonçant sa lame dans son estomac. L'homme s'écroula à ses pieds, aussitôt remplacé par un autre qui subit le même sort. Le Templier se mit à frapper les assaillants régulièrement, méthodiquement, comme un fléau au bras d'un faucheur dans les prés dorés de l'été.

La fatigue gagna les membres de Baudoin, depuis des heures qu'il tuait. Son bras faiblit. Il baissa sa garde juste quelques secondes, pour assouplir son poignet, prendre une respiration. Il releva la visière de son heaume, cherchant Amaury dans la cohue autour de lui, pensant puiser un peu de vigueur dans la vision du jeune chevalier. Une lassitude immense emporta le Templier. Toutes ces batailles, tous ces voyages entrepris pour l'Ordre pour parvenir à ce moment, à cet instant précis. Baudoin sentit que c'était la fin.

Ses yeux malades ne lui permettaient pas de distinguer les visages, tout semblait soudainement se fondre dans un chaos de figures floues, augmenté par la poussière et le fracas des armes qui l'entouraient.

Il lâcha sa rondache, souleva la visière de son heaume pour tenter de mieux y voir.

Une douleur fulgurante sourda de son côté droit et Baudoin tomba à genoux dans le sable.

*

La bataille faisait rage. Amaury était plongé dans un tel marasme qu'il avait peur de tuer un de ses alliés par inadvertance. Son cheval avait disparu, ce qui le chagrinait fort et le contraignait à aller à pied.

La cavalerie turque avait chargé elle aussi avec toute l'agressivité dont elle était capable et désormais le combat se résumait à de grands coups portés les uns sur les autres.

Les lances et les épées s'entrechoquaient sous la chaleur. Le sang rougissait le sable en grésillant, dégageant une odeur de viande avariée qui serait frite sur une plaque en fonte.

Le jeune chevalier frappait au jugé, dès que la figure d'un Turc ou d'un mamelouk se présentait à lui. Il tentait de se frayer un passage dans la masse des corps des combattants, bousculant, taillant.

Son visage et son armure poissaient et seuls ses yeux clairs sous la visière ressortaient dans ce chaos. Il ne savait pas depuis combien de temps il se battait, ses muscles commençaient à devenir douloureux sous le poids des coups et de sa cuirasse. Une sueur âcre le recouvrait, brouillant sa vue autant que la poussière et la fumée soulevées par les combats.

Il se retourna un instant pour voir où était Baudoin.

Il l'avait perdu dès le début, peu après avoir dû mettre pied à terre. Il ne distinguait presque rien de l'Ost, ne reconnaissant personne sous ses masques de guerriers sanglants. Seule, au loin sur une levée de terre, l'oriflamme de Saint-Denis brillait. En dessous, le heaume d'or du roi luisait sous le soleil et marquait le territoire franc. Cette vision lui redonna du courage.

Il se redressa à temps pour éviter le sabre d'un turc qui arrivait sur lui. Il lui porta un violent coup d'estoc qui fendit presque l'homme en deux. Il cherchait toujours Baudoin du regard.

Il lui sembla percevoir un mouvement lent sur la droite du front et cela le désespéra. Il pensa un instant qu'il ne sortirait pas vivant d'un si rude combat. Les Turcs repoussaient les Francs vers le fleuve et bientôt ils n'auraient d'autre choix que de périr par les sabres ou mourir noyés.

Amaury ne voulait pas mourir. Pas ici et pas maintenant, dans cette mêlée sanglante et aveugle, sans n'avoir jamais revu sa terre de Villiers et ses vertes forêts. Sans revoir le beau visage d'Arnaud. Surtout, sans avoir retrouvé Baudoin et lui avoir demandé pardon.

La plus grande confusion régnait, de nombreux chevaliers allaient à pied. Les chevaux, débandés, piétinaient les corps tombés à terre dans leur frayeur. Il apercevait à peine, dans un nuage tournoyant et immense, les compagnons du comte de Poitiers qui se battaient tels des lions contre ce qui restait de la cavalerie turque.

Les hommes du Sultan les repoussaient toujours plus et Amaury pensa que leur salut se trouvait au gué qu'ils avaient traversé.

Il venait d'écraser son poing dans l'estomac d'un sarrasin lorsqu'il ressentit une vive douleur dans l'épaule droite. Un Égyptien avait abattu sa masse sur lui. Par chance pour Amaury, elle avait perdu sa tête en métal, mais le choc du bois épais et durci au feu contre sa chair fit trembler tous ses os et il lâcha sa propre masse.

De son autre main, il enfonça sa lame dans la gorge de son assaillant. Il s'écroula à ses pieds, compressant sa blessure comme pour arrêter le flot vermeil qui s'en échappait.

Amaury se retourna à nouveau pour jauger la situation et soudain il le vit.

Baudoin demeurait là, à quelques mètres derrière lui, à genoux, une immense plaie au flanc. Les lèvres de celles-ci laissaient s'écouler le cruor du Templier, s'épanouissant telle une fleur carmin sur son habit blanc. La visière relevée de son heaume montrait un visage pâle comme la mort, voilé de poussière ocre. Il tenait encore son épée et sa bouche répétait des mots qu'Amaury ne parvenait pas à entendre.

Il se rua auprès de lui.

Il allait l'atteindre quand une douleur fulgurante irradia sa jambe. Il trébucha dans le sable, manquant s'empaler sur un fer de lance brisé.

Il regarda son mollet, la vision obscurcie par un voile de souffrance opaque. Un sarrasin, allongé par terre et sûrement blessé, fouaillait sa chair à l'aide d'une dague courbe, tel un boucher cherchant à séparer la viande de l'os.

Amaury hurla de toutes ses forces, ramena son arme près de lui et l'abattit d'un coup sec sur le crâne ennemi. Des éclats d'os et de cervelles l'éclaboussèrent lorsqu'il la dégagea en soufflant. Haletant, il se saisit du manche du poignard et retira la lame de son mollet en serrant les dents. Il était entaillé dans sa longueur et du sang s'écoulait abondamment de la blessure ouverte, remplissant sa chausse. Amaury rugit encore et parvint à se remettre debout pour se diriger vers Baudoin.

Les autres le bousculaient et il avançait lentement, traînant sa jambe, battant l'air de son épée. L'atmosphère poussiéreuse asséchait sa gorge, sa langue semblait s'alourdir au fond de sa bouche. De petites taches noires dansaient devant ses yeux.

Enfin, dans un ultime effort, il s'affala près du Templier. Baudoin continuait à psalmodier comme un inconscient et Amaury le serra contre lui de toutes ses forces.

— Baudoin ! Baudoin ! Pardonnez-moi ! Pardonnez mon arrogance et mes péchés ! Baudoin... Articula-t-il d'une voix rauque, envahie de sanglots. Ne mourez pas ! S'il vous plaît, Dieu bon ! Sauvez-le... Sauvez-nous...

La plainte s'évanouit dans sa gorge et les larmes se mirent à couler sur ses joues sales.

Alors, mû par une force insoupçonnée, il passa ses bras sous les épaules du Templier et le souleva péniblement. Il marcha en direction du fleuve pour tenter de gagner l'abri des autres chevaliers, du comte de Poitiers ou du duc de Bourgogne. Il ne savait plus. La confusion l'emportait totalement, mais il ne voulait qu'une chose : sauver Baudoin. Le ramener auprès d'Adam.

Il avançait difficilement, traînant le corps inerte, sa jambe le faisant atrocement souffrir, la clavicule à moitié démise. La pensée de sa mort lui traversa à nouveau l'esprit et il se dit qu'il accueillerait ce repos avec plaisir s'il avait la certitude que Baudoin serait sauf.

Après quelques minutes de progression pénible et sans qu'il comprît d'abord comment, son fardeau sembla s'alléger et son allure s'accélérer. Il crut qu'il avait laissé tomber Baudoin, mais il vit, dans le sable tourbillonnant, à travers un heaume d'argent dont la visière était relevée, deux yeux amis qui luisaient dans la chaleur cruelle du soleil.

Son regard glissa sur la cuirasse pour contempler des armoiries qu'il connaissait. Hébrard. Hébrard venait à leur secours dans cette déconfiture inévitable. Dans le chaos grandissant de la bataille, son frère d'armes s'était porté auprès d'eux.

Amaury sentit sa gorge se serrer et une immense gratitude envahir sa poitrine brûlante. Il perçut bientôt la morsure froide de l'eau sous ses jambières et il respira mieux. Sous ses pieds, le sol prit la consistance de planches de bois inégales. Le fracas des armes diminuait, mais ses oreilles bruissaient de sifflements. Il peinait à comprendre ce qui se passait autour de lui, alors il se concentra sur Baudoin.

Le Templier arborait un visage paisible à présent. Amaury porta la main à son heaume et le lui retira. Ses cheveux grisonnants, trempés de sueur, formaient de légères boucles qui collaient à son front. Il l'essuya du mieux qu'il put, dégageant ses yeux et ses lèvres souillés de cendres et de larmes.

Il comprit quelques minutes plus tard que Baudoin ne respirait plus. Le cruor du croisé rougissait le tabard, rejoignant la grande croix écarlate en un mariage funeste.

Amaury ne savait que faire. Il ne pouvait que tenir le corps sans vie sur son unique bras valide, le regard dans le vide. Il entendit vaguement qu'un cavalier se portait à leur côté. Il ne reconnut pas la voix de Joinville.

— Holà, chevalier de Pépieux, est-ce là le jeune Amaury de Villiers ?

— Si fait, Messire, je l'ai aidé, car il portait secours au sire de Sabran... Celui-là est mort.

— La peste soit de ces infidèles ! cracha Joinville. Ils nous prennent encore un guerrier de valeur ! Le grand maître vient de passer, lui aussi... Le chevalier de Villiers est-il vivant ?

— Oui, sire.

— Nous sommes perdus, je crois le dire. Les sarrasins tiennent de près la voie vers Al Mansoura et nul corps de bataille ne peut la pénétrer. Nous devons sauver le roi, les Turcs ont déjà essayé de le prendre et il s'est vaillamment défendu presque seul. Nous allons garder ce pont avec le comte de Soissons, emmenez-le à l'arrière ! Si vous le pouvez, revenez nous aider !

Hébrard acquiesça. Il devait porter Amaury à Adam.

Le jeune chevalier était dans un état second, au bord de l'évanouissement. Il sentit qu'on tentait de le soulever, mais ses mains refusaient de lâcher le corps de Baudoin. Il fallut l'en arracher.

Les larmes coulaient en silence sur son visage, traçant des rigoles dans la poussière et le sang qui le couvraient. C'était comme s'il sortait un instant de lui-même, comme si tout cela ne le concernait plus. Au bout de longues minutes, il comprit qu'on le déposait à terre. Les clameurs s'étaient tues, laissant la place à un calme angoissant et épais. Amaury se crut dans l'antichambre de la mort et remua les lèvres en une prière muette, demandant à Dieu de le pardonner pour sa conduite envers Baudoin.

Adam pénétra dans la tente en trombe, Neith sur ses talons.

Il avait revêtu un tablier qui dissimulait une broigne de cuir. Celui-ci était déjà couvert de sang et de tripailles. Il se précipita vers les deux croisés.

— Amaury ! cria-t-il en apercevant le visage de son ami. Oh, Amaury, Dieu nous aide ! Ne t'en fais pas, on va s'occuper de toi.

Hébrard le salua. Adam le regarda avec dans les yeux une lueur de gratitude.

— Merci, chevalier. Avez-vous… Savez-vous où est Baudoin ?

Hébrard secoua la tête en signe de dénégation. Adam ravala ses larmes, comprenant que le Templier était mort.

— Je dois vous laisser, l'Ost m'attend, tous les vaillants doivent se battre. Nous guettons les arbalétriers. Vous allez avoir du travail, vous et les mires.

Sur ces paroles Hébrard sortit de la tente en courant.

Amaury sentit qu'on lui retirait tour à tour son heaume et ses chausses et une douleur fulgurante emplit tout son corps. Il crut que son crâne allait exploser. Il tenta de se relever, mais ses membres ne lui obéissaient plus.

Une fièvre semblait l'envahir et il se mit à trembler de la tête aux pieds.

Une main fraîche se posa sur son front brûlant, tandis qu'on découpait le reste de ses habits. Des murmures apaisants parvinrent à son oreille, mais l'océan de douleur sur lequel il voguait ne lui permettait pas de s'y accrocher.

On porta à sa bouche un liquide froid et amer qu'il but non sans mal.

Quand sa tête retomba en arrière, il sombra dans la noirceur ouatée de l'inconscience.

*

Pendant qu'Amaury succombait à la fièvre, les Turcs s'étaient repliés, avant d'attaquer à nouveau l'Ost de nuit, sur la rive du bahr al Saghîr.

Le répit pour les soldats fut de courte durée. Chaque nuit, les sarrasins profitaient de l'affaiblissement des Francs pour entrer dans le camp, tuer et leur lancer le feu grégeois.

Les châteaux et les engins ne suffisaient plus à les repousser. Les bataillons seuls y réussissaient, mais les hommes tombaient comme des mouches. Les Francs se retranchèrent dans leur quartier, renforçant les fosses et les palissades et le harcèlement cessa.

Amaury émergea lentement d'une marée de souffrance. Il cligna des yeux. Son être entier était en feu, comme si on l'avait enduit de poix brûlante.

Il essaya de relever la tête, mais n'y parvint pas et la laissa retomber en gémissant toujours le nom de Baudoin.

À ce bruit, Neith apparut près de lui et baigna son front avec un linge. Elle le regarda. Son corps couvert d'une fine pellicule de sueur, sa peau écarlate, ses yeux roulant sous ses paupières. Depuis plusieurs jours, il se réveillait en hurlant, proférant des propos incohérents.

Seul le prénom de Baudoin revenait dans son délire brûlant. La jeune égyptienne sentit son cœur se serrer à l'évocation du Templier. Il lui manquait terriblement. Dans son malheur, elle n'avait pas le temps d'y penser, trop occupée à seconder Adam dans sa tâche.

Elle murmura des paroles apaisantes à Amaury, qui finit par se rendormir.

Après plusieurs jours de délire, le chevalier s'éveilla pour de bon. La douleur dans sa jambe le cuisait grandement, mais la fièvre avait baissé.

Il se dressa sur ses coudes et scruta la tente depuis la couche, essayant de rassembler ses souvenirs morcelés. Il crut qu'il faisait nuit, de petites bougies et des calhels brillaient çà et là dans l'obscurité. Il tendit l'oreille.

Il tenta de se redresser plus, mais la souffrance le foudroya et il s'affala à nouveau.

Il attendit, les yeux grands ouverts en contemplant le ciel de l'abri de toile.

Il était durement blessé, ça ne faisait aucun doute. Mais au-delà du coup de dague du sarrasin, tout était flou. L'Ost avait-il passé le fleuve et repris Al Mansoura ?

Où se tenait-il à présent ?

Et Baudoin, allait-il bien ? Et Hébrard ? Il avait de vagues souvenirs du chevalier le ramenant vers le pont, mais son esprit refusait obstinément de le laisser se rappeler la scène en entier. Seules des bribes venaient à lui. Il pensa un instant que son destrier avait dû périr pendant la bataille et cela le peina. La bête l'avait courageusement suivi depuis Villiers, c'était la dernière chose qui le rattachait à sa terre natale. Une larme roula sur sa joue. Que dirait Guilhem s'il le voyait pleurer pour un cheval perdu ! Il se moquerait encore de la trop grande sensiblerie du chevalier. Amaury espérait qu'il allait bien.

Un mouvement vers l'entrée de la tente lui fit tourner la tête à droite, éveillant une vive douleur qui irradia de son cou vers son épaule.

— Amaury ! Tu es réveillé ! Enfin !

La voix claire d'Adam le réconforta plus qu'il n'aurait su le dire. Au moins, le jeune garçon avait échappé au massacre.

Il sourit à son ami. Il le trouva instantanément changé. Des cernes charbonneux ourlaient ses yeux noirs et ses beaux cheveux bouclés, qui voletaient d'habitude autour de son visage comme ceux des héros antiques, étaient attachés en une queue-de-cheval molle et basse. Amaury prononça son nom.

— Adam.

Un murmure rauque monta de sa gorge asséchée.

— Chut.

Le garçon le fit se rallonger d'autorité. Il toucha le front du chevalier et examina sa langue.

— La fièvre a bien baissé, on dirait. Je t'ai remis ton épaule en place, mais le temps que les chairs se referment autour, ce sera douloureux. Pour ta jambe, elle n'est pas encore sauve. La putréfaction ne doit pas y prendre. Nous avons réussi à la maintenir saine, on doit continuer. Ce sera plus simple maintenant que tu es éveillé, le sang va pouvoir y revenir et circuler.

Il parlait vite, d'un ton docte et assuré. Amaury le contempla. Ce n'était plus le jeune garçon, presque un enfant, qui s'était embarqué avec lui pour Saint-Jean d'Acre. Cette pensée le ramena immédiatement au Templier.

— Comment... Comment va Baudoin ?

Une lueur de détresse envahit les yeux du jeune mire, qui tenta d'esquisser un sourire.

— Nous en parlerons plus tard si tu veux bien. Tu viens juste de t'éveiller, tu dois te reposer. Avant tout, bois ça.

Il lui tendit un verre et Amaury avala docilement la boisson amère. Sa tête retomba sur la couche.

— Ai-je dormi longtemps ?

Adam soupira.

— Cela fait une semaine environ. Tu étais cruellement blessé quand on t'a amené. Nous t'avons assommé à l'aide de lait de pavot et de jus de jusquiame, pour que ton corps récupère et que tes humeurs s'équilibrent pendant ton sommeil. Nous procédons comme ça pour les plus grosses blessures. Tu t'es éveillé plusieurs fois.

Une semaine ! Amaury resta stupéfait. Il ne conservait aucun souvenir de ces jours passés dans le brouillard le plus total. Il plissa le nez quand Adam découvrit sa jambe. Un bandage imposant englobait la plaie. Il était teinté de rouge. Adam commença à le dénouer petit à petit et la blessure apparut.

Amaury réprima un haut-le-cœur. Le membre était très enflé. Sur toute la longueur du mollet que le sarrasin avait entaillé, une étrange cicatrice courait.

Adam avait rapproché les chairs déchirées et cousu le tout à l'aide d'un fil fait d'intestin de bovidé séché. La meurtrissure ne semblait plus saigner, mais le bandage demeurait rouge.

Devant son air interrogatif, Adam expliqua :

— Un des apothicaires du roi m'a indiqué une nouvelle méthode pour garder les plaies saines et éviter qu'elles ne pourrissent. On les nettoie avec du vin et de l'eau additionnée d'épices. Lorsqu'elles sont propres, on peut les recoudre, en prenant garde de ne pas y laisser un corps étranger. J'avais déjà appris la suture dans les ouvrages, mais je ne l'ai jamais autant pratiquée que ces derniers temps.

Amaury sourit péniblement en se rappelant les paroles de Geoffroy, à Castel Pèlerin. Il avait convaincu Baudoin de prendre le jeune garçon avec lui, indiquant qu'il pourrait s'avérer utile.

Il ne croyait pas si bien dire, Adam venait certainement de lui sauver la vie.

Il jeta un regard furtif tentant de distinguer une forme familière dans la large tente où s'entassaient les blessés.

Adam vit son manège.

— Qui cherches-tu, comme ça ?

— Je ne vois pas Baudoin, il n'est donc pas blessé ? Je pensais l'avoir aperçu en mauvaise posture, mais j'ai dû me tromper. Après tout, c'est une fine lame et un merveilleux guerrier. Il a mis en déroute toute une escouade de mamelouks à lui seul, dans les monts Carmel, Dieu en soit témoin !

Adam lui lança un regard où se mêlaient surprise et douleur. Une ombre voila ses yeux.

— Quoi ? questionna Amaury. Il repose dans une autre tente, c'est ça ? C'est grave ?

Le silence de son ami l'exaspéra. Il lui agrippa le poignet.

— Où est Baudoin, Adam ? Réponds-moi ! Par Dieu, réponds-moi !

Il avait haussé la voix autant que son état le lui permettait et des grognements s'échappèrent des couches alentour, lui demandant de se taire.

Il reçut les œillades courroucées des mires et des clercs qui s'affairaient autour des autres blessés.

— Baudoin est mort, Amaury.

Adam tenta de prononcer ces mots de la plus douce façon possible.

— C'est toi qui as ramené son corps, avec l'aide d'Hébrard... Il... Il était déjà mort à ce moment-là. D'après le chevalier de Pépieux, il est mort dans tes bras.

Adam termina sa phrase dans un souffle, enserrant la main de son ami dans la sienne.

Amaury resta interdit. Aucune larme ne coula de ses yeux secs. Il regarda une dernière fois son compagnon. Un boulet de métal venait de lui tomber sur l'estomac. Une douleur sourde broyait son cœur, plus forte que celle qui dardait dans sa jambe meurtrie.

Il avait échoué.

Il n'avait pas obtenu le pardon de Baudoin.

Le Templier était parti dans la tombe sans qu'il puisse lui dire combien il était désolé. Combien il avait aimé chaque instant passé à ses côtés ! Chaque enseignement. Chaque bivouac au coin du feu. Le sourire bienveillant de Baudoin surgit dans son esprit en une image vivace, devant une mer calme et paisible, scintillant sous le soleil de Terre sainte.

Il leva une main et le mirage disparut.

Il s'allongea sans mot dire et, rejetant le geste de réconfort d'Adam, barra son front de son avant-bras et pleura doucement.

Amaury supporta mal les jours qui suivirent. Réduit à l'inactivité, il entendait, dans ses rares moments de lucidité, les fracas des armes que l'on amenait, les tentatives désespérées de repousser le harcèlement des mamelouks.

Mais plus que tout, plus encore que la douleur qui lui vrillait le corps à un degré insoutenable, c'était la souffrance d'avoir perdu Baudoin qui rongeait Amaury.

Il sombra dans une mélancolie profonde, mangeant peu, ne répondant plus quand Adam ou Neith lui posaient des questions, ce qui les inquiétaient fortement.

Il restait prostré sur sa couche, le regard plongé dans les toiles, les larmes coulant sans pouvoir les arrêter, sans mot dire, comme s'il était lui aussi dans la tombe avec le Templier.

Adam usait de toute sa science pour le soigner, mais rien n'y faisait. À la vérité, Amaury ne se supportait plus. Il s'en voulait terriblement de ne pas avoir réussi à sauver celui qui, depuis presque une année, lui tenait lieu de père de substitution.

La dépression le gagnait chaque jour un peu plus. Seul Hébrard parvenait à le distraire et à le faire sortir de la prison de son esprit.

Alors qu'il était en proie à ses tourments intérieurs, une violente épidémie attaqua soudain l'armée tout entière, sans que personne ait su la prévenir.

Amaury se mit à prier de toutes ses forces pour que la mort l'emporte enfin, qu'il n'ait plus à vivre avec le poids de sa culpabilité.

Il s'en ouvrit une fois à Neith. La jeune femme le contempla un instant puis le gifla brutalement.

— Comment peux-tu dire cela, c'est indigne de toi ! As-tu seulement pensé à Adam, à la peine qu'il éprouvera ? As-tu pensé à moi ?

Elle avait hurlé les derniers mots et des larmes amères roulèrent sur ses joues douces.

Amaury resta interdit. Après de longues minutes et alors que les sanglots de Neith ne tarissaient pas, il porta sa main jusqu'à sa pommette, effleurant la peau. Neith n'essaya pas de se dégager, continuant à épancher son chagrin contre la paume d'Amaury.

Comme à son habitude, elle se reprit vivement et tourna les talons.

Chapitre III

FARISKÛR, mars 1250

Le camp bruissait en permanence des lamentations des agonisants qui se mêlaient à la brume putride qu'exhalaient les cadavres encombrant le fleuve en amont. Des cris atroces s'élevaient des tentes en lambeaux, où les mires découpaient chairs et membres gangrenés.

Partout, la mort rôdait, avide de nouvelles âmes à emporter. Dans la nuit opaque, une silhouette sombre se mouvait, recouverte d'un mantel protecteur.

L'homme atteignit un auvent et gratta au panneau fermé.

Le front de Neith parut, illuminé par la lueur d'une petite lampe. Elle le regarda et lui fit signe d'entrer. Le chevalier Hébrard se débarrassa de son manteau. Il avait les traits tirés et le visage émacié. Les privations ne le gênaient pas trop, mais la pestilence qui les avait gagnés, c'était autre chose.

Au moins ici, grâce à la science d'Adam qui faisait brûler différentes plantes toute la journée, l'air restait respirable et un peu plus sain. Il regarda ses amis.

Adam reposait sur une des couches, la plus garnie et confortable. Bien qu'il ne soit pas mire de la faculté et encore moins chirurgien, son talent et ses grandes connaissances en faisaient un des médecins les plus réputés du camp. Le roi même était venu quérir ses conseils lors de l'aggravation de l'épidémie.

Harassé par l'immensité de sa tâche, il dormait dès qu'il avait l'occasion et ses amis lui laissaient bien volontiers la meilleure place.

Sur des coussins, à droite, le visage maigre, mangé d'une barbe châtaine, les cheveux graisseux, Amaury adressa un sourire au chevalier.

Il sortait peu, marchait encore très difficilement. Hébrard lui avait fabriqué une canne à l'aide des roseaux du delta, mais les promenades dans le campement, dévoré par la maladie, n'avaient plus aucun charme.

Neith, bien que très amincie, gardait toute sa beauté exotique et sa nonchalance habituelle. Hébrard comprenait à présent pourquoi Amaury éprouvait de tels sentiments pour la jeune égyptienne. C'était une fille exceptionnelle, elle secondait Adam sans jamais se plaindre, effectuant les tâches les plus ingrates, aidant tant qu'elle pouvait ces hommes venus envahir son pays.

Elle aimait accompagner les mourants dans leurs derniers instants. Sa présence agréable et rassurante facilitait le passage vers l'au-delà des nombreux malades. Les prêtres l'avaient bien repoussée au début. Une femme, infidèle qui plus est, ne pouvait approcher les chrétiens expirants par la faute de son peuple.

Ils s'étaient radoucis lorsqu'ils avaient compris qu'elle pouvait faire taire les agonisants les plus bruyants. Ils acceptaient mieux leur sort et l'extrême-onction était moins difficile à administrer.

Adam et elle étaient les derniers à ne pas craindre de se porter au chevet des plus atteints, on finit par les laisser faire.

L'Égyptienne tendit un verre de thé à la menthe fumant à Hébrard qui la remercia d'un sourire chaleureux.

La pestilence avait gagné toutes les eaux autour du campement.

Après la débâcle à Al Mansoura, l'Ost n'était pas parvenu à se reprendre et avait reflué vers Fariksûr. Baybar, démontrant encore sa vive intelligence, avait tiré parti du retranchement des hommes du roi à l'intérieur du village de toile.

Les navires turcs avaient barré le bras du Nil, empêchant tout renfort de venir par la branche de Damiette, ainsi que toute retraite à l'armée franque.

Tûrân shâh souhaitait asseoir son autorité sur ses nouveaux vassaux. Il avait ordonné que l'on jetât dans le fleuve, au niveau du pont construit par les Francs, tous les corps chrétiens que l'on put trouver. Alors, les deux rives s'étaient jointes l'une l'autre en une passerelle immonde de dépouilles gonflées.

Bloqués par les marais et par les planches de bois, les cadavres s'étaient lentement décomposés sous le soleil cruel d'Égypte, infectant toutes les eaux aux alentours.

Une maladie terrible s'était abattue sur l'Ost.

Certains voyaient leurs dents pourrir dans leur bouche. D'autres étaient pris de violents maux de ventre et se vidaient jusqu'à en périr. Une fièvre tierce les consumait, leur peau se desséchait comme du vieux parchemin et la mort les trouvait en quelques jours. À la déshydratation et à la dysenterie se joignit bientôt la famine.

Les navires sarrasins empêchaient non seulement la retraite et les renforts d'arriver jusqu'au campement, mais également les ravitaillements.

Seul un petit bateau du comte de Flandre était parvenu à passer, mais les prix augmentèrent tant que beaucoup ne purent payer même un œuf.

Hébrard buvait lentement son thé. L'eau une fois bouillie et additionnée d'herbe à la façon des Bédouins recouvrait sa salubrité.

Il remercia Neith encore une fois et parla.

— Mes amis, la situation est désespérée. Comme vous le savez, après toutes nos pertes et nos malheurs, le conseil du roi a tenté de relancer les négociations avec les Turcs. Ils proposaient au sultan de lui rendre Damiette s'il laissait partir l'ost et restituait en échange Jérusalem.

Amaury esquissa une grimace amère. Si seulement le roi avait entendu en temps et en heure la solution du Temple, rien de tout cela ne serait arrivé ! Sa part de responsabilité personnelle dans cette affaire lui revint en mémoire et une bile âcre monta dans sa bouche.

— Bien entendu, continua Hébrard, ces chiens ont refusé. On ne peut pas leur en vouloir, ils sont en position de force. Ils poussent leur avantage, chose que nous n'avons pas su faire... Quelle pitié tout de même ! Bref, je suis venu vous apporter une nouvelle capitale. D'ici quelques jours, à l'octave de Pâques, le roi va ordonner l'embarquement de tous les malades sur les nefs. Il veut tenter de fuir entre les lignes ennemies et rejoindre Damiette pour s'y retrancher.

Amaury écarquilla les yeux.

— C'est pure folie ! Jamais les Turcs ne les laisseront passer, ils vont tous se faire massacrer !

— Je sais mon ami, je sais. Mais il n'y a pas d'autre solution que partir et mourir, ou rester ici et pourrir sur place ! N'entends-tu pas les cris abominables de nos compagnons, la nuit comme le jour ? Je ne peux plus le supporter, je préfère encore tomber sous les traits des sarrasins.

Les mains du chevalier tremblaient et Amaury se dit qu'il avait raison. Hébrard poursuivit son récit.

— Je suis venu t'annoncer une mauvaise nouvelle. Encore une. Guilhem a succombé hier à la maladie de l'armée. Mordieu !

Hébrard serra les mâchoires, s'empêchant de se laisser aller à la sensiblerie. Amaury, lui, ne parvenait plus à pleurer. Ses larmes s'étaient comme taries. Il se contenta de murmurer une courte prière pour l'âme du maître d'armes.

— Si je vous parle de ça... Reprit Hébrard, c'est que j'ai peut-être une solution. Certains Bédouins, bien traités, sont acquis à l'Ost. J'ai discuté avec plusieurs d'entre eux du moyen de s'échapper de cette souricière mortelle. Ils peuvent faire venir de petites embarcations de ce côté du fleuve. Plus discrètes, elles passeront les nefs des mamelouks sans attirer l'attention. Plusieurs chevaliers ont déjà rejoint Damiette ainsi. J'estime que nous devrions faire de même, même si c'est risqué.

— Et abandonner l'Ost ? Tu n'y songes pas, Hébrard... Souffla Amaury qui n'en croyait pas ses oreilles.

— Je pense au contraire que c'est une bonne solution et à vrai dire, la seule.

Adam s'était redressé sur sa couche. Assis en tailleur, il dardait sur le petit groupe un regard noir et fiévreux.

— Adam... protesta Amaury.

— Quoi ? N'en ai-je pas assez fait pour l'Ost ? Et toi ? Tu ne peux pas te battre de toute façon et sans mes soins et ceux de Neith, tu serais mort depuis longtemps ! Tu n'as pas le droit de nous condamner pour sauver ton honneur ou ta fierté ou je ne sais quoi !

Amaury recula devant la véhémence de son ami.

— Nous sommes acculés, affamés et encerclés ! poursuivit le jeune médecin. Si nous restons ici, nous allons mourir sous les coups des sarrasins ou sous ceux de l'épidémie qui gangrène le camp ! Et si nous en réchappons, ce sera pour être les prisonniers de nos ennemis et j'ai entendu dire qu'ils ne les traitent pas avec les égards ! Sans famille pour payer nos rançons, nous sommes condamnés à plus ou moins brève échéance. Et puis... je n'ose imaginer ce qu'ils feront à Neith. Je suis de l'avis d'Hébrard, partons tant que nous avons encore le choix !

Amaury se prit la tête dans les mains. La douleur dans sa jambe se réveilla sous l'un de ses mouvements et il serra les dents.

Adam avait raison. Son impotence le rendait inutile, tant au roi qu'à l'armée. Il aurait aimé mourir comme Baudoin ou Sonnac, lors de cet assaut désespéré sur Al Mansoura, désormais inaccessible sur la rive opposée.

Il aurait préféré qu'Adam ne sauve pas sa vie.

Après un temps, Hébrard reprit la parole.

— J'ai déjà lié partie avec un de ces hommes. Moyennant quelques besants, il nous mènera à Damiette sans encombre, tous les quatre. Mais nous devons nous hâter, Pâques sera bientôt là.

Adam acquiesça vivement.

— Quand penses-tu que l'on pourrait essayer ?

Hébrard réfléchit un instant et posa son verre.

— Demain soir, la nuit sera presque sans lune.

Amaury sursauta. Si tôt ? Il comprit en voyant l'air déterminé de ses compagnons qu'il n'avait pas le choix. Il ferma les yeux et s'abandonna sur les coussins. Comme tous les jours depuis qu'il s'était réveillé, un profond découragement l'envahissait. La mélancolie le gagnait et tout s'obscurcissait autour de lui. Les regrets, les erreurs, les pertes qu'il avait subis depuis son départ de Villiers, l'assaillaient, le tourmentaient de jour comme de nuit, le laissant souvent en pleurs et sans force.

Hébrard avait l'air confiant et il ne pouvait pas empêcher Adam et Neith de vouloir sauver leurs vies. Ils n'étaient pas membres de l'Ost. Celui-ci ne faisait que prendre d'eux sans jamais rien leur offrir, pas même un remerciement ou une reconnaissance. Ils étaient à peine mieux considérés que les sarrasins, malgré la patience et le dévouement dont ils faisaient preuve.

Mais lui ? Avait-il vraiment le droit d'abandonner le roi ? Il convoqua en pensée l'image du souverain le jour de son adoubement. Mais ses souvenirs s'effritaient, la poussière du désert et les chairs mortes des cadavres recouvraient ses moments de joie fugace.

— Amaury ?

La voix d'Hébrard le tira de ses réflexions.

— Nous sommes d'accord, Amaury ? Partons-nous demain ?

Le jeune chevalier regarda ses trois compagnons, leurs visages mangés de fatigue, leurs joues creusées de privations, leur air tendu, à bout.

Il payait là le prix de ses mauvaises décisions. Il leur devait désormais de prendre la bonne, pour leur bien.

— Nous sommes d'accord, murmura-t-il dans un souffle.

Le soulagement se peignit immédiatement sur les traits d'Adam. Il lui sourit et se recoucha, exténué.

Hébrard serra son bras brièvement, puis revêtit son capuchon.

— Je viendrai vous chercher dès que je pourrai. La lune est à son dernier croissant, ce sera le moment idéal. De plus, le roi réunit son conseil. Enfin, ce qu'il en reste… Les sentinelles ne devraient pas nous poser de problèmes, je sais par où passer. Tenez-vous prêt après l'office de complies.

Il les quitta sur ces paroles.

Amaury se rencogna sur les coussins, croisant les bras sur son torse. Il sentait ses côtes à travers le tissu de sa chainse sale. Hébrard avait sans doute raison. Mieux valait essayer de se sauver que de rester et mourir de cet atroce mal.

Quant à devenir prisonnier, il savait qu'il ne le supporterait pas. Il frissonna et Neith remonta sur lui le maigre drap dans un geste d'une douceur qui lui fit du bien. Leurs mains s'effleurèrent l'espace de quelques secondes et la jeune femme lui sourit dans la faible lueur. Il la contempla. Au fil des jours, elle avait mûri et toute trace d'arrogance avait disparu en elle. Les morts dont elle se chargeait chaque jour l'avaient changée à jamais. Mais elle restait pour lui l'Égyptienne orgueilleuse et rebelle qu'il aimait tant.

Nous avons tous changé, songea-t-il. Adam, Neith, Hébrard, moi… Nous ne ressemblons plus à ceux que nous étions il y a quelques mois, innocents, présomptueux, conquérants, pleins des rêves de notre enfance.

Les mirages d'orient dissimulaient des écueils acérés sur lesquels leurs convictions et leurs premiers émois étaient venus se briser.

Il ferma douloureusement les yeux et tenta de trouver un sommeil agité, empli de visions cauchemardesques dans lesquelles Baudoin revenait sans cesse.

*

Sous le couvert d'une nuit opaque et liquide, les quatre silhouettes arpentaient furtivement des quais aménagés en bordure de la branche de Damiette. Une brume chaude montant des eaux dormantes dissimulait leurs pas.

Les nefs et les galées échouées sur le limon verdâtre avaient l'air de baleines éventrées. Une puanteur atroce s'élevait de l'aval, charriée par une brise venant du désert. On entendait un sinistre clapot, les crocodiles mutilant sans cesse les corps, profitant de cette manne providentielle offerte par le sultan.

Le petit groupe tentait de se frayer un chemin dans la boue putride, Amaury s'appuyant au bras d'Hébrard pour avancer plus rapidement. Bientôt, une longue barque à voile triangulaire se dessina dans les ombres mouvantes.

Le capitaine de la felouque ne prononça pas un mot à leur arrivée, mais, reconnaissant Hébrard, il tendit immédiatement la main.

Les pièces d'or passant de mains en mains jetèrent un éclat brillant dans les ténèbres. Elles disparurent prestement sous les pans de l'habit du marin. Amaury pria pour que celui-ci ne les balance pas par-dessus bord au milieu du fleuve, puisqu'il était payé d'avance.

Neith embarqua la première. Sous son long manteau emprunté à Amaury, nul ne pouvait deviner qu'elle était une femme. Elle s'assit à l'avant du bateau, sur un petit banc. Adam monta à sa suite, mais le capitaine lui désigna l'arrière d'autorité, où s'amoncelait une masse sombre de ballots et de filets de pêche entremêlés. Le jeune homme se dissimula prestement dessous et devint invisible aux yeux des autres.

Hébrard aida Amaury à grimper, et alors que celui-ci lui tendait la main, il lui agrippa fermement les épaules, planta son regard dans le sien.

— C'est ici que nos routes se séparent mon ami.

Amaury le contempla avec un air d'incompréhension et de panique.

— Mais que dis-tu ? Hébrard, quelle mouche te pique ? Monte dans ce bateau !

Les deux hommes chuchotaient pour ne pas attirer l'attention.

— Je tiens encore debout, je peux me battre, je vais rester et aider comme je peux.

— Mais tu as dit toi-même que l'ost était perdu ! C'était ton idée de partir avant tout le monde, tu as même tout arrangé !

— Je sais. Écoute. J'ai déjà abandonné mon roi une fois, je ne peux pas le faire une seconde. Je me suis mal conduit. Envers toi. Envers le Temple. Envers Adam. Je dois expier mes péchés en me battant.

Amaury secoua vivement la tête. Il ne voulait pas le perdre encore une fois.

À leur côté, le capitaine émit un grognement impatient. L'embarquement durait un peu trop longtemps à son goût et il souhaitait s'éloigner de ce lieu de cauchemars aussi vite que le lui permettraient ses voiles.

— Allons, adieu, mon ami, prononça Hébrard d'une voix enrouée d'émotion. Ah, attends, j'ai failli oublier ! Il tira d'un pan de son mantel une petite bourse usée qu'Amaury ne reconnut pas tout de suite.

— Tiens, Baudoin avait cela sur lui. J'ai pensé que c'était à toi de l'avoir.

Il la tendit à Amaury qui regarda brièvement à l'intérieur et acquiesça. Il sentit sa gorge se serrer. Il prit les mains du chevalier dans les siennes. Ils avaient partagé tant de choses depuis leur rencontre.

— Te souviens-tu de cette échoppe, à Acre, où nous avons bu notre première bière après ton retour d'Arménie ? Je t'attendrai là-bas, dès que j'y serai et que tout cela sera terminé. Je m'y rendrai chaque jour. Nous parlerons encore longtemps de tout cela, toi et moi.

Hébrard acquiesça et lâcha son ami.

Sur les ordres silencieux du capitaine, la petite embarcation quitta la rive en glissant sur le fleuve lisse. Les ombres engloutirent la silhouette massive du chevalier de Pépieux et cette fois, Amaury pensa qu'il n'y aurait pas de retrouvailles joyeuses sur un quai au soleil.

Il rejoignit Adam aussi vite que le lui permettait sa douleur à la jambe et se dissimula sous le chargement.

Le jeune mire lui lança un regard interrogateur et Amaury secoua la tête. Adam comprit qu'Hébrard ne les accompagnait pas. Il ferma les yeux et tenta de trouver une position confortable. Il pria pour le salut de l'âme d'Hébrard. Comme pour Neith, leurs différends s'étaient peu à peu dissipés devant l'adversité et les atrocités qu'ils devaient surmonter ensemble. Faire bloc face aux blessures d'Amaury, à la mort de Baudoin et à la défaite de l'Ost les avait sensiblement rapprochés et Adam avait appris à apprécier le jeune homme.

L'embarcation glissait lentement sur le Nil, remontant vers la branche de Damiette. Devant eux, un autre esquif flottait sur les eaux étales sans bruit.

Amaury sentait une vague tension dans l'atmosphère et l'angoisse lui serra la gorge quand il aperçut au loin la lueur tremblotante des torches.

Postés sur des galères disposées de part et d'autre, bloquant l'accès au reste du bras du Nil sur lequel ils évoluaient, les hommes du sultan scrutaient la nuit et les bateaux qui voulaient passer.

Ils portaient des arcs et de longues lances dont les éclats métalliques dansaient à la surface du fleuve.

Bientôt, leur barque de pêche parvint à leur niveau et Amaury et Adam se recroquevillèrent le plus possible sous l'amoncellement des filets. À l'avant, Neith n'avait pas bougé, petite silhouette noire dans les ombres mouvantes.

Alors que le capitaine s'avançait en pleine lumière et qu'un sarrasin s'approchait pour l'examiner, il s'éleva de sous le capuchon de Neith une mélodie à la fois douce et déchirante. La jeune égyptienne chantait, un chant venu du fond des âges, d'une voix gutturale, fascinante. Elle racontait une histoire banale : celle d'un guerrier parti au combat sur l'ordre de son sultan et de sa promise qui l'attendait en languissant, là-bas, loin sur le Nil. Elle chantait en espérant que les sables du désert portent son message à son fiancé.

Le regard méfiant du soldat disparut instantanément et un air de nostalgie se peignit sur ses traits.

Alors que la felouque glissait entre les énormes embarcations turques, tous se penchèrent par-dessus les bastingages pour mieux écouter. Amaury et Adam se toisèrent, abasourdis. Ils n'avaient jamais entendu Neith chanter, ils ne savaient même pas qu'elle était dotée d'un aussi grand talent.

Comme le chant de sirènes de l'antiquité, celui de Neith détenait un pouvoir hypnotisant, presque magique. Tous les soldats, turcs et mamelouks, avaient abaissé leurs armes et se tenaient là, scrutant le firmament étoilé en écoutant le doux chant porté par les eaux.

La barque s'éloigna de plus en plus, rejoignant l'obscurité complice. Quand enfin ils furent masqués à la vue des sarrasins, Neith se tut. Sa chanson mourut dans un souffle, le long des berges couvertes de papyrus bruissant dans le vent tiède.

Adam serra le bras de son ami. Ils avaient réussi, ils avaient franchi les redoutables barrières érigées par le sultan. Ils avaient berné Tûrân Shâh grâce à l'astuce de Neith et à sa voix magnifique.

La jeune fille venait de leur sauver la vie.

Ne restait maintenant qu'à rejoindre Damiette et s'y établir quelque temps pour reprendre des forces.

Chapitre IV

DAMIETTE, fin mars 1250

Amaury se redressa sur la paillasse. Son épaule lui faisait moins mal à présent. Il s'assit au bord de la couche et entreprit de faire rouler celle-ci d'avant en arrière, la massant de la main gauche. La tête de l'os était bien remise, mais il éprouvait encore quelques élancements à l'intérieur.

Il se pencha pour regarder la longue cicatrice rosée qui courait sur sa jambe. Tout risque d'infection était écarté à présent, mais il devait la baigner régulièrement avec une solution qu'Adam lui avait donnée. Toujours boursouflée et vive, elle le faisait souffrir par intermittence.

Il se leva et marcha avec difficultés jusqu'à la fenêtre. Le ciel se découpait en un petit carré orangé. C'était la fin d'après-midi, il avait encore passé une journée à dormir et à languir, mais commençait à se sentir un peu mieux.

Ils avaient facilement trouvé à s'abriter dans une maison au-dessus de l'entrepôt d'un marchand génois. Plusieurs chevaliers et sergents d'armes étaient parvenus à gagner Damiette comme eux, avant que les sarrasins ne fondent à nouveau sur l'ost. Alors que Louis tentait d'embarquer plus bas sur le bras du Nil, les troupes du Sultan, menées par Baybar, s'étaient abattues sur l'armée décimée. Le roi et tous ses barons, dont le sénéchal de Joinville, étaient désormais ses prisonniers.

Tûrân Shâh exigeait une rançon exorbitante de vingt mille besants d'or et la restitution de Damiette.

Hébrard une fois encore l'avait prédit. C'en était terminé de l'aventure franque en Égypte.

Des oiseaux sombres dans le couchant survolèrent les toits, leurs ailes les emportant vers le delta. Il aurait tant souhaité pouvoir, comme eux, quitter cet endroit qui lui rappelait trop les morts et les défaites.

La reine Marguerite tenait la cité avec courage et abnégation.

Lorsque les marchands pisans et les barons orientaux qui étaient restés pour défendre Damiette avaient eu connaissance de la débâcle de l'Ost et de la capture du roi, ils avaient voulu fuir.

La jeune souveraine les avait alors tous convoqués dans sa chambre. Les souffrances de ses couches récentes se peignaient sur son pâle visage, le petit Jean Tristan tétait contre son sein. Elle les avait suppliés de patienter jusqu'à ce que le roi soit libéré. Elle leur avait aussi demandé de l'aider à réunir de quoi payer la rançon de façon à protéger la ville, pleine d'enfants et de femmes, de malades et de vieillards.

Devant la détermination de leur reine et surtout sa dévotion, pas un n'avait osé partir.

Une atmosphère délétère régnait dans les rues. Tout le monde attendait l'arrivée des troupes du Sultan d'un jour à l'autre, et le peu de chevaliers qui avaient réchappé de la bataille de Fariksûr apportait des nouvelles dramatiques. Au nombre important de morts s'ajoutaient les défections et trahisons, certains nobles ayant été jusqu'à renier la foi chrétienne pour être épargnés.

Tous s'accordaient en revanche à louer l'attitude de Louis. Même prisonnier, dépouillé de son armée, le roi conservait sa noblesse d'âme. Il déclinait toutes les marques de déférences du sultan à son égard et avait refusé de rendre Damiette sans en parler à la reine, ce qui avait profondément choqué les Turcs.

Amaury soupira.

Si son corps se remettait petit à petit des blessures physiques que la guerre y avait imprimées, son cœur semblait abîmé à jamais. Une cassure intime s'était produite en lui. En rêve, de nuit comme de jour, il voyait le sable rougir dès qu'il fermait les yeux. Le Nil se couvrait devant lui d'une écume sanglante et des monceaux de cadavres aux regards vides.

Il contemplait sans trêve Baudoin qui tombait, lentement, ses lèvres articulant son prénom avant de se clore pour toujours. Il sentait la chaleur, le vrombissement du feu grégeois dévorant les chats-châteaux et les cris des hommes qui brûlaient vifs à l'intérieur. Il se réveillait en sueur, parfois en hurlant. Il passait alors une nuit sans sommeil, sauf si Adam restait à ses côtés.

Son compagnon n'était pas constamment là, il savait qu'il se dévouait aux soins des autres blessés qui parvenaient au compte-gouttes à Damiette. Il servait aussi de scribe, rédigeant les nombreuses lettres et actes que ceux-ci lui demandaient comme dernières volontés.

Amaury ruminait inlassablement les sombres événements, plongeant dans une mélancolie maladive.

Il n'entendit pas la porte s'ouvrir doucement ni la personne se glisser à l'intérieur de la chambrée. Il gardait les yeux fixés sur le soleil couchant, comme s'il souhaitait que la lumière céleste l'aveuglât tout à fait, pour ne plus jamais contempler les misères de ce monde.

Une main fraîche se posa sur son épaule et Amaury, dans un réflexe vif, saisit le poignet et le tordit. Un petit cri s'échappa de la gorge de Neith.

Voyant la jeune femme grimacer, il la relâcha.

— Pourquoi n'as-tu pas frappé ?

C'était dit sans animosité, d'un air las.

La fille se frotta vigoureusement la main

— J'ai frappé, tu n'as pas répondu.

Amaury baissa les yeux

— Je suis désolé, je n'ai pas entendu. Tu as eu de la chance que je ne sois pas armé. Ne refais jamais ça.

Il se dirigea en claudiquant vers la couche. Il maintenait encore péniblement la station debout. L'Égyptienne n'esquissa pas un geste pour l'aider, elle savait qu'Amaury ne supportait plus qu'on le traite en infirme.

Elle vint simplement s'asseoir à côté de lui.

Après plusieurs minutes de silence, elle posa délicatement sa main sur sa cuisse. Il ne la repoussa pas.

— Tu as mal ? Adam dit que tu ne risques plus rien.

— Je dois ma vie à Adam.

Ils restèrent encore ainsi, immobiles dans la chaleur du jour déclinant. Quand il fit vraiment sombre, elle se leva gracieusement et alluma une petite lampe à huile perchée sur l'écritoire non loin de la paillasse.

Quelques papillons de nuit commencèrent à voleter près de la flamme dansante. Elle se rassit aux côtés d'Amaury qui n'avait pas bougé.

Elle inclina sa belle tête aux cheveux foncés et l'appuya contre son épaule. Il ne broncha pas. Il était encore perdu dans ses pensées obscures.

Au bout d'un temps qui paraissait une éternité, elle demanda enfin :
— Est-ce vrai que tu m'aimes ?
— Bien sûr que c'est vrai. Je t'ai aimée tout de suite, je t'aime depuis le premier jour et tu le sais parfaitement.

Elle attendit, mais il ne parla plus.
— Je veux rester avec toi, annonça-t-elle simplement.

Elle se redressa, prit le visage du jeune homme dans ses mains et planta ses yeux noirs dans les siens, d'un vert si clair.

Amaury sentait la douce pression des paumes fines, toujours étonnamment fraîches, le parfum qui émanait de la femme, mélange d'huile, de jasmin et de sueur. Il aurait pu demeurer là pendant des siècles, son regard perdu dans l'immensité du sien.

Neith en avait décidé tout autrement. Elle approcha délicatement ses lèvres des siennes. Elles se scellèrent en un baiser et Amaury pensa qu'enfin, dans son malheur, le ciel exauçait son vœu le plus cher.

Elle le poussa doucement par les épaules l'obligeant à s'allonger sur la couche et se tint au-dessus de lui.

Ses longs cheveux noirs et bouclés tombaient en cascade de chaque côté de son visage fin. Amaury les caressa, descendant dans son dos, jusqu'à la plénitude de ses hanches qu'il malaxa tendrement.

Elle délaça lentement les liens de sa tunique, découvrant ses seins dorés qu'éclairait la flamme vibrante de la lampe à huile. Il faisait presque nuit à présent. La vision de la poitrine de la jeune femme rappela à Amaury leur première rencontre et l'image de Baudoin châtiant les soudards lui vint à l'esprit.

Un éclair douloureux passa dans son regard. Neith s'en rendit compte et se plaqua aussitôt contre son torse, peau contre peau. Elle l'embrassa furieusement, avec urgence. Son corps tout entier allongé sur celui d'Amaury, elle se pressait contre lui, écrasant sa virilité déjà gonflée, provoquant son désir.

Il la fit basculer sur le côté et la contempla longuement sans rien dire. Seules leurs ombres entrelacées se projetaient sur les murs blanchis. Tout était calme et ils s'unirent tendrement, avec le même calme, mêlant leurs souffles et leurs chairs dans une tentative désespérée de fuir leur réalité.

Quand Neith s'éveilla, le jour pointait et Amaury se tenait debout, près de la fenêtre, regardant Damiette au moment le plus calme.
Bientôt l'agitation envahirait les rues grouillantes, avant que le roi humilié, prisonnier, ne rejoigne la ville. Ce n'était plus qu'une question de temps.
Elle l'appela et il regagna le lit, sans une parole.
Il la contempla simplement, longuement, comme pour graver dans son esprit toute la beauté de ses traits. Il voulait se souvenir toute sa vie de ces instants de plénitude absolue. Elle le regardait d'un air interrogatif, le drap de lin ramené sur ses jambes, la tête appuyée sur son coude, les cheveux en arrière caressant ses épaules.
Enfin, il brisa le silence.
— Tu ne devrais pas rester là.
La jeune femme se redressa entièrement et se pencha pour l'embrasser, mais il recula et l'écarta doucement.
— Qu'as-tu donc ? N'as-tu pas aimé notre nuit ? lui demanda l'Égyptienne.
Amaury soupira.
— Non, ce n'est pas cela.
Devant son air soudain offensé, il reprit :
— Bien sûr oui, j'ai aimé, mais il ne s'agit pas de ça. Je chérirais le souvenir de cette nuit toute ma vie durant. Je pense que tu devrais partir avant que quelqu'un ne te voie.
Elle le regarda pleine d'incompréhension.
— Pourquoi devrais-je partir ? Rien ne nous presse. Je t'ai dit que je voulais rester avec toi, à présent.
Amaury prit son courage à deux mains avant de répondre douloureusement.
— Je ne crois pas que tu devrais. Ce n'est pas une bonne idée, en fin de compte.
Devant le visage de la jeune femme qui passait de l'incompréhension à la colère, il poursuivit.

— Je te remercie d'avoir prononcé ces paroles, elles m'ont un instant empli de joie. Mais toi et moi, nous savons qu'au fond tu ne m'aimes pas. Pas comme je t'aime. Tu veux t'attacher à moi par sécurité, par habitude et parce que tu as pitié de moi.

Elle allait répliquer, mais il la devança.

— Je ne veux pas de ça.

Neith reprit enfin la parole.

— Je ne te comprends pas. Tu dis m'aimer, mais tu ne veux pas que je reste avec toi ? Tu me repousses ? Pourquoi ?

— Parce que je veux que tu m'aimes vraiment, que tu demeures auprès de moi par amour, par passion et non parce que tu as pitié ou encore parce que… Je te rappelle notre vie d'avant, avec Baudoin.

Il avait prononcé la dernière phrase avec une expression tellement malheureuse que Neith ne sut que répondre. Il reprit.

— N'as-tu pas quelque famille ici en Égypte ? Tu as dit, à ce moment-là, être seule. C'était déjà pour que Baudoin ne te renvoie pas, n'est-ce pas ?

Elle baissa la tête. Il n'était plus temps de mentir désormais.

— J'ai un oncle, plus bas sur le Nil, à Aksum. Il m'accueillera certainement.

Amaury soupira

— Alors, va, rejoins-le, vis ta vie loin de moi, loin des Francs. Oublie-nous et promets-moi d'être heureuse.

Elle le regarda et hésita avant de demander

— Et toi ? Où iras-tu ?

— Je ne sais pas. Je dois en parler avec Adam.

Amaury se leva pour gagner à nouveau la fenêtre, laissant la jeune femme se rhabiller. Quand elle eut fini, elle s'approcha et déposa un baiser sur son épaule.

— Prends la bourse sur la table, c'est pour ton voyage. Adieu, Neith, nos routes se séparent ici.

Il ne se retourna pas. Il ne voulait pas qu'elle voie ses yeux rougis.

Neith le remercia et enfin lui dit :

— Adieu Amaury. Contrairement à ton souhait, je ne vous oublierai jamais, c'est au-dessus de mes forces.

Et dans un froissement d'étoffe, Neith sortit de sa vie.

*

Le soir, Adam vint à son chevet et le trouva encore une fois debout face à la fenêtre. C'était là son poste d'observation préféré. Amaury n'avait allumé aucune chandelle malgré la nuit tombée.

Adam soupira et embrasa un petit calhel dans une alcôve près de la paillasse.
La lumière éclaira le visage encore amaigri de son ami, qui se retourna enfin.
Quelque chose dans son attitude frappa Adam, mais il n'aurait su dire quoi. Une lueur nouvelle brillait dans les yeux du chevalier, une lueur qu'il n'y avait pas vue depuis longtemps.
Amaury sourit à Adam et l'invita à s'asseoir sur une escabelle.
— Mon ami, commença-t-il, quittons Damiette rapidement à présent. Je suis sorti cet après-midi, pour la première fois depuis que nous avons joint la cité et j'ai partout entendu qu'elle bruissait de la rumeur du retour du roi et de l'arrivée des sarrasins. D'ici une semaine, ce sera la cohue, chacun voudra partir, sauver sa vie ou ses biens et tirer le meilleur profit de la situation. Pillages et anarchies redeviendront la règle. Toi et moi n'avons ici aucun intérêt. Je pense qu'il est temps pour nous de nous en aller.
Adam croisa les mains devant lui comme chaque fois qu'il réfléchissait, puis posa la question qui lui brûlait les lèvres.
— Que fais-tu de Neith ?
— Neith est partie ce matin rejoindre de la parentèle à Aksum. Nous sommes désormais seuls, toi et moi.
Adam baissa la tête. Il allait de perte en perte.
— Je sais. Elle est venue me saluer, tout à l'heure. Elle semblait triste. Elle m'a surtout raconté que tu ne voulais pas d'elle et que tu l'avais quasiment chassée. Pourquoi ?
— J'ai dit que je ne voulais pas de sa pitié, c'est différent. Tu sais comme moi qu'elle ne m'a jamais vraiment aimé.
— Peut-être, avec le temps…
— Allons, Adam ! Tu es toujours si prompt à croire en l'être humain, même encore aujourd'hui, même après… Son visage se contracta. Sois honnête, combien d'unions vont réellement mieux

« avec le temps » ? Elle aurait fini par me détester et moi aussi. Et puis... Il se serait constamment dressé entre nous. Je veux cesser d'y penser, tu comprends ? Je veux oublier et avancer.

Adam ne comprenait que trop bien. La perte de Baudoin avait brisé quelque chose en lui et songer au Templier lui causait toujours une douleur vivace. Son souvenir resterait à jamais lié aux horreurs qu'ils avaient vécues. Adam aussi aspirait à la paix.

— Tu as sans doute raison, tu connais ces choses-là mieux que moi, après tout. Où irons-nous ? Retournons-nous à Acre ?

Amaury le regarda silencieusement.

— Te rappelles-tu notre première discussion, sur cette petite gabarre qui nous portait vers Saint-Jean d'Acre ? Te souviens-tu de ce que tu m'as confié, alors ?

Adam comprit soudain où son ami voulait en venir.

— Oui, je m'en souviens. Je m'en souviens fort bien. Je t'ai parlé de ce monastère où Geoffroy m'a mené, enfant, pour étudier. Tu m'as dit que la croisade pourrait bien me conduire sur des voies différentes, sur des chemins auxquels je n'aurais jamais songé... Dieu tout-puissant, tu ne pouvais pas plus te tromper !

— Désires-tu toujours rejoindre ce monastère ?

Adam déglutit douloureusement. Il était revenu à son point de départ. La guerre avait englouti le jeune homme, l'avait broyé, comme tant d'autres. Il avait au moins la certitude à présent que cette vie, ce sacerdoce qu'il appelait de ses vœux, constituait le meilleur et le seul choix pour lui. Ce rêve était tout ce qu'il lui restait et il avait la possibilité de le transformer en réalité.

Il regarda Amaury, des larmes dans ses yeux sombres.

— C'est mon souhait le plus cher.

Un large sourire étira les lèvres d'Amaury dans la pénombre.

— Alors préparons-nous, nous partons pour le Sinaï.

Chapitre V

MONT DU SINAÏ, JUIN 1250

Les cavaliers progressaient lentement, au rythme de leurs vaisseaux du désert.

Les dromadaires, moins rapides que des chevaux, résistaient mieux aux longues traversées de ces contrées arides, consommant peu d'eau. Au début, leur balancement avait rappelé à Amaury les remous des bateaux sur la mer, lui procurant une sensation de malaise qu'il avait eu du mal à chasser. Adam en revanche s'était très vite habitué.

Ils avaient quitté Damiette cinq jours auparavant, à la faveur d'une caravane qui sortait de la ville pour se rendre au sud, à la frontière avec la Palestine. Moyennant paiement en pièces sonnantes et trébuchantes, quelques Bédouins avaient accepté de les accompagner jusqu'au monastère.

Ils avaient d'abord longé la mer rouge où la rumeur de la libération du roi de France et de la reddition de Damiette leur était parvenue.

Les mamelouks en avaient profité pour faire assassiner Tûrân shâh. Sa mort faisait grand bruit dans les petits villages qu'ils traversaient. Surtout, l'ascension de Shajar al Durr au pouvoir en avait choqué plus d'un. L'épouse et mère de sultans devenait ainsi la première femme à régner sur l'Empire turc.

Amaury se disait qu'« Arbre de perles » avait su habilement tirer son épingle du jeu malgré les pertes qu'elle avait subies. Guillaume de Sonnac avait raison à son sujet. C'était une fine politique et Louis aurait été bien plus avisé d'accéder à sa demande de négociation. Rien ne servait de pleurer sur le lait renversé, même si Amaury avait été le caillou qui avait fait trébucher la laitière.

La monotonie des paysages désertiques défilait devant ses yeux et Amaury aimait ça. Il se sentait étrangement apaisé par ces étendues de roches arides, inchangées depuis des millénaires et qui regardaient passer les hommes sans s'en émouvoir.

Il aurait tant voulu être comme ces pierres, immuables, le vent de l'histoire glissant sur elles sans les transformer. Elles avaient vu Alexandre le Grand, Joseph et sa famille fuyant l'Égypte, le prophète Mohamed et, plus récemment, Saladin, dont les héritiers se déchiraient aujourd'hui pour un empire en lambeaux.

Oui, Amaury aurait voulu posséder l'insensibilité des rocs du désert.

Ils traversaient d'immenses défilés, fantastiques formes géologiques sans âge, sans même déranger un serpent ou l'une de ses petites chèvres au pied agile.

Le soir, les montagnes dénudées se teintaient d'ocre brillant et Adam avait l'impression que la terre s'embrasait en un incendie minéral qui dévorait tout sur son passage. Ensuite, une nuit d'améthyste tombait sur les voyageurs qui s'arrêtaient pour bivouaquer. Après le repas, chacun priait de son côté.

Amaury s'étonnait de la simplicité avec laquelle il parvenait à côtoyer ces infidèles contre lesquels il se battait encore quelques mois auparavant. Le souvenir du mamelouk qui avait entaillé si profondément sa chair s'estompait lentement. Il faisait partie, avec Baudoin, Hébrard et Guilhem, de son ancienne vie, une vie à laquelle il ne voulait plus penser.

Ils échangeaient peu avec eux, mais dès qu'Adam les questionnait sur leur prophète, alors leurs langues se déliaient et la ferveur illuminait leur trait.

C'était à se demander pourquoi de tels conflits surgissaient entre des peuples qui partageaient tant de valeurs.

Les volontés des puissants, les expansions territoriales, les guerres intestines et les luttes de pouvoir pourrissaient tout. Amaury savait que la cupidité et l'arrogance d'un seul homme, Robert d'Artois, avaient mené à la ruine l'Ost tout entier. Pour autant, les simples gens parvenaient à se tolérer et à vivre ensemble sur ces terres inhospitalières, les changements de régime glissant sur eux comme l'eau sur les plumes des oiseaux.

Il devisait avec Adam de tout cela, enveloppé dans leurs burnous, sous des couvertures de laine épaisse, contemplant les nuées parsemées d'étoiles. Le ciel était si clair que c'en était irréel. Ils pouvaient passer de longues heures étendus l'un près de l'autre, à partager leur vision commune et à débattre.

Un matin, leur petit équipage parvint à une large vallée de pierre ocre que surplombait une immense montagne.

Amaury eut le souffle coupé devant la beauté et la sérénité du lieu. Le mont Sinaï s'élevait face à lui, majestueux endroit où Moïse avait reçu les Tables de la loi. Sa crête était hors de vue, plongée dans une brume nuageuse et Amaury pensa instantanément que Dieu siégeait au sommet et qu'il le regardait.

Une sourde dévotion mêlée de crainte le saisit et il frissonna.

— C'est comme devenir Caïn, dit Adam.

— Quoi ?

— Je dis que c'est comme devenir Caïn. Ici, on sent l'œil de Dieu en permanence sur nous. Son regard nous accable, de la même manière que l'œil écrasait Caïn dans la tombe.

Amaury fixa de nouveau la cime invisible.

— Tu as raison. Mais j'ai plutôt l'impression que c'est le poids de mes propres péchés qui m'afflige.

Adam contempla son ami de ses yeux sombres pleins de compassion. L'homme avait changé, mais il savait qu'au fond de son âme meurtrie résidait toujours le jeune chevalier intrépide qui était arrivé un soir à Castel Pèlerin. La perspective de devoir se séparer de lui pour de bon lui brisait le cœur au-delà de toute conception. C'était pourtant la voie qu'il s'était choisie, il ne pouvait plus reculer.

Au creux de la vallée, dans un berceau de rocher, les fortifications en granit rouge du monastère Sainte-Catherine du Sinaï se dressaient.

— Eh bien, je n'ai pas eu la chance de contempler Jérusalem, mais au moins, je pourrais dire que j'ai vu ça une fois dans ma vie ! énonça Amaury, en admiration devant la formidable construction.

— Et encore, poursuivit Adam, tu n'as pas vu l'intérieur, les mosaïques, les icônes d'or et le buisson ardent.

À ces mots, Amaury frissonna derechef. Il ne pensait pas s'être déjà trouvé dans un endroit aussi sacré.

— Comment une communauté monastique chrétienne parvient-elle à survivre en territoire musulman ? demanda-t-il à son érudit ami.

Adam se retourna vers lui. Avec son turban pour protéger sa tête de la chaleur accablante du désert et ses beaux yeux noirs en amande, il ressemblait plus que jamais à un habitant de cette terre. Amaury sentit que c'était lui, l'étranger ici.

— Sainte-Catherine bénéficie d'un statut particulier. Sa première construction remonte à Justinien. L'empereur avait accepté que les moines s'établissent dans ces solitudes et y avait envoyé des familles parmi les plus nobles de l'Empire byzantin pour s'y installer et s'y abriter. Ce lieu est plus que sacré, tu imagines ? La montagne où Moïse reçut les Tables de la loi ! Où le buisson-ardent lui parla ! Où Joseph fit halte ! Même les musulmans reconnaissent le caractère divin de cet endroit. Ils le désignent sous le nom de *Dar el Ahd*, la maison du pacte, et il bénéficie de la protection de Mahomet. Les tribus bédouines préservent le moutier et commercent avec les moines. C'est pour cela qu'ils ont accepté de nous y conduire.

Amaury le remercia de ces explications et ils menèrent leurs montures jusqu'à la grande porte principale.

D'épaisses murailles enserraient le monastère, percées çà et là de fines meurtrières et parsemées de croix latines et orientales que les pèlerins y gravaient. De loin, il ressemblait à une de ces forteresses du désert que les Templiers entretenaient.

Amaury en déduisit que malgré la protection spirituelle de Dieu et des patriarches, on avait jugé bon de s'assurer de solides défenses physiques. On n'était jamais trop prudent.

Ils mirent pied à terre, et franchirent une première enceinte basse, qui donnait sur une vaste cour. À l'intérieur poussaient quelques cyprès et oliviers, dispensant une ombre fraîche. Amaury devina qu'un jardin se tenait non loin, car il entendait le bruit de l'eau glougloutant dans les norias[44] et les canaux d'irrigation.

Sainte-Catherine était une véritable oasis dans le désert.

L'endroit grouillait de monde. Malgré la croisade et les combats, de nombreux pèlerins se pressaient encore et toujours sur les traces de Jésus et des plus grands prophètes de l'Ancien Testament. Le monastère les accueillait volontiers, mais guère plus de quelques jours

---

44 Dérivé du mot arabe qui désigne une roue à godets permettant d'élever l'eau et d'améliorer l'irrigation.

pour ne pas troubler la quiétude des lieux dédiés à l'étude et au recueillement.

Pendant qu'il patientait, Adam expliqua à Amaury que Sainte-Catherine possédait une immense collection de livres, dont certains ouvrages remontaient à des temps immémoriaux et avaient même réchappé à l'incendie de la bibliothèque d'Alexandrie.

C'était la plus grande et la plus ancienne du monde connu.

Amaury songea à ces livres dormant dans des rayonnages de bois clair, si précieux qu'on les enchaînait afin qu'ils ne puissent sortir de leur alcôve. Il comprit mieux pourquoi Adam, si avide de savoir, tenait à revenir ici et à s'y installer.

De jeunes novices en livrée noire leur apportèrent de l'eau et des dattes pour les faire patienter. Adam avait demandé après le moine qui l'avait accueilli la première fois sur ordre de Geoffroy.

Ils virent bientôt venir à eux un grand homme vêtu lui aussi de la soutane sombre des prêtres orthodoxes et d'un klobouk de même couleur. Une longue barbe grise encadrait son visage d'où ressortaient deux yeux bleus, brillant d'intelligence.

Il sourit lorsqu'Adam se leva, retira son turban en libérant ses boucles brunes caractéristiques.

Le religieux lui tendit les mains et Adam s'inclina pour les embrasser.

— Père Stefanos, c'est une joie de vous revoir.

— Moi aussi, mon enfant, je me réjouis de ton retour. Surtout si tu restes.

L'homme parlait d'une voix douce avec un léger accent grec. Le monastère, créé par Byzance, se plaçait sous la tutelle du patriarche de Jérusalem. Par tradition, ses membres venaient majoritairement des provinces grecques de l'empire.

— Nous en discuterons, mon père. Laissez-moi vous présenter mon compagnon de voyage, le chevalier franc, Amaury de Villiers.

Le père Stefanos fronça ses épais sourcils gris et dévisagea Amaury de la tête aux pieds.

— Un croisé ? Pourquoi n'es-tu pas avec les tiens ?

— Je vais retourner auprès d'eux en Palestine mon Père, mais j'ai tenu à accompagner Adam jusqu'ici. Lui et moi sommes de très bons amis. Nous avons… Il se tut un instant, traversé beaucoup de choses ensemble.

Le père Stefanos considéra Amaury longuement.

— Bien. Il s'adressa à Adam. Il peut rester, mais pas plus de trois jours. Il logera dans le réfectoire assigné aux pèlerins. Je l'autorise à visiter les extérieurs et la basilique, mais pas la bibliothèque. Il devra se plier à nos horaires et assister aux offices. C'est entendu ?

Adam acquiesça et s'inclina à nouveau, bientôt imité par Amaury.

Trois jours. C'était donc tout le temps qu'il leur restait.

*

Le second jour, les deux amis décidèrent, sur les conseils de Stefanos, de grimper au sommet du Sinaï. Ils souhaitaient contempler le lever du soleil sur le désert de pierres de l'Exode.

Les jeunes hommes approuvèrent cette idée qui leur donnerait l'occasion de sortir du monastère, certainement une dernière fois pour Adam.

Ils firent préparer couvertures et nourriture par quelques Bédouins et se mirent en route en fin d'après-midi, quand la chaleur s'apaisa.

Le début de l'ascension fut aisé, des marches étaient taillées à même le granit pour faciliter la montée. En chemin ils dépassèrent le rocher de Moïse, celui que le patriarche frappa de son bâton pour en faire jaillir une source qui abreuverait le peuple perdu dans ce désert pendant quarante longues années. Amaury contempla l'aridité des lieux et se dit que ce miracle avait dû être des plus plébiscités. Bien que le soleil commençât à décliner derrière les contreforts des montagnes environnantes, la chaleur se faisait encore sentir. Un vent fort soufflait entre les pierres brûlantes, desséchant les gorges et les yeux.

Amaury et Adam se recueillirent et en profitèrent pour s'abreuver. Le reste de l'ascension s'avéra plus difficile qu'il n'y paraissait. Le sol était inégal et encombré de débris qui roulaient sous leurs chausses de toiles fines. Amaury rattrapa Adam à plusieurs reprises, lui évitant de s'écorcher sur les cailloux tranchants. Les deux Bédouins montaient avec agilité et Amaury enviait leurs pas sûrs.

Il tenta de les imiter, mais moins aguerri, il ressentit rapidement des douleurs dans ses mollets et particulièrement à sa jambe blessée, l'obligeant à des arrêts réguliers. Ils ne parvinrent au sommet qu'au début de la nuit. Le soleil avait disparu et il ne subsistait du jour qu'une lumière pourpre dans le lointain.

Les deux jeunes gens se recueillirent un instant dans la petite chapelle érigée à cet endroit, pendant que les Bédouins installaient le campement, étalant tapis et couvertures de laine pour les isoler du sol dur.

Comme toujours dans le désert, un froid glacial se leva et ils rejoignirent rapidement le foyer que les hommes avaient allumé. Des tasses de thé fumantes leur furent servies, qu'ils burent en silence. Amaury en profita pour étendre sa jambe le plus possible et tenter de soulager la douleur qui l'irradiait.

— Tu as mal ? lui demanda Adam.

— Un peu, mais c'est parce que j'ai trop forcé aujourd'hui, cette promenade m'a bien fatigué.

— Je m'excuse de t'avoir imposé ces efforts alors que tu es encore convalescent. J'aurais dû être plus attentif.

Le jeune chevalier nota la tristesse dans la voix de son ami. Ils seraient bientôt séparés.

— Tu n'y es pour rien, Adam. Rien de ce qui est arrivé n'a à voir avec toi, de près ou de loin. Si l'on doit blâmer quelqu'un pour tout ça, c'est bien moi.

Il étendit les mains au-dessus du feu, embrassant l'invisible terre plongée dans la nuit opaque.

— Tu sais, j'ai bien réfléchi et je ne crois pas que tu doives t'en vouloir outre mesure. C'était écrit. Louis avait déjà pris sa décision, influencé par son frère. Regarde, même l'Ordre n'a pas pu changer le cours des choses. Tu n'as agi que comme un prétexte de plus au déclenchement de cette guerre. Les rois n'aiment pas les Templiers, ils jalousent leur richesse. Le peuple les aime, car ils leur viennent en aide et distribuent la charité, plus que leurs propres seigneurs, qui ne le supportent pas. Louis a sa fierté, il voulait montrer qu'il pouvait décider par lui-même. Tu ne devrais pas te blâmer pour les manigances des puissants, ça n'en vaut pas la peine.

— Tu as peut-être raison, mais j'ai failli à Baudoin et cela, je ne pourrai jamais me le pardonner. Je vais devoir découvrir un moyen d'expier cette faute, Adam. Sinon, je ne trouverai jamais la paix.

— Tu te tortures pour rien… Après que tu sois parti, Baudoin s'est confié à moi. Il t'aimait Amaury, il t'aimait plus que tu ne peux le croire et il s'en voulait. Il ne te rejetait aucunement la faute, au contraire, il estimait qu'il n'avait pas su te guider et te comprendre. Il te considérait comme un fils.

Amaury ferma les yeux un instant, méditant sur les paroles de son ami. Lui aussi avait aimé Baudoin comme un père. Imaginer que le Templier était mort en pensant qu'il le détestait lui dévorait l'âme, emprisonnant son cœur dans une gangue noire dont il ne parvenait pas à se défaire.

— Peut-être pourrais-tu rester ici, avec moi ? hasarda le jeune homme devant son silence.

Amaury contempla son ami par-dessus les flammes. Son beau visage encadré de boucles brunes et soyeuses, ses yeux si sombres, autrefois rieurs et pleins d'ironie. Il y lut de la sérénité et aussi quelque chose qui ressemblait à de l'espoir.

Amaury secoua la tête.

— C'est la voie que tu as adoptée Adam, je respecte ta décision, même si cela m'attriste. Mais ce n'est pas la mienne. Comme nous tous, je dois faire mes propres choix.

Il ramena les pans de la couverture sur lui et les deux garçons se laissèrent servir par les Bédouins des olives, des pains croustillants et du bon fromage de brebis arrosé d'huile. Ils mangèrent en silence, ressassant dans leur for intérieur leurs espoirs déçus et leurs amitiés perdues.

Le matin frais les trouva debout aux premières lueurs de l'aube. Le vent était tombé et tout d'abord ils n'aperçurent qu'une mer de nuages teintée de rose et de bleu, qui cachait à leurs yeux l'entièreté du monde.

Amaury retint son souffle. C'était soudain comme s'ils étaient seuls, sans rien d'autre sur terre que les monts et le ciel immense. Avec l'apparition du soleil, les nuées commencèrent à se dissiper pour laisser émerger lentement la beauté saisissante des lieux. Les sommets de granit secs et dénudés se colorèrent de tons orange et ocre. L'astre du jour arrosa progressivement les pics, les couvrant d'or liquide. La lumière coula vers la vallée et enfin ils contemplèrent, nichés dans les bras de la montagne toute puissante, Sainte-Catherine et l'écrin de verdure de son jardin, unique oasis dans cette pierraille désertique.

Le spectacle leur coupa le souffle et ils admirèrent longtemps, en silence, l'œuvre du très haut. Tout était calme. Seule la lumière descendait sur eux et les inondait de sa gloire.

Amaury prit une longue inspiration. Il comprenait à présent pourquoi cet endroit était aussi sacré, rien que l'environnement, ces montagnes fantastiques aux formes incroyables proclamaient la force et la présence de Dieu. Il y avait quelque chose de particulier ici, quelque chose d'immense et d'intangible. Un mystère d'absolu qu'il ne parvenait pas à saisir.

Une lourde peine l'envahit en songeant que Baudoin aurait su lui expliquer la sainte énigme qui s'étalait devant ses yeux. Sans ses connaissances, il était comme aveugle et sourd. Alors des larmes perlèrent et il pleura en silence.

Il entendit Adam qui murmurait une prière à ses côtés et revint auprès de lui. Déjà, les Bédouins avaient tout rassemblé et servaient simplement un peu de thé. Amaury but lentement, ne pouvant détacher son regard des montagnes environnantes malgré la luminosité si intense qu'il devait plisser les yeux.

Ils redescendirent et atteignirent Sainte-Catherine deux heures plus tard. C'était le dernier jour d'Amaury au monastère. Comme l'avait annoncé Stefanos, il devait partir le soir même.

Adam et lui le passèrent à deviser dans les jardins, non loin de l'immense ronce que l'on appelait ici buisson-ardent. Pas une fois ils n'évoquèrent le nom de Baudoin. Le fantôme du Templier flottait autour d'eux, ils n'éprouvaient nul besoin d'en parler.

Adam se tint à la porte principale. Amaury prenait la route avec une caravane de pèlerins qui se rendait à Saint-Jean d'Acre, but de son propre voyage.

Ils se regardèrent un instant sans mot dire, trop emplis d'émotions pour y parvenir. Ce fut Amaury qui brisa le silence.

— Tu te souviens de ce soir-là, à Castel Pèlerin ? Nous venions de perdre le vaillant Friedrich et Geoffroy a insisté pour que tu le remplaces.

Adam sourit.

— Si je m'en souviens ! J'ai peine à croire qu'un an seulement s'est écoulé depuis lors. J'ai l'impression d'avoir vécu deux vies.

— Tu as raison, mais je crois que cela s'appelle simplement grandir. Et une troisième vie t'attend à présent, une vie que cette fois tu as choisie et que personne ne t'a imposée. Je suis fier de toi.

Il tendit les bras à son ami et les deux jeunes hommes se donnèrent une accolade dans laquelle ils mirent toute la chaleur qu'ils pouvaient.

— Alors, adieu, chevalier de Villiers. Puisses-tu trouver enfin ta voie, toi aussi. Et la paix.

— Adieu Adam. Tu garderas toujours une place dans mon cœur.

Il joignit le geste à la parole en pressant sa main contre sa poitrine et se détacha du jeune garçon pour regagner sa monture. Il enfourcha le chameau et adressa un dernier signe à Adam, avant de se mettre en route sans se retourner.

Le jeune homme aux boucles sombres regarda la caravane s'éloigner petit à petit et une larme roula sur sa joue tendre alors qu'Amaury disparaissait, avalé par le soleil et le désert.

— Et tu resteras à jamais dans le mien, Amaury.

Chapitre VI
Saint-Jean d'Acre, juillet 1250

Une chaleur accablante baignait tout Acre, en ébullition depuis l'arrivée de Louis IX. Les étendards et bannières de France flottaient sur la porte de Damas, les cloches des églises de la ville battaient sans cesse l'air de leurs carillons joyeux.

Tous avaient accueilli le roi en sauveur et en vainqueur, alors que celui-ci venait de connaître une des défaites les plus importantes de l'histoire de la croisade. Acre fêtait pourtant le souverain, comme si les centaines de morts et le reste de la rançon à verser n'étaient que de lointains mirages.

Amaury goûtait fort peu cette liesse générale. Après des semaines passées dans le désert, sans autres compagnies que des chameaux et des Bédouins, cette débauche de vivats lui donnait la nausée. Qu'y avait-il à fêter dans la perte d'un aussi grand nombre de bons chevaliers et de fiers Templiers ? Leurs cadavres pourrissaient encore là-bas sous le soleil cruel de l'Égypte ou dans les eaux vertes du Nil. La honte aurait dû les accabler, mais au contraire, ils continuaient tous de vivre comme si de rien n'était, comme si tout cela n'avait servi à rien.

On rapportait partout le courage exemplaire du roi pendant sa captivité. Il avait fait preuve d'une grande bravoure entre les mains du sultan. Amaury qui l'avait tant admiré le croyait sans peine, mais il ne parvenait plus à s'extasier devant son suzerain. Il avait perdu toute foi en lui.

Il logeait à Montmusard, dans une petite maison appartenant au même marchand génois qu'à Damiette, proche de l' église Saint Laurent et suffisamment loin du château et surtout, de la citadelle.

Amaury n'avait pas tenté de reprendre contact avec le Temple et préférait rester discret. Il n'éprouvait nulle envie de renouer avec l'Ordre. Il en avait assez vu pour se forger désormais sa propre conviction, comme Baudoin le lui avait autrefois recommandé.

Il ne serait jamais Templier.

Il savait aussi que Jean de Joinville, encore très malade, demeurait chez un prêtre proche de l'évêque, dans le cœur de la ville. Il n'avait pas non plus cherché à reprendre le contact avec l'Ost ou à se faire connaître de ses suzerains. Tous devaient le croire mort et c'était bien ainsi.

Le retour à la civilisation avait attisé ses angoisses. Il se réveillait la nuit, couvert d'une sueur glacée qui enveloppait son corps et ne devait rien à la chaleur moite du centre de la cité.

Les cauchemars l'assaillaient et il tentait, encore et toujours, de saisir les derniers mots de Baudoin à travers le vacarme assourdissant de la guerre.

Pour ne rien arranger, les modestes appartements qu'il occupait donnaient sur la porte de l'église. Dès son lever très matinal, il voyait défiler des dizaines de cadavres de soldats, décédés des suites de leurs blessures ou de la maladie qui les avait frappés en Égypte. La croisade continuait son œuvre de mort.

Amaury se rendait tous les jours dans le petit estaminet où Hébrard et lui avaient passé de si bons moments, guettant comme convenu un signe qui lui indiquerait que le chevalier était en vie. L'homme avait plusieurs fois démontré sa chance insolente et il ne pouvait s'empêcher d'espérer qu'il en serait de même cette fois. Au fil des semaines, son espoir s'émoussa et il finit simplement par demander au patron de le prévenir s'il voyait son ami.

Amaury allait aussi souvent dans les églises, scrutant les corps mutilés et défigurés, cherchant l'ombre d'Hébrard parmi eux.

Mais rien.

Alors, il se mit à prier avec ferveur, dans toutes les chapelles où il passait, reportant son ancienne foi de jeune chevalier sur Dieu. Lui au moins ne pouvait pas le décevoir.

Un après-midi, alors qu'il priait, agenouillé dans la fumée des encens au pied d'un Christ sombre de la cathédrale de la Sainte Croix, un homme entièrement vêtu de noir se prosterna à ses côtés. Amaury lui jeta un regard en biais, mais ne vit pas son visage, dissimulé par un capuchon. Il priait et Amaury n'y prêta plus attention.

Quand il se leva pour s'en aller, l'homme fit de même et, à la grande surprise d'Amaury, l'interpella.

— Attendez, mon ami, puis-je vous dire un mot ?

L'homme abaissa sa capuche. Amaury se retourna pour constater qu'il s'agissait tout simplement d'un moine. Ses yeux brillaient dans la pénombre de l'édifice. Ses traits communs ne lui disaient rien. Il était sûr de ne l'avoir jamais rencontré. Il resta sur ses gardes, attendant que l'autre poursuive.

— Cela fait plusieurs semaines que je vous vois venir dans cette église. Vous contemplez d'abord les corps de ses pauvres hères. Il désigna du doigt la chapelle mortuaire où reposaient les croisés décédés. Puis vous demeurez de très longues minutes en prières. Je ne vous demanderai pas qui vous êtes, car la maison du Seigneur est à tout le monde, mais simplement, je me pose la question : que cherchez-vous en ses murs ?

L'interrogation surprit Amaury. La pensée que l'homme était peut-être un espion du roi ou du Temple l'avait effleuré, mais il doutait que l'un et l'autre le recherchent. Il reporta son attention sur le frère. Son visage impassible était empreint d'une bienveillance, qui tranchait avec l'allure sévère du père Stefanos, à Sainte-Catherine.

— Je ne cherche rien. Je ne fais que prier.

Le moine esquissa un sourire sous sa bure.

— Venir ici presque chaque jour, prier avec autant de ferveur... Vous demandez forcément quelque chose à notre Seigneur. Alors, qu'est-ce ?

Amaury n'avait pas envie de réfléchir et encore moins de répondre, mais il se sentit soudain extrêmement las, fatigué de porter seul un tel fardeau et de lutter pour son salut sans aucune aide.

— Je crois... Je crois que je cherche le pardon.

— Vous avez sans nul doute frappé à la bonne porte. Que diriez-vous si nous sortions un peu, simplement pour parler peut-être ?

Amaury acquiesça et suivit l'homme à travers un couloir situé derrière une chapelle, qui donnait dans un cloître ensoleillé et orné de rosiers pleins de fleurs délicates.

La quiétude du lieu tranchait violemment avec l'agitation de la ville et Amaury goûta un instant cette paix retrouvée.

Les deux hommes s'installèrent sur des coussiéges[45], taillés dans de hautes fenêtres bordant les allées couvertes et commencèrent leur échange. Amaury écoutait surtout, n'étant pas décidé à s'épancher. Le moine, qui se présenta comme membre de l'Ordre de Saint-Benoît, ne sembla pas s'en émouvoir outre mesure. Peut-être en avait-il vu passer des dizaines, de ces chevaliers abîmés par les guerres et les combats.

— Si la prière et la confession ne t'apaisent pas, mon garçon, sache que le pardon peut s'obtenir de différentes façons.

— Lesquelles ?

— La pénitence et la fustigation du corps sont deux moyens très efficaces. La règle de notre Ordre est simple : nous fonctionnons comme une famille, notre abbé est notre bon père et chacun a sa place chez nous. Nous nous éloignons du monde pour trouver notre voie, qui est celle de l'humilité et de la charité, qui mènent à la quête ultime de Dieu. Quand on comprend cela, le pardon ne compte même plus.

L'après-midi passa et alors que la lumière déclinait, le frère conclut la discussion.

— Pour ce que tu cherches mon garçon, il n'est pas mille chemins. Je pense que tu le sais.

— J'en suis conscient, mais je ne me sens pas prêt à faire ce choix.

— Je te comprends. Tu es jeune après tout. Rentre chez toi et prends du repos. Je te ferai très bientôt porter un présent.

— Un présent ?

— Oui, car je vois en toi quelque chose que tu ne vois pas encore. Mais je peux t'aider à voir plus clair et à obtenir cette absolution à laquelle tu aspires tant. Attends quelques jours, lorsque tu auras reçu mon présent. Prie et viens me parler. Je te laisse maintenant, les vêpres vont sonner.

Il se leva et le salua. Amaury s'inclina profondément, mais revint à sa hauteur pour le retenir encore un instant.

— Vous ne m'avez pas donné votre nom, mon père.

---

45 Un coussiége est un élément très courant dans les constructions médiévales, il s'agit d'un banc ou d'une banquette en pierre aménagés dans l'embrasure d'une fenêtre par un ressaut de la baie.

L'homme sourit doucement sous sa capuche de bure.

— Mon ancien nom n'a plus d'importance, je l'ai abandonné en entrant dans l'ordre, une grâce accordée par mon Abbé. J'ai choisi de me faire appeler Barabbas.

— Barabbas ? Mais… n'est-ce pas ce brigand qui fut crucifié au côté de Notre Seigneur ?

Le bénédictin sourit derechef.

— Un brigand, oui, c'est ce que les écritures nous enseignent. Un émeutier et un meurtrier, qui fut pourtant sauvé du sort inique réservé au fils de Dieu. Ne t'es-tu jamais demandé pourquoi Dieu a épargné un tel pécheur et a laissé sacrifier sa chair ? Que crois-tu qu'ait ressenti cet homme en se voyant gracié alors qu'un innocent prenait sa place sur la croix ?

— Je ne sais pas… Je ne me suis jamais posé la question.

— Alors tu devrais te la poser. Et rappelle-toi toujours que pour Notre Seigneur, une âme de pécheur repenti vaut plus que cent âmes de personnes n'ayant jamais péché. La miséricorde, mon enfant, mène plus sûrement au chemin de Dieu qu'une vie de droiture absolue. Le pardon même pour le plus misérable d'entre nous constitue la récompense suprême.

Amaury interloqué contempla le visage serein du religieux. Que voulait-il donc lui enseigner par-là ?

Cet homme énigmatique lui rappelait Baudoin, avec ces phrases sibyllines et ses expressions au sens caché. Mais à l'inverse du Templier qui arborait toujours une face impassible, ne laissant jamais deviner ses sentiments profonds, le moine possédait des traits empreints d'une douceur et d'une paix qui faisaient grandement envie au chevalier tourmenté. Pourrait-il seulement un jour, lui aussi, accéder à cette paix ?

— Dites-m'en plus sur Barabbas, mon père.

Amaury était à peu près certain que l'homme allait lui répliquer qu'il n'était pas un frère et n'avait pas droit à cette connaissance. Comme lorsqu'il questionnait Baudoin sur les mystères du Temple. Mais la réponse le surprit.

— Commençons par le commencement. Sais-tu ce que veut dire Barabbas ?

— Non mon père, mon Hébreu est rudimentaire.

Le moine éclata d'un rire bref.

— D'autant plus qu'il s'agit d'un mot grec ! Bar signifie fils et Abba, Père. Cet homme, que tous les évangélistes citent, s'appelait donc « fils du père ». Ne trouves-tu pas cela étrange ?

— Si fait, nous sommes tous les fils de nos pères. Cela n'a pas de sens de se nommer ainsi… sauf si l'on fait référence au fils du Très-Haut. N'est-ce pas Jésus que l'on aurait dû désigner par ce titre ?

Barabbas sourit de plus belle. Il appréciait la vivacité d'esprit du jeune homme.

— Tu as tout à fait raison. Mais cela ne signifie-t-il pas que Barabbas était aussi le fils de Dieu ? Tous les pécheurs sont les fils de Notre Seigneur, mon ami. Même le plus méprisable d'entre nous. C'est pourquoi j'ai choisi ce nom. Mais pour bien comprendre cet enseignement-là, tu devras étudier des années en faisant souvent preuve de réflexion et d'abnégation.

— Tous les pécheurs… Même moi ?

— Même toi. Même moi. J'ai accompli des choses dont je ne suis pas fier dans le passé. Crois-moi mon fils, je suis persuadé que tu possèdes toutes les capacités pour devenir un éminent membre de notre congrégation.

Amaury baissa la tête. Barabbas salua le jeune chevalier et s'en fut.

Le lendemain, dès matines, on frappa à la porte. C'était l'intendante de la maison. Elle portait un petit paquet constitué de cordelettes et d'un étrange tissu brun. Amaury la remercia et déroula l'étoffe.

C'était une courte tunique. Aucun mot accompagnant le présent, mais il devina que c'était le bénédictin qui le lui avait fait parvenir. Intrigué, Amaury entreprit d'enfiler le vêtement. La fibre, extrêmement rêche, conférait à la chainse un aspect raide, peu engageant. L'envers comportait encore quelques poils drus. En quelques minutes, des démangeaisons atroces se mirent à parcourir son épiderme et Amaury se gratta jusqu'au sang pour que cela cesse, sans y arriver.

Il comprit soudain. Le vêtement était un cilice.

Spécialement conçu pour irriter la peau de son porteur, il servait à expier ses fautes, tout en entraînant le corps à devenir étranger à la douleur. Se fustiger physiquement pour élever son âme était une technique répandue chez certains ordres.

Amaury hésita. Il allait laisser tomber et retirer l'horrible harde, mais il se souvint des paroles du moine. Il pouvait bien tenter l'expérience quelques jours et voir ce que cela donnait. Et si c'était trop dur à supporter, il arrêterait, il ne s'était engagé à rien. Seul son sens de la droiture et de l'honneur lui dictait de respecter les consignes de l'homme de dieu.

Il resta enfermé, essayant de se concentrer sur autre chose que les picotements atroces qui parcourraient son épiderme. C'était peine perdue. Il ne pouvait penser qu'à ça. Seule la prière, avec son côté lancinant et répétitif, parvenait à l'éloigner un peu du monde sensible et à le soulager. La chaleur accablante qui régnait à Acre en ce mois de mai n'arrangeait rien. Au deuxième jour, le torse d'Amaury était couvert de plaies suintantes, de griffures et de cloques rouges. Les heures passées en prières, à quasiment jeûner et à essayer d'oublier les braises qui couraient sous sa peau écorchée l'épuisaient.

La nuit avait été terrible, car il avait tenu à conserver l'immonde chemise. Il l'avait très vite regretté, ne parvenant pas à fermer l'œil. Il se retournait sans cesse sur sa paillasse, la peau en feu.

Il ne commit pas la même erreur deux nuits de suite et pour la première fois depuis des mois, un sommeil sans rêve et sans cauchemars l'engloutit jusqu'au matin.

Il se réveilla tard. Il s'approcha de la fenêtre pour contempler l'habituel et sinistre ballet des croisés agonisants, mais étrangement, tout était calme.

Amaury ressentit soudain une intense paix intérieure. Son esprit, enfin reposé, n'était plus assailli par de vaines idées, par le remords ou la tristesse. Il respira lentement l'air de la ville, sans se troubler. Il n'aurait su dire depuis combien de temps il n'avait éprouvé une telle sensation d'apaisement. Il repensa brièvement au sommet du Sinaï et à ce matin naissant, nouveau, qu'il avait cru plein de promesses.

Mais les promesses ici-bas ne tenaient que ceux à qui on les faisait. Plus rien aujourd'hui ne le retenait dans cette vie de tourments.

Il retourna à l'église au bout du troisième jour, n'y tenant plus.

L'homme le reconnut et vint à sa rencontre comme la fois précédente. Ils se rendirent à nouveau dans le cloître et s'assirent exactement au même endroit.

— Alors mon jeune ami, que dis-tu de mon présent ?

— Je ne m'attendais pas du tout à cela, je dois l'avouer… C'est abominable.

— Le sacrifice de chair est parfois nécessaire… Il faut simplement savoir ce à quoi l'on doit renoncer pour parvenir à accomplir les desseins que le Très-Haut a tracés pour nous. Et puis, comparé aux souffrances que tu as déjà endurées, ce n'est rien. Rien que de la peau et des démangeaisons.

— Je ne suis pas certain de vouloir m'infliger ce genre de choses…

— Et pourtant, si tu cherches la voie du pardon, tu devras te débarrasser de certains oripeaux, à commencer par tes désirs temporels qui empêchent d'avancer.

— Je sais bien que l'on n'obtient pas le pardon comme cela, mais… Je doute toujours.

— Tu as déjà sacrifié beaucoup pour des biens et des passions éphémères. Ton roi, l'honneur, ta famille… Qu'est-ce que cela t'a rapporté ? Rien, sinon amertume et souffrance. Au service de Dieu au moins, notre douleur, notre renoncement sont utiles, non seulement à nous-mêmes, mais aux autres. C'est bien naturel d'hésiter, mais en disant cela, tu as déjà accompli la moitié du chemin. Tu m'as confié que tu souhaitais devenir Templier, n'est-ce pas ?

— Oui, mais… Ce n'est plus le cas.

— Si tu souhaitais embrasser la règle du Temple, qui est comme tu le sais assez proche de la règle monastique, pourquoi ne pas terminer la route et nous rejoindre ? Qu'est-ce qui t'en empêche ? Notre ordre est fort et il le sera de plus en plus, car nous prêchons un retour à la vraie vie du Christ.

Amaury allait réagir, mais Barabbas mit une main devant son visage pour l'arrêter.

— Ne me réponds pas maintenant, prends ton temps et quand tu auras accompli l'autre moitié du chemin, tu me trouveras au bout, je t'y attendrai.

Amaury acquiesça lentement et regarda son mentor s'éloigner à pas mesurés dans l'ombre du cloître. Il quitta l'église avec l'envie de retourner voir Barabbas immédiatement. Il pensait que le bénédictin avait raison, il devait réfléchir, ne pas se décider sur un coup de tête…

Mais au fond de son cœur, il savait désormais que telle était sa voie.

ÉPILOGUE

Chelmno, État teutonique de Poméranie, 1255

La jeune fille courrait le long du couloir tendu de tentures épaisses et sombres, jupes relevées.

Elle entra dans l'antichambre bouleversée, remit de l'ordre dans sa coiffe et sa tenue et après une grande inspiration, s'adressa à sa maîtresse.
— Ma Dame…
Elle appela d'une voix calme, mais devant l'inertie de cette dernière, elle haussa le ton.
— Ma Dame ! Pardonnez mon interruption !
Cette fois, la femme se retourna, un air courroucé sur son visage las. Elle appuya son index contre ses lèvres, signifiant à sa servante de parler doucement.
Dans ses bras, un poupon joufflu de quelques semaines à peine dormait, ses petits poings près de sa figure.
La jeunette baissa la tête et esquissa une courte révérence, avant de continuer en murmurant presque.
— Ma Dame, un homme désire vous voir, cela semble urgent.
La femme noble plissa les yeux.
— Un homme ? Quel homme ?
— Un… Un moine, Ma Dame, un moine noir !

Elle avait prononcé ces dernières paroles dans un souffle, le rouge lui montant aux joues.

De son côté, le cœur de sa maîtresse bondit dans sa poitrine et son estomac se contracta.

— Un moine dis-tu ? Que peut donc me vouloir un moine noir ? Sûrement vient-il quémander pour quelques bonnes œuvres ?

Elle tentait de se donner une contenance, mais ses mains tremblaient.

— Il a dit qu'il devait s'entretenir d'une chose d'importance avec vous... Il veut vous remettre quelque chose.

— Quel importun ! murmura-t-elle entre ses dents. Puis elle reprit à voix haute : bien, je vais le rencontrer.

Elle quitta la pièce d'un air courroucé, son enfant dans les bras, sa robe à pans bleu nuit caressant les lattes de vieux chêne.

*

Amaury attendait dans une grande salle vide qu'on daigne enfin le recevoir.

Il se sentait fatigué. L'interminable voyage jusqu'à Chelmno avait réveillé une douleur qu'il croyait disparue dans sa jambe. Mais il devait régler cette histoire, Barabbas et l'abbé lui avaient expressément demandé de s'en débarrasser.

Le temps dans cette contrée était humide, les routes détrempées et la nourriture à l'avenant. Il avait eu du mal à trouver des monastères de son ordre sur le chemin dans cette région reculée, à peine christianisée où on l'accueillait avec froideur. Tout semblait froid ici, d'ailleurs. Il ne s'était pas attardé, chevauchant le plus rapidement possible, pour atteindre les états des chevaliers teutoniques en Poméranie.

Les éloges dithyrambiques dont Friedrich l'avait gratifié avaient forgé dans son esprit l'image d'un pays de cocagne. Mais la ville lui était apparue comme grossière, agglutinée autour du castel teutonique, sans aucun autre charme.

La construction était en revanche de belle facture, mais en rien comparable au siège de l'Ordre Teutonique qu'il avait connu, à Acre. La région semblait certes plutôt prospère, mais là encore sans attrait particulier à ses yeux.

Pour Amaury, le gros problème demeurait ce climat détestable. Habitué à la verte douceur limousine et au soleil de plomb de Terre sainte, cette ambiance humide et grise ne lui valait rien.

Les immenses forêts profondes de noirs résineux et de hêtres, l'absence de relief dans les plaines sans fin qu'il avait traversées, la monotonie des paysages le rendaient languissant. Il avait trouvé le peuple à l'image des lieux. Des gens simples, travailleurs, là où il s'était attendu à de fiers descendants d'Ostrogoth, mâtinés de sang celte.

Il était déçu, la Méditerranée et sa lumière lui manquaient. Il interrompit le cours de ses pensées en entendant derrière lui un claquement de porte suivi d'un froissement d'étoffe. Il se retourna pour contempler la jeune femme qui lui faisait face. Encore une fois, la déception le frappa.

Au fil des ans, s'était formée en son for intérieur une vision flatteuse de la dame de Friedrich.

Cet unique et pur amour ne pouvait avoir pour objet qu'une femme d'une beauté exceptionnelle. Pour qu'un chevalier tel que le frère teutonique lui garde sa foi dans la mort, elle devait surpasser en éclat tout ce qu'il avait vu jusqu'alors.

Au lieu de ça, se tenait devant lui une matrone étonnamment grande, dont la taille marquait l'embonpoint, ce qui rendait ses courbes agréables.

En revanche, son front blanc, très large, était dépourvu de cheveux, la coiffe les retenant exagérément tirés en arrière. De nombreux voiles, excessivement compliqués, encadraient un visage aux traits épais. L'ensemble de sa toilette respirait la fortune, mais une impression d'austérité s'en dégageait, sans autre fantaisie qu'un liseré d'argent brodé sur les ourlets et doublures d'un bliaud d'un bleu sombre.

Elle tenait un enfançon emmailloté dans des linges fins. Il semblait très gras à Amaury, ses petits poings serrés lui donnant l'air renfrogné en permanence.

Le même agacement se peignait sur les traits de sa mère. Amaury abaissa son capuchon sur son visage émacié, couvert de sa courte barbe châtaine d'où ressortaient ses yeux perçants. Il se dit qu'il devait faire pâle figure dans cette maison cossue de gros et riche marchand. Tout y respirait la tranquillité de ceux qui mangent à leur faim, la prospérité et bien entendu, l'hypocrisie rampante qu'il pouvait presque sentir, les secrets dissimulés sous les tentures de velours et les boiseries dorées.

Il vit une moue de dégoût se peindre sur le visage de la dame et ses lèvres s'étirèrent en un mince sourire.

Dieu, elle paraissait encore plus laide ainsi ! Mieux valait en finir rapidement et clore ce chapitre.

Il esquissa une courte révérence et la femme lui rendit son salut d'un geste de la main qui signifiait « venons-en au fait ! ». Il s'adressa à elle en latin, s'étant assuré auparavant qu'elle le comprenait. De ce qu'il savait, elle connaissait même quelques mots de franc.

Il commença.

— Ma Dame, pardonnez mon intrusion et ma vêture, mais je viens de loin pour vous porter un message d'importance.

Elle afficha un air soupçonneux et lui parla à lui avec un fort accent guttural.

— Un message ? De loin ? Pardonnez-moi, père, mais qui êtes-vous ?

Amaury soupira en s'entendant appeler père, mais il n'avait pas de temps à perdre en vaines explications. Il leva une main en signe de protestation et continua.

— Qui je suis, Ma Dame, n'a que peu d'importance en vérité. Sachez que ma mission auprès de vous ne concerne en rien mon ordre. Je suis venu ici à titre personnel, pour vous rencontrer, par respect pour la volonté d'un mort.

Elle inclina vivement la tête, surprise. Dans ses bras, le nouveau-né s'agita et elle le berça doucement en murmurant quelques paroles d'apaisement, avant de continuer.

— À titre personnel ? Mais je ne vous connais point, mon Père.

Amaury soupira.

— Moi non plus, Ma Dame, mais vous avez bien connu l'un de mes compagnons d'armes, qui m'accompagnait en Terre sainte.

Elle plissa ses petits yeux. Il avait enfin réussi à capter son attention. Il en profita pour poursuivre.

— J'ai participé, il y a quelques années de cela, à la croisade de Louis de France, la septième. Celle où il fut malheureusement fait prisonnier des sarrasins. Avant ces tragiques événements, on m'avait envoyé auprès des Milites Christi, sur demande expresse de Robert d'Artois, frère du roi.

La jeune femme écarquilla les yeux à l'évocation de tant de noms illustres. C'est pitié, songea Amaury, que partout dans ce monde la même cupidité, la même avidité de pouvoir existe chez tous les êtres humains. Quelques secondes auparavant, il n'était qu'un importun et soudain, il était auréolé de gloire et de mystères.

Il reprit.

— Alors que l'Ost se trouvait à Chypre, en hivernage, je m'embarquais pour la Terre sainte au côté de deux autres chevaliers. L'un était un Templier, l'autre un membre de l'Ordre Teutonique. Vous saisissez peut-être mieux désormais les raisons de ma présence en ces lieux, loin de mon pays et de mon ordre ?

Les lèvres de la jeune femme s'étaient légèrement entrouvertes, comme si elle haletait devant ces révélations, mais son visage rond affichait un air de totale incompréhension.

Amaury décida qu'il perdait trop de temps avec cette idiote. Il plongea vivement la main sous son vêtement pour en tirer une aumônière usée. Il laissa tomber la croix dans sa paume. L'éclat mat de l'or brilla.

Il referma le poing et regarda la demoiselle dans les yeux.

— Le Teutonique était un homme vaillant, honorable et fidèle. Il connut la mort lors de cette expédition. Il expira presque dans mes bras, là-bas, dans les collines désertiques, entre Jaffa et Castel Pèlerin où son corps repose en paix. Il confia au Templier une mission, celle de rapporter en ces terres du nord, à Chelmno, un objet précieux. Cet objet devait être remis à la seule et unique femme qu'il aimait et à laquelle ses dernières pensées furent adressées. Le Templier mourut lui aussi, comme tant d'autres, à Al Mansoura.

La mâchoire du moine se contracta en prononçant ces mots. L'espace d'un instant, il fut transporté là-bas, au bord du Nil, dans la chaleur étouffante de ce pays maudit. Il se reprit vivement.

— La mission de respecter les dernières volontés du défunt échu au seul rescapé de cette aventure. Le voici devant vous. La femme c'était vous et le Teutonique s'appelait Friedrich Von Honenheim. Comprenez-vous, à présent ?

Il tendit brusquement la croix d'or et de rubis qu'il avait conservée toutes ces années, depuis l'Égypte. Au dos de celle-ci, en plus d'une date, figuraient le nom de Friedrich et celui de son aimée.

Maria.

Elle resta interdite, n'osant avancer la main vers le joyau. De grosses larmes se mirent à couler le long de ses joues rebondies. Elle effleura enfin le bijou du bout des doigts avant de s'en saisir et de le porter doucement à ses lèvres.

Elle posa un regard humide sur Amaury, où toute trace d'agacement avait disparu.

— Toutes ces années... Tout ce temps à attendre. Jamais une lettre, jamais un message. Et aujourd'hui, comme un fantôme surgit du passé, vous m'apportez les derniers vestiges d'une histoire morte et enterrée depuis des années pour moi. Je ne sais pas si je dois vous remercier ou vous maudire, moine noir.

Amaury la contempla. Elle semblait misérable. Probablement mariée par dépit ou par calcul, après que son premier amant eut embrassé une autre maîtresse, mille fois plus exigeante. Amaury pouvait en témoigner.

Coincée ici, à se languir pendant que lui vivait, loin, dans un pays ensoleillé, des aventures épiques, parcourant le monde, alors que sa beauté se flétrissait chaque jour un peu plus dans le miroir des ans. Amaury éprouva de la pitié pour elle.

— Je n'exige aucun remerciement. Je me devais d'accomplir ce voyage. Pour Friedrich. Pour le Templier.

Et pour moi, termina-t-il intérieurement.

— Merci tout de même. Voulez-vous souper ou prendre une collation, avant de nous quitter ?

C'était ce qu'il fallait dire, elle l'avait dit.

Amaury refusa poliment, prétextant d'autres affaires urgentes qui exigeaient son prompt retour dans le royaume de France. Elle en fut soulagée au moins autant que lui. Il la salua et déserta la pièce. Elle serra la croix sur son cœur, pleurant encore.

Une fois dehors, Amaury respira mieux. Il se sentait comme délivré d'un poids qui pesait sur sa poitrine.

Il se dirigea droit sur les écuries pour récupérer son roncin, réclama qu'on le selle immédiatement. Il avait tenu sa promesse. Sa nouvelle vie pouvait commencer, débarrassée des fantômes de son passé. Il piqua sa monture et quitta Chelmno sans se retourner.

Remerciements

L'écriture est un exercice solitaire et parfois difficile, pas tant pour l'auteure elle-même que pour son entourage.

Quand je me suis lancée dans les premières aventures d'Amaury, je savais qu'un jour j'aurais envie de raconter sa jeunesse, l'origine de son caractère. Je ne pensais pas que cela allait me mener à des recherches approfondies sur la 7e croisade, la première conduite par Saint Louis. C'est malheureusement le récit d'un échec que vous allez découvrir, d'une des plus grandes défaites militaires du Moyen Âge et ses suites terribles.

Je voudrais commencer par remercier Emmanuel, mon époux, qui sait me supporter dans mes silences comme dans mes bavardages incessants sur mes romans. Pour ça, un simple merci ne sera jamais suffisant. Je t'aime.

Je remercie toute ma famille, qui me soutient toujours dans mes entreprises sans trop poser de questions, qui est bienveillante vis-à-vis de mes idées et de mes ambitions, même s'ils n'en pensent pas moins. Sans eux je ne me serais sûrement pas lancée.

Je remercie mes amis de leur soutien depuis le début : Caroline, Capucine, Didier, Laure, Alexandra, Mia, vous êtes mes premiers lecteurs, j'ai hâte de vous retrouver !

Je remercie du fond du cœur les personnes qui m'ont permis d'aller au bout de cette histoire et plus particulièrement Mathilde, ma correctrice, professionnelle jusqu'au bout des ongles, Caroline, la graphiste sans qui cette couverture sublime ne serait pas entre vos mains, Carmen, pour le blason qui ornera désormais les pages de mes chapitres.

Bien entendu, mes bêta-lecteurs : Sienna, Isabelle, Anna, Élisa, Alicia, Romain, Stéphan, vos retours pertinents et vos avis enthousiastes m'ont tellement apporté, il y a un peu de chacun de vous dans ce volume.

Enfin, lecteurs et lectrices qui viennent d'ouvrir ce roman, merci à vous. Merci de soutenir les auteurs indépendants. Sans vous, pas de roman et pas d'auteure. Je vous souhaite un excellent voyage dans le temps, un temps de complots et de combats.

L'Auteure

Née à Narbonne en 1981 et attachée à ses racines, Anaïs Guiraud a suivi avec succès des études de droit à l'université de Montpellier avant d'exercer les fonctions de juriste d'entreprise puis de responsable juridique à Paris dans de grandes entreprises.

Elle vit aujourd'hui en Suisse avec son mari et consacre tout son temps libre à l'écriture. Férue d'Histoire, Anaïs écrit des romans depuis 2015 sur sa période de prédilection : le Moyen Âge, dans l'optique de mieux faire connaître cette période considérée à tort comme obscurantiste.

L'auteure a déjà publié 3 romans : *Les Mirages de Terre Sainte*, paru aux éditions EXPLORA, *Absolution* et *La Geste de Messire Gautier de Périlleux* publiés de manière indépendante. Un quatrième opus est en cours d'écriture.

Retrouvez Anaïs sur les réseaux sociaux : @thefrenchstoryteller

Bibliographie

- *Michel Pastoureau, « Une histoire symbolique du Moyen Âge occidental »*, Points
- *Michelet, « Le Moyen Âge, »* Robert Laffont
- *Jacques Le Goff, « La civilisation de l'Occident médiéval »*, Champs Histoire
- *Zoé Oldenbourg, « Les Croisades »*, Folio histoire
- *Alain Demurger, « les Templiers, une chevalerie chrétienne au Moyen Âge »*, Points Histoire
- *Jean de Joinville, « Vie de Saint Louis »*, le livre de poche, collection Lettres Gothiques
- *Henry Moa « Al Hashishiya, le monde des assassins »*, autoédition
- *David Nicolle « the crusades, essential histories »*
- *Azza Heikal « Il était une fois une sultane : Chagarat al-Durr »*, Maisoneuve et Larose »

Découvrez les autres sagas des Éditions EXPLORA

L'Académie du Disque d'Argent (science-fiction) de L.P. HUREL
Astre-en-Terre (fantasy) de L.P. HUREL
Les Nébuleuses (space-opéra) de Amandine PETER
Le Stream (dystopie) de Amandine PETER
Sphaira (crossworld fantasy) de Alice NINE
Chasseuse d'Âmes (fantasy) de Megära NOLHAN & Pryscia OSCAR

Et d'autres nouveautés à paraître en 2021…

Suivez EXPLORA

sur les réseaux sociaux

Instagram : @explora_editions
Facebook : Explora Éditions

Rendez-vous sur www.explora-editions.com

Si l'histoire vous a plu, **pensez à laisser un commentaire** sur Amazon !

Pourquoi ?

L'auteure vit de sa plume et ce geste de soutien

l'aidera énormément…